Kai Spellmeier

Luis & Dima – Forever our Beginning

KAI SPELLMEIER

Luis & Dima

FOREVER OUR BEGINNING

Übersetzung aus dem Englischen
von Svantje Volkens

one

Die Bastei Lübbe AG verfolgt eine nachhaltige Buchproduktion. Wir verwenden Papiere aus nachhaltiger Forstwirtschaft und verzichten darauf, Bücher einzeln in Folie zu verpacken. Wir stellen unsere Bücher in Deutschland und Europa (EU) her und arbeiten mit den Druckereien kontinuierlich an einer positiven Ökobilanz.

Titel der englischen Originalausgabe:
»Forever our beginning«

Für die Originalausgabe:
Copyright © 2023 by Kai Spellmeier

Für die deutschsprachige Ausgabe:
Copyright © 2024 by
Bastei Lübbe AG, Schanzenstraße 6–20, 51063 Köln

Vervielfältigungen dieses Werkes für das Text- und Data-Mining bleiben vorbehalten.

Textredaktion: Silvana Schmidt
Umschlaggestaltung: Johannes Wiebel | punchdesign, München
Umschlagmotiv: ©Quality Stock Arts/stock.adobe.com; Goldenboy_14/stock.adobe.com; malwa/stock.adobe.com; Gldcreations/stock.adobe.com; Dmitriy Rumyantsev/stock.adobe.com; Natali Snailcat/stock.adobe.com; a4mbs/stock.adobe.com; Zaharia Levy/stock.adobe.com
Satz: 3w+p GmbH, Rimpar
Gesetzt aus der Adone Caslon Pro
Druck und Verarbeitung: GGP Media GmbH, Pößneck

Printed in Germany
ISBN 978-3-8466-0230-0

5 4 3 2 1

Sie finden uns im Internet unter one-verlag.de
Bitte beachten Sie auch luebbe.de

Playlist

A Little Love – Celeste
Christmas Lights – Walker Burroughs
White Winter Hymnal – Birdy
Last Christmas – Carly Rae Jepsen
Christmas Tree Farm – Taylor Swift
I Saw Mommy Kissing Santa Claus – Amy Winehouse
Spending All My Christmas with You – Tom Odell
Something Stupid – Nicole Kidman, Robbie Williams
Loneliest Time Of Year – Mabel
Santa Tell Me – Ariana Grande
All I Want for Christmas Is You – Mariah Carey
It's a Marshmallow World – Jo Stafford
Another Year – FINNEAS
Do you want to build a Snowman? – Kristen Bell, Agatha Lee Monn, Katie Lopez
Father Christmas – Harry Gregson-Williams
Real Love – Tom Odell
two queens in a king sized bed – girl in red
Yoü and I, Live from »A very Gaga Thanksgiving« – Lady Gaga
Glittery – Kacey Musgraves, Troye Sivan
Blue Skies – Birdy
Make It To Christmas – Alessia Cara
Both Sides Now – Joni Mitchell
All I Want (For Christmas) – Liam Payne
This Christmas – Dionne Warwick
Silent Night – Gabrielle
Feeling of Christmas – Emilie Hollow
(it wouldn't be) christmas without you – Wrabel
The First Time Ever I Saw Your Face – James Blake

für Ben,
für immer

Prolog

Die Geschichte beginnt mit einem Schlüssel in einem Schloss.
 Doras Augen haben sie schon vor Jahrzehnten im Stich gelassen, und kurz darauf quittierte auch die linke Hüfte ihren Dienst. Irgendwann verbündeten sich dann ihre Knie mit der verflixten Hüfte, und ihr Rücken weigerte sich, sie ohne Hilfe weiter aufrechtzuhalten. Ihre Erinnerung benimmt sich nicht mehr so, wie sie es soll, und fast immer zittern ihr die Finger, was besonders lästig ist, wenn sie gerade dabei ist, einen Pullover für das Kind der Partnerin ihres Enkelsohns zu stricken. Aber es gibt eine Sache, auf die Dora sich immer verlassen kann, und darauf ist sie besonders stolz, obwohl sie Eitelkeit eigentlich nicht besonders schätzt: ihre Ohren.
 Sie mögen zwar zu groß für ihren kleinen Kopf sein und sind mit Falten und Altersflecken bedeckt, aber sie funktionieren genauso gut, wie ein frisch geölter Schlitten auf Neuschnee. Ihr Sohn Edgar sagt manchmal, dass ihr Hörvermögen sogar das ihrer Katzen übersteigen könne, doch Dora ist sich da hundertprozentig sicher. Den Großteil des Tages verbringt sie auf ihrem Sessel neben dem Fenster, wo sie Neuigkeiten ansammelt und sie kurz darauf wieder vergisst. Sie kann hören, wie Edgar nebenan in seinem Schlafzimmer schnarcht. Und wie Luis im Keller zum zigtausendsten Mal diesen einen Popsong hört. Mittler-

weile kennt sie den Text auswendig, auch wenn sie ihn nie laut mitsingen würde, da sie befürchtet, ihr Mann könnte sonst einen spontanen Herzinfarkt erleiden. Außerdem kann sie hören, wie ihre Urenkelinnen über die Linien ihrer Ausmalbilder malen. Alles in allem ist es also keine Überraschung, dass Dora hört, wie auf dem Nachbargrundstück jemand mit einer behandschuhten Hand einen Schlüssel aus der Tasche holt. Als er sich im Schloss dreht und zwei Paar Füße über die Türschwelle schreiten, verkündet sie die Ankunft der Neuankömmlinge in ihrer Nachbarschaft laut ihrem Ehemann, der beim Lösen des sonntäglichen Kreuzworträtsels in seinem Rollstuhl eingeschlafen ist. Beim Klang von Doras Stimme fährt er aus dem Schlaf. Sie weist ihn an, einen Kürbisauflauf aus dem Gefrierschrank zu holen, und er begibt sich gehorsam aus dem Raum. Zwei Stunden später, als ihre Kinder, Enkelinnen, Enkel und Urenkelinnen sich vor dem Fenster, das auf den Garten der Nachbarn hinausschaut, versammelt haben, drückt sie Luis den Auflauf in die Hand und scheucht sie aus dem Haus.

Als Bianca Sharapnova ihre neue Haustür öffnet, sieht sie Folgendes: einen blonden, stupsnasigen Jungen, der etwas in den Händen hält, das vage an eine Lasagne erinnert. Hinter seinen Beinen verstecken sich zwei Mädchen mit Zöpfen und blauen Tintenflecken auf der Stirn. Eins der Mädchen klammert sich an die Hand einer jungen Frau, die rechts von dem Jungen steht. Sie hat das gleiche rotblonde Haar, und auf einer ihrer runden Wangen prangt ein krakeliger blauer Strich. Links steht ein Mann Anfang fünfzig, der bereits kahl wird. Genau wie die anderen hat auch er eine Stupsnase und runde Wangen, und mit seinen großen Augen sieht er ein bisschen wie Winnie Puuh aus. Er lächelt strahlend, und Bianca kann nicht anders, als zurückzulächeln. Sie weiß nicht so recht, was sie sagen soll, und ist erleichtert, als ihr Sohn ebenfalls an die Tür kommt. So fühlt sie sich weniger wie ein Eindringling in ihrem eigenen Garten.

Alle stellen sich vor, tauschen Höflichkeiten und Aufläufe aus, aber die Nachbarsfamilie besteht einfach aus zu vielen Personen, um sich all ihre Namen merken zu können – vor allem, als sie anfangen, von Großeltern, Haustieren und anderen Verwandten zu erzählen, die in der nächsten Woche ankommen sollen. Die Sharapnovas sind zum Abendessen eingeladen (natürlich erst, nachdem sie den Umzug bewältigt haben), und alle scheinen wegen der örtlichen Weihnachtsfestivitäten ganz aus dem Häuschen zu sein. Bianca ist erleichtert, dass nebenan ein netter Junge im Alter ihres Sohnes wohnt. In letzter Zeit hat Dima sich viel zu sehr zurückgezogen und er könnte einen Freund gebrauchen. Sie verabschieden sich mit Händedruck und Winken und einem High-Five für die zöpfchentragenden Mädchen. Die Tür fällt mit einem befriedigenden Klicken ins Schloss, das im leeren Flur widerhallt. Jetzt, da die Nachbarsfamilie den Vorgarten verlassen hat, ist es auf einmal sehr still in Biancas neuem Zuhause.

Dora, die beim Stricken auf ihrem Sessel dem Gespräch gelauscht hat, hört, wie Bianca in einer Sprache, die sie nicht erkennt, mit ihrem Sohn spricht. Die Worte klingen scharf und melodisch – Dora vermutet, es könnte Rumänisch sein oder Portugiesisch. Der Sohn schnaubt nur, und das kann Dora ganz ohne Mühe übersetzen: In dem Schnauben liegt gerade genug Sarkasmus, um seinen Unmut auszudrücken, ohne sich mit seiner Mutter anzulegen. Davon hat sie in ihrem Leben schon mehr als genug gehört. Doras Familie kommt wieder ins Zimmer, und sie machen sich auf jeder freien Oberfläche breit und diskutieren aufgeregt über die Neuen, wobei sie sich ständig gegenseitig unterbrechen. Ist die Frau nicht nett? Und der Junge, so groß und stark, aber ein bisschen wortkarg? Und was haltet ihr von dem schönen Muttermal auf ihrer Wange? Meinte sie nicht, sie sei Ärztin?

Wer ein gutes Gehör hat, weiß, dass die Stille, genau wie die Geräusche auch, Raum braucht, um sich zu entfalten. Jede Stille ist einzigartig und hat ihre eigene Kontur. Sie errichtet Mauern, die die Geräusche am Eindringen hindern. Dora reißt die müden Augen von ihrem Strickzeug los und sucht den Ausgangsort der Assonanz. Ihr Blick fällt auf Luis, der auf der Fensterbank sitzt und gedankenverloren in die Flammen starrt. Und hier, in seinem eigenen kleinen Vakuum, erfüllt sein Herzschlag die Stille. Er ist schneller als sonst, aber nicht wie ein erhöhter Puls beim Schwimmen oder Laufen. Das hier, wird Dora klar, ist besonders. Es ist der Herzschlag von jemandem, der sich in jemanden verliebt, dem er gerade erst begegnet ist.

1. Dezember

Luis

Schon am folgenden Nachmittag findet Luis sich wieder vor Bianca Sharapnovas Tür wieder. Es ist ein unerträglich langer Sonntag gewesen. Die Zeiger der Uhr im Esszimmer weigerten sich hartnäckig, sich vorwärtszubewegen, egal, wie sehr Luis sie stumm anflehte. Die Minuten zogen sich endlos in die Länge, und als er endlich den Stift auf den abgeplatzten Esstisch fallen ließ und beschloss, seine Mathehausaufgaben aufzugeben, fühlte es sich an, als wäre eine ganze Woche vergangen. Selbst im Gruppenchat, in dem sich gerade eine hitzige Diskussion über den richtigen Aufstrich für einen Scone abspielte, beteiligte er sich kaum. Luis war viel zu abgelenkt, um in die Debatte *Clotted Cream gegen Marmelade* einzusteigen.

Nur ein einziges Wort hatte er in sein Arbeitsheft geschrieben, in der obersten Zeile, als wäre es der Titel eines Buchs, das darauf wartet, geschrieben zu werden. Ohne zu blinzeln, starrte er das Wort an, und erst nach mehreren Sekunden erkannte er den Namen des Nachbarsjungen. Er lief so rot an, dass Mabel ihn besorgt fragte, ob er gerade eine allergische Reaktion erleiden würde. Nachdem seine Schwester sich wieder den Weihnachtstassen zugewandt hatte, die sie gerade in den Küchenschrank räumte, zerriss Luis die Seite leise in winzige Stücke, sodass niemand jemals von seiner albernen Schwärmerei für einen Jungen erfahren würde, den er erst siebzehn Stunden zuvor zum ersten Mal getroffen hat. Nicht, dass er mitzählen würde.

Jetzt, da Luis nur eine Armeslänge von Dimas Türklingel entfernt steht, hat er allerdings keine Ahnung, was er mit sich anfangen soll. Er weiß, wie man eine Türklingel bedient, schließlich ist er kein komplett hoffnungsloser Fall. Was ihm Sorgen bereitet, ist das, was nach dem Klingeln kommt. Seine Nichten sind ganz versessen auf den Film *Die Eiskönigin*, weshalb er ihn bereits häufiger gesehen hat, als er Haare auf dem Kopf hat. Und jetzt gerade fühlt er sich wie die kleine, hoffnungsvolle Anna, die an Elsas Tür klopft und fragt, ob sie einen Schneemann bauen können. Er ist sich nicht sicher, ob er es ertragen könnte, abgewiesen zu werden.

Vorhin, als er vergeblich versuchte, Gleichungen zu lösen, die keinen Sinn ergaben, weil der Junge von nebenan sich ständig in seine Gedanken schlich, beschloss er, ihn zu fragen, ob er mit Luis ausgehen wolle. Natürlich nicht *ausgehen* in dem Sinne, so waghalsig ist selbst Luis nicht, aber vielleicht würde Dima sich darüber freuen, wenn jemand ihn in die Traditionen der Stadt Fountainbridge einführte. Doch der kurze Weg zwischen ihren beiden Häusern genügte bereits, um sein Selbstvertrauen ins Wanken zu bringen. Vielleicht hatte Dima schon andere Freundschaften geschlossen? Mit Leuten, die cool waren, die keine neugierigen Familien oder Löcher im Mantel hatten, die von kindischen Aufnähern verdeckt wurden. Luis dreht seinen Arm, sodass das Rentier am Ellbogen seiner grünen Jacke nicht mehr sichtbar ist. Es war schon nicht süß, als er noch zwölf war, und vier Jahre später ist es das erst recht nicht. Er sollte Dora diese Aufnäher wirklich mal wegnehmen und sie durch etwas ersetzen, das nicht schreit: »Mach dich über mich lustig, weil wir zu arm sind, um uns neue Winterklamotten leisten zu können ... und weil meine Oma Tiere mit Geweihen liebt.« Oder vielleicht – und das wäre noch viel schlimmer, als dass Dima coolere Freundschaften schließt – hat er einfach keine Lust, Zeit mit Luis zu verbringen, und tut stattdessen so, als hätte er »Hausaufgaben« oder ein »wichtiges Telefonat« oder einen »Arzttermin«. Vielleicht hat er schon wieder vergessen, wer Luis überhaupt ist. Luis ist kurz davor, die Mission abzubrechen, aber das Einzige, was peinlicher ist, als fünf Minuten lang bewegungslos vor jemandes Haus zu stehen, ist zu gehen, ohne an der Tür zu klingeln.

Bevor er es sich anders überlegen kann, stolpert Luis einen Schritt vor und drückt den kleinen silbernen Knopf. Das Klingeln hallt durchs Haus, aber nichts regt sich. Keine Fußschritte, keine Lichter, die angeschaltet werden. Jetzt, wo er darüber nachdenkt, hat er im ganzen Haus keine Lichter gesehen. Er tritt ein paar Schritte zurück und sieht sich nach einem Lebenszeichen um, aber jedes einzelne Fenster ist dunkel. Plötzlich hört er hinter sich ein Kichern und fährt herum. Zwei vertraute Gestalten stehen am Tor zu Luis' Haus und grinsen auf eine Art, die ihm verrät, dass sie absolut alles gesehen haben. In Momenten wie diesem hätte er gerne das Talent, sich in Luft auflösen zu können.

»Hat ja lange genug gedauert«, sagt Hannah. Sie versucht nicht einmal, ihre Freude über Luis' Blamage zu verstecken. Sie hat gerade Zähne, lange Gliedmaßen und spitze Ellbogen, die sie Luis gerne in die Seite rammt, wenn er ihr auf die Nerven geht, was bedeutet, dass er *ständig* blaue Flecken an den Rippen hat. Ein paar Haarsträhnen, die sich spitz und schwarz gegen ihre blasse Haut abzeichnen, lugen unter ihrer Pudelmütze hervor. An der Art, in der Alecs Lippen zucken, kann Luis ablesen, dass er wenigstens versucht, seine Belustigung zu verbergen. Er ist fast einen Kopf kleiner als Hannah, und in seiner viel zu großen Daunenjacke sieht er aus wie ein rundes Bonbon mit zwei kurzen Strichbeinchen.

»Ich glaube, wir können davon ausgehen, dass ein gewisser *Jemand* nicht zuhause ist«, sagt Alec, und dabei bilden sich in seinen Augenwinkeln belustigte Falten.

»Für wen wolltest du uns sitzenlassen?«, will Hannah wissen.

Luis stapft aus dem Vorgarten der Sharapnovas und bleibt ein paar Schritte vor Alec und Hannah stehen. In diesem Moment hört er ein vertrautes Trippeln auf dem Gehweg, und einen Moment später schnüffelt eine behaarte Nase an Luis' Beinen.

»Ich wollte euch nicht sitzen lassen«, erklärt Luis wahrheitsgemäß und geht in die Hocke, um den leicht molligen, sehr weichen Beagle hinter den Ohren zu kraulen. »Ich dachte nur, dass ihr vielleicht den neuen Jungen kennenlernen wollt.«

»Wie selbstlos von dir«, sagt Hannah, die ihm ganz offensichtlich kein Wort glaubt.

Luis ignoriert ihre Bemerkung und drückt Bryan einen Kuss auf die Stirn, was ihm einen Mund voll Hundehaare einbringt. Vor acht Jahren war ein dreifarbiger Welpe unter Alecs Weihnachtsbaum aufgetaucht, und seitdem ist er ein launisches Mitglied ihrer Gruppe. Bryan, nicht Alec. Alec ist einer dieser bewundernswerten, aber auch ein wenig seltsamen Menschen, die sich selten von ihren Gefühlen überwältigen lassen. Das einzige Mal, dass er ausgeflippt ist, war in der Grundschule, als seine Großmutter wieder nach Malaysia zurückgezogen ist, und er eine Woche lang nicht aufhören konnte, zu weinen. Aber ansonsten ist er das wahre Abbild der Fröhlichkeit. Hannah hingegen ist eine wahre Griesgrämin, deren Spezialgebiet Sarkasmus ist.

»Wir sollten los, sonst verpassen wir es«, sagt Luis nun und gibt Bryan das Signal, ihm zu folgen.

Luis biegt links ab, weg vom Stadtkern und in Richtung Lindenbuckel, ein sanfter Hügel, von dem man die ganze Stadt sehen kann. Das Licht verschwindet allmählich aus dem wolkenverhangenen Himmel, sodass die Umrisse des Hügels vor dem grauen Hintergrund verschwimmen. Die Ansammlung alter, knorriger Bäume auf dem Gipfel sieht wie eine schiefe Krone aus.

»Ich glaube, er will uns ablenken«, flüstert Alec.

»Hat nicht funktioniert«, entgegnet Hannah laut.

Sie holen Luis ein und flankieren ihn auf beiden Seiten, sodass er sich wie ein Verbrecher fühlt, der gerade zu seiner Gerichtsverhandlung eskortiert wird, wo er sich für das Vergehen verantworten muss, erfolglos mit seinem Nachbarn ausgehen zu wollen. Er ignoriert ihre Seitenblicke und sieht stattdessen zu Bryan, der ab und zu anhält, um an einem Zaun zu schnüffeln oder einen Laternenpfahl zu markieren.

»Du bist heute ziemlich still«, sagt Alec, aber diesmal klingt er aufrichtig. »Ist wirklich alles in Ordnung?«

»Ja, alles ist super«, antwortet Luis, was auch größtenteils stimmt.

Er ist ein bisschen enttäuscht, dass Dima nicht zuhause ist, und genervt, dass Hannah und Alec seinen Versuch beobachtet haben, an Dimas Tür zu klingeln, aber heute ist der erste Dezember. Und das bedeutet: Es ist offiziell Weihnachtszeit. Und dieses Jahr wird er nicht zulassen, dass irgendein Junge ihm die Feststimmung ruiniert. Davon hatte er letztes Jahr schon mehr als genug.

Sie erreichen den Wald, von wo aus sie ein kurzer, mit Tannenzapfen und abgestorbenen Blättern bedeckter Pfad zum Fuß des Lindenbuckel führt. Der Nachmittag ist schnell in den Abend übergegangen, der die Bäume jetzt in Schatten hüllt. Bryans weißer Schwanz blitzt vor ihnen in der Dunkelheit auf. Alec öffnet den Mund, aber Luis kommt dem Versuch zuvor, ihm weitere Informationen zu entlocken.

»Clotted Cream«, sagt er.

»Nein!«, ruft Hannah.

»Was?«, fragt Alec entsetzt.

»Scones brauchen eine vernünftige Clotted-Cream-Basis, und obendrauf eine Portion Marmelade. Alles andere ist einfach nur falsch«, erklärt Luis.

»Blasphemie«, grummelt Hannah.

Sofort fangen Alec und Hannah an, sich zu kabbeln, was Luis ganz recht kommt, denn er hat gerade ein Pärchen entdeckt, das kurz vor ihnen den Hügel erklimmt. Die Dämmerung lässt alles um sie herum grau aussehen, aber Luis würde wetten, dass die Ohrenwärmer des Jungen grün sind. Und das würde bedeuten, dass er Luis' Ex ist, und das Mädchen neben ihm ist ... Luis wird langsamer.

Er will so viel Distanz wie möglich zwischen sie bringen. So viel dazu, sich nicht die Stimmung von Typen ruinieren zu lassen.

»Hey, glaubst du, dieser Dima ist in unserer Klasse?«, fragt Alec.

»Das hofft Luis bestimmt«, antwortet Hanna.

»Tu ich gar nicht«, lügt Luis und schubst Hannah vom Pfad. Sie revanchiert sich, indem sie ihn mit mehr Kraft zurückrammt, als nötig gewesen wäre. Luis stolpert in Alec hinein, Alec kreischt auf, Bryan fängt an zu bellen, und Hannah sieht sehr zufrieden mit sich selbst aus.

»Unter keinen Umständen lasse ich zu, dass meine Schuhe Kollateralschaden von euren kleinlichen Streitigkeiten davontragen! Wenn sie schlammig werden, schuldet ihr mir ein neues Paar«, warnt Alec sie.

»Oder wir könnten sie einfach zur Reinigung bringen«, bemerkt Hannah, stellt aber trotzdem die Versuche ein, Luis vom Pfad zu schieben.

»Er sieht irgendwie älter aus«, nimmt Luis ihr Gespräch über Dima wieder auf. »Vielleicht ist er ein Jahr über uns. Dann wäre er in Thoms Klasse.«

So, wie Alec und Hannah das Pärchen vor ihnen ansehen, haben sie Thom und Maya auch bemerkt. Luis versucht schon seit einem Jahr, Thom zu vergessen, aber in einem so kleinen Dorf wie Fountainbridge ist es schwierig, Ablenkung zu finden. Vielleicht ist dieser Dima deswegen so aufregend? Vielleicht hat das gar nichts mit ihm selbst zu tun, sondern einfach nur mit der Sehnsucht nach einer Fluchtmöglichkeit. Irgendetwas, das Luis von seinem alten Schmerz ablenken kann. Und bis zum Ende der Woche wird die Aufregung über den neuen Nachbarn bereits verflogen sein, und Luis wird sich nur noch um das Weihnachtsfestival scheren, was eh besser ist als irgendwelche Jungs.

Als sie weiter den Hügel hinaufstapfen, wird die Luft um sie herum frischer, und je höher sie kommen, desto besser wird die Aussicht auf die Stadt. Fenster und Straßenlaternen sehen wie kleine Lichtflecken aus, die allein in der Dunkelheit leuchten, und man kann gerade eben noch die Rauchfahnen erkennen, die von den Kaminen aufsteigen. Stimmen wehen ihnen entgegen, als sie auf den Gipfel des Lindenbuckel zukommen, auf dem sich bereits Menschen unter der Linde versammelt haben, die in der Mitte gespalten ist. Sie stehen in Grüppchen eng zusammen, um sich vor der Kälte zu schützen, die ihnen langsam unter die Handschuhe und in die Wollsocken dringt.

Luis nickt und grüßt auf dem Weg bekannte Gesichter, während er versucht, seinem Ex aus dem Weg zu gehen. Auf einmal klammert sich etwas Kleines an Luis' Bein und kreischt seinen Namen. Luis grinst und bückt sich, um Theodora, seine vierjährige Nichte, auf den Arm zu nehmen. Und wo ein tollkühnes T ist, kann das andere nicht weit sein. Er sieht sich um und entdeckt Bryan, der gerade stürmisch von Tabitha umarmt wird.

»Wo ist eure Mami?«, fragt Luis Theo, während er ihre Zwillingsschwester im Blick behält. Bryan ist, abgesehen von seinem mürrischen Gesichtsausdruck, ein ziemlich entspannter Hund, aber »entspannt« ist nicht unbedingt das Wort, mit dem Luis die Zwillinge beschreiben würde. Theo zeigt an der gespaltenen Linde vorbei, und zusammen gehen sie los. Als sie bei Mabel ankommen, die in einem abgetragenen Mantel und einer von Doras Strickmützen eingemummelt ist, hält Luis überrascht inne. Neben Mabel steht Bianca Sharapnova und zittert trotz ihrer dicken Handschuhe und ihres weihnachtlichen Schals vor Kälte. Und wenn sie hier ist, dann … Luis lässt den Blick schweifen, aber er ist nicht groß genug, um über die Köpfe der anderen Menschen hinwegzusehen. Vielleicht ist er gar nicht gekommen. Vielleicht hat er sich mit Bruno Benedict zum Lake Constantine geschlichen und raucht dort mit seinen coolen neuen Bekanntschaften Gras. Luis spürt Hannahs fragenden Blick auf sich und hört sofort damit auf, nach Dima Ausschau zu halten.

»Luis«, sagt Mabel, als sie ihn entdeckt. Sie lächelt Hannah und Alec freundlich an, aber in ihrer Stimme liegt ein anschuldigender Ton. Vorhin, als sie im Wohnzimmer den Adventskalender aufgehängt haben, hatte sie Luis gefragt, ob er ihr dabei helfen könne, die Zwillinge auf den Gipfel des Lindenbuckel zu bringen. Luis hatte nein gesagt, und dass er vielleicht überhaupt nicht gehen würde, weil er noch Hausaufgaben erledigen müsse. In Wirklichkeit wollte er nur die Gelegenheit nutzen, Dima einzuladen, ohne dass die tollkühnen Ts ihn direkt abschreckten.

»Hallo, Luis«, sagt Dimas Mutter mit einem leichten Akzent.

»Hi, Mrs Sharapnova«, antwortet Luis.

»Ach, bitte nenn mich Bianca«, sagt sie herzlich.

Bevor Luis antworten kann, schnürt Theo ihm vor Aufregung fast die Luft ab und zeigt auf den Hang.

»Guck, Luis!«, ruft sie, als nach und nach jedes Licht in der Stadt erlöscht. Auf dem Hügel ist es auf einmal ganz still, und die Menge dreht sich zur Stadt, die am Fuße des Hügels schläft. Luis kämpft darum, vom plötzlichen

Sauerstoffmangel nicht ohnmächtig zu werden, also ist er sich nicht sicher, ob er es sich nur einbildet, oder ob Dima wirklich gerade neben seiner Mutter aufgetaucht ist. Er hat dunkles, kurz geschorenes Haar und dicke Augenbrauen über seinen braunen Augen. Seine Jacke ist offen, und trotz der eisigen Temperatur hat er keinen Schal und keine Mütze dabei. Entweder ist er zu cool für angemessene Winterkleidung, oder er ist einer dieser Typen, denen nie kalt zu sein scheint – so wie Bruno, der 365 Tage im Jahr kurze Hosen anhat und auch im Winter mit dem Fahrrad zur Schule fährt.

Luis wirft ihm einen letzten Blick zu, als die Stadt endgültig dunkel wird und die Schatten Dimas Gesicht verschwimmen lassen. Sein angespannter Ausdruck zerfließt zu weichen Blau- und Schwarztönen, die seine Stirnfalten glätten und seine Kieferpartie weicher aussehen lassen. Es dauert nur eine Sekunde, bis Dimas Blick sich in Luis' bohrt und ihn festnagelt. Luis' Herz steht still, sein Atem gefriert zu Eis, und alles, was er sehen kann, sind Dimas Augen, zwei schimmernde Reflektionen des Nachthimmels, in dem sich die Sterne spiegeln. Das allerletzte Licht erlischt, als hätte der Wind eine schwache Flamme ausgepustet, und alles, was bleibt, ist schwärzeste Dunkelheit und das Echo von Dimas Sternenaugen. Luis ist sich schon fast sicher, dass er gestorben sein muss, als Theos Gewicht plötzlich aus seinen Armen verschwindet und auf einmal wieder Sauerstoff in sein Gehirn fließt.

»Liebling, lass deinen Onkel bitte atmen, okay?«, flüstert Mabel. Das Rascheln eines Schneeanzugs gegen den Stoff eines Wintermantels verrät Luis, dass Theo es sich in den Armen ihrer Mutter bequem macht. Luis hat kaum

Zeit, sich von Theos Schwitzkastengriff und der Intensität von Dimas Blick zu erholen, denn er will diese paar Sekunden nicht verpassen, in denen Fountainbridge jedes Jahr von der Nacht höchstpersönlich eingehüllt wird, und die Welt einen Moment lang stillsteht.

Es beginnt mit einem Glockenschlag. Er rast durch die Nacht wie ein Bote, der verkündet, dass gleich etwas Magisches geschehen wird. Als der fünfte Schlag verklingt, fühlt es sich an, als hielte die gesamte Stadt erwartungsvoll den Atem an. Im Stadtzentrum klimmt nach und nach eine Reihe von Lichtern eine riesige Tanne empor. Als sie an der Spitze ankommen, erhellt ein gleißendes Licht die Dunkelheit und flutet den Marktplatz. Das Leuchten breitet sich auf die umliegenden Gebäude aus und lässt die Lichterketten und Weihnachtsbeleuchtungen aufflammen, die die Türrahmen, Fensterbänke und Dächer schmücken. Immer weiter entfaltet sich das Licht, erhellt den Glockenturm und lässt die Statue von Willem Addler aufleuchten. Es fließt die Straßen entlang, die vom Stadtzentrum fortführen und überzieht jeden Straßenpfeiler, jede Bank und jeden Feuerhydranten mit einem warmen Schimmer. Jede Statue und jeder Wasserspeier, die die Häuser des Dorfes schmücken, erstrahlt im Glanz der Weihnachtsbeleuchtung. Pubs und Restaurants, die über und über mit Lichtern bedeckt sind, konkurrieren um die Aufmerksamkeit des Publikums, während Schulgebäude und Wohnungen sich ihnen anschließen, um die Dunkelheit zu vertreiben. Wie ein perfekt synchronisierter Waldbrand wird Fountainbridge innerhalb von Sekunden zu einer Oase aus Licht. Es glitzert und flackert wie ein Stern im Nachthimmel.

Luis dreht sich diskret zu Dima um, der hektisch blinzelt, um die Augen trotz der plötzlichen Helligkeit offen zu halten. Die Falten auf seiner Stirn sind verschwunden, und etwas, das man fast ein Lächeln nennen könnte, hat sich in seinen Mundwinkeln eingenistet.

»Das war unglaublich«, flüstert Alec andächtig. Luis stimmt ihm leise zu, aber Hannah schnaubt nur verächtlich.

»Dasselbe wie jedes Jahr«, sagt sie mürrisch.

»Noch nicht einmal *du* kannst diesen Moment ruinieren, Hannah«, gibt Luis zurück, während er aus dem Augenwinkel Dima beobachtet. Er überlegt, was er sagen könnte, irgendetwas, um Dima in ein Gespräch zu verwickeln. Aber als Dima seinen Blick auf Luis richtet und ihn dabei ertappt, wie er ihn anstarrt, verschwindet Dimas Lächeln, und er sieht Luis böse an. Luis' Herz rutscht ihm in die Hose. Schnell wendet er sich ab und tut so, als würde er den Hang hinter Dima betrachten, bis Hannah seinen Blick einfängt.

»Können wir jetzt gehen? Mir ist megakalt.«

Das muss sie ihn nicht zweimal fragen. Er würde zwar gerne mehr über seinen neuen Nachbarn herausfinden, aber Dima hegt Luis gegenüber offenbar nicht dieselben Gefühle. Also ist Rückzug angesagt. Luis ist zu höflich und, wenn er ehrlich ist, viel zu eingeschüchtert von Dimas Missmut, um sich jemandem aufzudrängen, der nichts mit ihm zu tun haben will.

»Tschüss, Bryan!«, rufen die Zwillinge, als Hannah, Alec und Luis ihnen zum Abschied winken und sich an den Abstieg machen. Kaum sind sie außer Hörweite, stupst Alec Luis an und grinst.

»Das ist also der Neue, ja?«
»Genau, das ist er«, antwortet Luis und versucht dabei, lässig zu klingen.
»Ich mag ihn nicht«, bemerkt Hannah.
»Echt? Das hätte ich nie vermutet«, entgegnet Luis. Bryan kläfft aufgeregt und verschwindet in Sekundenschnelle in einem Feld neben dem Pfad.
»Du hast noch nicht mal mit ihm gesprochen. Woher willst du wissen, dass du ihn nicht magst?«, fragt Alec.
»Ich muss gar nicht mit ihm sprechen. Er ist ein Arsch. Hat noch nicht einmal Hallo gesagt.«
Luis will Dima in Schutz nehmen, aber dann muss er an den bösen Blick denken, den er eben geerntet hat, und schluckt die Worte hinunter. Vielleicht hat Hannah ja recht. Vielleicht ist er einfach der Neuste in einer langen Kette von süßen Jungs, die Luis nie auch nur eines Blickes würdigen würden.
»Du hast auch nicht Hallo gesagt«, erinnert Alec Hannah.
»Ich muss auch nicht freundlich sein, ich hab schließlich schon genug Freunde«, antwortet Hannah.
Luis bleibt wie angewurzelt stehen und sagt: »War das etwa ...«
»... ein Kompliment?«, vervollständigt Alec mit hochgezogenen Augenbrauen seinen Satz.
»War es gar nicht«, schnaubt Hannah, ohne stehen zu bleiben.
»Du magst uns«, säuselt Alec.
»Ich kann euch gerade so aushalten. Aber noch einen Jungen ertrage ich nicht.«
»Darüber musst du dir, glaube ich, keine Gedanken

machen«, sagt Luis, und schafft es nicht ganz, die Bitterkeit aus seiner Stimme zu verbannen. Er ist ein bisschen genervt, dass er einen ganzen Tag damit verschwendet hat, über einen Jungen nachzudenken, der ganz offensichtlich nichts mit ihm zu tun haben will. Er hätte schwören können, dass zwischen ihnen ein Funke übergesprungen war, als sich ihre Blicke oben auf dem Hügel begegnet sind, aber das hat er sich wohl nur eingebildet. Den winzigen Hoffnungsschimmer, der immer noch in seinem Inneren keimt, ignoriert er geflissentlich.

Als sie wieder den Wald erreichen, ist es bereits so dunkel, dass sie kaum die einzelnen Bäume voneinander unterscheiden können. Alec muss fünfmal pfeifen, bevor Bryan an seiner Seite auftaucht. Im Schein seiner Taschenlampe sehen sie, dass Bryan von oben bis unten besudelt ist. Hat er sich etwa in einem Kuhfladen gewälzt? Alec stöhnt auf, aber Bryan sieht rundum zufrieden aus. Auf dem Weg zu Luis' Haus müssen Hannah und Luis immer wieder loskichern, während Alec mit seinem Beagle schimpft. Luis hat seinen besten Freund zwar immer um seinen Hund beneidet, aber es hat manchmal auch Vorteile, keinen zu besitzen. Luis' Katzen sind wenigstens sauber – nur das Kaninchen der Zwillinge riecht manchmal etwas streng.

Sie bleiben vor dem Holztor stehen, das Luis und sein Dad vor ein paar Jahren rot gestrichen haben. Die Farbe blättert langsam ab, und Luis zupft ein Stück ab, um dabei zuzusehen, wie es sich in seiner Hand auflöst. Alec, der sicherheitshalber einen großen Abstand zu Bryan hält, wirft einen Blick auf das Nachbarhaus, in das die Sharapnovas gerade eingezogen sind. Es ist aus Stahl und Glas gebaut, mit riesengroßen Fenstern, die genug Licht ins Haus lassen. Es sieht makellos aus, was man von dem Haus, in dem Luis wohnt, nicht behaupten kann. Nachdem Generationen der Familie Winter ihre Spuren daran hinterlassen haben, fehlt dem Dach hier und da ein Ziegel, die Veranda ist voll mit rostigem Werkzeug und verbeultem Spielzeug, und es braucht dringend einen neuen Anstrich. Und trotzdem würde Luis nichts ändern wollen. Ein einziger Blick auf das windschiefe, an vielen Stellen notdürftig reparierte Haus verrät, dass Luis' Familie nicht viel Geld hat, aber der Anblick erfüllt ihn mit einem warmen Gefühl der Zugehörigkeit. Wenn er das Wort »gemütlich« definieren müsste, würde er einfach auf sein Haus zeigen, das jetzt, da Weihnachtsbeleuchtung und Papiersterne in den Fenstern funkeln, besonders einladend aussieht.

»Ihr beide wollt euch nicht zufällig freiwillig melden, um Bryan den Dreck aus den Ohren zu waschen?«, fragt Alec niedergeschlagen.

»Nein, aber ich gucke dir gerne dabei zu«, entgegnet Hannah süffisant.

»Hey, es ist doch nicht alles schlecht«, sagt Luis. »Denk einfach an morgen!«

»Morgen ist Montag, und montags ist Schule«, sagt Hannah, aber Alec grinst breit.

»Schnee?«, fragt er.

»Schnee«, bestätigt Luis, und er fühlt, wie sich die Aufregung in seinem Magen regt.

»Pff, ich hau ab«, grummelt Hannah und wendet sich zum Gehen. Alec und Bryan hasten ihr nach, und Luis betritt das Haus. Er überlegt, früh ins Bett zu gehen, um am nächsten Tag den weißen Wintermorgen genießen zu können. Jungen mögen ihn zwar immer wieder enttäuschen, aber auf den Schnee kann er sich verlassen. Zumindest in Fountainbridge, wo es immer in der ersten Dezembernacht schneit, so verlässlich, wie in den kitschigen, heteronormativen Weihnachtsfilmen in jedem Fernsehprogramm nach Halloween. Selbst der Klimawandel kommt nicht dagegen an. Es mag zwar keinen Sinn ergeben, aber das tun Wunder selten.

2. Dezember

Dima

Dima wacht in einer Welt auf, die wie in Watte gepackt ist. Er ist daran gewöhnt, beim Einschlafen die Stimmen der Menschen in der Bar unter ihrer Wohnung zu hören, und von Bremsen, die schrill quietschen, und lautem Hupen aus dem Schlaf gerissen zu werden. Die Abwesenheit von Geräuschen ist ihm unheimlich, aber sie ist bei Weitem nicht das Einzige, was ihn nachts wachhält. Heute morgen fühlt sich die Stille besonders dicht an. Ein silbriges Licht fällt durchs Fenster in sein Zimmer. Dima begutachtet den Stapel Kartons, den er immer noch nicht ausgepackt hat, und entdeckt eine verstaubte rote Nase, die aus einem von ihnen ragt. Früher waren Rentiere seine Lieblingstiere gewesen. Als er fünf war und gerade in England angekommen war, kaufte seine Mutter ihm ein Rudolph-Stofftier, das er bestimmt zwei Jahre lang überall mit hingenommen hat. Jetzt, mehr als zehn Jahre später und nach einem weiteren Umzug ins Unbekannte, tröstet ihn der Anblick des Stofftieres aus seiner Kindheit gerade genug, um unter der Bettdecke hervorzukrabbeln und zum Fenster zu gehen, das in den Vorgarten hinausblickt. Alles ist mit einer dicken Schneeschicht bedeckt. Die Häuser auf der anderen Straßenseite sehen wie ein Set für einen Weihnachtsfilm aus, zu perfekt, um echt zu sein. Der

Schnee ist noch rein und unberührt, bis auf ein Paar Fußspuren, die von ihrer Haustür wegführen. Seine Mutter ist bereits für ihre Frühschicht im Krankenhaus aufgebrochen.

Er schnappt sich sein Handy vom Nachttisch und hofft, wie jeden Morgen, seit sie umgezogen sind, dass Gabriel endlich auf seine Nachricht geantwortet hat. Aber alles, was er auf seinem Sperrbildschirm sieht, ist eine Spam-E-Mail und eine Erinnerung an eine Party, auf die er nicht mehr gehen kann. Er hat eh genug von Partys. Auf einmal ist seine Stimmung im Keller.

Dima duscht schnell und putzt sich die Zähne, bevor er nach unten geht. Die Küche sieht bewohnter aus als Dimas Zimmer. Benutzte Tassen sammeln sich im Waschbecken, eine Schüssel mit Physalis steht neben der Kaffeemaschine, und seine Mutter hat bereits zwei Magnete und ein Foto an den Kühlschrank geheftet. Ein Magnet sieht aus wie ein Willkommensschild, das stolz die Stadt Fountainbridge ankündigt, und ein zweiter in Form eines roten Kreuzes hält ein Selfie von einem viel jüngeren Dima und seiner Mutter fest, das sie an dem Tag zeigt, an dem sie ihr Medizinstudium abschloss. Sein Herz schwillt vor Stolz an, als er an den Tag zurückdenkt. Er erinnert ihn daran, dass all das hier es wert ist, selbst wenn es bedeutet, dass er sein bisheriges Leben hinter sich lassen und wieder von vorne anfangen muss. Das heißt nicht, dass ihm der plötzliche Umzug gefällt, aber das Ergebnis akzeptiert er um ihretwillen. Was daran schlimm ist, ist das schreckliche Gefühl, jemanden verloren zu haben, von dem er dachte, dass er ihn immer an seiner Seite haben würde. Er wirft einen weiteren Blick auf sein Handy, aber der Bildschirm bleibt dunkel.

Frustriert stopft Dima sich eine Physalis in den Mund und wirft ein paar zusätzliche Früchte in seine Schultasche. Er zieht sich seine Jacke über und öffnet die Tür, wo er von einem eisigen Windstoß und glitzerndem Schnee begrüßt wird. Er sieht auf seine Füße hinab, die nur in Socken stecken, und denkt darüber nach, statt Sneakern heute Stiefel anzuziehen. Aber schließlich siegt doch seine Faulheit, denn er hat keinen blassen Schimmer, in welchem der vielen Kartons in seinem Zimmer sich seine Stiefel verstecken. Während er in seine Sneaker schlüpft, hört er irgendwo eine Tür aufgehen. Eine kurze Sekunde lang überwältigt ihn Kindergeschrei und eine bellende Frauenstimme, die ihnen befiehlt, sich *sofort* ihre Hosen anzuziehen. Dann fällt die Tür wieder ins Schloss, und er hört knirschende Fußschritte auf frisch gefallenem Schnee.

Dima hält inne. Er will es so lange wie möglich vermeiden, in Gespräche verwickelt zu werden, aber er hat den leisen Verdacht, dass er an seinem ersten Tag an der neuen Schule nicht viel Frieden finden wird. Als er aus dem Haus tritt, sieht er den blonden Jungen von nebenan, der mit einer viel geflickten Tasche auf der Schulter in Richtung Stadtzentrum stapft. Luis, fällt Dima ein. Er erinnert sich an keinen anderen Namen der seltsamen Nachbarsfamilie, aber Luis ist ihm im Gedächtnis geblieben. Gestern gab es einen Moment, oben auf dem Hügel, in dem sich ihre Blicke für den Bruchteil einer Sekunde trafen, bevor die Dunkelheit sie verschluckte. Bei der Erinnerung läuft ihm ein Schauer über den Rücken. Entweder das oder ein kalter Luftzug ist ihm unter die Jacke gedrungen.

Er beschließt, Luis in sicherem Abstand zu folgen. Er weiß, dass es zur Schule nur zehn Minuten Fußweg sind, aber er hat sich nicht die Mühe gemacht, den Weg vorher nachzuschauen. So schwer kann es nicht sein, in einer kleinen Stadt wie Fountainbridge die Schule zu finden. Schließlich gibt es hier noch nicht einmal einen Bahnhof. Was es gibt, ist ein Kino mit genau einem Saal, ein Freibad an einem See mit irgendeinem komischen Namen, und, zu seiner Überraschung, drei verschiedene Buchläden. Vielleicht lesen die Leute mehr, wenn es sonst nichts zu tun gibt, als in die Luft zu starren. Ach, und dann ist da noch Weihnachten, worauf die Leute hier total abzufahren scheinen. Ja, okay, das mit den Lichtern war ganz nett, aber als Dima an einem Haus nach dem anderen vorbeikommt, fühlt er sich, als sei er durch den Kaninchenbau direkt ins Winterwunderland gefallen. Er kommt an winkenden Weihnachtsmännern und singenden Wichteln und mehr nackten Babyengeln vorbei, als er in seinem Leben eigentlich sehen wollte.

Als Dima an einem Park vorbeigeht und es endlich schafft, den Blick von einem Rentier von fast schon beängstigender Größe loszureißen, das darin thront, als wäre es ganz normal, fällt ihm Luis ins Auge, der gerade um eine Ecke verschwindet. Dima joggt ihm hinterher und kommt vor einem Gebäude an, das wohl die Schule sein muss – und schäbig sieht sie nicht gerade aus. Das Gebäude ist imposant, mit hohen Fenstern, mehreren Türmchen und schneebedeckten Wasserspeiern, die unter der Dachkante hocken. Manchen hängen bereits Bärte aus Eiszapfen von den Schnauzen. Dima entdeckt Luis, der mit zwei Menschen spricht, die wie das genaue Gegenteil voneinander aussehen. Die eine Person strahlt fast schon zu viel Positivität für diese Tageszeit aus, und die andere sieht so aus, als hätte der Weihnachtsmann dieses Jahr alle Festivitäten abgesagt.

»Schnee, Mann!«, sagt der Junge in dem lila Mantel, als Dima ihnen die Treppe hinauf zum Eingang folgt. Drinnen bleibt Dima stehen, um den Ort zu begutachten, an dem er fast jeden Tag der nächsten zweieinhalb Jahre verbringen wird. In den Fluren drängeln sich Kinder und Jugendliche, und die Schule ist überraschend gemütlich, mit von bunten Bannern geschmückten Wänden und Plakaten für ein Schultheaterstück, die an die Schließfächer geklebt sind. Luis' Freundin, die große mit dem Haar, das die Farbe einer tintenschwarzen Regenwolke hat, wirft einen Blick auf die trüben Pfützen, die sich auf den Fliesen sammeln, und verzieht angewidert das Gesicht.

»Ich hasse Schnee«, sagt sie, als könnte man ihren Unmut nicht schon aus mehreren Kilometern Entfernung an ihrem Gesicht ablesen.

»Was kann an Schnee überhaupt schlecht sein?«, gibt Luis zurück. »Wenn es geschneit hat, sieht alles aus wie Zuckerwatte und Marshmallows und Schlagsahne.«

»Er schmilzt«, antwortet sie und stampft mit den Füßen auf den Boden, um den Schnee von ihren Schuhsohlen zu lösen.

»Und der Geruch, so sauber und süß.«

»Er ist nass.«

»Schnee ist im Prinzip gefrorene Magie.«

»Er ist verdammt nochmal kalt.«

Der kleinere Junge bemerkt, dass Dima sie beobachtet, und verdreht die Augen in Richtung der beiden anderen. Hitze kriecht Dima den Nacken hoch, und er wendet den Blick ab. Er wollte ihre Unterhaltung überhaupt nicht belauschen, aber jetzt sieht es so aus, als hätte er genau das getan. Bevor er sich aus dem Staub machen kann, stößt jemand mit ihm zusammen, sodass er fast auf dem nassen Boden ausrutscht. Dima findet die Balance wieder, und Erleichterung durchströmt seinen Körper. Mit dem Gesicht zuerst in einer Pfütze aus schlammigem, geschmolzenem Schnee zu landen, ist nicht unbedingt der erste Eindruck, den er hinterlassen will. Er ist schon bereit, sich bei der Person zu beschweren, die ihn fast umgerannt hat, beißt sich aber im letzten Moment auf die Zunge. Denn es war kein tollpatschiger Teenager, sondern ein Lehrer. Ein schneebedeckter Lehrer, der einen Pelzmantel trägt, von dem Dima inständig hofft, dass er nicht aus echtem Pelz besteht, zusammen mit einer Mütze, die auch auf den Kopf eines russischen Milliardärs passen würde – pelzige Ohrenklappen inklusive –, aber der für das hagere Gesicht darunter zu groß aussieht. Der Lehrer nimmt seine beschlagene Brille ab und klopft Dima entschuldigend auf die Schulter.

»Tut mir leid, so sollte die Begrüßung eigentlich nicht aussehen. Sie sind unser neuster Schüler! Dima Sharapnova, nicht wahr?« Dima nickt. Er hält den Mund lieber geschlossen, denn er hat die Beleidigungen, die ihm auf der Zunge lagen, noch nicht ganz heruntergeschluckt.

»Ich bin Schulleiter Charles«, stellt er sich vor, als er sich die Brille wieder auf die dünne Nase setzt. Hellblaue Augen blinzeln ihn ein paarmal an, bevor sie sich auf die Menge richten, die sich um sie versammelt hat. »Alle in ihre Klassenzimmer«, ruft er und winkt auch Luis und seine Freundesgruppe weg, als die Schulglocke klingelt. Dima will das Klingeln zum Anlass nehmen, sich ebenfalls zurückzuziehen, aber Schulleiter Charles hat andere Pläne. »Nicht Sie, Dima. Sie kommen mit in mein Büro, damit ich Ihnen Ihren Stundenplan erklären kann. Könnten Sie die kurz halten?«, fragt er und gibt Dima seine Aktentasche. Der Schulleiter zieht den Mantel aus und nimmt die Mütze ab. Darunter kommen ein ordentlicher, aber nicht zu formeller Anzug und eine Spiegelglatze zum Vorschein. Vom Oligarchen zum hippen CEO eines Tech-Start-Ups in zwei Sekunden, denkt Dima, als ihm der Geruch von Eau de Cologne in die Nase steigt. »Vielen Dank, Dima«, sagt Schulleiter Charles und nimmt ihm die Brieftasche wieder ab. »Kommen Sie, wir kümmern uns um Ihren Stundenplan.«

Die nächsten zwanzig Minuten verbringt Dima im Büro des Schulleiters, um mit ihm verschiedene Dokumente und einen Lageplan der Schule durchzugehen, die zu Dimas großer Freude im Keller neben einer Sporthalle auch ein Schwimmbad hat. »Wir sind eine ziemlich kleine Schule, mit nur etwa 300 Schülerinnen und Schülern, und zwar nicht nur aus Fountainbridge, sondern auch aus Johnsonville und Lombard. Aber du wirst sehen, dass wir eine große Auswahl an Clubs und Komitees haben, denen du vielleicht beitreten möchtest. Wirklich schade, dass du zu spät angekommen bist, um im Theaterclub mitzumachen. Die Weihnachtsaufführung ist immer herausragend«, erklärt der Schulleiter, und Dima versucht, so auszusehen, als fände er es auch schade, dass er dem herausragenden Theaterclub nicht mehr beitreten konnte.

Der Rest des Schultags vergeht ohne weitere Vorfälle, außer, dass Dima sich vierzehn Mal in verschiedenen Kursen vorstellen muss und sich bei jedem so fühlt, als nähme sein Körper zu viel Raum ein, wenn alle Blicke sich auf ihn richten. In der Mittagspause sucht er die Menge nach Luis' Gesicht ab, aber als ihm klar wird, was er tut, hält er inne. Stattdessen laden ein paar Jungs, die er aus seinem Biologiekurs kennt, Dima zu sich an den Tisch ein. Dima kaut auf seinem Gemüse herum und hört zu, wie sie über Fußball reden, sich über Lehrkräfte beschweren, die er nicht kennt, und überlegen, wer ihnen auf dem Weihnachtsmarkt Glühwein besorgen könnte.

»Hey«, sagt irgendwer, und erst, als Bruno ihm mit der Hand vor dem Gesicht herumwedelt, fällt Dima auf, dass er mit ihm geredet hat. Bruno ist einer der Jungs, denen in dem Moment, in dem sie in die Pubertät kamen, sofort ein Vollbart gesprossen ist. Außerdem hat er aus irgendeinem seltsamen Grund eine kurze Hose an. So kälteresistent ist nicht einmal Dima. Schnell schluckt er seinen Bissen herunter.

»Ja?«

»Willst du nach der Schule mit zur Weihnachtsmarkteröffnung kommen?«, fragt Bruno schroff. Dimas Zögern muss wohl offensichtlich sein, denn Bruno gibt ihm nicht die Gelegenheit, zu antworten. »Die Eröffnungszeremonie ist immer ein bisschen langweilig, aber der Apfelpunsch ist ziemlich gut. Besonders mit extra Schuss.« Bruno und seine Freunde schauen Dima erwartungsvoll an, und Dima bringt es nicht über sich, Nein zu sagen. Dazu kommt noch die Tatsache, dass er absolut keine anderweitigen Pläne hat, außer in seinem Zimmer zu faulenzen und sein Handy anzustarren, in der Hoffnung, dass es eine Nachricht ankündigt, die sowieso nicht kommen wird.

»Klar«, antwortet Dima. Zur Antwort stößt Bruno die Faust gegen seine.

Ein paar Stunden später verlässt er das Schulgebäude. Er ist froh, den Weihnachtsferien ein paar Stunden näher zu sein. Neben dem Schultor stehen Bruno und sein langhaariger Freund, dessen Namen er sich nicht gemerkt hat, und den er daher nicht direkt ansprechen wird, bis in irgendeinem Gespräch sein Name fällt. Sie winken ihn zu sich, und zusammen nehmen sie Kurs auf die Stadt. Auf dem Weg werden die Häuser um sie herum immer älter und stehen näher beieinander. Große Einfamilienhäuser werden durch Reihenhäuser aus riesigen Ziegelsteinen abgelöst, die in bunten Farben gestrichen sind. Den Anblick kann Dima nur als malerisch beschreiben.

Er fragt sich, ob Bruno und der Langhaarige wohl wirklich jemanden überzeugen werden, ihnen Alkohol zu kaufen. Er hat kein moralisches Problem damit, aber dann erinnert er sich wieder an das letzte Mal, als er betrunken war, und sein Magen zieht sich zusammen. Vielleicht sollte er vorerst nüchtern bleiben. Sie gehen unter einem hohen Torbogen hindurch, dessen rote Ziegelsteine fast vollständig unter dem Schnee verschwunden sind, und kommen in eine Gasse, die links und rechts in überdachte Durchgänge abbiegt, die wiederum einen weitläufigen Platz umgeben. Hinter einem festlichen roten Band, das die wachsende Menschenmenge zurückhält, liegt ein Dorf aus kleinen, braunen Hütten, die mit Lametta und Tannenzweigen geschmückt sind. Dima ist groß genug, um über die Köpfe der Menge hinweg ein Karussell und einen Streichelzoo zu entdecken. Klassische Weihnachtsmusik tönt aus versteckten Lautsprechern, und der Geruch von gebrannten Mandeln und warmen Plätzchen lässt Dima das Wasser im Mund zusammenlaufen. Er hat sich schon immer gefragt, warum es Zucker in so unwiderstehlich köstlichen Formen gibt, wenn man ihn eigentlich nicht essen soll. Das muss alles eine große Verschwörung sein.

»Der Geruch ... rette mich«, seufzt ein Mädchen mit dichten braunen Locken, als sie an ihm vorbeikommt. Sie sieht aus, als würde sie nichts lieber tun, als sich kopfüber in einen Schokoladenbrunnen zu stürzen. Sie hält Händchen mit einem großen blonden Jungen, dessen blasse, leicht spitz zulaufende Ohren ihn wie einen überdimensionalen Elfen aussehen lassen. Irgendwoher kennt Dima die beiden. Er muss sie wohl in der Schule gesehen haben, aber nachdem er festgestellt hat, dass Luis und er nicht im selben Jahrgang sind, hat er den Leuten um sich herum nicht mehr viel Aufmerksamkeit geschenkt. Das Mädchen begrüßt enthusiastisch einen großen Mann mit schwarzer Haut und freundlichen Augen, der auf einem roten Samtkissen eine überdimensionale goldene Schere herbeiträgt.

Dima und die anderen beobachten, wie immer mehr Menschen auf den Vorplatz strömen, die sich darauf freuen, eine Runde auf dem Karussell zu fahren oder eine Waffel mit Apfelmus zu essen. Endlich wird die Musik leiser, und eine Frau in einem tannengrünen Anzug heißt sie willkommen. Ihr roter Bob wippt leicht hin und her, während sie alle dazu ermuntert, einen Schritt vorzutreten. Sie nimmt die Schere vom Kissen und reicht sie einer älteren Frau mit einem geflochtenen Zopf, der so weiß ist, dass er fast mit dem Schnee verschmilzt. Ihre Zähne sind etwas schief, aber ihre Haut sieht weich und komplett faltenfrei aus. Dima hat keinen blassen Schimmer, wer diese

Leute sind oder warum diese Zeremonie so wichtig zu sein scheint, und es sieht nicht so aus, als hätte Bruno vor, es ihm zu erklären. Er leckt sich nur die Lippen – offenbar ist er in Gedanken schon beim Punsch. Es gibt Applaus, als die alte Dame mit dem Zopf das rote Band durchschneidet, und der Platz ist auf einmal von zeremonieller Musik erfüllt. Kinder rennen auf die Ziegen im Streichelzoo zu, und Erwachsene wärmen sich an dem ersten Glühwein der Saison. Bruno und sein Freund zerren Dima an einen Stand, der schon von Weitem nach Zimt, Nelken und etwas Fruchtigem riecht.

»Der beste Punsch weit und breit«, verkündet Bruno und gibt Dima eine rote Tasse, die bis an den Rand mit einer hellbraunen Flüssigkeit gefüllt ist. Von der Oberfläche steigt Dampf auf, und auf der Tasse tanzen winzige, gemalte Menschen auf Schlittschuhen über einen zugefrorenen See.

»Der beste der Welt!«, fügt der Langhaarige hinzu und lässt vor Aufregung fast seine Tasse fallen.

»Jonas, es gibt echt niemanden, der mehr schmalziges Zeug sagt als du«, sagt Bruno und lüftet damit endlich das Geheimnis um den Namen des Langhaarigen. Dima nimmt einen vorsichtigen Schluck. Wenn Weihnachten ein Getränk wäre, dann würde es genau so schmecken. Der Punsch erfüllt seine Gliedmaßen mit Wärme und kitzelt ihn sanft an der Nase.

»Stimmt überhaupt nicht«, gibt Jonas zurück. »Das ist wenn dann Luis Winter.«

Dima verbrennt sich fast die Lippe an seinem Punsch und stellt vorsichtig die Tasse ab. »So heißt er doch nicht wirklich, oder?«

»Doch, und das sagt dir schon alles, was du über ihn wissen musst«, sagt Bruno und schlürft seinen Punsch. Er klingt wie ein durstiger Elefant an einem Wasserloch.

»Seine Familie wohnt schon seit der Gründung in Fountainbridge oder so«, erklärt Jonas.

»Was bedeutet, dass ihnen früher vermutlich das Schloss und die halbe Stadt gehört haben. Würde man echt nicht denken, wenn man die Hütte sieht, in der sie heute wohnen. Das wenige Geld, das sie haben, geben sie offenbar für Strickwolle und Plätzchenteig aus.«

Bis jetzt hatte Dima keine besondere Meinung zu Bruno, aber mit jedem Wort, das aus seinem Mund kommt, mag er ihn weniger. Dima ist auch nicht gerade reich geboren, und er gewöhnt sich immer noch daran, ein Zimmer zu haben, das größer ist als die Wohnung, in der sie bisher gewohnt haben. Jahrelang haben seine Mutter und er sich eine Einzimmerwohnung geteilt, weil sie sich keine größere leisten konnten. Nur dank der Beharrlichkeit seiner Mutter sind sie jetzt hier, und darum kann Dima ihr ihre Entscheidungen nie übel nehmen. Außerdem gefällt ihm das Nachbarhaus. Es hat Charakter – etwas, das Bruno zu fehlen scheint. Und trotzdem kann Dima sich nicht dazu bringen, Luis in Schutz zu nehmen. Schließlich kennt er ihn überhaupt nicht. So oder so hat Dima keine Lust mehr, bei Bruno und Jonas zu bleiben. Lieber verbringt er Zeit damit, auf seinen dunklen Handybildschirm zu starren, als sich ihre dummen Kommentare anzuhören.

Er trinkt seinen Punsch so schnell wie er kann aus, ohne sich die Zunge zu verbrennen. Als er den letzten Schluck nimmt, ist die Dunkelheit bereits über den Weihnachtsmarkt hereingebrochen, und die Beleuchtung der

Buden wirkt auf die Besuchenden genauso anziehend wie bunte Blumen auf Bienen.

»Ich sollte nach Hause gehen«, verkündet er.

»Was, jetzt schon?«, fragt Jonas verwirrt.

»Ja, sorry«, antwortet Dima. »Aber danke, dass ihr mich mitgenommen habt.«

Er gibt die Tasse wieder ab, nickt ihnen kurz zu, und überlässt sie wieder sich selbst. Mit den Händen tief in den Taschen vergraben schlendert er auf den Torbogen zu. Als er darunter hindurchkommt, fegt ein Windstoß eine Schneewehe vom Bogen, die sanft zu Boden rieselt. Als Dima die Schultern hochzieht, um die Flocken daran zu hindern, auf seinem Nacken zu landen, begegnet jemand seinem Blick. Den Bruchteil einer Sekunde lang blitzt in der Dunkelheit ein paar hellgrauer Augen auf, dasselbe Paar, das ihn gestern Abend angestarrt hat.

Dima wirbelt herum und erhascht gerade noch einen Blick auf Luis' blonden Hinterkopf und den Aufnäher in Form eines Rentiers auf seinem Ellbogen, bevor er vom aufgewehten Schnee verschluckt wird. Irgendetwas in seiner Brust schnurrt zufrieden und zerstreut dabei einen Teil der Angst, die sich dort seit dem Abend der Party eingenistet hat. Dima ist so mit dem Rentieraufnäher und den grauen Augen beschäftigt, dass er Gabriel fast vergisst.

Fast.

3. Dezember

Luis

»Rate mal, was ich gesehen habe«, nuschelt Alec, während er sich Blaubeerpfannkuchen in den Mund stopft. Ein Großteil seines Gesichts ist mit Ahornsirup und Schlagsahne verschmiert. So sehr Alec auch auf sein Äußeres achtet, könnte er selbst dann nicht ordentlich essen, wenn jemand Bryan eine Pistole an den Kopf halten und drohen würde, abzudrücken, wenn Alec Essen von der Gabel fällt.

Es ist Mittagszeit, und Luis, Hannah und Alec sitzen in ihrer angestammten Ecke im Café am Fuße des Lindenbuckels. Ein kleines Fenster in ihrer Ecke gewährt einen Ausblick auf die schneebedeckten Dächer der Stadt, und Hannah ist gerade damit beschäftigt, Strichfiguren auf das beschlagene Glas zu zeichnen. Das Café haben sie letzten Sommer entdeckt, als sie in Shorts und Tanktops mit den Fahrrädern durch die Stadt fuhren und nach einem Ort suchten, an dem sie der Augusthitze und den überfüllten Freibädern entfliehen konnten. Hannah war die Regenbogenflagge in der Ecke des Caféfensters zuerst aufgefallen. Der Aufkleber war zwar klein und unauffällig, aber er leuchtete ihnen wie ein Leitstern entgegen. Das Innere des Cafés ist einladend und gemütlich; Topfpflanzen hängen von der Decke und den Wänden, und um die runden Tische stehen Polstersessel in verschiedenen Farben.

Die Bank in ihrer Ecke strotzt geradezu vor Kissen, und die gesamte Wand hinter ihnen ist von Moos bewachsen, das auf Luis immer abkühlend wirkt. Der zutreffende Name des Cafés lautet »Greenhouse«.

»Der Neue hat mit Bruno und seinen Bros geredet«, sagt Alec. Luis hört auf zu kauen und tauscht einen entsetzten Blick mit Hannah aus, die eine Tomate aus ihrem Wrap fischt.

»Wusste ich's doch«, sagt sie.

»Er ist ein aussichtsloser Fall«, stimmt Luis ihr zu. Irgendwie ist er ein bisschen enttäuscht, dass Dima sich mit den Jungs angefreundet hat, die er um jeden Preis vermeidet: widerwärtige, großmäulige Halbmänner, die abstoßende Witze machen und sich gegenseitig mit Essen bewerfen. Er stopft sich eine Handvoll Pommes in den Mund. Die Pommes sind das günstigste Gericht auf der Speisekarte, aber dafür sind sie knusprig und in Rosmarinsalz gewendet. Sie schmecken himmlisch, und vertreiben fast vollständig den Frust, den die Nachricht, dass Dima sich mit dem Feind verbündet hat, bei ihm ausgelöst hat.

Die Tür schwingt auf und die Türglocke läutet, als eine Gruppe Menschen in das Café kommt, begleitet von Schneeflocken und einem kalten Windstoß. Luis' Magen zieht sich zusammen, als Thom, groß und mit strahlenden Augen, Hand in Hand mit seiner neuen Freundin hereintritt. Nicht »neu« im Sinne von »gerade erst zusammen«, sondern im Sinne von »nicht mehr Luis, der seine Hand hält und sich mit ihm das Essen teilt«. Den beiden folgt ein kurviges Mädchen mit unauffälligem, aber exquisitem Make-up, das in Beige- und Brauntöne gekleidet ist. Die Sache mit Elise ist, dass sie immer absolut perfekt aussieht.

Nicht eine falsch gekrümmte Wimper, makellose Nägel, und nie auch nur ein Fältchen in ihren Klamotten. Luis fühlt sich in ihrer Gegenwart immer irgendwie eingeschüchtert, aber gleichzeitig so, als wolle er nichts mehr, als mit ihr befreundet zu sein. Unter ihrem hochpolierten Äußeren verbirgt sich nämlich ein wirklich sympathischer Mensch. Als sie am Anfang des Schuljahres nach Fountainbridge zog, rekrutierte Alec sie sofort in die Theaterabteilung für Haar und Make-up. Er winkt ihr zu, während Luis sich ein Lächeln abringt und Hannah auf der Bank hinunterrutscht. Sieht so aus, als wäre Luis nicht der Einzige, der unausgesprochene Gefühle hegt.

Luis wünscht sich, dass Alec aufhört, zu winken. Am Ende glauben sie noch, dass er sie an ihren Tisch einlädt.

»Alec«, sagt er eindringlich. »Wie läuft die Unterschriftensammlung?«

Alec dreht sich wieder zu ihnen um, und Luis versucht, Thom aus seinen Gedanken zu verbannen. Hannah unterdessen sieht so aus, als würde sie am liebsten unter dem Tisch verschwinden.

»Sie hat immer noch nicht so richtig Fahrt aufgenommen. Eigentlich würde man meinen, dass die Leute gerne dabei helfen würden, genderneutrale Toiletten an Schulen zu ermöglichen, wenn sie einfach nur unterschreiben müssen, aber das ist wohl schon zu viel Aufwand.« Er stopft sich ein besonders großes Stück Pfannkuchen in den Mund, als ob es seinen Frust wieder wettmachen könnte. Vielleicht tut es das auch, denkt Luis, aber nur kurzfristig.

»Menschen sind scheiße«, kommt Hannahs gedämpfte Stimme von irgendwo unter ihnen.

»Ich habe schon meine ganze Familie genötigt, zu unterschreiben«, sagt Luis. »Und morgen frage ich Tante Bertha. Hoffentlich schaffe ich es, bevor sie vom vielen Christbaumloben zu betrunken wird. Ich bin mir nicht sicher, ob Unterschriften zählen, wenn man sie unter dem Einfluss von Alkohol gibt.« Darüber muss Alec lachen, und sieht ein bisschen weniger niedergeschlagen aus. »Und Der Rabe und das Greenhouse verbreiten auch die Nachricht«, fügt Luis hinzu und nickt den Angestellten hinter der Theke zu, die den Neuankömmlingen gerade Getränke und Essen bringen. »Vielleicht können wir auch Oma Lotte und ihre Green Grannies fragen.«

Alec zeigt mit der Gabel auf Luis, um ihm seine Aufregung zu zeigen, da sein Mund gerade zu voll zum Sprechen ist. Die Green Grannies sind eine Gruppe alter Damen, die sich dafür einsetzen, Fountainbridge umweltfreundlicher zu machen. Seit Oma Lotte für ihre Bemühungen, die Stadt dazu zu bringen, von fossilen Brennstoffen auf erneuerbare Alternativen zur Stromerzeugung umzusteigen, zur Weihnachtsfee gekrönt wurde, sind die meisten öffentlichen Gebäude und sogar der Weihnachtsmarkt nachhaltiger geworden. Die Green Grannies haben Einfluss und könnten eine echte Bereicherung für ihre Kampagne sein.

Hannah setzt sich auf und tätschelt Alec leicht den Arm, was bei ihr ungefähr einer Umarmung gleichkommt. »Die Leute haben dumme Meinungen zu Toiletten. Wir müssen ihnen einfach nur zeigen, *wie* dumm sie sind.«

Alec schluckt und sieht zu Thom, Maya und Elise, die an einem Tisch in der Nähe der Tür sitzen. »Glaubt ihr, wir sollten sie fragen? Thom würde auf jeden Fall unterschreiben, und Elise ist immer nett. So richtig nett. Sie meinte, sie mag meine Ansteckersammlung. Aber bei Maya bin ich mir nicht sicher.« Sie sehen zu Thoms Freundin hinüber, die ihr Haar heute in zwei seitlichen Zöpfen trägt, sodass sie ihr bauschig vom Kopf abstehen. Normalerweise geht Luis ihr weitgehend erfolgreich aus dem Weg. Sich mit der neuen Freundin seines Ex zu vergleichen, die zufällig so aussieht, als könnte sie ihn sowohl in einem Wettrennen schlagen als auch ein Armdrücken gegen ihn gewinnen, wirkt sich nicht gerade positiv auf sein Selbstvertrauen aus. Also versucht er, gar nicht über sie nachzudenken. Und scheitert dabei meistens kläglich.

Alec wirft Luis einen nervösen Blick zu. Luis weiß, dass er etwas sagen sollte, aber wenn er ehrlich ist, will er mit Maya so wenig wie möglich zu tun haben. Sie hat ihm schon Thom weggenommen, und er wird nicht zulassen, dass sie auch Alec und Hannah bekommt. Und dennoch. Das hier betrifft nicht nur ihn. Es geht darum, sicherzustellen, dass queere Kinder und Jugendliche sich an der Schule wohlfühlen. Er hasst es, seinen Stolz herunterschlucken zu müssen. Er schmeckt nach Demütigung und Lakritze, und Luis hasst Lakritze.

»Wir sollten sie fragen. Und Maya auch«, sagt Luis, aber seine Stimme klingt komisch, als er sich die Worte abringt. Als hätte sie ihn gehört, hebt Maya den Kopf, und hastig wenden sie alle den Blick ab und tun so, als wären sie ganz von ihren Tellern fasziniert.

»Du musst über ihn hinwegkommen, Luis«, flüstert Hannah.

Das ist Luis auch klar, aber es ist trotzdem nicht schön zu hören. »Du musst dich zusammenreißen und sie nach einem Date fragen, Hannah«, schießt Luis zurück und nickt in Elises Richtung. Hannah tut gerne so, als stehe sie über Gefühlen, aber an der Art, wie sie sich in Elises Gegenwart gibt, kann man alles ablesen. Sie will gerade kontern, als Alec ihr zuvorkommt.

»Haben eure Nachbarn schon einen Weihnachtsbaum, Luis?«

Luis reißt den Blick von Hannah los, vom plötzlichen Themenwechsel überrumpelt. Normalerweise ist Alec ziemlich gut darin, die Situation wieder zu beruhigen. Es ist nicht so, dass Luis und Hannah nicht befreundet wären, sie sind wirklich gut befreundet, aber ihre Persönlichkeiten ecken manchmal aneinander an. Doch wenn überhaupt, macht das ihre Freundschaft noch stärker. Allerdings ist Alec kein großer Fan von Konflikten.

»Meinst du Dima und seine Mum?«

»Wie viele neue Nachbarn hast du denn noch, Luis?«, fragt Hannah.

»Warum musst du immer so gemein sein, Hannah?« Normalerweise stört Luis ihre bissige Art nicht, aber manchmal, wenn sein Fell besonders dünn ist und sie immer noch einen Kommentar obendrauf setzt, trifft ihn ihr Sarkasmus dort, wo es wehtut. Weil sie sich schon seit der dritten Klasse kennen, weiß sie über all seine Unsicherheiten Bescheid und scheut sich auch nicht, sie in einem Streit gegen ihn einzusetzen. Luis ist klar, dass das eine Art Verteidigungsmechanismus ist. Wenn sie gemein ist, muss sie sich keine Sorgen machen, ob die Leute sie mögen.

Hannah antwortet nicht, sondern starrt Luis in die Augen, während sie demonstrativ mit offenem Mund kaut, sodass Luis ihr spuckedurchweichtes Mittagessen sehen kann. Er zwingt sein Gesicht dazu, neutral zu bleiben, und sagt: »Soll ich Elise Bescheid sagen, damit sie auch zugucken kann?« Das hat den gewünschten Effekt. Hannah klappt den Mund wieder zu, aber wenn Blicke töten könnten, dann würde Luis auf der Stelle umkippen.

»Ihr könntet ruhig ein bisschen netter zueinander sein, es ist schließlich bald Weihnachten«, ermahnt Alec sie. »Also, haben sie nun einen Baum oder nicht?«

»Äh, nicht, dass ich wüsste«, antwortet Luis zögerlich. Eigentlich weiß er es nämlich genau. Das Zimmer der Zwillinge im Obergeschoss bietet einen Blick auf den Garten des Nachbarhauses. Und aus dem richtigen Winkel könnte jemand, der sich wie ein Stalker verhält, eventuell durch die hohen Fenster in ein Wohnzimmer mit einem großen grauen Sofa und einem sehr weich aussehenden Teppich sehen. Aber nach einem Weihnachtsbaum würde dieser Jemand vergeblich suchen.

»Dann schlage ich vor, dass wir ihnen einen holen!«, sagt Alec mit einem so breiten Lächeln, als hätte er gerade den Friedensnobelpreis gewonnen.

»Warum?«, fragt Luis skeptisch.

»Das habe ich doch gerade erklärt! Weihnachten! Nett zueinander sein! Selbstlosigkeit!«

»Ja, aber ... warum? Ich dachte, wir hätten beschlossen, dass er ein aussichtsloser Fall ist«, entgegnet Luis. »Und übrigens hast du Schlagsahne an der Nase.« Alec schnappt sich eine Serviette und wischt sich ungeduldig das Gesicht ab.

»Nein«, sagt Alec und taucht wieder hinter der Serviette auf, die die Sahne auf seinem Gesicht nur noch mehr verschmiert hat. »Das habt ihr beschlossen, nicht ich. Weil ich kein nachtragender Mensch bin. Und ich finde, es wäre schön, wenn sie sich der Tradition anschließen könnten.«

»Was, wenn sie kein Weihnachten feiern?«, fragt Hannah.

»Ja genau, was dann?«, wiederholt Luis, froh, Hannah auf seiner Seite zu haben.

»Der Mistelzweig an Dr. Sharapnovas Schal ist ein ziemlich deutliches Zeichen, dass sie es feiern, finde ich«, gibt Alec zu bedenken.

»Vielleicht mag sie einfach Mistelzweige«, entgegnet Luis, aber Alec winscht sein zugegebenermaßen schwaches Argument beiseite.

»Bitte? Morgen ist Christbaumloben, und so könnten sie alle möglichen Leute kennenlernen«, erinnert Alec sie.

»Und willst du nicht auch wissen, wie Dimas Haus von innen aussieht?«

»So viel zur Selbstlosigkeit«, spöttelt Hannah, aber sie scheint sich für Alecs Einfall erwärmt zu haben. Und Luis muss zugeben, dass er gerne Dimas Haus besichtigen würde, ohne sich fast den Hals zu verrenken.

»Auf dem Marktplatz gibt es immer übrig gebliebene Bäume, die günstig verkauft werden. Wir könnten dort einen holen und ihn zu ihnen nach Hause bringen. Er wäre zwar nicht der schönste Baum von allen, aber wir finden bestimmt einen, der annehmbar ist«, schlägt Alec vor.

»Na gut, aber ich habe keine Lust, Dima über den Weg zu laufen. Wir stellen ihn einfach vor der Tür ab und machen uns dann aus dem Staub.«

Nachdem sie aufgegessen haben, ziehen sie sich die Jacken an und bringen die leeren Teller zu Matt, deren rosa

Haare und Anstecker, auf dem »dey/demm« steht, ihnen fröhlich entgegenleuchten. Auf dem Weg nach draußen schenkt Luis Thom ein, wie er hofft, freundliches Lächeln. Mayas Blick vermeidet er allerdings.

»Hey, Luis«, grüßt Thom ihn, und Luis' Herz macht einen Satz, bevor er aus der Tür stolpert.

»Und wir sind nur Luft, oder was?«, beschwert sich Hannah und verdreht die Augen.

»Also, nach der Probe Weihnachtsbaumkaufen?«, versucht Alec Hannah von ihrem Elend abzulenken.

»Ich muss nach Hause und auf die tollkühnen Ts aufpassen, damit sie nicht unseren Weihnachtsbaum in Stücke reißen.«

Tabitha und Theodora werden als hyperaktive Zuckerbiester vom Weihnachtsbaumschmuckbasteln zurückkommen, und irgendwer muss das Baumschmücken überwachen, damit der arme Baum überhaupt seinen ersten Tag überlebt. Luis hofft, dass die beiden nicht darum betteln werden, dass Thom mit ihnen den Baum schmückt, so wie er es vor der Trennung jedes Jahr getan hat. Er hat es geliebt, Zeit mit Luis' Nichten zu verbringen, und die Zwillinge liebten ihn auch. Manchmal fragen sie immer noch nach ihm. Auf einmal will Luis nichts dringender, als sich im Bett zu verkriechen und die Weihnachtsfolgen seiner Lieblingsserien zu schauen, aber dann fällt ihm wieder ein, dass sie sie damals nach dem Plätzchenbacken mit seiner Oma immer zusammen gesehen haben. Er muss *wirklich* über Thom hinwegkommen.

Hannah schüttelt den Kopf. »Meine Eltern wollen, dass ich nach Hause komme, obwohl sie wissen, dass ich von Nadelbäumen immer niesen muss.« Alec klopft ihr aufmunternd auf die Schulter, aber Luis durchschaut sie. In Wirklichkeit mag Hannah es, den Weihnachtsbaum zu schmücken. Im Winter kommt Luis gerne an ihrem Haus vorbei, weil ihre Eltern im Fenster rechts neben der Tür immer einen Weihnachtsbaum stehen haben und im linken Fenster eine Menora. Während Chanukka wird an jedem der acht Abende eine neue Kerze angezündet, bis sie am letzten Abend alle zusammen hell leuchten.

»Dann haben wir nur eine Wahl«, verkündet Alec. »Wir müssen es jetzt tun, und zwar schnell, sonst kommen wir zu spät zur Schule.« Seine Augen glänzen. Als er und Hannah einen Blick austauschen und beide anfangen zu grinsen, befürchtet Luis das Schlimmste.

»Nein«, sagt er. »Egal, was ihr vorhabt, ich will nichts damit zu tun haben.« Seine Weigerung trägt nicht gerade dazu bei, ihre Aufregung zu mindern. Wenn überhaupt, facht sie sie noch mehr an.

»Wettrennen?«, fragt Hannah.

»Wettrennen!«, antwortet Alec, und dann sind die beiden auch schon weg und schlittern die steile Straße zum Stadtzentrum hinunter.

»Ich renne nicht!«, ruft Luis ihnen hinterher, aber sie haben sich schon zu weit entfernt, um ihn zu hören. Er folgt ihnen joggend und verflucht sie dabei, während er Schneewehen und vereisten Steinen ausweicht. Wenn er ausrutscht und sich beim Versuch, seinem hochnäsigen neuen Nachbarn einen Weihnachtsbaum zu besorgen, den Hals bricht, dann wird er Dima heimsuchen wie der Geist der zukünftigen Weihnacht bei Charles Dickens.

4. Dezember

Dima

Unerwarteterweise steht jetzt ein Weihnachtsbaum in Dimas Wohnzimmer und erfüllt den Raum mit glorreicher Festlichkeit und einem beruhigenden Geruch nach Wald. Na ja, »glorreich« geht vielleicht ein bisschen zu weit. Einen Schönheitswettbewerb wird er nicht gewinnen, aber der Trostpreis ist ihm sicher.

»Ein Weihnachtsbaum!«, rief Bianca, als sie gestern Abend von der Arbeit nach Hause kam, mit mehr Enthusiasmus, als ein Baum Dimas Meinung nach verdient hatte. Als sie ins Haus kam, sah sie aus, als würde sie am liebsten vollständig angezogen ins Bett fallen, aber der Anblick der schiefen Zweige rüttelte sie wieder wach, wie es sonst nur ein dreifacher Espresso vermochte. »Ich dusche eben, du bestellst Essen, und dann geben wir unserem neuen Freund ein Weihnachts-Makeover!« Angespornt durch die Aussicht auf Chow Mein machte Dima sich daran, die Kisten zu durchsuchen, und tauchte kurz darauf zufrieden mit seinem Fund wieder auf. Bianca kreischte begeistert auf, als sie das Grammophon sah, und tanzte mit noch feuchten Haaren zu der kratzigen Schallplatte mit, die Dima kurz bevor sie ins Wohnzimmer kam aufgelegt hatte.

»Ich kann nicht glauben, dass du uns einen Weihnachtsbaum besorgt hast«, sagte Bianca, als sie sich mit einem Stapel Papier, Scheren und einem Knäuel Paketschnur hingesetzt hatten. Eine tiefe, sehnsuchtsvolle Stimme sang ein Lied über den ersten Schnee des Jahres, während sie eine Kette aus Papierengeln an den krummen Baum hängte.

»Das habe ich gar nicht«, gab Dima zu, während er aus einem zusammengefalteten Blatt Papier einen Stern ausschnitt. Mit einem verwirrten Gesichtsausdruck sah Bianca auf. »Er stand vor unserer Tür, als ich nach Hause kam. Aber irgendwer hat eine Nachricht daran hinterlassen.« Dima hielt ein kleines Stück Papier hoch, auf dem *Willkommen in Fountainbridge* stand. Einen Hinweis auf die Identität ihres Wohltäters gab die Nachricht nicht.

Letzten Endes trug der Abend dazu bei, dass ihre Stimmung besser wurde und sie sich mehr zuhause fühlten. Nachdem er eine Stunde damit verbracht hatte, den Baum zu schmücken, ließ Dima sich endlich dazu hinreißen, seine Kartons auszupacken und sein Zimmer richtig einzurichten. Das spontane Basteln hatte ihn genug abgelenkt, um den Stein in seinem Magen, der ihn nachts nicht schlafen ließ, etwas leichter zu machen, aber heute Morgen fällt er wieder in den Rhythmus zurück, alle fünf Minuten auf sein Handy zu sehen. Und weil seine Mutter bereits zur Arbeit gegangen ist, sein Handy keine Lebenszeichen von sich gibt und der Baum keine besonders spannende Gesellschaft darstellt, beschließt Dima, früher als sonst zur Schule zu gehen.

Draußen bewundert er den Schnee. Er sieht immer noch so unberührt aus wie am ersten Tag. Die Luft ist eisig, und Dima vermutet, dass es vor Ende des Tages noch einmal schneien könnte. Wie nicht anders zu erwarten, ist er einer der Ersten im Klassenzimmer, aber weil er niemanden hat, mit dem er reden könnte und bereits jede Social-Media-App zweimal durchgescrollt hat, muss er so tun, als würde er auf seinem Handy etwas absolut Faszinierendes lesen, während er bruchstückhaften Gesprächen lauscht, die sich um Lehrkräfte, Hausaufgaben, und irgendetwas namens »Christbaumloben« drehen. Irgendetwas muss mit Fountainbridges Trinkwasser nicht in Ordnung sein; dieser Weihnachtsfanatismus ist wirklich nicht normal.

Dima sieht sich um auf der Suche nach jemandem, mit dem er ein Gespräch anfangen könnte, bis ihm klar wird, dass er niemanden hier beim Namen kennt. Sofort schämt er sich. Er hat genau fünf Tage in dieser Stadt verbracht, und bisher hat er nichts getan als jedem auszuweichen und Weihnachten schlechtzumachen. Es lässt sich wohl nicht mehr leugnen: Er ist der Grinch. Aber er hat immer noch Zeit, sich zu besinnen, bevor er in einer Höhle landet und ihm am ganzen Körper grüne Haare wachsen. Sein Blick fällt auf den blonden Jungen mit den Elfenohren. Ben? Sam? Irgendetwas Kurzes. Er sieht irgendwie ... gut aus, auf eine ländliche Art. Trotz der dunklen Jahreszeit ist er braungebrannt, an seinen Armen treten die Adern hervor und seine Schneidezähne sind leicht schief. Bestimmt ist Ben-oder-Sam nett genug, um ihm zu sagen, wo er die Bücher von der Englisch-Leseliste kaufen kann. Fast hat Dima den Mut aufgebracht, um aufzustehen und zu fragen, als ein Mädchen sein Angriffsziel an sich zieht und ihn auf die Lippen küsst. Dima ist halb genervt und halb erleichtert. Ihm wurde zwar erspart, ein Gespräch mit einem Fremden anfangen zu müssen, aber das bedeutet auch, dass er immer noch vollkommen freundschaftslos bleibt.

Stattdessen googelt er nach Buchläden in der Nähe und beschließt, nach der Schule zu einem namens »Der Rabe« zu gehen. Zum hundertsten Mal öffnet er den Chat mit Gabriel. Nachdem er minutenlang das blinkende Zeichen angestarrt hat, das ihn dazu einlädt, etwas zu schreiben, versucht er, sich eine Nachricht auszudenken, die wütend, aber nicht zu wütend ist, fordernd, aber nicht beleidigend, und entschuldigend, aber nicht kriecherisch. Die nächsten fünfundvierzig Minuten verbringt er damit, Worte und Sätze in seinem Kopf hin- und herzudrehen, aber ihm fällt nichts ein. Als die Schulglocke klingelt, hat er nichts von dem mitbekommen, was die Lehrkraft gesagt hat. Dimas schlechte Stimmung ist wie eine graue Regenwolke, die ihm von Kurs zu Kurs folgt und bewirkt, dass alle einen weiten Bogen um ihn schlagen, als könnte er einen Sturm auf sie loslassen, wenn sie ihm zu nahekämen. Selbst die seicht rieselnden Schneeflocken ernten einen bösen Blick, als nach der Schule die Tür hinter ihm zufällt.

»Du siehst deprimiert aus«, sagt eine Stimme zu Dimas Linken.

»Ebenso«, gibt er zurück.

Sie zeigt kein Anzeichen davon, seine Antwort gehört zu haben, und starrt ihn stattdessen an, als hätte er Dreck im Gesicht. Dann kommen Luis und sein anderer Freund mit so viel Enthusiasmus aus dem Schulgebäude gestürmt, dass es die grauenhafte Stimmung des Mädchens gleich wieder wettmacht. Luis' Wangen sehen rosig aus, und sein blondes Haar ist etwas dunkler – vielleicht hat er nach dem

Sportunterricht geduscht. Irgendetwas regt sich in Dimas Brust, als Luis breit grinst und sich seine Pudelmütze aufsetzt.

»Christbaumloben!«, jubelt er.

Das Mädchen blinzelt angestrengt, als hätte jemand gerade ein Blitzlichtfoto von ihr geschossen. Der kleinere Junge hakt sich bei ihr unter, dreht sich zu Luis um und sagt: »Bis später!« Dann biegen die beiden links ab und verschwinden ins dichte Schneetreiben, sodass Luis und Dima allein zurückbleiben.

»Hi«, sagt Luis, und erst dann fällt Dima auf, dass er ihn immer noch ausdruckslos ansieht. Ups.

»Was zum Teufel ist Christbaumloben?«, fragt er.

Das klang viel unhöflicher, als er eigentlich beabsichtigt hat, und Luis' Lächeln gefriert. »Das macht ... Spaß«, lautet Luis' etwas lahme Antwort. Dann fällt ihm wohl auf, dass »Spaß« keine wirkliche Erklärung ist, also fügt er hinzu: »Dabei hängen die Leute einen Kranz an ihre Tür, und wenn sie einen Kranz haben, heißt das, dass man reinkommen darf und, na ja, ihren Baum begutachten und sich unterhalten kann! So kann man lauter Leute besuchen, und jedes Mal, wenn man ein Kompliment auf seinen Weihnachtsbaum bekommt, trinkt man.« Dima findet, dass sich das nach dem genauen Gegenteil von »Spaß« anhört. Er will auf keinen Fall, dass lauter fremde Leute in sein Haus kommen, vor allem, da er sich dort selbst noch wie ein Fremder fühlt.

»Hast du vor ...?«, fängt Luis an.

»Einen Kranz an meine Haustür zu hängen? Definitiv nicht.«

Luis sieht ganz bestürzt aus, und Dima wird klar, dass

er an seinem Ton arbeiten muss. Kein Wunder, dass niemand mit ihm redet. Seine Stimmungsschwankungen könnten echte Verletzungen hervorrufen.

»Nein, ich meinte, ob du nach Hause gehst? Weil wir dann in die gleiche Richtung müssten.«

»Oh. Nein.«

Luis wartet offensichtlich auf mehr Details, aber mittlerweile hat Dima zu viel Angst, zu sprechen. Alles, was er sagt, kommt falsch heraus, als hätte er vergessen, wie man eine normale Unterhaltung führt. Als von Dima nichts mehr kommt, geht Luis zaghaft die Schultreppe hinunter.

»Alles klar. Bis dann!«, sagt er und eilt davon.

»Ja, bis dann!«, antwortet Dima, aber als er die Worte endlich herausbekommt, ist Luis schon zu weit weg, um ihn zu hören. Mit langen Schritten macht Dima sich in die entgegengesetzte Richtung auf und versucht, so viel Entfernung wie möglich zwischen sich und diesen peinlichen Moment zu bringen. Er hat sich noch nie damit beschäftigen müssen, wie man Freundschaften schließt. Gabriel und er freundeten sich schon in der Grundschule an, und bei ihm musste er sich nie anstrengen. Aber jetzt, ohne Gabriel an seiner Seite, wird ihm klar, wie schwer es ist, Leute kennenzulernen. Er zieht seine Jacke fester zu. Die Temperatur ist deutlich gefallen, und langsam glaubt Dima, dass eine Mütze vielleicht keine schlechte Idee wäre. Aber Mützen stehen ihm einfach nicht. Der Schnee rieselt weiterhin sacht, und im Himmel schwindet langsam das Tageslicht. Er folgt den Weganweisungen auf seinem Handy durch mehrere Seitenstraßen und an Ständen vorbei, die Lebkuchen und heiße Schokolade anbieten. Ab und zu erhascht er einen Fetzen Weihnachtsmusik, wenn

Leute mit festlich aussehenden Einkaufstüten einen Laden verlassen.

Endlich findet er die Buchhandlung, nach der er gesucht hat. Über dem Eingang hängt ein Holzschild mit einem Raben, der auf einem Bücherstapel hockt. Er ist nur ein paar Schritte von der Tür entfernt, als sie plötzlich aufgerissen wird. Dima erkennt die roten Wangen und großen Ohren des Mannes, der den Laden verlässt, sofort. Aber bevor Luis' Vater ihn sehen kann, versteckt Dima sich hinter einem nahegelegenen Torweg, um ein weiteres peinliches Aufeinandertreffen mit einem Mitglied der Familie Winter zu vermeiden. Er wartet, bis Luis' Vater summend und lächelnd am Ende der verschneiten Straße verschwunden ist, bevor er es wagt, die Buchhandlung zu betreten.

Eine Glocke kündigt sein Ankommen an, und der Geruch von warmem Holz und altem Papier steigt ihm in die Nase. Was zuerst wie ein kleines Zimmer mit einer niedrigen Decke aussieht, stellt sich als enger, mit Büchern vollgestopfter Flur heraus. Hier und da werden die Regalreihen von Leseecken unterbrochen, und neben einer schweren Eichenholztheke im hinteren Teil des Ladens führt eine schmale Wendeltreppe ins Obergeschoss hinauf. Hinter der Theke steht ein Mann, der ein Rentiergeweih trägt. Jedes Mal, wenn er den Kopf bewegt, stößt es gegen die Decke. Der Mann kommt ihm bekannt vor, mit seiner braunen Haut und den freundlichen Augen, und Dima wird klar, dass er ihn von der Weihnachtsmarkteröffnung kennt, wo er die goldene Schere gehalten hat.

»Pastete?«, fragt der Mann und deutet auf ein Silbertablett, auf dem sich kleine Gebäckstücke stapeln. Dima mag die traditionellen Weihnachtspasteten zwar nicht besonders, aber aus Höflichkeit nimmt er sich trotzdem eine.

»Ich habe auch warmen Traubensaft, wenn du möchtest«, sagt der Ladenbesitzer und zeigt wieder auf einen Beistelltisch, auf dem mehrere Tassen mit Porträts von verschiedenen Autorinnen und Autoren stehen. Der einzige, den Dima erkennt, ist Oscar Wilde. Er entscheidet sich gegen den Traubensaft, weil er Angst hat, ihn fallen zu lassen, und dabei nicht nur die Tasse kaputt zu machen, sondern auch noch den grausamen Tod mehrerer unschuldiger Bücher herbeizuführen.

»Du bist der Neue, richtig?«, fragt der Ladenbesitzer mit einer tiefen, volltönenden Stimme. »Der Sohn der Ärztin? Ich bin Kobi.« Er hält ihm die Hand hin und Dima schüttelt sie. Er genießt den festen Händedruck. Kobis Gegenwart entspannt Dima, und er fühlt sich so ruhig wie schon seit Tagen nicht mehr.

»Ich bin Dima«, antwortet er. Er beißt in die Pastete und bereut seine Entscheidung sofort. Er hat vergessen, wie eklig er die Dinger findet. »Ich bin auf der Suche nach *Eine Weihnachtsgeschichte* von Charles Dickens. Das sollen wir für die Schule lesen.« Da. Drei Sätze, und sie klangen alle nett und höflich. Warum hat das nicht geklappt, als er mit Luis geredet hat?

»Alles klar«, sagt Kobi. Er dreht sich zur Treppe um und bedeutet Dima, ihm zu folgen. Im Obergeschoss stehen ein paar Jungs vor dem Regal für Jugendbücher, und eine Frau mit roten Stiefeln sitzt auf dem Sofa mitten im Raum und blättert ungeniert in einem alten Fotobuch mit Nacktfotografien von Frauen. Dimas Wangen werden heiß, und er wendet den Blick ab.

Kobi hält ihm zwei verschiedene Ausgaben der Novelle hin. »Du brauchst vermutlich das Taschenbuch, aber wir haben auch eine schöne Ausgabe mit Leinenband.«

»Ich kritzele gerne am Seitenrand«, gibt Dima zu und ist erleichtert, dass die Gewohnheit, die viele als Verbrechen erachten würden, ihm diesmal tatsächlich Geld spart. Kobi zwinkert ihm zu, wobei sein Geweih ins Wackeln kommt.

»Geht mir auch so«, antwortet er und gibt Dima das Taschenbuch. »Wenn du noch etwas brauchst, weißt du, wo du mich finden kannst.« Er verschwindet die Wendeltreppe hinunter, während Dima die Regale durchstöbert. Er findet einen Versroman über einen Jungen, der eine Dragqueen sein will, und denkt einen Moment lang darüber nach, ihn zu kaufen. Doch dann stellt er sich Kobis Reaktion vor und lässt ihn lieber im Regal stehen. Stattdessen findet er einen Weihnachtsbaumanhänger für seine Mutter, einen kleinen Bücherstapel aus Keramik mit einem goldenen Band. Dann setzt er sich auf den breiten Fenstersims, von wo aus man auf die schneebedeckte Straße hinunterschauen kann. Menschen in dicken Mänteln und Handschuhen schlurfen die vereisten Gehwege entlang und bleiben ab und zu stehen, um sich zu unterhalten.

Mit einem mulmigen Gefühl im Magen sieht Dima wieder auf sein Handy. Die Angst, die seine Träume stört und seinen Appetit unterdrückt, verwandelt sich langsam in etwas Bösartiges. Schon seit fünf Tagen hat er nicht mehr von Gabriel gehört, und langsam hat Dima das Gefühl, dass Gabriel ihm zumindest *irgendetwas* schuldig ist, Peinlichkeit hin oder her. Gabriels Schweigen wirkt sich wie ein Vorschlaghammer auf seinen Gemütszustand aus.

Ja, an dem Abend ist vielleicht etwas zwischen ihnen zerbrochen, aber nach jahrelanger Freundschaft hat er es nicht verdient, so behandelt zu werden, als würde er nicht existieren. Er scrollt durch seine Fotos und zuckt zusammen, als er das Bild von ihm und Gabriel mit Badekappen und Medaillen um den Hals erspäht. Das war, nachdem sie ihre letzten Rennen gewonnen hatten. Er findet eine Reihe von Bildern von ihrem Urlaub am See vom letzten Sommer, auf denen Dima mit einem Sonnenbrand auf den Schultern auftaucht und Gabriel das rote T-Shirt von seinem Lieblingsdönerrestaurant anhat, das Dima ihm zum Geburtstag geschenkt hatte. Eigentlich sollte es nur ein Witz sein, aber Gabriel trug es trotzdem ständig, und auf seiner gebräunten Haut sah es gut aus. Dima hat sogar ein Foto von ihnen an ihrem ersten Schultag auf seinem Handy gespeichert. Es zeigt Gabriel mit seinen dichten Locken und Dima mit einem Topfschnitt. Gabriel fehlt ein Schneidezahn, aber sie lächeln beide breit in die Kamera und halten stolz ihre bunten, mit Süßigkeiten und Schreibwaren vollgestopften Schultüten hoch. Bis letzte Woche ist es sein Hintergrundbild gewesen. Dima hat es durch ein generisches Foto der Milchstraße ersetzt, weil er es nicht jedes Mal ansehen wollte, wenn er sein Handy in die Hand nahm. Und trotzdem ruft er es immer wieder auf, um es sich anzusehen. Irgendwo im Laden klappt ein Buch zu, und Dima zuckt so sehr zusammen, dass er fast sein Handy fallen lässt. Er schaut auf und sieht Kobi, der am anderen Ende des Raums steht und einen wahren Wälzer in der Hand hält. Er nagelt Dima mit einem fragenden Blick fest.

»Wenn dir jemand so viel Kummer bereitet, bin ich mir

nicht sicher, ob er die Mühe wert ist«, sagt er und deutet auf Dimas Handy. Der Laden ist verlassen. Die Kinder und die Fotodame müssen gegangen sein, ohne dass es Dima aufgefallen ist.

»Ach, das ist ... gar nichts«, sagt Dima und läuft rot an.

»Hmmm«, antwortet Kobi. Er klingt nicht gerade überzeugt, aber er belässt es dabei. Sein Geweih verschwindet aus Dimas Blickfeld, als er die Treppe hinuntersteigt und Dima mit seiner Verlegenheit allein lässt. Wenn schon ein Fremder sein Elend erkennen kann, muss er seine Gefühle unter Kontrolle bringen. Er muss aufhören, sich so aus dem Gleichgewicht gebracht zu fühlen, und stattdessen handeln. Er entsperrt sein Handy und scrollt, bis er ihren Chat findet. Vor ein paar Tagen noch war Gabriel ganz oben auf seiner Kontaktliste, aber jetzt ist der Chat hinter Gruppenchats und Nachrichten von seiner Mutter nach unten gerutscht. Er tippt und drückt dann auf »Senden«, bevor er es sich anders überlegen kann.

> Freunde ignorieren ihre Freunde nicht einfach.

Dann stellt Dima sein Handy auf stumm und steigt die Treppe hinunter ins Erdgeschoss. Kobi kniet gerade vor einem Regal und sortiert Hefte mit Weihnachtsliedertexten ein. Als er aufsteht und seinen Platz hinter der Theke wieder einnimmt, knacken seine Knie hörbar. Er begutachtet das Buch und den Baumschmuck, bevor er ein paar Zahlen in eine riesige goldene Kasse eingibt, die aussieht, als sei sie schon mehrere hundert Jahre alt.

»Ihr wohnt neben der Familie Winter, richtig?«, fragt Kobi und kratzt sich unter dem Geweih das Haar.

»Ja«, antwortet Dima zögerlich und fragt sich, ob Kobi auch weiß, welche Farbe seine Socken haben und wann er geboren ist. Irgendwie hat es sich schöner angefühlt, in einer Stadt zu wohnen, die groß genug war, um sich anonym zu fühlen. Er legt das Geld auf die Theke, aber Kobi beeilt sich nicht, es anzunehmen.

»Sie haben einen Sohn, der in deinem Alter ist«, sagt er. »Luis ist ein netter Kerl. Er liest auch gerne.«

»Okay«, sagt Dima. Er ist ein bisschen genervt von dem nicht gerade dezenten Hinweis, den Kobi ihm wohl geben möchte. Aber er kann einfach nicht sauer auf den Buchhändler mit seinem wippenden Geweih sein, vor allem, als Kobi lächelt und sein ganzes Gesicht sich erhellt. Endlich nimmt er das Geld. Die Kasse klickt und grummelt, als sei sie aus einem tiefen Schlaf erweckt worden, während Kobi die Geldscheine einlegt und das Wechselgeld herausholt.

»Hier, bitte«, sagt er, als er es ihm aushändigt. Dima steckt wortlos das Geld und die Charles-Dickens-Novelle ein und schlurft auf die Tür zu, bevor er sich seiner guten Manieren entsinnt.

»Einen schönen Abend«, sagt er, die Hand bereits auf dem Türknauf. Kobi hebt einen Arm zum Abschiedsgruß, die Glocke über der Tür klingelt, und Dima stößt auf eine weiße Wand. Der Schnee fällt so dicht, dass er kaum den Laden auf der anderen Straßenseite erkennen kann. Er stöhnt und überlegt, ob er wieder in die Buchhandlung fliehen soll. In diesem Schneesturm könnte er sich glücklich schätzen, wenn er es nach Hause schafft, ohne sich zu verlaufen oder überfahren zu werden. Als er endlich vor seiner Haustür ankommt, sind seine Hände Eisklötze, er trägt eine Mütze aus frisch gefallenem Schnee, und seine

Stimmung ist ebenfalls frostig. Ihm zittern so heftig die Finger, dass er kaum den Schlüssel ins Schloss bekommt. Vom Nachbarhaus sieht er nur diffuse Lichtflecken, die von den Fenstern ausgehen und kaum die Dunkelheit durchdringen.

Morgen, denkt Dima, morgen ist er nett. Aber für die nächsten fünf Stunden wird er sich in seinem Zimmer vergraben, diese geschwätzige, verschneite Stadt verfluchen, und sich ganz seinem inneren Grinch hingeben.

5. Dezember

Luis

»Und was sagen wir zum Weihnachtsmann, wenn wir ihm von unseren Wünschen erzählen?«

Luis hat die Arme vor der Brust verschränkt. Auf dem Sofa ihm gegenüber sitzen seine Nichten, die bereits ihre zusammenpassenden roten Wintermäntel und grünen Gummistiefel anhaben.

»Bitte!«, rufen sie gemeinsam, wobei ihre Zöpfe auf und ab wippen. In Luis' Herz zieht es bei ihrem niedlichen Anblick, mit ihren runden Wangen und festlichen Stirnbändern. Aber das hier ist nicht der richtige Moment, um Schwäche zu zeigen.

»Genau. Und dürfen wir ihm am Bart ziehen?«

»Nein!«, schreien sie, aber sie müssen dabei kichern. Luis hofft, dass der Weihnachtsmann seinen Bart angeklebt hat, denn er kann dafür garantieren, dass er zwei waschechte Lügnerinnen vor sich sitzen hat.

»Okay. Verabschiedet euch von Mami, dann treffen wir uns draußen.«

Die beiden flitzen zu Mabel und drücken ihr zwei klebrige, nasse Küsse auf die Wange. Als Antwort zieht sie ihnen leicht an den Zöpfen und ermahnt sie ein letztes Mal, sich zu benehmen.

»Nicht weiter als das Tor, oder ihr bekommt keine

Weihnachtsgeschenke!«, ruft Luis ihnen hinterher, als sie hinaus in den Schnee rennen.

Sein Vater kommt in die Küche, um seine Kaffeetasse aufzufüllen. »Da sind sie vielleicht nicht die Einzigen. Ich weiß genau, dass du zu der Zeit, auf die wir uns geeinigt hatten, noch nicht zuhause warst«, sagt er und versucht sich an einem strengen Blick, aber Luis weiß genau, dass das eine leere Drohung ist. Außerdem weiß er, dass sein Vater tief und fest auf dem Sofa geschlafen hat, als Luis um Viertel nach neun vom Christbaumloben wiederkam. Von Eierlikör wird er immer müde.

»*Ich* habe mich auf gar nichts geeinigt«, antwortet er, worauf sein Vater laut lacht.

»Sei nicht so frech, Junge«, meldet sich Dora zu Wort, die auf ihrem angestammten Stuhl vor dem Kamin sitzt und strickt. »Eddie hat so laut geschnarcht, dass ich fast nicht gehört habe, wie du hereingekommen bist. Du weißt doch, dass ich nicht schlafen kann, wenn meine Kinder nicht zuhause sind.« Sie wackelt mit einem knorrigen Finger in seine Richtung.

»Muss los, bis später!« Luis schnappt sich seinen Mantel und seine Handschuhe und läuft den Zwillingen nach. Er hat erwartet, dass sie mittlerweile über das Tor geklettert sind, aber zu seinem Schrecken ist es nicht das Tor, auf dem sie herumklettern. Auf dem Gehweg steht Dima; Tabitha hat sich an seinen Hals gehängt, während Theodora sich an sein Bein klammert. Er sieht aus wie ein menschlicher Weihnachtsbaum, an dem zwei kindergroße, rot-grüne Weihnachtsbaumkugeln hängen. Luis steht wie erstarrt da und sieht Dima dabei zu, wie er mit einem Gesichtsausdruck, den er als »ungläubige Belustigung« beschreiben würde, mit den Zwillingen ringt. Als es so aussieht, als würde er jeden Moment umkippen, schüttelt Luis seine Starre ab und rennt auf das merkwürdige Trio zu.

»Tut mir leid!«, ruft er und versucht, Tabitha von Dima loszureißen. »Oh mein Gott, sie ist wie ein Klettverschluss und Klebeband und Flüssigkleber auf einmal, das tut mir wirklich ...« Endlich lässt sie los, und Luis landet mit seiner Nichte auf dem Schoß auf dem Hintern. Theodora allerdings klammert sich weiterhin mit einem schelmischen Gesichtsausdruck an Dimas Bein. »Theo«, beginnt Luis mit warnender Stimme. Er will es um jeden Preis verhindern, Dimas Schritt nahekommen zu müssen, aber Theo lässt nicht locker.

Nach einer Zeit, die sich wie eine Ewigkeit anfühlt, bückt Dima sich und eist ihre Finger sanft von seinem Oberschenkel los, bevor er sie Luis aushändigt. Luis ist die Situation zu peinlich, als dass er ihm in die Augen sehen könnte. Er steht auf und dreht sich zu den Zwillingen um.

»Was ist denn in euch gefahren? Ihr könnt nicht einfach an einem Fremden hochklettern!«, ruft er, doch seine Worte scheinen keinen großen Eindruck zu hinterlassen.

»Er ist kein Fremder!«, widerspricht Theo.

»Er ist unser Nachbar!«, fügt Tabitha hinzu.

»Ist nicht schlimm, wirklich«, versichert ihm Dima. »Besser, sie klettern an mir herum, als dass sie auf die Straße laufen.«

»Das geht beides nicht«, sagt Luis und dreht sich um. Als er Dimas schiefes Lächeln sieht, kühlt sich seine Wut schlagartig ab, bis nur Verlegenheit übrig bleibt. »Tut mir echt leid.«

»Das hast du schon gesagt«, antwortet Dima, aber er klingt nicht unfreundlich.

Luis schluckt eine weitere Entschuldigung herunter. Weil er nicht weiß, was er sonst sagen soll, wendet er sich wieder den Zwillingen zu. »Du nimmst meine linke Hand«, sagt er zu Tabitha und dreht sich dann zu Theodora um. »Und du meine rechte. Und ihr dürft nicht loslassen! Wenn ihr loslasst, kriegen euch die Schneemonster!« Für Luis' Geschmack sehen die Zwillinge bei Weitem nicht verängstigt genug aus.

»Wo geht ihr hin?«, fragt Dima.

Luis kann sich Dimas plötzliches Interesse an seinen Vorhaben nicht erklären, aber er zieht es trotzdem den bösen Blicken vor. Irgendetwas ist heute anders an Dima. Luis hat halb erwartet, dass er wegen seiner Nichten mit Luis schimpft, aber Dima scheint der Zwillingsangriff nicht weiter gestört zu haben. Er sieht fast aus, als wäre er ... glücklich, sie zu sehen. Oder zumindest nicht bodenlos angepisst.

»Wir gehen zum Weihnachtsmann!«, erklärt Theo und zieht Luis ungeduldig am Arm. Dima sieht verwirrt aus.

»Heute kommt der Weihnachtsmann auf den Weihnachtsmarkt, um sich die Wünsche der Kinder anzuhören«, fügt Luis hinzu.

»Ah, okay«, sagt Dima und nickt. »Da wollte ich auch hin.«

»Um dem Weihnachtsmann von deinen Wünschen zu erzählen?«, fragt Luis besorgt.

Dima legt den Kopf schief und antwortet: »Eigentlich nicht. Meine Mutter hat mich gebeten, ein paar Lichterketten zu kaufen. Sie fühlt sich ein bisschen ausgeschlossen.« Er zeigt auf sein Haus, das zugegebenermaßen zwischen all den bombastisch dekorierten Häusern auf ihrer Straße ein bisschen traurig aussieht. Vermutlich ist es das einzige Haus in ganz Fountainbridge, das keinen Stern im Fenster und kein Licht auf dem Dach hat.

»Ist es in Ordnung, wenn ich mitkomme?«, fragt Dima. Luis könnte fast denken, dass er Witze macht, aber Dimas Gesicht sieht ernst aus.

»Echt jetzt? Also, ich meine … ja, na klar!«

»Super«, sagt Dima und lächelt ihm zaghaft zu. Luis ist so verblüfft, dass er kein Wort herausbekommt. Die ganze Situation ist zu viel für sein armes Gehirn. Zuerst war er so neugierig auf seinen neuen Nachbarn, dass sein Magen voller Schmetterlinge war, die dann sofort von Dimas schroffer Art wieder abgetötet wurden, und jetzt steht Dima vor ihm und benimmt sich wie der Inbegriff von Höflichkeit. Irgendetwas regt sich wieder in Luis' Magen, während er selbst keinen Muskel rühren kann.

»Ich will bei Dima an die Hand!«, ruft Tabitha in einer Lautstärke, die Luis fast das Trommelfell zerreißt.

»Nein, *ich* will bei Dima an die Hand!«, kreischt Theo noch lauter. Luis hält die Hände der Zwillinge noch fester.

»Ihr bleibt schön bei mir an der …«

»Ist doch kein Problem. Ich nehme eine der beiden und du die andere, und später tauschen wir«, schlägt Dima vor.

Luis ist kurz davor, ihn ein zweites Mal zu fragen, ob er das ernst meint, aber er hütet seine Zunge. Er hat keine Ahnung, was mit dem launischen Teenager von nebenan passiert ist, aber irgendetwas muss seine frostige Stimmung aufgetaut haben. Vielleicht haben ihn die niedlichen Zwillinge verzaubert, aber eigentlich hätte er Dima nicht als jemanden eingeschätzt, der gerne Zeit mit Vierjährigen verbringt. Andererseits weiß er überhaupt nichts über Dima. Das hier könnte seine Chance sein, ihm endlich ein paar Informationen zu entlocken.

»Nur, wenn es dir nichts ausmacht«, sagt Luis, halb aus Höflichkeit und halb, weil er immer noch kaum glauben kann, was gerade passiert. Dima ist *nett*. Wer hätte das gedacht?

»An einem Donnerstagnachmittag gibt es sonst eh nicht viel zu tun, außer zum dritten Mal *Eine Weihnachtsgeschichte* zu lesen«, entgegnet Dima und hält Theo die Hand hin. Bevor Luis auch nur blinzeln kann, hat sie sich schon seinem Griff entwunden. »Sollen wir?«

Sie lassen das Haus hinter sich und machen sich auf den Weg zum Stadtzentrum. In der Zeit, die sie zum Weihnachtsmarkt brauchen, müssen sie fünfmal wechseln, wer welchen Zwilling an der Hand hält. Luis versucht, sich nicht davon stören zu lassen, dass seine Nichten Dima offenbar aufregender finden als ihn. Und eigentlich kann er es ihnen auch nicht verübeln: Diese unerwartete Sanftheit unter Dimas hartem Äußeren hat einen gewissen Charme.

»Danke, dass du das machst«, sagt er, als sie sich in der Schlange vor der Bühne anstellen. Darauf steht ein kirschroter Sessel, umgeben von einem Tannenwald und Zuckerstangen, die so groß wie Luis sind. Ein Schild auf dem Sessel verkündet, dass der Weihnachtsmann sich im Moment in einem Meeting mit seinen Rentieren befindet, und wiederkommt, sobald jedes einzelne einen Zuckerwürfel bekommen hat.

»Kein Problem. Den Weihnachtsmann kann ich mir

doch nicht entgehen lassen«, entgegnet Dima schmunzelnd. Ein Witz. Aus Dimas Mund. Die Überraschungen nehmen kein Ende.

»Du musst übrigens nicht die ganze Zeit hierbleiben. Ich weiß, dass du noch andere Sachen zu tun hast.«

»Ach was, die Lichterkette kann noch einen Tag warten. Es geht ja schließlich nicht um Leben oder ...«

Dimas Augen werden kugelrund, als Kobi die Bühne betritt. Er trägt einen knallroten Samtanzug und einen falschen Bart, der ihm bis zu den Knien geht. Eine rote Mütze mit fluffigem weißem Rand vervollständigt sein Outfit. Die Kinder in der Schlange jubeln, und die Zwillinge versuchen sofort, sich vorzudrängeln. Tabitha entwindet sich Dimas Griff, aber Luis, der schon daran gewöhnt ist, die Mädchen wieder einzufangen, hält sie am Ärmel fest. Die Bürgermeisterin stellt sich zu Kobi auf die Bühne. Auf ihr rotes Haar hat sie die coolste Wichtelmütze gesetzt, die Luis je gesehen hat, dazu trägt sie einen smaragdgrünen Mantel, der ihr bis zu den Fußknöcheln geht. Unter großem Applaus und noch lauterem Gejubel kündigt sie den Weihnachtsmann an, und bald bewegt sich die Schlange stetig nach vorne.

»Wer ist die Frau mit der Mütze?«, fragt Dima.

»Bürgermeisterin Pettersson«, erklärt Luis.

»*Das* ist die Bürgermeisterin?«, fragt Dima und wirft ihr einen zweiten Blick zu. Luis versteht seine Verwirrung. Das Durchschnittsalter von Stadtoberhäuptern liegt vermutlich irgendwo um die 66 Jahre, und Lydia Pettersson ist gerade erst 30 geworden.

»Nachdem der alte Edwin gestorben ist, wollte das Dorf jemand Jüngeren, der sowohl eine neue Blickweise hat als auch unsere Traditionen versteht«, erklärt er Dima. Sie sind die letzten in der langen Schlange, und langsam werden die Mädchen ungeduldig. Luis schafft es eine Weile lang, sie mit *Ich sehe was, was du nicht siehst* abzulenken, aber irgendwann wird ihnen das ebenfalls langweilig. Wieder kommt ihm Dima zur Rettung, indem er die wilde Geschichte davon erzählt, wie er einmal die böse Hexe aus Narnia getroffen und mit ihr Tee getrunken hat. In weniger als einer Stunde ist Dima zum neuen Lieblingsmenschen der Zwillinge geworden, und hat damit Tiana von *Küss den Frosch* ersetzt, was Luis, der selbst ein Riesenfan des Disneyfilms ist, für eine herausragende Leistung hält. Vielleicht hören die beiden jetzt endlich auf, nach Thom zu fragen, was ihm das unbehagliche Ziepen ersparen würde, das er jedes Mal in der Brust spürt, wenn jemand seinen Namen erwähnt.

Theodora bettelt Dima an, sie auf die Schultern zu nehmen, damit sie den Weihnachtsmann sehen kann, und nachdem Dima und Luis eine Minute lang damit beschäftigt sind, die beiden davon abzuhalten, ihnen ins Gesicht zu treten, haben die Zwillinge es sich über den Köpfen der Menge gemütlich gemacht und winken aufgeregt den Vorbeigehenden zu. Den gesamten Weg zum Weihnachtsmarkt haben Theo und Tabitha über den Kindergarten, den Weihnachtsmann und die Schokoladenkringel am Weihnachtsbaum gequasselt, was Luis die Mühe erspart hat, ein Gespräch anfangen zu müssen. Aber jetzt wird ihm klar, dass er Dima noch keine einzige Frage gestellt hat. Seine Ermittlungsfähigkeiten sind unter aller Kanone. Alec wäre garantiert nicht beeindruckt, wenn er herausfände, dass Luis einen ganzen Nachmittag mit Dima verbracht hat, ohne ihm irgendwelche persönlichen Details zu entlocken.

»Also«, sagt Luis, bevor er überhaupt weiß, wie er weitermachen will. Dima sieht ihn erwartungsvoll an, und Luis sucht hastig nach einem Thema. »Gab es da, wo du herkommst, auch Weihnachtsmärkte?«

»In Rumänien?«, fragt Dima mit hochgezogenen Augenbrauen.

»Bist du aus Rumänien hierhergezogen?«, fragt Luis verwirrt.

»Nein«, sagt Dima ohne eine weitere Erklärung. Stattdessen stehen sie stumm da und lassen sich von der Weihnachtsmusik berieseln, während sie in unterschiedliche Richtungen schauen.

»In Rumänien gibt es auch Weihnachtsmärkte«, sagt Dima schließlich. »Aber ich erinnere mich nicht daran, jemals auf einen gegangen zu sein. Wir sind umgezogen, als ich fünf war. Seitdem bin ich kein großer Fan von Märkten. Oder von Weihnachten.«

Luis keucht erschrocken auf. »Sag das doch nicht so laut!«, flüstert er und sieht sich um.

»Dass ich kein Fan von Märkten bin?«

»Dass du Weihnachten nicht magst! Weißt du überhaupt, in was für eine Stadt du gezogen bist?«

»Äh ... nein, eigentlich nicht.«

Für Luis' Geschmack sieht Dima viel zu amüsiert aus. Das hier ist ernst. »Der Dezember ist für uns der wichtigste Monat des Jahres. Das Dorf bereitet sich schon seit Monaten auf ihn vor. Er fängt immer mit dem Anzünden der Lichter an und endet mit einem der seltensten Wetterphänomene der Welt.« Luis ist sich nicht ganz sicher, warum er den letzten Teil gesagt hat. Eigentlich soll man das Fremden nicht erzählen. Es ist ein gut gehütetes Geheimnis, aber Geheimnisse waren noch nie Luis' Stärke. Dima runzelt die Stirn, also wechselt Luis das Thema, bevor ihm noch mehr Informationen herausrutschen können. »Am letzten Tag des Festivals krönen wir jemanden aus der Stadt zur Weihnachtsfee, und im nächsten Jahr führt die Fee die Festlichkeiten an. Im Dezember ist jeder Tag vor Weihnachten eine Gelegenheit, in Festtagsstimmung zu kommen. Ein Fest, das einen Monat lang dauert. Ein Weihnachtserlebnis. Jedes Jahr ab dem ersten Dezember kann der Weihnachtsmann sich in Fountainbridge so richtig austoben. Wir fangen gerade erst an.«

»Ein *Weihnachtserlebnis*«, wiederholt Dima.

Luis bezweifelt, dass Dima die Tragweite dessen versteht, was er gerade gehört hat. Mittlerweile sind sie die Ersten in der Schlange, und die Mädchen haben Dimas und Luis' Schultern gegen die Treppe ausgetauscht, die zur Bühne hochführt, auf der sie vor Aufregung auf und ab hüpfen. Endlich werden die Zwillinge hochgebeten und klettern Kobi stolz grinsend auf den Schoß.

»Willst du dich nicht doch zu den Zwillingen gesellen?«, fragt Luis, und beißt sich sofort auf die Zunge. Sie mögen zwar zusammen babysitten, aber trotzdem haben sie noch nicht die Vertrautheit erreicht, die für solche Witze vonnöten ist.

»Auf keinen Fall setze ich mich einem erwachsenen Mann auf den Schoß und bitte ihn um Geschenke. Ich brauche keinen Sugar…« Dima unterbricht sich selbst. Seine Wangen laufen rot an. Luis will um jeden Preis hören, wie dieser Satz ausgeht, aber Dima presst fest die Lippen aufeinander. Die nächsten zwei Minuten verbringen sie schweigend und vermeiden Augenkontakt miteinander, bis die Zwillinge von Kobis Schoß hüpfen und anfangen, zwischen den Bäumen und Zuckerstangen Verstecken zu spielen. Luis und Dima rennen auf die Bühne, um sie einzufangen, während die Bürgermeisterin den Weihnachtsmann verabschiedet und erklärt, dass er nun zum Nordpol zurückkehren müsse, damit alle Kinder ihre Geschenke rechtzeitig bekommen.

»Ich habe mir vom Weihnachtsmann Schlittschuhe gewünscht!«, verkündet Theodora, nachdem Luis sie endlich erwischt hat.

»Und ich habe mir vom Weihnachtsmann einen Bryan gewünscht!«, fügt Tabitha mit einem selbstzufriedenen Gesichtsausdruck von Dimas Arm hinzu.

»Damit meint sie einen Beagle«, klärt Luis Dima auf. »Mein bester Freund hat einen Beagle, der Bryan heißt.«

»Der fröhliche?«

Erst nach zwei Sekunden wird Luis klar, dass Dima Alec meint, und nicht Bryan, der noch nie in seinem ganzen Leben fröhlich ausgesehen hat. »Ja, das ist Alec. Und die nicht-so-Fröhliche ist Hannah.«

»Wo sind sie?«, fragt Dima. Dann muss ihm auffallen, dass das ziemlich forsch klang, denn er fügt hinzu: »Ich meine, wie kommt es, dass sie heute nicht dabei sind? Ihr drei seid sonst unzertrennlich.«

Wenn man bedenkt, dass Dima bis jetzt kein Interesse an Luis und seiner Freundesgruppe gezeigt hat, weiß er ziemlich viel über sie. »Sie haben Theaterprobe. Am letzten Schultag vor den Feiertagen führt die Fountainbridge Academy das jährliche Weihnachtsstück auf. Hannah ist

Regieassistentin, und Alec spielt einen liebeskranken Ritter.« Sie führen die Zwillinge auf das Karussell zu, obwohl Luis meint, dass sie sich nach ihrem Verhalten auf der Bühne eine Fahrt nicht verdient haben.

»Komm schon, ich will auch fahren«, sagt Dima und kauft vier Fahrkarten, bevor Luis ihn aufhalten kann.

Die Mädchen suchen sich Sitze aus, und Luis setzt sich neben Dima in eine goldene Kutsche, damit er sie im Auge behalten kann. Sofort bereut er seine Wahl. Er hätte sich stattdessen auf einen Engel setzen sollen oder auf ein Pferd, auf irgendetwas, das ein bisschen Abstand zwischen ihm und Dima gelassen hätte. Auf der winzigen Bank passen ihre Hintern gerade eben nebeneinander, und die Zentrifugalkraft des Karussells drückt Dima gegen Luis' Schulter. Luis ist gleichzeitig erfreut und entsetzt. Er ist erfreulich entsetzt.

»Das ist echt keine gute Erziehungsmethode«, beschwert er sich und wirft Dima einen anklagenden Blick zu, um seine Verlegenheit zu überspielen.

»Wie gut, dass wir keine Eltern sind«, antwortet Dima mit einem Funkeln in den Augen, von dem Luis nicht weiß, wie er es interpretieren soll. Aber er ist zu abgelenkt davon, wie nah er Dima gerade ist, um lange darüber nachzudenken.

»... immerhin musst du nicht mit ihnen zusammenwohnen«, murmelt Luis, als die Stille zwischen ihnen droht, peinlich zu werden. Luis sieht dabei zu, wie Tabitha auf einem Einhorn auf und ab schaukelt, dicht gefolgt von Theodora, die ihnen vom Rücken eines Schwans aus freudig zuruft.

»Schneller!«, kreischt Theodora. Ihre Haare flattern wild im Wind, und da fällt Luis auf, dass etwas fehlt.

»Mist. Wo ist Theos Stirnband?« Hektisch durchsucht er seine Taschen und rammt Dima dabei den Ellbogen in die Seite, aber ohne Ergebnis. »Wenn sie herausfindet, dass ich es verloren habe, sticht Oma mich mit ihren Stricknadeln ab.« Dimas Mundwinkel zucken verdächtig, aber er unterdrückt klugerweise den Drang, zu lachen. Luis ist nicht in der Stimmung für Witze. Omas einzigartige, selbstgestrickte Geschenke verliert man nicht. Den Fehler hat Luis einmal begangen, als er acht war, und Oma trägt es ihm fast zehn Jahre später immer noch nach.

»Du bleibst hier«, befiehlt Dima, als das Karussell zum Halten kommt. »Lass sie noch eine Runde fahren, und ich suche die Bühne ab. Vermutlich ist es an einem Zweig hängengeblieben.«

Er trottet davon und verschwindet in der Menge, bevor Luis ihn aufhalten kann. Es ist nicht Dimas Verantwortung, Luis vor dem Schaden zu bewahren, den Omas Stricknadeln anrichten könnten. Aber trotzdem fühlt es sich schön an, jemandem so wichtig zu sein, dass er nach Theos Stirnband sucht – vor allem, wenn dieser Jemand ein Junge mit Sommersprossen und einem süßen Kinngrübchen ist. Luis steigt vom Karussell ab und kauft noch zwei Fahrkarten, während er seine Nichten im Auge behält. Er hofft, dass Dima das Stirnband bald findet, denn er hat nicht genug Geld, um noch eine dritte Runde auf dem Karussell zu bezahlen. Als Dima kurz darauf mit einem fassungslosen Gesichtsausdruck wieder auftaucht, muss Luis viermal seinen Namen rufen und ihm mit der

Hand vor dem Gesicht herumwedeln, bevor Dima blinzelt und bemerkt, dass Luis mit ihm redet.

»Äh, wa…«

»Das Stirnband? Hast du es gefunden?«

»Ähm, nein … habe ich nicht.«

Luis findet, dass Dima sich ziemlich merkwürdig benimmt. Hat er in der kurzen Zeit, in der er weg war, irgendwas Komisches gegessen? Ein Getränk von einem Fremden angenommen? Irgendetwas ist mit ihm nicht in Ordnung.

»Okay, ich hole die Zwillinge und wir suchen zusammen.«

»Nein!«, ruft Dima und hebt abwehrend die Hände. »Alles gut, ich suche nochmal!«

Er eilt davon, und jetzt macht Luis sich wirklich Sorgen. Aber als Dima mit einer Tüte Röstkastanien wiederkommt und das Stirnband über dem Kopf schwenkt, scheint er wieder ganz normal zu sein. Auf dem Heimweg sucht Luis Dimas Gesicht nach Anzeichen von Unwohlsein ab, aber Dima sieht unbehelligt aus, und Luis kommt zu dem Schluss, dass er sich das Ganze nur eingebildet haben wird. Tante Bertha öffnet die Tür, als sie im Vorgarten ankommen, und die Zwillinge laufen zu ihr, um ihr von ihrem Besuch beim Weihnachtsmann zu erzählen. Sie scheucht sie ins Haus und dreht sich zu Luis und Dima um, die immer noch im Schnee stehen.

»Wer ist das denn?«, fragt sie. Ihre Stimme ist noch tiefer als sonst. Vermutlich hat sie gestern Abend mehrere Fässer Glühwein getrunken.

»Tante Bertha, das hier ist Dima. Dima, das ist die Schwester meines Vaters, Bertha.«

»Nett, Sie kennenzulernen«, sagt Dima und lächelt, wobei er allerdings etwas eingeschüchtert von Tante Berthas heiserer Stimme und massiger Gestalt zu sein scheint.

»Also, bleibt nicht draußen stehen wie zwei gefrorene Kobolde! Abendessen ist fast fertig.«

»Oh, das ist sehr freundlich, aber nein danke. Meine Hausaufgaben rufen«, entschuldigt sich Dima.

Luis versucht, nicht allzu misstrauisch auszusehen. Immerhin hat Dima den Tag damit verbracht, Charles Dickens zu lesen, und er persönlich glaubt, dass der Typ überbewertet ist. Er fragt sich, ob er etwas Falsches gesagt hat. Gleichzeitig ist er aber auch froh, einen Zusammenstoß zwischen Dima und seiner Familie vermieden zu haben. Luis will Dima so lange wie möglich vor seinen Verwandten beschützen. Für Luis' Geschmack stellen sie zu viele Fragen und sind viel zu körperlich eingestellt. Er schämt sich zwar nicht für sie, aber sie dehnen die Grenzen der Gastfreundschaft gerne aus, und wenn Dora die Gelegenheit bekäme, Dima Essen zu machen, müsste er danach vermutlich nach Hause gerollt werden. Heute ist nicht der richtige Tag für eine Einführung in den Haushalt der Winters.

»Dann kommst du lieber rein, Luis. Ich friere mir den Arsch ab, und dein Vater ist zwar heute nicht da, aber ich werde an seiner Stelle sichergehen, dass du isst, Zähne putzt und um acht im Bett liegst.«

»Ich bin sechzehn!«, ruft Luis entrüstet.

»Und ich bin sechzig, also bewegst du dich gefälligst, bevor ich dich ausschließe, hörst du mich?«

Luis wirft Dima einen entnervten Blick zu, bevor er

nach drinnen flieht. Als er die Tür schließt, erhascht er einen letzten Blick auf Dima. Er steht da, die Hände tief in den Taschen vergraben, und sieht verwirrt und nachdenklich aus.

6. Dezember

Dima

»Das schwarze Kleid mit den silbernen Heels oder das rote Kleid mit der goldenen Halskette?«

Bianca steht barfuß im Wohnzimmer und hält zwei Kleider hoch. Auf dem Sofa, das immer noch neu und unbenutzt riecht, liegt Dima so, dass sein Kopf von der Kante hängt, und zappt kopfüber durch die Kanäle. Es laufen nur Weihnachtsfilme oder Nachrichten über die Klimakatastrophe, und er ist sich nicht sicher, welche Option deprimierender ist. Obwohl er mit den Augen am Bildschirm klebt, ist er damit beschäftigt, die Eindrücke von gestern zu verarbeiten: Luis, der Weihnachtsmarkt, und das, was er gesehen hat, aber eigentlich nicht hätte sehen sollen.

»Was ist der Anlass?«, fragt Dima und setzt sich auf. Als das Blut auf einmal von seinem Kopf wieder zurück in seinen Körper fließt, fällt er fast vom Sofa.

»Das Abendessen mit den Winters natürlich. Also, was denkst du? Schwarz oder rot?«

Dima hat gerade erst die Balance wiedergefunden, als die Aussage seiner Mutter ihn mit voller Wucht trifft. Diesmal landet er tatsächlich mit einem Ächzen auf dem Boden. »Sorry, was?«, fragt er und sieht zu seiner Mutter auf. Sie hat ihr braunes Haar zu einem Pferdeschwanz zusammengebunden, was den Blick auf das dreieckige Muttermal auf ihrem Wangenknochen freigibt. Nervös tippelt sie von einem Fuß auf den anderen.

»Heute sind wir bei den Winters zum Abendessen eingeladen! Das habe ich schon vor Ewigkeiten mit Mabel besprochen. Davon habe ich dir ganz bestimmt erzählt.«

»Hast du nicht!«, empört sich Dima. Hastig springt er auf und wirft einen Blick zum Fenster, um sich zu begutachten. Mittlerweile ist es dunkel geworden, und das Glas zeigt sein Spiegelbild. Er sieht müde aus, und so fühlt er sich auch. Er ist sich nicht sicher, ob er bereit für einen Abend mit kreischenden Zwillingen und neugierigen Fragen ist. Außerdem hat er sich schon darauf eingestellt, YouTube-Videos von Tom Daley zu schauen, wie er in einen Pool springt. Ein Familienbesuch bei der Nachbarsfamilie war eigentlich nicht Teil seines Plans. Aber dann denkt er an Luis, und die Vorstellung, ihn wiederzusehen, lässt in seinem Bauch Schmetterlinge erwachen. Vielleicht kann Tom Daley auch warten.

»Bitte mach daraus kein Drama, Dima. Es tut mir leid, dass ich vergessen habe, dir Bescheid zu sagen, aber ich brauche deine Hilfe!« Dima hatte nicht vor, daraus ein Drama zu machen. Eine Vorwarnung wäre nett gewesen, aber wenn er ehrlich ist, hätte er vermutlich eine Ausrede gefunden, um nicht mitzukommen, wenn gestern nicht gewesen wäre. Es ist so einfach, sich mit Luis zu unterhalten, und er fühlt sich ein bisschen schuldig, weil er ihn so oft hat abblitzen lassen. Gestern hatte er wirklich Spaß.

Dimas Mutter mustert die beiden Kleider geringschätzig. »Das schwarze sieht aus, als ob ich in eine Bar gehen will, und in dem roten wirke ich wie die Weihnachtsfrau höchstpersönlich, besonders mit der Schleife an der Taille.« In ihren hellbraunen Augen liegt ein Hauch von Panik. Sie dreht sich um, rennt nach oben in ihr Schlafzimmer und ruft Dima zu, er solle ihr folgen. Als er in ihr Zimmer kommt, wird ihm das wahre Ausmaß ihrer Verzweiflung klar. Seine Mutter war gestern Abend gerade erst damit fertig geworden, ihre Klamotten aus den Kartons zu holen und in ihre Kommode zu sortieren, aber nur vierundzwanzig Stunden später ist jede Oberfläche in ihrem Schlafzimmer wieder mit Blusen, Röcken und Anzügen bedeckt. Bianca lässt die beiden Kleider auf den Stapel auf ihrem Bett fallen, schiebt Dima auf einen Stuhl und führt ihm reihenweise Röcke und Blusen vor. Innerhalb kürzester Zeit sieht Dima aus wie ein menschlicher Schmuckständer, mit einem Knäuel von Schals auf dem Schoß und mehreren Ketten um den Hals.

»Ich habe den Eindruck, dass die Winters eher eine Jeans-und-Strickjacken-Familie sind«, sagt Dima schließlich, da er befürchtet, zu ersticken, falls seine Mutter ein weiteres Kleidungsstück auf ihm abladen sollte. »Sie wären vermutlich total begeistert, wenn du in einem Weihnachtspulli aufkreuzt.«

»Aber ich habe keinen Weihnachtspulli!«, kreischt sie verzweifelt und wirft die Hände in die Luft.

Dima steht auf. Mit so viel Silber um den Hals fühlt er sich wie ein wandelnder Weihnachtsbaum. Unter einem Haufen Klamotten zieht er einen cremefarbenen Pullover hervor. »Der hier. Mit deiner Lieblingsjeans.«

»Aber was, wenn ich beim Essen kleck...«

»Tust du schon nicht.«

Bianca nickt abwesend – offensichtlich denkt sie bereits

darüber nach, was sie zu dem Pullover tragen will. Dima nimmt die zahlreichen Ketten ab, geht über den Flur in sein Zimmer, und schließt die Tür. Um ehrlich zu sein, wird auch er langsam nervös. Er läuft in seinem Zimmer auf und ab, öffnet seinen Schrank, und begutachtet den spärlichen Inhalt. Ihm war nie besonders wichtig, was er anhatte, aber jetzt bereut er es, sich nicht mehr um seine Garderobe gekümmert zu haben. Er zieht ein weißes Hemd aus dem Schrank und stopft es sofort wieder zurück. »Eine Jeans-und-Strickjacken-Familie«, erinnert er sich selbst.

Er weiß nicht, warum ihm das Ganze überhaupt so wichtig ist. Es ist ja nicht so, als würde er Luis und seine Familie zum ersten Mal treffen. Nur hat er vermutlich nicht den besten ersten Eindruck hinterlassen. Nein, seine Klamotten sind zwar nichts Besonderes, aber sie sind sauber, bequem, aber nicht schlabberig, eigentlich muss er überhaupt nichts verän... Moment, ist das ein Fleck auf seiner Jeans? Hastig zieht er sie aus und wählt stattdessen eine dunklere, etwas neuere Hose aus, die ein bisschen enger ist, als er es gewohnt ist. Sieht sein Hintern darin gut aus? Wie soll ein guter Hintern überhaupt aussehen? Wenn er darüber nachdenkt, muss er eigentlich auch sein T-Shirt wechseln, das hat er jetzt schon seit zwei Tagen an, und er kann nicht mit dem gleichen Outfit bei Luis und seiner Familie auftauchen. Vielleicht stattdessen den grünen Pullover?

Sein Handy sucht sich genau den Moment aus, um auf seinem Schreibtisch zu vibrieren. Voller Hoffnung, eine Nachricht von Gabriel zu sehen, hastet er zum Tisch, nur um abgrundtief enttäuscht zu werden, als es sich um eine weitere Spam-Mail mit Werbung für Thermounterwäsche handelt. Er löscht die E-Mail, öffnet den Chat mit Gabriel, und hält mit den Daumen über der Tastatur inne. Seine letzte Nachricht steht dort immer noch unbeantwortet, unter einer Reihe von anderen ignorierten Nachrichten. Er hätte an dem Abend vorsichtiger sein sollen. Doch Gabriel hatte eine Abschiedsparty für Dima veranstaltet, und es war bereits spät gewesen. Der Punsch hatte ihn unvorsichtig werden lassen - etwas dass ihm nüchtern nie passiert wäre. Nur eine Woche zuvor hatte seine Mutter verkündet, dass sie einen neuen Job gefunden hatte – einen Job mit besseren Arbeitszeiten und besserer Bezahlung, an einem Ort, an dem sie sich ihr eigenes Haus leisten konnten und nicht mehr ihre Seelen an eine millionenschwere Immobilienfirma verkaufen mussten, die die Mieten im gesamten Viertel ständig anhob. Und außerdem wollte sie schon immer in eine Kleinstadt zurückziehen. An dem Abend hatten sie sich gestritten, obwohl sie das sonst nie taten. Dima wusste genau, wie hart seine Mutter gearbeitet hatte, um ihren Abschluss zu machen, ihrem Sohn Kleidung zu kaufen und ihm eine Bildung zu ermöglichen, die ihm den Weg zu einer guten Zukunft öffnen würde. Aber dass sie sie schon wieder entwurzeln würde, dass sie ihm nur eine Woche gelassen hatte, um seine Taschen zu packen und sich von allem zu verabschieden, das er kannte, während er noch seinen Mut zusammennehmen und seinem besten Freund sagen wollte, dass er …

Am Ende war es egal gewesen. Am Abend der Abschiedsfeier hatte er einfach nicht gewusst, was er mit der Mischung aus Alkohol und wirren Gefühlen anfangen sollte, die seinen Körper durchströmt hatte. Er hatte den

Fehler begangen, jemanden zu küssen, den er nicht hätte küssen sollen, und seitdem herrschte zwischen ihnen Funkstille. Aber Dima ist langsam am Ende seines Geduldsfadens, und Gabriel hat keinen Grund, sich wie ein sturer Bulle aufzuführen, dem man die Hörner abgenommen hat. Er tippt auf sein Handy ein und schickt eine weitere Nachricht. Hoffentlich wird sie Gabriel aus seinem Versteck locken.

> Wenn es dich so anpisst, dass zwei Kerle sich küssen, dann liegt das Problem vielleicht bei dir und nicht bei mir.

Dima hätte es nicht sehen sollen, das ist ihm klar. Es war nicht für seine Augen bestimmt. Aber als er am Abend zuvor nach Theodoras Stirnband gesucht hat, wollte er auf dem hinteren Teil der Bühne nachschauen, um sicherzugehen, dass er nichts übersehen hat. Und da war er, hinter den Tannenbäumen und Zuckerstangen versteckt: Kobi, immer noch in seinem Weihnachtsmannkostüm, aber ohne den weißen Bart, der ganz offensichtlich einen anderen Mann küsste. Von dem Mann hat Dima nicht viel gesehen, denn er hatte eine Mütze mit schwarzen Ohrenklappen auf, die den Teil seines Gesichts verdeckte, der nicht gerade von Kobi geküsst wurde. Dima wusste ohne jeden Zweifel, dass er ein Mann war. Er stand mindestens eine Minute da und versuchte, sein Gehirn dazu zu bewegen, das Bild zu verarbeiten, bevor er den Rückzug antrat und dabei darauf achtete, kein Geräusch zu verursachen. Als er später zurückkam, fand er das Stirnband unter einem Baum neben der Stelle, an der der Weihnachtsmann seinen geheimnisvollen Mr Claus geküsst hatte.

Dima versucht, den Gedanken abzuschütteln, aber es ist, als hätte jemand in seinem Kopf die Erinnerung auf Dauerschleife gestellt. So läuft es schon den ganzen Tag – zweimal hat er sich in der Schule ins falsche Klassenzimmer gesetzt, um nicht von dem Pizzastück zu reden, das ihm beim Mittagessen auf den Boden gefallen ist. Er starrt die Nachricht an, die er gerade verschickt hat, aber dann fällt sein Blick auf die Uhrzeit und ihm wird klar, dass sie zu spät zum Abendessen kommen werden.

Zehn Minuten später treffen Dima und seine Mutter sich im Flur, beide ein wenig außer Atem. Bianca trägt unter dem Pullover ein geblümtes Kleid, und ihr Haar hat sie zu einem losen Dutt gebunden. Er soll zwanglos aussehen, aber Dima weiß, dass seine Mutter sichergestellt hat, dass jede Strähne perfekt liegt. Dima hat wieder die blaue Jeans an, die doch nicht dreckig war.

»Ich habe Wein gekauft, obwohl ich davon keinen Schimmer habe. Glaubst du, die Mädchen mögen Kaugummi? Er ist rosa und zuckerfrei.« Sie hält inne und wirft einen Blick auf sein Handgelenk. »Warum hast du mein Armband um?«

»Mist«, sagt Dima und rennt nach oben in ihr Zimmer, um das Armband wieder in ihr Schmuckkästchen zu legen.

Als sie an der Tür der Familie Winter klopfen, macht Mabel lächelnd auf und bückt sich im nächsten Moment nach der mürrisch aussehenden Katze, die sich an ihr vorbei nach draußen schleichen will. Sie küsst Bianca auf beide Wangen und drückt Dima die Katze in die Arme. Zu seiner Überraschung fühlt sie sich weicher an, als man bei ihrem missmutigen Anblick gedacht hätte.

»Das ist Brie«, erklärt Mabel. »Wir haben noch eine zweite Katze namens Cheddar, aber man kann sie ziemlich leicht auseinanderhalten. Brie ist immer schlecht drauf, und Cheddar ist total freundlich.« Dima ist noch dabei, die Informationen zu verarbeiten, als sie auch schon ins Wohnzimmer geführt und einer brillentragenden Frau mit riesigen Ohren vorgestellt werden, die sich als Luis' Großmutter herausstellt.

»Du kannst mich Dora nennen, junger Mann«, krächzt sie. Neben ihr sitzt Luis' Großvater, Heinz, in einem Rollstuhl, aber Dima bekommt kaum die Gelegenheit, sich vorzustellen. Dora schüttelt ihm eine Ewigkeit lang die Hand, und danach befiehlt sie ihm, alle elf verschiedenen Plätzchensorten zu probieren, die sie gebacken hat. »Du wirst in ganz Fountainbridge keine bessere Bäckerin finden«, versichert sie ihm. Dima, mit einer mürrischen Katze in der einen Hand und einem Lebkuchen in der anderen, ist jetzt schon überfordert.

»Wie wäre es, wenn wir zu Abend essen, bevor wir den Jungen mit Keksen vollstopfen, Mutter?«, schlägt Luis' Vater vor. Er ist nur ein paar Zentimeter größer als sein Sohn, und an seinem Hinterkopf entdeckt Dima eine beginnende Glatze. Luis' Vater nimmt ihm Brie ab und setzt sie auf den Boden. Dora grummelt zwar, stellt aber die Keksdose beiseite.

Dima lässt seinen Blick unauffällig durchs Wohnzimmer schweifen. Ein Kronleuchter, dem ein paar Kristalle fehlen, taucht den Raum in ein goldenes Licht und lässt den Baum neben dem Kamin glitzern, obwohl er schon ein bisschen mitgenommen aussieht. Luis' Nichten benutzen die unteren Zweige gerade als Spielzeuge für eine orangefarbene Katze, bei der es sich um Cheddar handeln dürfte.

An den Wänden hängen dutzende schiefe Rahmen mit Familienfotos, von Geburten bis zu Hochzeiten und Schulabschlüssen. In einigen davon erkennt er Luis, mit einem Haarschnitt, der genauso schlimm ist wie der, den Dima auf seinen Kindheitsfotos trägt. Manche zeigen ihn mit seinen Geschwistern: Mabel und einem dunkelhaarigen Bruder, den Dima noch nicht kennt. Irgendetwas an diesen Fotos kommt ihm komisch vor. Er sucht sie noch einmal ab und stellt fest, dass auf keinem davon Luis' Mutter zu sehen ist. Aber das ist nicht das einzig Seltsame. Über den Fotos spannt sich eine Schnur über die gesamte Wand, und daran hängen kleine Filztaschen in verschiedenen Farben und Größen. Wie fast alles im Haus sehen sie abgenutzt, aber trotzdem geliebt aus.

»Das ist ein Adventskalender«, erklärt Heinz mit einem Schmatzen. »Am liebsten habe ich es, wenn in meinem Beutel After Eights sind.«

Plötzlich ergibt alles einen Sinn: Es sind genau vierundzwanzig Beutel. Dima fühlt sich im vollgestopften Wohnzimmer der Winters sofort zuhause. Es ist ein willkommener Kontrast zu der Stille in seinem neuen Haus. Dora erzählt ihm eine Geschichte davon, wie sie Roquefort, das Kaninchen, in ihrem Gemüsebeet gefunden haben – »Die Kaugeräusche haben mich aus meinem Mittagsschlaf geweckt, weißt du, denn meine Salate sind besonders knackig« –, und Dima fragt sich, wie Luis' Zimmer wohl aussieht. Er tippt auf Lichterketten, und mindestens eine bunt gestrichene Wand, und ein chaotisches

Bücherregal. Er ist neugierig darauf, welche Bücher Luis wohl mag. Zerknickt er die Buchrücken seiner Taschenbücher oder ist er eher der Hardcover-Typ? Er würde auf Doras Kekse wetten, dass Luis die Buchrücken zerknickt.

»Essen!«, verkündet Luis' Vater und führt sie zu einem riesigen, abgeplatzten Esstisch im Wintergarten im hinteren Teil des Hauses. Von dort hat man einen Ausblick auf einen verschneiten Garten, in dem ein paar schief geratene Schneemänner einer Schaukel und einem Gewächshaus Gesellschaft leisten. Luis und seine Tante Bertha, eine große Frau mit breiten Schultern und dem unverkennbaren rotblonden Haar, sind gerade damit fertig, den Tisch zu decken. Dima vermutet, dass Bertha sogar größer als Kobi ist. Er bekommt nicht die Gelegenheit, Luis Hallo zu sagen, weil alle damit beschäftigt sind, einen Platz zu finden. Zum zweiten Mal am heutigen Tag schiebt seine Mutter ihn auf einen Stuhl, aber er schluckt seine Beschwerde herunter, als Luis sich neben ihm niederlässt. Er riecht nach Vanilleshampoo und einem Hauch von Knoblauch; eigentlich eine Kombi, die nicht funktionieren sollte, aber an ihm riecht sie irgendwie gut.

»Ich habe gehört, dass du beim Mittagessen deine Pizza fallen gelassen hast«, sagt Luis und zieht dabei ein so trauriges Gesicht, als wäre jemand gestorben.

»Woher weißt du das?«

»Tragische Neuigkeiten verbreiten sich schnell«, antwortet er.

Dima hat Luis noch nicht vom geheimen Liebhaber des Weihnachtsmanns erzählt, und er ist sich auch nicht ganz sicher, ob er das sollte, aber er verspürt das brennende Verlangen, es irgendwem mitzuteilen. Es ist, als würde er ein unaussprechliches Geheimnis hüten, und gerade, weil es unaussprechlich ist, hätte er es am liebsten laut herausgeschrien. Aber Dima kennt sich gut mit Geheimnissen und ihrer potenziellen Zerstörungskraft aus, und er kennt Luis noch nicht gut genug, um ihm eine solche Neuigkeit anzuvertrauen.

»Ich hoffe, ihr mögt Tomaten«, sagt Edgar, als er eine Servierplatte mit Bergen von gewürfelten Tomaten und Knoblauch auf frisch getoastetem Sauerteigbrot auf dem Tisch abstellt. »Wir haben als Vorspeise Bruschetta gemacht, um das Essen ein bisschen anspruchsvoller zu gestalten, aber die Zwillinge weigern sich derzeit, etwas anderes als Nudeln zu essen. Also gibt es Arrabiata!«

Bianca wirft Dima einen Blick zu, der besagt, dass sie es bereut, einen hellen Pullover angezogen zu haben, und dass sie nie wieder auf seinen Rat hören wird. »Nudeln sind auch mein Lieblingsgericht«, sagt sie und zwinkert den Zwillingen zu, die daraufhin kichern müssen.

»Meins auch«, sagt Luis und lächelt Dima an.

»Ich mag Nudeln!«, ruft Heinz.

»Schrei nicht so!«, schreit Dora zurück. »Du weißt doch, dass meine Ohren empfindlich sind.« Sie wendet sich Bianca zu, die zwischen ihr und Bertha sitzt, tätschelt ihre Hand und fügt hinzu: »Ich habe ein hervorragendes Gehör, meine Liebe. Mabel habe ich damals noch vor ihrem Ultraschall prophezeit, dass sie Zwillinge haben würde, nicht wahr? Ich konnte nämlich ihre Herzen hören.«

»Halt dich fest«, flüstert Luis, wobei seine Schulter die von Dima streift.

Bei der Erinnerung lächelt Mabel, und schon bald wird die berüchtigte und langerprobte Geschichte von Theodoras und Tabithas Geburt zum Besten gegeben, in der ein Jahrhundertschneesturm, ein Schneemobil, mehrere gebrochene Fußknöchel und die halbe Stadt vorkommt, die dafür sorgte, dass Mabel heil im Krankenhaus ankam.

»Und was ist mit euch?«, fragt Luis' Vater, nachdem sich alle die Tränen abgewischt haben. »War Dimas Geburt auch so spektakulär?«

Bianca stellt ihr Glas ab und Dima sieht einen traurigen Schatten in ihren Augen. Aber bevor er irgendwem anders auffallen kann, ist er schon wieder verschwunden, und ein Schmunzeln tritt an seine Stelle. Dima weiß genau, was als Nächstes kommt, und er würde am liebsten unter dem Tisch verschwinden. Er wird Luis nie wieder in die Augen sehen können. »Schon Wochen vor seiner Geburt wurde ich von ... Blähungen geplagt«, erzählt sie. Ihr Gesicht leuchtet rötlich. »Meine Fruchtblase platzte nach dem vermutlich lautesten ... na, ihr wisst schon. Eine Stunde später kam Dima. So hat er sich seinen Spitznamen eingefangen.« Stille erfüllt den Raum, und Dimas Nacken fühlt sich an wie ein Herd, den jemand versehentlich angelassen hat. Dann lacht Bertha bellend auf, sodass der ganze Tisch wackelt, und schon bald haben alle allerhand damit zu tun, nicht vor Lachen vom Stuhl zu fallen. Dima spürt Luis' Blick auf sich, aber er kann ihm gerade nicht in die Augen sehen. Bianca prostet Dima zu und nippt triumphierend an ihrem Wein. »Die Geschichte hätte ich vermutlich nicht am Tisch erzählen sollen«, bemerkt sie ohne Reue.

Kurz darauf wird der Nachtisch serviert, und während Dimas Mutter schildert, wie es war, ihren Sohn in einem anderen Land aufzuziehen als in dem, in dem sie selbst aufgewachsen ist, isst Dima eine ganze Schüssel Tiramisu, und hätte sich am liebsten noch Nachschlag genommen. Hinterher will er beim Abräumen helfen, aber Edgar weigert sich, ihn in die Küche zu lassen.

»Du bist heute Abend unser Gast«, sagt er. »In Zukunft gibt es dazu bestimmt noch Gelegenheit.«

Luis schleicht sich an seinem Vater vorbei aus der Küche und hält dabei etwas hinter dem Rücken versteckt. »Wir sind dann in meinem Zimmer, Dad«, flötet er und wirft Dima einen Blick zu.

Dimas Herzschlag beschleunigt sich. So schnell hat er nicht erwartet, Luis' Zimmer zu sehen. Er folgt ihm in den Keller und muss dabei aufpassen, um nicht über die dutzende Paare Schuhe zu stolpern, die sich auf der Treppe reihen. Luis öffnet die Tür und winkt Dima hinein. Die Wände sind hellgelb gestrichen und am Rahmen des Bettes, das den Großteil des Raums einnimmt, hängen Lichterketten. Unter zwei schmalen Fenstern auf der Höhe des schneebedeckten Rasens draußen steht ein Schreibtisch, auf dem mehrere Schulbücher liegen, daneben hängt ein Poster, auf dem *Petition Battle Plan* steht. Die gesamte Wand gegenüber vom Bett wird von einem riesigen Regal eingenommen, das sich unter Büchern, gerahmten Bildern, Kunstprojekten und mehreren Schachteln biegt, in denen sich wohl Luis' Klamotten befinden müssen, da in dem Zimmer kein Kleiderschrank steht. Er hat keinen Fernseher, dafür aber einen alten Laptop, der so aussieht, als würde er eine halbe Tonne wiegen.

Luis sieht Dima dabei zu, wie er sein Zimmer in sich aufnimmt. »Es ist ein ziemliches Durcheinander«, bemerkt er.

»Überhaupt nicht«, lügt Dima. Aber ihm gefällt es. Es

ist zwar chaotisch, aber nicht so sehr, dass man sich unwohl fühlt. Es sieht bewohnt aus, gemütlich. Ganz anders als Dimas Zimmer.

»Als Wiedergutmachung kann ich dir Tiramisu anbieten.« Luis hält Dima grinsend einen Löffel und den übrig gebliebenen Nachtisch hin. »Komm, setz dich«, sagt er und klopft neben sich aufs Bett.

Irgendetwas daran, sich auf das Bett von jemand anderem zu setzen, fühlt sich so intim an. Hier verbringt er den halben Tag in einem absolut verletzlichen Zustand. Irgendwie fühlt Dima sich dabei, als würde er in Luis' Privatsphäre eindringen. Vorsichtig setzt er sich auf die Bettkante und nimmt den Löffel entgegen. Sie sitzen schweigend da, während sie den Rest des Nachtischs verputzen.

»Wusstest du gestern schon, dass wir eingeladen waren?«

Luis sieht wie ein Hamster aus, der sich die Backen mit Tiramisu vollgestopft hat. Er schüttelt den Kopf und schluckt nur mit Mühe seinen riesigen Bissen herunter, bevor er antwortet. »Ich hatte keine Ahnung davon, bis mein Dad es mir heute Morgen erzählt hat. Dann war ich den ganzen Tag nervös«, sagt er und beißt sich dann auf die Lippe, als ob ihm das aus Versehen herausgerutscht wäre.

»Warum das?«, fragt Dima. Irgendetwas in Dimas Brust macht einen kleinen Hüpfer bei der Vorstellung, dass er Luis nervös machen könnte.

»Ich weiß einfach noch nicht, was ich von dir halten soll.« Luis' Ehrlichkeit überrascht Dima. »So halb erwarte ich, dass du jeden Moment wieder genervt bist und verschwindest.«

»Tut mir leid«, sagt Dima aufrichtig. »Normalerweise bin ich nicht so schlecht drauf.«

»Alles gut. An einen neuen Ort zu ziehen, wo du niemanden kennst, muss echt schwer sein.«

Dima nickt, aber er will das Gespräch nicht in diese Richtung lenken. Er wirft einen zweiten Blick auf Luis' Bücherregal. Die Buchrücken sind definitiv zerknickt.

»Wusste ich's doch«, murmelt Dima.

»Was?«, fragt Luis. An seinem Mundwinkel klebt Kakaopulver.

»Vorhin habe ich gedacht, dass du bestimmt immer die Buchrücken zerknickst, wenn du liest. Und ich hatte recht.«

Luis sieht Dima stumm an und richtet den Blick dann auf die Taschenbücher in seinem Regal, die farblich sortiert sind. »Äh. Ja«, antwortet er. »Und was sagt das über mich aus?«

Darüber muss Dima kurz nachdenken. Den Buchrücken zu zerknicken bedeutet, dass demjenigen die Geschichte wichtiger ist als die Verpackung, in der sie daherkommt. Es bedeutet, dass Luis weniger auf das Äußere achtet und mehr darauf, was wirklich zählt. Das Herz. Oder vielleicht interpretiert Dima viel zu viel in eine unbewusste Gewohnheit. Und er hat definitiv nicht vor, seine Gedanken mit Luis zu teilen, also zuckt er nur mit den Schultern.

»Nein, ich will es wirklich wissen.«

»Sag du es mir. Ich zerknicke die Buchrücken nämlich auch immer.«

»Es bedeutet, dass wir ganz schlechte Menschen sind, die Büchern wehtun.«

»Aber dafür können wir doch gar nichts. Das muss durch irgendein Kindheitstrauma ausgelöst worden sein.« Es ist überraschend einfach, mit Luis herumzuwitzeln. Aus irgendeinem Grund fühlt Dima sich bei ihm wohl.

»Wo wir gerade bei Trauma sind«, sagt Luis und lässt sich auf den Rücken fallen. »Erzähl mir von deiner ersten Woche in Fountainbridge. Wie war sie?«

Luis sieht zur Decke auf. Dima folgt seinem Blick und entdeckt eine Ansammlung von Sternen. Nicht die Klebesterne, die im Dunkeln grün leuchten, sondern kleine Punkte, die auf der Tapete zu irgendeinem Sternbild angeordnet sind. Wie sie wohl im Dunkeln aussehen? Er stellt sich vor, neben Luis auf seinem Bett zu liegen, wenn das Licht ausgeschaltet ist, und sein Herz gerät kurz ins Stolpern. Luis tippt Dimas Knie mit dem Zeh an, was Dima nicht wirklich dabei hilft, sich an die Frage zu erinnern, die Luis ihm gerade gestellt hat.

»Deine Woche?«, hakt Luis nach.

»Ach ja, genau. Meine Woche. Nicht die beste«, gibt Dima ehrlich zu. »Aber gestern war ein schöner Tag. Ich verstehe einfach dieses ganze Weihnachtsgetue nicht.«

»Getue?«, wiederholt Luis grinsend.

»Getue. Ich meine, warum sind alle so versessen auf Weihnachten? Ihr habt ein ganzes Festival für einen einzigen Feiertag. Eine Lichtershow, einen Markt, ein Theaterstück. Was kommt als Nächstes?«

»Karaoke.«

»Was?«

»Als Nächstes kommt Karaoke. Ein Abend mit Weihnachtssongs. Dann gibt es noch Sportwettkämpfe, Back- und Kochevents, verschiedene Wettbewerbe, und noch mehr Musik.« Dima schwirrt vor lauter weihnachtlichen Informationen der Kopf. Das Ganze hört sich an wie eine eigene Wissenschaft.

»Vielleicht ...«, beginnt Dima zögerlich. Er ist sich noch nicht sicher, ob sein Vorschlag eine gute Idee wäre.

»Vielleicht könntest du mir beibringen, wie Weihnachten in Fountainbridge abläuft.«

Bei der Idee erhellt sich Luis' Gesicht, aber er versucht, sich im Zaum zu halten. »Was für ein hervorragender Plan! Du willst also, dass ich dir alles zeige?« Bei der Vorstellung, bis Weihnachten jeden einzelnen Tag umgeben von Süßigkeiten und Menschenmengen zu verbringen, die Weihnachtslieder singen, muss Dima schlucken.

»Ähm. Wie wär's mit einem Crashkurs? Nur die Highlights, die man nicht verpassen darf.« Darüber muss Luis erst einmal nachdenken – offenbar bereitet es ihm Schwierigkeiten, zu entscheiden, welche Erfahrungen man verpassen *darf*.

»Na gut, also ein Weihnachtscrashkurs. Das heißt, dass wir die ganzen Sportsachen überspringen, weil sie eh anstrengend und grauenhaft sind. Niemand will stundenlang mit Skilanglauf verbringen oder mitten im Winter in den See springen, wenn man sich stattdessen mit Stollen vollstopfen kann.«

Allein bei der Vorstellung fängt Luis an, zu zittern, aber Dima horcht auf. »Ich habe mit Sport kein Problem. Was meintest du mit dem See?«

Energisch schüttelt Luis den Kopf. »Das machen wir

nicht. Ich habe schon einen Plan erstellt, und daran halten wir uns auch.«

»Aber er war meine Idee!«

»Und du hast mich zum Lehrer gemacht, also darf ich auch die Stunden planen!«

»Dann musst du halt eine Schwimmstunde einschieben.«

»Viel Spaß dabei, im See zu erfrieren.«

»Wusstest du nicht, dass Eisbäder gut für die Gesundheit sind? Du solltest mitkommen.«

»Auf keinen Fall. Ich bin ein ganz schlechter Schwimmer. Selbst Hannah geht nicht zum Eisschwimmen, und sie ist im Schwimmteam.«

»Bitte? Du musst mitkommen. Ich kann nicht allein gehen.« Dima ist klar, dass er sich aufführt wie ein Hundewelpe, der um ein Leckerli bettelt, aber es scheint zu funktionieren.

»Unter einer Bedingung«, sagt Luis zögerlich.

»Was?«, fragt Dima.

»Du kommst mit mir, Hannah und Alec zum Karaokeabend. Und du musst singen.« Luis grinst triumphierend, als wüsste er schon, dass Dima sich nicht auf den Deal einlässt. Aber Dima mag Herausforderungen.

»Alles klar, ich komme.«

Luis' Grinsen verrutscht, als spüre er bereits den Schock des kalten Wassers. »Moment ... wirklich?«, stottert er, und bei seinem verzweifelten Gesichtsausdruck muss Dima ein Lachen unterdrücken.

»Wenn du versprichst, mit mir schwimmen zu gehen, dann komme ich zum Karaokeabend. Außerdem«, fügt er hinzu und legt den Kopf schief, in dem Wissen, jetzt erst recht wie ein Labradorwelpe auszusehen, »bin ich eigentlich gar kein schlechter Sänger.«

Luis bleibt stur. »Ich glaube, wir lassen das mit dem Weihnachtscrashkurs lieber.«

»Jetzt kannst du keinen Rückzieher mehr machen. Du hast dich auf Mistelzweigen gebettet, und so liegst du jetzt.« Dima hofft, dass Luis nicht wirklich den Kurs absagen will. Zum ersten Mal seit Wochen freut er sich auf etwas.

»Na gut. Meinetwegen. Blöder See.«

Wenn Dima extrovertierter wäre und Luis besser kennen würde, würde er sich dazu hinreißen lassen, seine Freude auszudrücken, indem er Luis' Matratze zu einem Trampolin abwandelte. Stattdessen belässt er es bei einem Grinsen. »Was ist dein Lieblings-Weihnachtsevent?«, fragt er. Jetzt, da sie einen Plan gefasst haben, kann er es kaum erwarten anzufangen.

Spöttisch zieht Luis die Augenbrauen hoch. »Verrate ich dir nicht. Das musst du selbst herausfinden.« Dima schmollt, woraufhin Luis bellend lacht, ein Geräusch, das Dima von Bertha erwartet hätte, nicht aber von jemandem, der nur halb so groß ist wie sie und außerdem eine süße Stupsnase und Grübchen hat.

»Okay, Vorschlag: Ich sage dir, was mein Lieblingsevent ist, wenn du mir erzählst, was genau der Spitzname ist, den deine Mutter erwähnt hat.«

Dima reißt die Augen auf. »Nur über meine Leiche.«

Luis pfeffert ihm ein Kissen ins Gesicht.

Später am Abend, als Dima und Bianca wieder nach Hause gegangen sind und seine Mutter, die nach Wein und Knoblauch und dem Parfüm roch, das sie schon immer trug, ihm einen Gutenachtkuss gegeben hat, lässt Dima sich zufrieden und schläfrig auf sein Bett fallen. Zum ersten Mal, seit sie nach Fountainbridge gezogen sind, schläft er ohne Probleme ein.

Zum Glück hat er vergessen, auf sein Handy zu schauen.

7. Dezember

Luis

Am Morgen vor dem Weihnachtskaraoke schläft Luis aus. Was bedeutet, dass er um Viertel nach acht hellwach ist, nachdem er die letzte halbe Stunde ignoriert hat, wie die Zwillinge kreischend durchs Haus rennen. Und trotzdem umgibt ihn, schon bevor er die Augen aufschlägt, ein Glücksgefühl. Er versucht, sich zu erinnern, ob er mal wieder etwas Schnulziges geträumt hat, wie das eine Mal, als Thom ihm zum Geburtstag ein Pony geschenkt hat und sie in mittelalterlicher Kleidung durch Kornfelder geritten sind, aber dann fällt ihm wieder ein, dass das Gefühl gar nicht aus einem Traum stammt.

Dima denkt an ihn. Das hat er gestern Abend zugegeben. Die Vorstellung, dass er Raum in Dimas Kopf einnimmt, ist mehr, als er so früh am Morgen verarbeiten kann. Luis betrachtet seine Bücher, die in Regenbogenfarben angeordnet sind, manche von ihnen ohne Schutzumschlag, andere mit deutlich sichtbar zerknickten Buchrücken. Bevor Dima in sein Zimmer kam, hat er sichergestellt, dass nirgendwo etwas herumlag, das allzu sehr SCHWUL! schrie, aber die Bücher mussten einfach so bleiben. Bimini und Glamrou wären nicht gerade beeindruckt, wenn sie herausfänden, dass er ihre Drag-Queen-Memoiren hinter anderen Büchern versteckt hat. Das Foto von ihm, Alec und Hannah auf der Pride-Demonstration vom letzten Jahr musste auch bleiben, aber das rosa Notizbuch mit dem glitzernden Aufdruck *too gay to function without an iced latte* hat er in seiner Schreibtischschublade verschwinden lassen.

Die meisten wissen eh schon, dass er schwul ist. Seine Familie auf jeden Fall, und in der Schule wissen es auch alle; Luis findet, dass es ziemlich offensichtlich ist, wenn man ihn kennenlernt. Es ist fast unmöglich, dass Dima es nicht weiß. Er will mit Dima befreundet sein, aber er hat noch nicht herausgefunden, wie er das anstellen soll. Doch manchmal ist es besser, ein bisschen vorsichtig zu sein. Luis versucht, den düsteren Gedanken abzuschütteln. Schließlich macht Dima sich Gedanken darüber, wie Luis seine Bücher behandelt. Er fragt sich, was Dima sich sonst noch fragt.

Luis verbringt den ganzen Tag damit, sich das zu fragen. Während er queere Buchhandlungen im ganzen Land mit der Bitte anschreibt, die Unterschriftensammlung zu den Toiletten auf Social Media zu teilen, fragt er sich, wie schwer es wohl ist, Rumänisch zu lernen. Während er im Haus staubsaugt und über seine abgenutzten Kopfhörer, die ihn kaum vor Außengeräuschen abschirmen, Popmusik hört, fragt er sich, ob er irgendetwas auch nur ansatzweise Wertvolles besitzt, was er für zwei Tickets für ein Ariana-Grande-Konzert verkaufen könnte. Die Antwort auf die Frage lautet leider »Nein«. Und während er mit seinen Nichten eine erschütternde Dokumentation über die Herstellung von Luftballons ansieht, die ihm wirklich Angst macht, aber die Zwillinge zu faszinieren scheint, fragt er sich, ob Dima wohl auch irrationale Ängste hat. Vermutlich nicht. Er duscht und zieht sich für den Karaokeabend an. Die Jeans, die er sich aussucht, ist so vintage, dass Edgar sie vor 40 Jahren schon getragen hat. Luis hofft inständig, dass er, wenn er so alt ist wie sein Vater, noch keine Glatze bekommt. Zu der Jeans zieht er einen gestreiften Pulli an, in dem er aussieht wie *Wo ist Walter?*, nur süßer. Er bittet Mabel sogar darum, ihm mit seiner Mascara zu helfen.

»Ehrlich jetzt«, fängt sie an. »Du solltest lernen, dein eigenes Make-up aufzutragen. Ich kann das nicht immer für dich machen. Und außerdem sind deine Wimpern so dicht, dass du die Mascara überhaupt nicht brauchst. Warum hast du Dads gute Merkmale bekommen und ich habe seine Ohren?« Mabel hilft ihm immer, aber sie beschwert sich gerne darüber. Luis bedankt sich bei ihr und verlässt hastig ihr Zimmer.

Er hat sich mit Dima um vier Uhr vor seiner Haustür verabredet. Es sind vier Minuten vor vier, und Luis hat jetzt schon Angst, dass Dima ihn versetzen könnte. Auf der einen Seite müsste Luis nicht zum Eisschwimmen gehen, wenn Dima nicht auftaucht. Aber auf der anderen hat er sich eigentlich darauf gefreut, Dima den *Jingle Bell Rock* singen zu hören. Als es um Punkt vier Uhr an der Tür klingelt, strömt Erleichterung durch Luis' Adern. Selbst Dimas grimmiges Gesicht, als er die Tür öffnet, kann seiner Aufregung keinen Dämpfer versetzen. Trotzdem hofft er, dass er Dimas Stimmung noch verbessern kann, bevor sie beim Café ankommen.

»Dima!«, ruft Dora aus dem Wohnzimmer. »Wehe, du kommst nicht rein und sagst Hallo.« Sie murmelt noch etwas über Respekt gegenüber Älteren, das Luis ignoriert, während er Dima hereinbittet. Dima setzt eine tapfere Miene auf und tut, was von ihm verlangt wurde.

»Hallo, Dora, wie geht es d...«, fängt er an, aber sie lässt ihn nicht zu Ende reden.

»Ich bin immer noch alt, und egal, wie viel heißen Tee ich trinke, ist mir immer kalt, aber ich habe gerade eine frische Ladung Plätzchen mit Marmeladenfüllung gebacken.« Nachdem sie ihn erfolgreich dazu genötigt hat, drei Plätzchen zu essen, scheint sie geradezu hingerissen von Dima zu sein.

»Oma, wir müssen jetzt wirklich los«, fleht Luis sie an, während er einen Blick auf die Standuhr wirft, die hinter dem Weihnachtsbaum kaum zu sehen ist.

»Ja, ja, junge Leute heutzutage haben es immer eilig, nicht wahr, Heinz?« Ihr Ehemann nickt abwesend, aber seine Aufmerksamkeit gilt einem Schachspiel, das gerade im Fernsehen übertragen wird.

»Ich habe etwas für dich, Dima, mein Lieber.«

Sie greift nach ihrem Strickbeutel, und nachdem sie mindestens eine Minute lang darin herumgekramt hat, hält sie Dima stolz eine gestrickte Wintermütze hin. Er sieht überrascht aus, und, wie Luis findet, gerührt.

»Probiere sie doch mal an«, ermutigt sie ihn.

Dima nimmt die Mütze entgegen und setzt sie vorsichtig auf. Dora zieht die Augenbrauen hoch und sieht Luis fragend an. Da sie nicht mehr gut sehen kann, versichert Luis ihr: »Sie sieht toll an ihm aus, Oma.« Und das tut sie wirklich. Sie ist kastanienfarben, was perfekt zu Dimas Augen passt, aber das verschweigt Luis ihr. Ihm fällt auf, dass Dimas Hals ganz rot geworden ist. Und, dass die Sommersprossen auf seiner Haut aussehen wie eine Wiese voller Löwenzahn. Luis ballt die Hände fest zu Fäusten, um sie nicht auszustrecken und Dimas Sommersprossen zu berühren. Im nächsten Moment weist Dora sie mit plötzlicher Dringlichkeit an, loszugehen, als hätte sie ihnen nicht vor ein paar Minuten noch befohlen, hereinzukommen und sich mit ihr zu unterhalten. Aber Luis ist ihr trotzdem dankbar, weil es so aussieht, als müsste er Dimas Stimmung doch nicht mehr verbessern. Das hat Dora ganz allein geschafft. Plätzchen und Strickwaren üben wohl ihre eigene Art von Magie aus.

Draußen steigt ihr Atem in Wolken zum orangen Licht der Straßenlaternen auf, das auch den Schnee schwach glitzern lässt. Sie machen sich auf den Weg zum Greenhouse, und eine Weile lang durchbricht nur das Knirschen der Eiskristalle unter ihren Schuhen die Stille. Ihr Schweigen fühlt sich behaglich an, und auf einmal muss Luis an Thom denken, was ihm eigentlich überhaupt nicht passt. Aber in einem so vollen und lauten Haus hat Thom es immer geschafft, einen Raum für sie zu schaffen, der die Geräusche ausblendete, und in dem Luis sich entspannen konnte. Er vermisst Thom, und das ist kein schönes Gefühl. Luis fühlt sich nicht gerne so verletzlich, wenn er an seinen Ex denkt.

»Alles gut?«, fragt Dima. Er sieht besorgt aus, und Luis wird wieder einmal klar, dass man ihm seine Emotionen gut am Gesicht ablesen kann.

»Ja, sorry. Ich hab' nur nachgedacht.«

Dima nickt und fragt nicht nach den Details. Sie erreichen das Café, vor dem sich eine kurze Schlange gebildet hat. Kobi macht eine Taschenkontrolle, und neben ihm an der Tür hängt ein Schild, auf dem steht: *Kommt rein und lasst den Alkohol draußen.* Annie und Matt schenken in ihrem Café keinen Alkohol aus. Luis nickt Kobi zu, und Dima schenkt ihm ein ungewöhnlich breites Lächeln. Drinnen ist die kleine Bühne, auf der normalerweise runde Tische stehen, freigeräumt und mit einem Projektor und Mikrofonen ausgestattet worden, und eine Mutter jodelt bereits fröhlich mit ihrer Tochter ein Weihnachtslied neben einem Weihnachtsbaum, der in dezenten Regenbogentönen dekoriert ist. Auf den ersten Blick sieht Luis weder Alec noch Hannah, aber stattdessen entdeckt er Oma Lotte, Elise und Maya, die sich an der Theke unterhalten. Luis und Dima ziehen sich die Jacken aus und stellen sich zu ihnen in die Schlange. Oma Lotta ist der Anstecker auf Annies Brust aufgefallen, auf dem *sie/ihr* steht, und stellt Elise mit ehrlicher Neugier dazu Fragen. Als sie an der Reihe sind, bestellt Dima zwei heiße Kakaos und drückt Luis einen davon in die Hand. Luis führt sie in ihre übliche Ecke, die glücklicherweise noch frei ist.

»Also, du hast erwähnt, dass du singen kannst?«, fragt er Dima und nimmt einen Schluck Kakao.

»Ach, habe ich das?«, erwidert Dima und zieht die Augenbrauen hoch.

»Du hast geradezu damit angegeben.«

»Habe ich gar nicht.«

»Hast du wohl.«

Sie starren sich stumm und ohne zu blinzeln in die Augen, bis Dima aufgibt und so tut, als wäre er ein schlechter Verlierer. Luis wird klar, wie froh er ist, dass Dima sich immer wohler zu fühlen scheint. Noch vor zwei Tagen hätte er nicht so einfach mit Luis herumgewitzelt.

»Als Kind war ich im Kirchenchor. Aber ich habe aufgehört, nachdem der Chorleiter meinte, Frauen sollten nur den Mund aufmachen, um zu singen oder ›Amen‹ zu sagen.«

Luis verschluckt sich an seinem Kakao. Dima hält ihm eine Serviette hin, und Luis wischt sich die Milch von Nase und Kinn. »Autsch«, sagt er.

»Ja. Als ich das zu meiner Mutter gesagt habe, hatte ich zum ersten und einzigen Mal Angst, dass sie mich schlagen könnte. Sie sah so wütend aus, dass ich mir fast in die Hose gemacht habe. Dann hat sie mich gefragt, wo ich das gehört habe, und das war das Ende meiner Gesangskarriere. Ziemlich sexistisch, oder?«

»Eigentlich meinte ich: ›Autsch, ich hab‹ mir die Lippe verbrannt.' Aber ja, das auch.«

Dima wirft ihm einen seltsamen Blick zu, in dem sowohl Amüsiertheit als auch Mitleid liegt. Kurz darauf stoßen Alec und Hannah zu ihnen. Alecs Mantel klimpert leise, als er ihn über einen Stuhl legt und die zahllosen Anstecker am Kragen das Licht reflektieren. Hannah starrt Luis böse an und weigert sich, ihre Jacke auszuziehen. Luis weiß, dass sie sauer ist, dass er Dima zu etwas eingeladen hat, das sie sonst nur zu dritt machen, aber er bringt es einfach nicht über sich, sich schuldig zu fühlen. Der Karaokeabend ist eine öffentliche Veranstaltung, und Annie und Matt haben ihn dieses Jahr zum ersten Mal organisiert. Spätestens, wenn sie auf die Bühne steigen, um *Rockin' Around the Christmas Tree* zu singen, wird Hannah sich wieder einkriegen.

Luis sucht die Menge nach Thom ab. Letztes Jahr um diese Zeit waren sie noch zusammen, und sie haben noch nicht über seine Teilnahme, oder Nichtteilnahme, an ihrer

Karaoketradition gesprochen. Luis weiß, dass auch Alec und Hannah ihn vermissen. Nicht nur romantische Beziehungen zerbrechen, wenn zwei Menschen sich auseinanderleben. Auch Freundschaften leiden darunter. Aber Freundschaften überstehen das, was romantische Beziehungen nicht überleben. Alec und Hannah waren schon lange da, bevor Luis sich in Thom verliebte, und sie werden auch noch lange danach an Luis' Seite sein. Viel weiß Luis nicht, aber da ist er sich sicher.

Genau in dem Moment tritt Maya auf die Bühne, und die ersten Noten von *Winter Winds* ertönen aus den Lautsprechern. Ihre Stimme ist tief und melodisch, und Luis ist davon überzeugt, dass sie Gesangsunterricht genommen haben muss, denn Mumford & Sons würden sich nie wieder trauen, diesen Song zu singen, wenn sie Maya hören könnten. Stürmischer Applaus bricht aus, als das Lied verklingt, und selbst Luis klatscht halbherzig mit. Bis er Thom entdeckt, der Maya mit einem liebestrunkenen Lächeln ansieht. Luis lässt sofort die Hände sinken.

»… Kennst du ihn?«, fragt Dima betont lässig mit einem Blick auf Thom. Luis schluckt und weiß auf einmal nicht, wo er hinsehen oder seine Hände lassen soll.

»Äh, ja«, antwortet er. Seine Stimme klingt höher als sonst. »Warum?«

Dima zuckt mit den Achseln.

»Ist es wirklich so offensichtlich?«

Auf einmal bereut er es, Dima mitgebracht zu haben. Beim Anblick von ihm und Thom im gleichen Raum ziehen sich seine Eingeweide zusammen, als hätte er ein Käsetoast mit Zimt und viel zu viel Chili gegessen.

Dima läuft rot an. »Nein, ist es nicht... Ich meine nur...«

Kobi und Oma Lotte nehmen sich je ein Mikrofon, und im ganzen Café herrscht auf einmal eine beklommene Stille. Schon beim Gedanken daran, was gleich passieren wird, kommen Luis die Tränen. *Something Stupid* ist zwar nicht wirklich ein Weihnachtslied, aber darum schert sich niemand, denn die beiden singen es jedes Jahr mit einer solchen Inbrunst, dass im ganzen Haus kein Auge trocken bleibt. Selbst Hannah muss sich mit dem Ärmel das Gesicht abwischen. Als der Song fast zu Ende ist, rennt Luis zur Toilette, um sich das Gesicht mit kaltem Wasser zu waschen. Er hat vergessen, wie emotional er bei diesen Liedern immer wird, und er kann nicht mitten beim Karaokeabend anfangen, hemmungslos zu schluchzen. Elise kommt hinter ihm ins Bad und tupft sich mit einem Papiertuch die Augen ab, wobei sie darauf achtet, ihren Eyeliner nicht zu verschmieren. Sie sieht ein bisschen benommen aus, und es scheint ihr die Sprache verschlagen zu haben.

»Ich weiß, oder?«, sagt Luis und schafft es sogar, ihr zuzulächeln.

»Wow«, haucht sie. »Sind die beiden ein Paar?«

Bei der Frage runzelt Luis die Stirn. Darüber hat er nie nachgedacht, aber es klingt logisch. »Keine Ahnung. Ich glaube nicht? Aber es wäre irgendwie süß.« Er denkt an Oma Lotte mit ihrem weißen Zopf und Kobi, der fast anderthalb Köpfe größer ist als sie. Der Buchhändler und die Klimaaktivistin. Die Fanfiction würde er sofort verschlingen. Plötzlich schwingt die Tür auf und Thom kommt herein. Er sieht besorgt zu Luis.

»Was?«, fährt Luis ihn viel genervter an, als er eigentlich vorhatte.

»Kann ich kurz mit dir reden?« Er wirft Elise einen Blick zu. »Allein?«

»Kein Problem«, sagt Elise. Sie wirft das Papiertuch weg und sieht Luis an. »Übrigens, schöne Mascara. Wasserfest?«

Thom sieht genau so aus wie immer, freundlich und mit einer Ausstrahlung, als wäre er gerade aus einem langen Urlaub wiedergekommen, aber in seinen Mundwinkeln lauert ein besorgter Ausdruck. Er wartet, bis die Tür hinter Elise zufällt, bevor er spricht. »Wegen des Songs. Ich weiß, dass wir normalerweise zusammen singen und so, aber ich wollte nur sagen, dass ich nicht sauer bin, wenn ich nicht mit euch auf die Bühne kommen soll. Die Entscheidung überlasse ich ganz dir.« Luis ist der Meinung, dass Thom kein Recht hat, auf irgendwen sauer zu sein, schließlich war er es, der mit Luis Schluss gemacht hat, weil ihre Beziehung sich *nicht richtig angefühlt hat*. Das hier fühlt sich auch nicht gerade richtig an, aber Luis bändigt den Impuls, genau das zu sagen. Er atmet einmal tief durch, dann zweimal, und zur Sicherheit noch ein drittes Mal.

»Weißt du was, ich bin total Zen«, sagt Luis, obwohl es sehr offensichtlich ist, dass er überhaupt nicht Zen ist. »Mach, was du willst.«

»Ich habe überlegt …«, fängt Thom an. »Vielleicht nicht dieses Jahr? Vielleicht nächstes? Karaoke war immer eure Tradition. Aber vielleicht können wir irgendwann eine neue anfangen.« Er sieht aufrichtig aus, und Luis erkennt, dass auch er unter ihrer Trennung leidet. Seine

Wut verpufft, und er entspannt die Schultern. Er lächelt Thom an, und Thom lächelt erleichtert zurück.

»Ja, ich glaube, das ist eine gute Idee«, sagt Luis.

»Ja, gut.« Thom nickt.

Er hebt die Arme und sieht fast so aus, als wolle er Luis umarmen. Bevor Luis darüber nachdenken kann, ob er vielleicht nur mit den Achseln gezuckt hat, geht er einen Schritt auf ihn zu. Verlegenheit macht sich in seinem Körper breit, aber es ist schon zu spät, den Kurs zu ändern. Die Umarmung ist ein wenig hölzern, aber sie fängt schon fast an, sich gut anzufühlen, als auf einmal die Tür auffliegt.

»Luis, irgendwer singt gerade *Wonderful Dream* und es ist ... oh.«

Dimas aufgeregter Gesichtsausdruck verrutscht, als er sieht, wie Luis und Thom sich voneinander lösen. Thom räuspert sich, und Luis versucht hektisch, zu vermeiden, Thom oder Dima ins Gesicht zu sehen. Stattdessen richtet er den Blick auf das Pissoir.

»Ich sollte vermutlich ...«, beginnt Thom und dreht sich zur Tür um, neben der Dima immer noch wie angewurzelt steht. Als Dima sich nicht bewegt, quetscht er sich unbeholfen an ihm vorbei. Erst, als er weg ist, hat Luis sich genug gesammelt, um Dima anzusehen. Dima hat die Stirn gerunzelt und schaut ihn fragend an.

»Es war nicht, wonach es aussah«, sagt Luis, wobei seine Stimme irgendwie komisch klingt.

Dima antwortet nicht, und Luis kann nicht zulassen, dass das Schweigen sich ausdehnt. »Thom und ich, ähm, wir waren früher mal zusammen, und jetzt nicht mehr. Schon lange nicht mehr. Und außerdem ist nichts unromantischer als eine Umarmung vor einem Toilettenhintergrund.«

»Okay«, sagt Dima, als wüsste er nicht, was er glauben soll.

»Ich meine, was ist schon eine Party ohne einen richtigen Zusammenbruch auf der Toilette?«, fragt Luis und ringt sich ein Lächeln ab. Er beschließt, dass es Zeit ist, zu gehen.

»Du schuldest mir noch ein Lied«, sagt er zu Dima.

»Jetzt?«, fragt Dima leicht panisch. Die Unsicherheit auf seinem Gesicht verschwindet und wird durch Besorgnis ersetzt. »Vielleicht ist das gerade nicht der beste Augenblick.«

»Also, wenn du nicht singen willst, habe ich damit kein Problem«, erwidert Luis. »Das erspart es mir, in einen zugefrorenen See springen zu müssen.«

Er zuckt mit den Achseln, als würde es ihn überhaupt nicht kümmern. Dima grummelt irgendetwas und wirft Luis einen trotzigen Blick zu. Im nächsten Moment hat er das Bad verlassen und ist schon auf halbem Weg zur Bühne. Zu Luis' Enttäuschung singt er nicht *Jingle Bell Rock*, sondern *White Winter Hymnal*. Die ganze Aufmerksamkeit scheint Dima extrem unangenehm zu sein, aber sobald der Refrain anfängt und das ganze Café mitsingt, lässt er es so richtig krachen – zumindest, wenn man darunter versteht, mit dem Fuß den Takt mitzuwippen. Gelogen hat Dima nicht: Seine Stimme ist schön. Wirklich schön. Tief, mit einem leichten Hauch von Traurigkeit. Luis trifft keine Note, egal, wie sehr er sich anstrengt, aber Dima wird immer besser. Seine Stimme hallt in Luis' Brust wider. Eigentlich sollte es nicht erlaubt sein, dass süße Jungs auch gut singen können, denkt Luis. Kein Junge sollte so viel Macht haben.

Als Dima fertig ist und das Publikum ihm applaudiert und zupfeift, reicht er Luis das Mikrofon. Ihre Finger berühren sich, und wenn Luis' Herz nicht in seiner Brust festgemacht wäre, wäre es mittlerweile hinausgehüpft. Er weicht Dimas Blick aus und umklammert das Mikrofon fest, denn seine Hände sind so schwitzig, dass er Angst hat, es fallen zu lassen. Hannah und Alec zerren Luis auf die Bühne und können vor Aufregung kaum stillstehen. Als die ersten Töne ihres Songs erklingen, grinsen Alec und Hannah Luis an, sie strahlen geradezu vor Fröhlichkeit. Er kann nicht anders, als es ihnen gleichzutun, und ein Gefühl von unbändiger Freude erfüllt ihn. Das hier ist genau, was er gebraucht hat. Einfach loszulassen, nicht an Jungs zu denken, sich einen Moment lang einfach nur zu freuen, selbst wenn das bedeutet, dass er die Welt mit seinem fürchterlichen Gesang traktieren muss. Denn Singen, egal, wie schief, ist ein wohlbekanntes Mittel gegen Herzschmerz.

8. Dezember

Dima

Normalerweise bleibt Dima nie den ganzen Tag lang im Bett liegen, aber heute ist Sonntag, und seine persönliche graue Gewitterwolke ist in Form einer Handynachricht wieder zurückgekehrt. Gestern Nacht konnte er kaum schlafen, und sein Kopf fühlt sich an wie eine Schneekugel, die heftig durchgeschüttelt worden ist. Dima dachte, dass jedes Lebenszeichen von dem Menschen, den er für seinen besten Freund gehalten hat, ihn aufmuntern würde, aber die Nachricht hatte genau den gegenteiligen Effekt. Wenn seine Abmachung mit Luis nicht wäre, hätte er den gestrigen Tag auch im Bett verbracht. Er ist niedergeschlagen im Haus herumgeschlurft, hat sich vom Bett auf das Sofa und dann auf den Boden geschleppt, übrig gebliebene Nudelpfanne direkt aus dem Kühlschrank gegessen und versucht, sich mit kitschigen Weihnachtsfilmen abzulenken – aber sie waren so schlecht, dass sie seine Stimmung nur noch mehr herunterzogen. Die Prinzessin findet ihre fünfte verloren geglaubte Schwester, die ihr bis aufs Haar gleicht? Schon beim ersten Mal war die Geschichte kaum glaubhaft gewesen, und das ging einfach zu weit. Als Nächstes hat sie noch einen Klon in einem Paralleluniversum.

Aber als Dora ihm eine selbst gestrickte Mütze schenkte, die auch noch gut an ihm aussah, verbesserte sich seine Stimmung, und als Luis dann bei seinem Karaokelied jeden einzelnen Ton schief sang und sich kein bisschen dafür schämte, kribbelte jeder Zentimeter von Dimas Haut. Und er konnte das Gefühl noch nicht einmal auf Fremdscham schieben, denn die spürte er gar nicht. Nein, seine Reaktion war von etwas anderem ausgelöst worden. Nicht Glück, so weit würde er nicht gehen. Vielleicht eine Prise davon.

Auf dem Weg nach Hause vom Greenhouse hatte er überlegt, Luis nach Kobi zu fragen. War er öffentlich geoutet? Wussten die Leute, dass der Weihnachtsmann heimlich hinter seinem Schlitten mit einem Mann herummacht? Und dann war da noch die Geschichte mit Luis' Exfreund in der Toilette. Danach fragte er Luis auch nicht. Zumindest noch nicht. Obwohl er es eigentlich gerne tun würde. Dima denkt darüber nach, heute zur Buchhandlung zurückzukehren. Er könnte das rosa Buch über die Drag Queen kaufen, um zu sehen, was Kobi dazu sagt. Aber er schiebt den Gedanken wieder beiseite, als sein Magen sich zusammenzieht. Für so etwas ist er noch nicht bereit.

Das warme Gefühl der Zugehörigkeit hat genau zehn Sekunden lang angehalten, nachdem Dima gestern Abend nach Hause kam. Dann erinnerten die kahlen Wände seines Zimmers ihn wieder daran, warum er sich so elend fühlte. Jetzt ist er verwirrt, ganz durcheinander. Wie ein Pinguin, der sich in der Sahara zurechtfinden soll. Als Gabriels Name auf Dimas Handybildschirm erschien, dachte er, dass jetzt alles wieder wie vorher werden würde. Sie könnten über alles reden, ihre Freundschaft wieder ins Lot bringen. Aber.

> Du hast deine Zunge in den falschen Hals gesteckt, und guck dir an, wo du jetzt gelandet bist.

Als Dima die Nachricht von Gabriel las, überkam ihn ein kalter Schweißausbruch. Einen Moment lang konnte er kaum atmen. Die Nachricht fühlte sich wie eine Ohrfeige an, aber der Schock und der Schmerz wurden nicht weniger. Die Worte haben sich in seine Netzhäute gebrannt, aber trotzdem öffnet er das Chatfenster ständig, in der vergeblichen Hoffnung, dass sie auf einmal weniger niederträchtig und verletzend klingen. Dima kann nicht verstehen, warum Gabriel so ausflippt, nur weil Dima einen Jungen geküsst hat. Das hat er von Gabriel wirklich nicht erwartet. Auf keinen Fall würde Gabriel ihre Freundschaft einfach so wegwerfen, nur wegen eines dummen, betrunkenen, sinnlosen Kusses, der überhaupt nichts mit ihm zu tun hatte. Dima hat schon fast den Anrufknopf gedrückt, als sein Handy auf einmal klingelt und er es fast auf sein Gesicht fallen lässt. Zuerst denkt er, dass Gabriel ihn anruft, und das Herz hüpft ihm fast aus der Brust, aber dann liest er den Namen auf dem Bildschirm, und auf einmal bleibt nur Überraschung übrig. Er nimmt den Anruf an und hält sich das Handy ans Ohr.

»Rafael?«

»Mann, ich hab' schon seit Ewigkeiten nichts mehr von dir gehört!«

»Ich bin doch erst seit zehn Tagen weg, Rafael.«

»Ja, aber früher haben wir uns fast jeden Tag gesehen. Also sind zehn Tage schon Ewigkeiten, okay.«

»Was ist los? Alles in Ordnung?«

»Kann mich nicht beschweren, außer, dass mein Bruder der größte Arsch der Welt ist, aber das weißt du ja schon. Ich wollte nur anrufen, um zu fragen, ob du dein Spanischbuch aus der elften Klasse noch hast?«

»Glaube schon, ja. Soll ich dir die Lösungen für die Hausaufgaben schicken?«

»Ich wusste doch, dass ich auf dich zählen kann! Du wirfst nie irgendwas weg.«

Das stimmt nicht ganz. Er wirft schon Sachen weg, nur eben keine Schulbücher oder Unterrichtsnotizen, die er später noch brauchen könnte. Rafael hat schon häufig genug von seinen alten Arbeiten und Übungsbüchern profitiert, aber das stört Dima nicht.

»Schreib mir, welche Seiten du brauchst, und ich fotografiere sie dir ab.«

»Du bist der Beste, Dima. Ich vermisse dich echt.«

Die Worte treffen ihn, auf eine gute Art und Weise. Er hatte Angst, dass er, wenn er nicht mehr mit Gabriel spricht, auch seine Familie verlieren würde, aber Gabriels kleiner Bruder hat gerade gesagt, dass Dima ihm fehlt, trotz allem.

»Hey, ähm. Wie geht … ist Gabriel …?«

»Ihr sprecht wohl immer noch nicht miteinander?«

»Nee.«

»Das erklärt, warum Gabriel in letzter Zeit so unglaublich gut drauf ist.«

»Ist er?«

»Ja, nichts als Sonnenschein und Gänseblümchen.«

»Oh.«

»Ach, das wird schon wieder. Was auch immer zwischen euch passiert ist ...« Rafaels Stimme verklingt und lässt eine erwartungsvolle Lücke, die Dima im Moment nicht füllen möchte. Rafael seufzt. »Also, er kriegt sich schon wieder ein. Du weißt doch, wie dramatisch er ist.« Rafael hört sich viel selbstsicherer an, als Dima sich fühlt. Nach Gabriels Nachricht ist Dima sich nicht sicher, wie sie je wieder auf einen grünen Zweig kommen sollen. Gabriel hatte mittlerweile mehr als eine Woche Zeit, um Dampf abzulassen, aber offenbar brodelt es immer noch in ihm – und hört vielleicht nie auf. Rafael interpretiert sein Schweigen richtig.

»Ich trete ihm mal in den Flacharsch, okay?«

»Danke, Rafael.«

»Für dich mache ich doch alles! Und danke nochmal für die Hausaufgaben. Du bist mein Held, weißt du das?«

Rafael legt auf, bevor Dima antworten kann. Seine Worte und die Tatsache, dass er überhaupt angerufen hat, erfüllen Dima mit neugefundener Hoffnung. Er steigt aus dem Bett und stolpert zu den halb leeren Kartons in der Ecke seines Zimmers. Unter alten Klassenarbeiten und Schulbüchern findet er das Buch, nach dem Rafael gefragt hat, neben einem zusammengerollten Plakat, das er und Gabriel für ein Englischprojekt erstellt haben. Gabriel ist ein guter Redner, und Dima zieht eher Recherche vor. Sie sind ein perfektes Team. Oder eher gesagt waren sie das. Dimas Handy vibriert, und als er die paar Schritte von den Kartons zum Bett geht, steigt plötzlich Übelkeit in ihm auf, wie ein Nachbeben der Nacht, in der ihre Freundschaft unerwartet erschüttert wurde. Gabriels Name starrt ihm von der Benachrichtigung entgegen. Am liebsten würde er sein Handy ausschalten und es in einem Regal verstecken, aber seine Finger öffnen die neue Nachricht wie von allein.

> Halt dich von meiner Familie fern. Wir sind nicht befreundet.

Er hätte auf seinen Bauch hören sollen. Gabriels Worte haben ihre Freundschaft endgültig begraben. Es ist egal, wie sehr Dima sie wieder reparieren will. Er weiß ja immer noch nicht, warum sie sich überhaupt gestritten haben. Eigentlich sollte es ein ruhiger, ereignisloser Abend sein, an dem sie sich über den Umzug beschweren und zukünftige Besuche planten. Aber als das Schwimmteam mit mehreren Bierkästen aufkreuzte, wurde er zu einer ausgelassenen Hausparty. Dima ist sich nicht sicher, wo der Wodka herkam, und er erinnert sich nicht, wie viele Shots er getrunken hat, aber es müssen genug gewesen sein, um seine sorgfältig errichteten Mauern einzureißen, sonst wäre er nie mit Cody in Rafaels leerem Schlafzimmer gelandet.

Als Dima mit Cody im Schlepptau aus dem Zimmer kam, stand Gabriel am anderen Ende des Flurs, das Gesicht angewidert verzogen. Dima drehte sich um und schnappte sich den Drink, der ihm am nächsten stand. Dank einer weiteren Runde Wodka und einer zweiten und eventuell noch einer dritten erinnert er sich an nichts mehr, was danach geschah. Dabei zuzusehen, wie seine teuerste Freundschaft in einem Sekundenbruchteil in die Brüche ging, war ein Schock, und er ist dankbar, dass sein Gehirn das Ganze in einer dunklen Ecke verborgen hält.

Er weiß nicht mehr, wann er gegangen ist, nur dass es draußen noch dunkel war, dass die kalte Luft sich auf seiner nackten Haut gut angefühlt hat und dass er wohl seinen Pulli vergessen hat, sich aber nicht darum scherte. Gabriel lief ihm nicht hinterher. Dima wurde nur von pulsierenden Kopfschmerzen und einem Schamgefühl verfolgt, von dem er sich in der Nacht unzählige Male übergeben musste. Entweder davon oder von dem ganzen Alkohol.

Dimas Mutter kochte vor Wut, weil er es wagte, am Tag ihres Umzugs einen ausgewachsenen Kater zu haben, obwohl es in Wirklichkeit der Gedanke war, dass er seinen besten Freund verloren hatte, der ihn an jeder Raststätte würgen ließ. Ihre Ungehaltenheit war nichts gegen Gabriels unverhohlene Abscheu. Und offenbar ist Gabriels Ekel vor seinem ehemals besten Freund nur noch gewachsen, wenn er nicht einmal will, dass Dima mit seiner Familie spricht.

Das war's also. Es ist sinnlos, ihm nachzuweinen.

Es klopft an seiner Zimmertür, und Dimas Mutter kommt herein, mit einem Frühstücksteller, von dem ein Geruch nach geschmolzener Butter, warmem Toast und etwas Verbranntem ausgeht. Beim Anblick von Dima, der um ein Uhr nachmittags noch im Bett liegt, zieht sie die Augenbrauen hoch, aber er gibt keine Erklärung ab. »Essen?«, fragt sie und setzt sich neben ihn aufs Bett. Dima schiebt unauffällig das fast bis zur Unkenntlichkeit verbrannte Spiegelei von seinem Avocadotoast, während seine Mutter sich in seinem Zimmer umsieht. Er hat seinen Schreibtisch an die Wand geschoben, um den abgenutzten Lesesessel an das breite Fenster stellen zu können, das einen Blick auf den Vorgarten bietet. Daneben steht auf einem Bücherstapel die Lampe in Form einer Weltkugel, die sie ihm zum zwölften Geburtstag geschenkt hat. Er hat immer noch keine Fotos aufgehängt. Die meisten davon zeigen ihn mit Gabriel, und im Moment würde er sein Gesicht lieber nicht sehen. Oder jemals wieder.

»Hast du Lust auf einen Schneespaziergang?«

Hat er nicht. Gestern hat Luis ihm gesagt, dass der heutige Weihnachtsunterricht ausfällt, weil er mit Hannah und Alec an einem Schulprojekt arbeiten muss, und Dima war vor allem erleichtert. Zwar spürte er einen Hauch von Enttäuschung, dass sie keine Zeit zusammen verbringen würden, aber er wäre eh schlechte Gesellschaft gewesen. Seine Mutter hat die Wolke von düsterer Laune, die ihren Sohn umgibt, entweder nicht bemerkt, oder sie ignoriert sie absichtlich.

»Edgar hat gesagt, dass das irgendeine Weihnachtstradition ist. Alle bekommen Laternen, und dann geht es ab in den Wald.«

»Ist das jetzt etwas, worauf ich mich gefasst machen muss? Du und Luis' Dad?«

»Wie bitte?«

»Vergiss es.«

»Dima«, seufzt sie. »Ich würde gerne mit meinem Sohn auf den Schneespaziergang gehen. Ich sehe dich nicht so häufig, und in letzter Zeit kommst du mir niedergeschlagen vor. Willst du mir sagen, dass du zu beschäftigt für deine alte Mutter bist?« Sie lässt ihren Blick durchs Zimmer wandern, als würde Dima stapelweise Hausaufgaben vor ihr verstecken. Sie wissen beide, dass sie noch lange nicht alt ist. Sie war kaum älter als Mabel, als sie Dima hatte und deshalb gezwungen wurde, ihren damaligen Freund zu heiraten. Um ihre Augen haben sich ein paar kaum sichtbare Falten gebildet, aber ansonsten hat sie keine Spuren von ihrer Vergangenheit oder den schwierigen Jahren davongetragen, in denen sie gleichzeitig ihren Sohn aufziehen und darum kämpfen musste, Ärztin zu werden. Jetzt sieht sie entspannt aus. Ihr Haar fällt ihr glänzend auf die Schultern, und ihre Haut strahlt förmlich. Dima hat sie noch nie so gelassen gesehen.

»Wann gehen wir?«, fragt er, worauf seine Mutter vor Freude auf seinem Bett auf und ab hüpft. Verschmitzt wirft sie ein Kissen nach ihm und sagt ihm, er solle um vier Uhr fertig sein. Gut, denkt er, damit bleiben ihm noch ein paar Stunden, um Gabriels Nachricht anzustarren und sich wie ein großer, matschiger Kuhfladen zu fühlen. Um Viertel nach vier steht Dima geduscht und angezogen in der Küche und überlegt, ob er müde genug ist, um sich eine Tasse Kaffee zu genehmigen. Er schnüffelt an der Kanne, die zur Hälfte mit tiefschwarzer Flüssigkeit gefüllt ist, entschließt sich dann aber gegen den Kaffee, weil allein der Geruch schon seine Augenlider zucken lässt. Stattdessen schnappt er sich eins dieser zuckersüßen Kaffeegetränke, die seine Mutter im Kühlschrank hortet, als würde ihr Leben davon abhängen. Erst, als er nach draußen geht, wird ihm klar, dass ein kalter Kaffee vielleicht nicht die beste Wahl für einen Spaziergang im Dezember ist. Er wirft einen Blick auf das Haus der Winters, von dessen Fenstern ein einladendes Leuchten ausgeht, und verspürt einen schuldbewussten Stich beim Gedanken daran, ohne Luis auf einen Schneespaziergang zu gehen. Im Auto dreht er die Heizung auf, und seine Mutter droht ihm, dass er das restliche Wochenende damit verbringen wird, das Auto sauber zu machen, wenn er es wagen sollte, sein Getränk zu verschütten. Sein Blick landet auf den zahllosen leeren To-Go-Bechern, die sich im Fußraum auftürmen, doch er verkneift sich seinen Kommentar.

Die kurze Fahrt führt sie eine sich windende Straße entlang, an der auf beiden Seiten Schneeberge aufgehäuft sind, und Dima denkt, dass er gerne ein Iglu bauen würde, bevor der ganze Schnee wieder schmilzt. Das hat er schon seit Jahren nicht mehr gemacht, und er hat Angst, jetzt zu alt dafür zu sein. Vielleicht kann er die Zwillinge anheuern und so tun, als wäre es ihre Idee gewesen. Als sie am Treffpunkt für den Schneespaziergang ankommen, fürchten sie zunächst, dass sie keinen Parkplatz finden würden, aber dafür hat Dima noch nie eine so festliche Parkanlage gesehen. Jeder Baum um die Wiese herum ist mit leuchtenden Sternen geschmückt, und neben dem Eingang, der durch einen ganz aus Schnee gemachten Torbogen führt, steht eine Kutsche mit zwei Pferden, deren Fell so schwarz ist, dass es wie schimmernder Samt aussieht. Sie schließen das Auto ab, holen sich zwei Laternen von einer Frau mit Weihnachtsmütze ab, und folgen dem Pfad, der von funkelnden Lichterketten erhellt ist.

Dima ist froh, dass er nicht mit Luis hier ist. Das Ganze fühlt sich viel zu intim an, und obwohl er an sich nichts gegen einen Spaziergang mit Luis einzuwenden hat, hätten die herzförmigen Laternen sie vermutlich in Verlegenheit gebracht. Bianca hakt sich bei Dima unter. Alle paar Schritte hält sie an, um Eisskulpturen in Form von Rentieren und Lebkuchenmännchen zu bewundern.

»Erzähl mir von dir«, sagt sie und runzelt die Stirn

beim Anblick eines missratenen Engels. Er sieht eher aus wie ein bösartiger Schmetterling oder eine geflügelte Schlange. Dima kann sich nicht entscheiden, was davon furchteinflößender ist. »Wie war deine Woche?«

»Gut. Deine?«

»Mal sehen. Ich bin in mein eigenes Haus gezogen, habe meinen Traumjob angefangen, und eine Frau, die ein neues Hüftgelenk bekommen hat, hat mich einen sexy Grashüpfer genannt, als sie unter Betäubungsmitteln stand. Ich hatte also eine hervorragende Woche«, sagt sie und stößt ihn sanft mit dem Ellbogen an.

Er spürt ihren Blick auf sich und seufzt. »Ich habe mich nicht beim Karaokesingen blamiert, von sieben Nächten konnte ich eine durchschlafen, und Dora hat mich gezwungen, insgesamt zweiundzwanzig Weihnachtsplätzchen zu essen.«

Bianca schmollt und zieht ihn am Ohrläppchen. »Mein armes Baby. Findet neue Freunde, stopft sich mit Essen voll, und hat trotzdem noch Zeit, Trübsal zu blasen. Manchmal vergesse ich, dass du immer noch ein kleiner Teenager bist.«

»An mir ist gar nichts klein«, schnaubt er empört. Bianca reißt dramatisch die Augen auf und fasst sich mit gespieltem Schock an die Brust. »So kannst du doch nicht mit deiner Mutter reden!«

»Mum.«

»Und wo wir gerade dabei sind, ist dir schon irgendein Mädchen in Fountainbridge ins Auge gefallen?«

»*Mum!*«

»Ich höre auf, wenn du mir verrätst, warum du bis zum Sonnenuntergang schläfst, denn das sieht dem Dima, den ich kenne, gar nicht ähnlich.« Sie sieht besorgt aus, und ein schmerzliches Gefühl überkommt Dima. Er hasst es, wenn sie sich seinetwegen Sorgen macht, und sie hat Recht, er ist nicht er selbst, seit sie in Fountainbridge angekommen sind. Aber er hat sich auch noch nie mit seinem besten Freund gestritten. Er ist sich nicht sicher, wie viel er ihr erzählen soll. Unter der Mütze fängt seine Kopfhaut an zu jucken, und er hat das plötzliche Verlangen, sie sich vom Kopf zu reißen und das Gesicht im Schnee zu vergraben. Er weicht ihrem Blick aus, aber er spürt immer noch, wie sie mit den Augen sein Gesicht nach einem Hinweis absucht, der seine Stimmung erklärt.

»Gabriel redet im Moment nicht mit mir. Wir haben uns … gestritten, und jetzt weigert er sich, auf meine Nachrichten zu antworten.« Von Gabriels Nachrichten sagt er ihr nichts. Die Scham sitzt zu tief, und sie würde nur noch mehr Fragen stellen, für die Dima sich noch nicht bereit fühlt.

»Ach, Dima.«

Sie bleibt stehen und dreht ihn um, sodass er ihr gegenübersteht. Auf ihrer Wange leuchtet das Muttermal, um das er sie immer beneidet hat. Als Kind malte er sich häufig auch so ein Muttermal ins Gesicht. Er wollte aussehen wie sie, und sie musste immer lachen, wenn er aus Versehen einen nicht abwaschbaren Stift benutzte. Jetzt zieht sie ihn für einen langen Moment an sich. Sie muss auf die Zehenspitzen gehen, um ihm die Arme um die Schultern zu legen, und Dima blinzelt einige Tränen weg. Er legt das Kinn auf ihren Kopf, damit sie im Licht der Laternen nicht sieht, wie seine Augen vor Tränen glänzen. Dima ist froh, dass er seiner Mutter von dem Streit erzählt hat.

Auch, wenn es nichts an der beschissenen Situation ändert, war es doch etwas, das er sich von der Seele reden musste.

»Habe ich dir je von der Zeit erzählt, als Anja und ich nicht miteinander gesprochen haben?«

Ihre Stimme klingt durch den Stoff von Dimas Winterjacke gedämpft. Anja ist die beste Freundin seiner Mutter aus Kindertagen. Sie wohnt in einem Dorf knapp außerhalb von Bukarest und kommt sie alle zwei Jahre besuchen. Anja ist eine kleine, aber entschlossene Frau, deren Englisch so von rumänischen Worten durchzogen ist, dass Dimas Gehirn sich, wenn er mit ihr redet, immer so anfühlt, als würde es durch einen Fleischwolf gejagt werden. Aber er liebt es, ihr dabei zuzuhören, wie sie eine Sprache spricht, die seine Vergangenheit mit seiner Gegenwart verbindet. Außerdem macht sie die besten Papanași, süße Donuts mit Käse, die mit Marmelade und Sahne serviert werden. Sie gehen weiter. Ihre Laternen erhellen auf dem Weg ein gigantisches Paar Engelsflügel und ein Feld voller Eisblumen, während Bianca ihrem Sohn die Geschichte erzählt, wie Anja, nachdem seine Mutter mit Dima Rumänien verlassen hatte, über ein Jahr lang nicht mit ihr sprach. Sie hatte sie davor gewarnt, ihren Mann zu verlassen und seinen einzigen Sohn mitzunehmen, und sie angefleht, keine Schande über sich und ihre Familie zu bringen.

»Sie wusste, wohin ich gegangen war, und sie war so wütend auf mich, Dima. Ihr erster Brief war eine Reihe von Anschuldigungen und anderen verletzenden Sachen. Aber sie hat mich nie verraten. Sie tat so, als wüsste sie nicht, wohin ich gegangen war und warum. Sie war auf meiner Seite, obwohl sie mich am liebsten umgebracht hätte. Und sieh uns jetzt an: Nächsten Juli wird sie an unsere neue Tür klopfen und mich für die Unordnung ausschimpfen, obwohl ich gerade erst aufgeräumt habe.«

Bei der Vorstellung muss Bianca lachen, aber Dima hört die Trauer, die in ihrer Stimme mitschwingt. In der Ferne sieht er den Torbogen, und er geht langsamer. Er will nicht, dass der Spaziergang schon vorbei ist. Seine Mutter redet nicht gerne über ihre Vergangenheit. Die Erinnerungen schmerzen sie, also hat er gelernt, nicht nach seinen Großeltern oder dem Ort zu fragen, an dem er geboren ist. Manchmal erzählte sie von sich aus eine Geschichte; eine Anekdote hier, ein altes Foto da, wenn sie sich bereit für das Thema fühlte. Und obwohl Dima immer noch gerne mehr über seine Wurzeln erfahren würde, ist ihm klar, dass seine Heimat kein weit entfernter Ort ist. Heimat ist der Boden, den seine Mutter sich aussucht, egal, wo in der Welt er auch sein mag. Ein Pferd wiehert in der Ferne, und Stimmen klingen durch die schneebedeckten Zweige. Dimas Mutter scheint seine Gefühle über das Ende ihres Spaziergangs zu teilen, denn sie bleibt stehen und zieht Dima fester an sich.

»Ich glaube, was ich sagen will, ist, dass du im Leben manchmal Leute triffst, die du so sehr liebst, dass ihnen immer ein Teil deines Herzens gehört. Selbst, wenn ihr nicht zusammen seid.« Dima ist froh, dass sie erst nach Einbruch der Dunkelheit auf den Spaziergang gegangen sind, denn sonst könnte womöglich jemand sehen, wie er vergeblich versucht, die Fassung zu bewahren. »Das, was du und Gabriel habt, wird nicht wegen eines einzigen

Streits zerbrechen. Gib ihm Zeit. Er vermisst dich genauso, wie du ihn vermisst.«

Da ist Dima sich nicht sicher. Er hat das Gefühl, dass das, was er an Gabriel vermisst, und das, was Gabriel an ihm vermisst, zwei sehr unterschiedliche Sachen sind. Dima will seinen besten Freund zurückhaben, den Menschen, der ihm den Rücken gestärkt und ihn gleichzeitig aus seiner Komfortzone gelockt hat. Gabriel trauert nur dem Menschen nach, für den er Dima gehalten hat, bevor er herausfand, dass Dima gerne Jungs küsst. Aber den Menschen gibt es nicht mehr; es gab ihn noch nie. Und Gabriel weigert sich, das zu akzeptieren.

»Ich verspreche dir, dass alles gut wird«, sagt Dimas Mutter.

»Das kannst du mir nicht versprechen.«

»Ich bin deine Mutter. Natürlich kann ich das.« Sie lächelt mit einem Selbstvertrauen, das Dima nicht fühlt. »Weißt du, was ich noch versprechen kann?«, fragt sie und zieht ihn auf den Torbogen zu.

»Dass du nie wieder versuchst, Spiegeleier zu braten.«

»Nah dran«, sagt sie grinsend und gibt die Laternen wieder zurück. »Ein köstliches Abendessen. Was hältst du von italienisch?«

»Selbst gemacht?«, fragt er zweifelnd.

»Natürlich nicht.«

Dima erkennt genau, wenn er bestochen wird, um sich besser zu fühlen, aber er würde nie sein Lieblingsessen ausschlagen. »Ganz plötzlich«, sagt er, als sie auf das Auto zugehen, »ist mir nach Peperonipizza mit einer Riesenmenge Knoblauch.«

9. Dezember

Luis

Luis, Hannah und Alec gelangen durch einen mit Mistelzweigen und Winterbeeren behangenen Torbogen in einen weitläufigen Hof. Dort, wo ein rechteckiges Stück blauer Sommerhimmel normalerweise den Rasen mit dem eleganten Springbrunnen und den säuberlich zugeschnittenen Eiben in helles Sonnenlicht taucht, ist jetzt eine Plane von den umliegenden Hausdächern gespannt, um den Schnee abzuhalten und sicherzustellen, dass alle trocken bleiben. Auf der anderen Seite des Hofs steht eine Bühne, doppelt so groß wie die auf dem Weihnachtsmarkt, auf der der samtene Vorhang noch zugezogen ist. Luis stupst Alec und Hannah an und zeigt auf eine Anordnung von langen Tischen, auf denen Dutzende von identischen Spielzeugsoldaten in ordentlichen Reihen warten.

»Es ist fast schon gruselig, wie nackt sie sind«, sagt Luis und schnappt sich einen der Soldaten aus Birkenholz. »Keine Augen, keine Kleidung, kein gar nichts. Ich vertraue ihnen nicht.«

»Dafür sind sie doch da«, erwidert Hannah.

»Nussknacker sind dafür da, Nüsse zu knacken, nicht, um gruselig zu sein.«

»Ist doch das Gleiche«, sagt Alec. »Aber Hannah hat Recht. Schließlich sollen wir sie dekorieren.«

Alec trägt weiße Oversized-Jeans, die ihn vor der winterlichen Landschaft perfekt tarnen würde, wenn er dazu nicht einen neonblauen Teddyfleecepulli anhätte. Der Pulli sieht so weich aus, dass Luis gegen den ständigen Drang ankämpfen muss, ihn zu umarmen. Sie gehen zum Materialtisch, an dem sie jeweils ein Körbchen mit Wattebäuschen, Dosen mit Sprühfarbe, Acrylsteinen in allen Regenbogenfarben, verschiedenen Stoffen, Kunstfell und anderen Materialen füllen, die man braucht, um einen Holzsoldaten in einen preisgekrönten Nussknacker zu verwandeln.

»Ich glaube, dieses Jahr ist mein Thema ›Schneekönigin‹«, sagt Alec, während er die Auswahl an Wackelaugen inspiziert.

»Eine Schneekönigin zu Weihnachten? Wie innovativ«, entgegnet Luis grinsend.

»Dann erleuchte uns mal, Luis: Was ist dein Plan, um den Preis für den schönsten Nussknacker im ganzen Land zu gewinnen?«

»Eine böse Zauberin«, antwortet er und legt ein Stück schimmernden neongrünen Stoff in sein Körbchen.

»Also eine Schneekönigin, die böse geworden ist?«, fragt Hannah unbeeindruckt.

»Das ist überhaupt nicht das Gleiche!«, ruft Luis, aber Alec und Hannah kichern nur.

Heizstrahler stehen in regelmäßigen Abständen auf dem Hof, damit sich niemand eine Erkältung holt. Leicht beleidigt folgt Luis den anderen und stellt sein Körbchen auf dem runden Tisch ab, den sie sich ausgesucht haben.

»Kommt Dima auch? Ich hoffe doch, dass du die Nussknachernacht auf den Weihnachtslehrplan geschrieben hast«, sagt Alec, während er seine Materialien auf dem Tisch ausbreitet.

»Er dachte, ich mache Witze, als ich ihm heute Morgen auf dem Schulweg davon erzählt habe. Als ihm klar wurde, dass das nicht der Fall ist, sah er ziemlich verängstigt aus, aber er sagte, er würde kommen. Allerdings meinte er, er müsse vorher noch etwas erledigen.«

Luis fragt sich, was Dima wohl »erledigen« muss. Hat er jetzt schon schlechte Noten? Oder ein Date? Luis schüttelt den Gedanken ab. Ein Date ist nicht wirklich etwas, das man erledigen muss. Und außerdem, selbst wenn es ein Date ist, kümmert das Luis gar nicht. Wirklich nicht. Hannah zieht ihre Bomberjacke aus und reibt sich die Hände. Sie schnappt sich eine Dose mit rosa Sprühfarbe und sieht ihren Nussknacker entschlossen an. Nur selten zeigt Hannah wirkliche Leidenschaft, aber wenn es ums Gewinnen geht, reicht ihr Konkurrenzdenken normalerweise aus, um andere Kandidierende abzuschrecken – ob im Swimmingpool oder jedes Jahr in der Nussknackernacht. Luis rutscht mit dem Stuhl ein Stück von ihr weg, in der Hoffnung, dass es ihn davor bewahrt, im gleichen Farbton wie ihr Holzsoldat angesprüht zu werden. Alec folgt Hannahs Beispiel und zückt eine weiße Sprühdose. Eine Weile lang arbeiten sie in konzentriertem Schweigen und lauschen den Weihnachtsliedern, die über die im Hof verteilten Lautsprecherboxen abgespielt werden.

»Hey, Luis«, sagt Alec, während er silberne Streifen auf seine zukünftige Schneekönigin malt. »Wann soll Klaus nochmal kommen?«

»Bin mir nicht sicher. Aber er wird rechtzeitig für die Lebkuchenenthüllung hier sein. Und«, fügt Luis hinzu und sieht Alec mit hochgezogenen Brauen an, »er bringt eine Freundin mit. Offenbar ist es diesmal ernst. Er hat es geschafft, die Beziehung schon seit über sechs Monaten aufrechtzuerhalten. Und sie hat ein Kind, was bedeutet, dass ich mir mein Zimmer teilen muss. Was ist mit deiner Großmutter? Kommt sie auch?«

»Du weißt doch, dass sie den Fototag nie verpassen würde.«

Alecs Großmutter ist wieder nach Malaysia gezogen, als sie noch in der Grundschule waren, aber sie kommt immer für ein paar Wochen zurück, um ihre Familie zu Weihnachten zu besuchen. Luis bewundert, dass sie 78 Jahre alt ist und immer noch jedes Jahr um die halbe Welt reist.

»Bratbananendate?«, fragt Hannah. Sofort sieht Luis die honigüberzogenen Bananen im goldbraunen Teigmantel vor sich, die Alecs Großmutter, als sie kleiner waren, immer zu Geburtstagen gemacht hat.

»Bratbananendate«, bestätigt Alec, und die Fältchen um seine Augen vertiefen sich. Luis weiß, dass Alec seine Großmutter vermisst, und obwohl er jeden zweiten Tag mit ihr telefoniert, verringert es die Entfernung zwischen ihnen nicht. Manchmal ist Luis froh, dass er seine eigene Mutter kaum kannte; so muss er sie weniger vermissen. Natürlich kann man auch Menschen vermissen, die man gar nicht kannte. Sie hinterlassen immer noch eine Leere, wo eigentlich jemand sein sollte. Er sieht sie manchmal in Mabels gebeugten Schultern nach einem anstrengenden Tag mit den Zwillingen, oder dem leeren Blick seines Vaters, wenn er die Familienfotos an der Wand betrachtet. Er schüttelt den Gedanken ab und konzentriert sich stattdessen auf seinen Nussknacker. Es will ihm einfach nicht gelingen, den smaragdgrünen Acrylstein an die Krone zu kleben, ohne die schwarzen Drahtzacken zu verbiegen. Mit einem frustrierten Schnauben lässt er die Krone fallen.

»Wo wir gerade von Omas reden«, fängt er wieder an. »Nach unserer Vorbereitungssitzung habe ich Oma Lotte auf dem Schneespaziergang getroffen, und sie meinte, dass sie unsere Unterschriftensammlung unterstützen würde. Sie wird es auf dem nächsten Treffen der Green Grannies ansprechen, sodass sie beratschlagen können, wie sie uns helfen können. Wenn sie hinter uns steht, hat die Schulverwaltung keine Chance.«

Alecs Augen sind auf einmal so groß und glänzend wie zwei Weihnachtsbaumkugeln. »Das macht sie wirklich?«

Er sieht aus, als würde er gleich anfangen zu weinen. Hannah nimmt seine Hand und drückt sie. Sie haben gestern den ganzen Tag damit verbracht, Recherche zu betreiben und in Vorbereitung auf ihr Treffen mit Schulleiter Charles ihre Argumente zu strukturieren. Genderneutrale Toiletten sind nicht das Einzige, das sie fordern wollen. Zum Beispiel ist da noch die schreckliche Vertrauenslehrerin. Sie erinnert Luis an Frau Knüppelkuh, die bösartige Schulleiterin aus *Matilda*, nur, dass die Vertrauenslehrerin ihre ganze Hässlichkeit hinter einem freundlichen Äußeren versteckt. Sie tut alles, um dem queeren Club im Weg zu stehen, den Luis, Alec und Hannah gründen wollen. Davon hat Luis Dima nicht erzählt. Er war sich nicht sicher, wie er reagieren würde. Vermutlich hätte er herausfinden sollen, ob sein neuer Nachbar transfeindlich ist, bevor er sich in ihn verknallt hat. Trotzdem glaubt er irgendwie nicht, dass Dima so engstirnig sein könnte.

»Ich habe gehört, wie Oma Lotte Elise am Karaokeabend etwas zu Pronomen gefragt hat, also habe ich sie gestern einfach angesprochen«, erklärt Luis. »Es schien sie ziemlich zu interessieren, sie meinte, dass sie Kobi nach Büchern fragen will, um sich über Trans-Themen zu informieren.«

Alec putzt sich die Nase und klingt dabei wie ein Nilpferd mit einer schlimmen Erkältung. Seine Augen sind rot, als er wieder hinter dem Taschentuch auftaucht. »Das hat nichts zu bedeuten«, sagt er, obwohl er genau weiß, dass es sehr viel zu bedeuten hat. »Wir haben immer noch so viel Arbeit vor uns.«

»Ein Schritt nach dem anderen«, erinnert Luis ihn. »Als Nächstes müssen wir uns auf den Sexualkundeunterricht konzentrieren. Da wird nie über Asexualität oder queeren Sex gesprochen, ganz zu schweigen von Konsens.«

»Und diese Vertrauenslehrerin muss gefeuert werden«, fügt Hannah hinzu. »Sie hat gesehen, wie Stevie Matthews ihre Freundin geküsst hat, und ihr gesagt, dass sie Diät machen soll, weil sie sonst nie einen Freund finden würde.«

»Ich habe gehört, dass sie Danny Melville gesagt hat, er soll sein Haar wieder in einer ›normalen‹ Farbe färben und ins Footballteam eintreten, wenn er will, dass auf seinen Tisch nicht immer Penisse gemalt werden«, sagt Luis.

»Ich habe gehört, dass sie das Buch von Alok Vaid-Menon aus der Schulbücherei entfernen lassen wollte, weil es die Kinder sonst verw…« Aber Alec verstummt, als Dima mit einem noch unbemalten Nussknacker an ihrem Tisch auftaucht. Bei Dimas Anblick mit Doras selbstgestrickter Mütze vergisst Luis auf einmal seine Wut und spürt ein seltsames Kribbeln im Magen. Vielleicht liegt das auch an Dimas Kinngrübchen, oder seinem schüchternen Lächeln oder einfach der Tatsache, dass er etwas so Albernes mitmacht, wie einen Nussknacker zu dekorieren.

»Kann ich mich zu euch setzen?«, fragt er, und zur allgemeinen Überraschung antwortet Hannah: »Na klar.« Ihr Tonfall könnte fast als enthusiastisch beschrieben werden. Sie ignoriert Alecs und Luis' schockierte Blicke. Dima lächelt ihr zu und packt verschiedene Stoffstücke und Stifte aus seinem Körbchen aus, aber er scheint nicht so recht zu wissen, wo er anfangen soll.

»Hey, Dima«, sagt Alec beiläufig, ohne den Blick von seinem Nussknacker zu lösen. »Würdest du bei unserer Unterschriftenaktion mitmachen? Wir fordern genderneutrale Toiletten in der Schule. Wenn wir genug Unterschriften haben, kann die Schulverwaltung uns nicht einfach ignorieren, wenn wir ihnen unser Anliegen vortragen.« Alec sieht immer noch keinen von ihnen an, und Luis bemerkt, dass seine Finger leicht zittern. Er wirft einen Blick zu Dima, der überrascht aussieht. Eins weiß Luis genau: Wenn Dima etwas anderes sagt als »Ja«, kommt ihre kurzlebige Freundschaft hier zu einem Ende.

»Klar«, antwortet Dima. »Habt ihr ein Formular oder so, oder ist sie online?«

Alec, Hannah und Luis atmen gleichzeitig aus. »Ich schick' dir den Link«, sagt Luis schnell und holt sein Handy aus der Tasche. Dann herrscht Schweigen, und niemand scheint so richtig zu wissen, was er als Nächstes sagen soll.

»Äh. Ich habe deine Handynummer gar nicht.« Hannah prustet und ignoriert den bösen Blick, den Luis ihr zuwirft.

»Das haben wir gleich«, antwortet Dima.

Er hält ihm die Hand hin, und der Blick aus seinen braunen Augen lässt Luis Schauder über den Rücken laufen. Als Luis' Finger die weiche Haut von Dimas Handfläche streifen, wird die Hitze noch intensiver und steckt seine Brust in Flammen. Luis hantiert an seinem Nussknacker herum und versucht, nicht zu sehr über die Tatsache nachzudenken, dass Dimas Name gleich einen dauerhaften Platz in seinem Handy haben wird. Er ist auch nur ein normaler Kontakt, so wie alle anderen. Eine Vorwahl und eine Reihe an Ziffern. Nichts Besonderes. Dima schiebt ihm das Handy wieder hin und schenkt Luis ein leichtes Lächeln. Hannah räuspert sich und überrascht sie alle zum zweiten Mal an diesem Abend, als sie sich an Dima wendet.

»Hast du schon mit Coach Jackson gesprochen?«

Sie wirft Alec und Luis einen Blick zu, der besagt, dass sie sie umbringen wird, wenn sie auch nur den kleinsten Spruch darüber reißen, dass sie nett zu Dima ist. Vernünftigerweise wenden sich die beiden wieder ihren Nussknackern zu.

»Er meinte, ich soll morgen zur Schwimmhalle kommen, um ihm zu zeigen, was ich kann.«

»Gut«, sagt sie, und belässt es dabei. Aber Luis will es nicht dabei belassen.

»Zur Schwimmhalle?«, fragt er.

»Ich will wieder mit dem Schwimmen anfangen. Du hast erwähnt, dass Hannah im Schwimmteam ist, also habe ich sie danach gefragt, als ich sie vorhin in der Schule gesehen habe.«

»Und sie hat dir *geantwortet?*«

Hannah wirft einen Stift nach Luis, verfehlt ihn aber. Selbst Luis kann sie kaum dazu bringen, ihm zu antworten.

»Ich habe ihn zu Jackson geschickt. Das war's.« Sie mustert eine Schere, und Luis beschließt, das Thema fallen zu lassen.

»Ich dachte, dass ich vor dem Eisschwimmen lieber wieder in Form kommen sollte.« Dima klebt mithilfe der Klebepistole ein Stück braunen Stoff an seinen Nussknacker. Zusammen mit den Wackelaugen und der schief geratenen Nase sieht er fast aus wie ... Luis hat keine Ahnung, wonach er aussehen soll.

»Eisschwimmen?«, meldet Alec sich zu Wort. »Darüber denkst du doch nicht wirklich nach.«

»Doch, natürlich. Und Luis kommt mit.«

Alec und Hannah tauschen einen ungläubigen Blick aus und brechen dann in gackerndes Gelächter aus. »Das würde Luis nie tun«, sagt Hannah und wischt sich eine Lachträne ab. »Oder?« Luis würde es vorziehen, dieses Gespräch nicht zu führen.

»Mist!«, flucht Dima und erspart Luis damit eine Antwort. »Ich glaube, ich habe mein Streifenhörnchen ruiniert.«

»*Oh*, das soll ein Streifenhörnchen sein!«, sagt Luis. Er legt den Kopf schief, um den Nussknacker besser betrachten zu können. »Nee, ich sehe es immer noch nicht.«

»Der buschige Schwanz?«, sagt Dima und zieht an dem kümmerlichen Strang aus beigem Stoff, den er dem Nussknacker an den Hintern geklebt hat. Luis und Hannah schütteln traurig die Köpfe.

»Ich sollte einfach aufgeben. Auf den wettet eh niemand mehr.«

»Die Mitglieder des Weihnachtskomitees nominieren die Nussknacker, die sie am schönsten finden. Für die Zeremonie morgen werden ohnehin nur die zehn besten ausgewählt«, erzählt Alec.

»Kann irgendwer mir mal erklären, was ein Weihnachtskomitee ist?«, fragt Dima, während er sich angetrockneten Kleber von den Händen pult.

Luis grinst und sagt: »Das Komitee besteht aus den Leuten, die letztes Jahr gewonnen haben – sie sind also zu siebt, denn so viele Wettbewerbe gibt es. Es ergibt sich also jedes Jahr eine andere Zusammensetzung, und dazu kommt noch die feste Jury, die aus der regierenden Weihnachtsfee, der Bürgermeisterin, zwei Priestern, der Rabbinerin, und dem Imam besteht.«

Das lässt Dima innehalten. »Im Weihnachtskomitee sitzen eine Rabbinerin und ein Imam?«

»Und jeweils ein katholischer und anglikanischer Priester«, fügt Alec hinzu. »Sie müssen nicht mitmachen, aber sie sind trotzdem immer eingeladen. Weihnachten basiert zwar auf christlichen Traditionen, aber hier geht es mehr darum, die Leute zusammenzubringen, statt sie nach Religionen zu trennen.« Luis liebt es, Menschen mit verschiedenen Hintergründen zu sehen, die auf dem Weihnachtsmarkt zusammen Punsch trinken und sich darüber streiten, welcher Weihnachtsbaum am schönsten ist.

»Das führt vermutlich zu vielen Witzen, die anfangen

mit: *Eine Rabbinerin, ein Priester und ein Imam kommen in eine Kneipe*«, sagt Dima.

»Die besten davon erzählen sie selbst«, erwidert Alec. »Dieses Jahr ist Oma Lotte Weihnachtsfee, und wenn wir sie dazu bringen können, uns zu unterstützen, dann können wir vielleicht auch Priscilla an Bord holen.«

»Wer ist Priscilla?«, fragt Dima.

»Wer ... Luis, hast du ihm denn gar nichts beigebracht?« Luis zuckt mit den Achseln. »Priscilla ist eine zweimalige Grammy-Gewinnerin«, erklärt Alec. »Sie ist eine berühmte Singer-Songwriterin, und ihre drei Weihnachtslieder bringen ihr jedes Jahr Millionenverdienste. Und geboren und aufgewachsen ist sie in Fountainbridge.«

»Oh. Warum habe ich dann noch nie von ihr gehört?«

»Das hast du auf jeden Fall«, sagt Alec. »*Light the Candles? Cinnamon Celebrations? You and Me Beneath the Christmas Tree?*«

»*Was?* Die kommt aus Fountainbridge?«

»Ich habe das Gefühl, dass du immer noch nicht verstehst, wie tief Weihnachten in dieser Stadt verwurzelt ist«, bemerkt Luis und gibt dabei sein Bestes, um sich nicht an der Heißklebepistole zu verbrennen. »Das hier ist der perfekte Geburtsort für einen Weihnachtshit. Unsere Felder werden quasi mit Lebkuchen gedüngt. Kinder sagen ›Weihnachtsmann‹, bevor sie ›Mama‹ lernen. Und *Light the Candles* wird hier allen Babys als Schlaflied vorgesungen.«

»Klingt für mich nach Propaganda«, murmelt Dima.

»Darum geht es gar nicht«, entgegnet Luis. »Priscilla lockt jedes Jahr tausende Fans nach Fountainbridge, veranstaltet eine riesige Gala, zieht eine richtige Show ab und fährt haufenweise Geld für einen guten Zweck ein. Sie signiert sogar den Nussknacker, der den Wettbewerb gewinnt.«

Dima wirft einen traurigen Blick auf seinen Nussknacker und lässt mit einem frustrierten Schnauben die Heißklebepistole fallen. »Also, meinen signiert sie schon mal nicht. Ich gehe mir die Hände waschen. Möchte irgendwer Punsch?« Luis sieht Dima hinterher, als er davontrottet. Zwischen seiner Mütze und seiner Jacke sind auf einem nackten Hautstreifen seine Sommersprossen zu sehen. Der Anblick verursacht ein Kribbeln in Luis' Fingern. Dima dreht sich um, als könnte er spüren, dass Luis ihn anstarrt. Er zwinkert, und weicht nur knapp einem Zusammenstoß mit Thom aus, dem dabei mehrere noch nicht dekorierte Nussknacker aus den Armen fallen. Luis wendet den Blick ab; es verstört ihn, Dima und Thom so nahe beieinander zu sehen. Es wäre ihm lieber, wenn sie so weit wie möglich voneinander entfernt blieben.

»Also«, beginnt Alec, als Dima außer Hörweite ist.

»Fang gar nicht erst an«, warnt Luis ihn. »Konzentrieren wir uns stattdessen darauf, wie wir Priscilla ...«

»Er ist erst eine Woche hier, und schon willst du mit ihm Eisschwimmen gehen?«, wirft Hannah ein.

»Er ist schon zehn Tage hier.«

»Die Tatsache, dass du so genau mitzählst, sollte dir Sorgen bereiten«, sagt Alec.

»Mach dir lieber Sorgen um deine Schneekönigin, sie sieht nämlich wie eine Zwergin mit Zahnschmerzen aus.«

Alec keucht dramatisch und fasst sich an die Brust. »Und deine böse Zauberin hat ihre Garderobe nicht im Griff! Ist dieses Jahr etwa ›hoe hoe hoe‹ in?«

»Mit einem kleinen Nip Slip ist überhaupt nichts verkehrt. Hör auf, meinen Nussknacker zu slut-shamen!«

»Ihr verliert eh beide«, stellt Hannah nüchtern fest. Sie vollendet gerade ihre rosa Fantasy-Drag-Queen, indem sie ihr ein bisschen mehr Glitzer über den perfekt gestylten Bart streut. Und damit hat sie vermutlich Recht, denkt Luis.

10. Dezember

Dima

Dima hofft, dass er beim Schneeball, trotz des hochtrabenden Namens, keinen Frack oder irgendein ausgefallenes Outfit tragen soll. Und selbst wenn er das sollte, gibt seine Garderobe nichts her, was auch nur im Entferntesten nach »Ball« aussieht, abgesehen von einem Hemd, das ihm mittlerweile garantiert nicht mehr passt. Er streckt gerade die Hand nach der Türklingel der Winters aus, als die Tür sich von alleine öffnet. Heraus stürmen zwei verschwommene rote Schemen, und eine Sekunde später klettern Theodora und Tabitha seine Beine hoch wie zwei wildgewordene Weihnachtsbaumkugeln.

»Hört damit auf! Sofort! Hi, Dima«, sagt Mabel, während sie sich einen glitzernden silberfarbenen Schal um den Hals windet. »Lasst den armen Jungen in Ruhe!« Die Zwillinge kichern, und er grinst sie an. Sie stören ihn überhaupt nicht, wenn man sie nur in kleinen Dosen sieht, sind sie eigentlich süß. Rafael war doppelt so nervig, selbst ohne Zwilling.

»Ach, ist nicht schlimm, das macht mir nichts aus.«

»Das ist echt lieb von dir, Dima. Aber trotzdem ist es nicht in Ordnung. Die beiden müssen lernen, dass Menschen keine Kletterbäume sind. Aber egal. Das ziehst du also zum Schneeball an?«, fragt sie und nimmt dabei Tabitha an die eine und Theodora an die andere Hand. Sie sind als Wichtel verkleidet, mit spitzen Mützen und Schuhen und allem Drum und Dran. Auf Mabels dichten blonden Locken thront eine identische Mütze.

»Ja? Sollte ich das nicht?« Er sieht auf seinen grauen Pullover und seine schwarze Jeans hinab. Luis muss ihm vorenthalten haben, dass es doch einen Dresscode gab.

»Ach, das ist schon in Ordnung. Mach dir keine Sorgen. Wir sehen uns später?« Und bevor er sich verabschieden kann, rennen sie mit wehenden Wichtelmützen auf die Bushaltestelle zu. Dima tritt ins Haus und zieht die Tür hinter sich zu. Er macht sich sowas von Sorgen.

»Hallo?«, ruft er, in der Hoffnung, dass ihn jemand hört. Er kann ja nicht einfach so in ein fremdes Haus spazieren. »Ist irgendwer zu Hause?«

»Dima, mein Lieber, ich schaue gerade *Die Hüter des Lichts*, und der Sandmann ist kurz davor, zu sterben, also sei ein guter Junge und sprich leiser«, krächzt Dora aus dem Wohnzimmer. »Luis ist unten, du kennst ja den Weg.« Er zieht sich die Schuhe aus und schleicht an ihr vorbei, angestrengt darum bemüht, keinen Laut von sich zu geben, aber ...

»Das trägst du doch nicht zum Schneeball, oder?«, fragt Heinz. Seine buschigen Augenbrauen hat er über seinen kleinen Augen zu einer strengen Linie zusammengezogen.

Dora macht laut »Schhhh!« und bedeutet Dima, nach unten zu gehen, ohne den Blick vom Fernseher abzuwenden. Auf dem Weg in den Keller stolpert Dima auf der Treppe fast über einen Lego-Schlitten. Beim Text der Musik, die aus Luis' Zimmer dringt, würde seine Mutter bestimmt rot anlaufen. Die Tür ist offen, und Luis steht vor dem Spiegel und begutachtet sein Outfit. Er trägt eine rote Latzhose über einem rot-weiß gestreiften, langärmligen Oberteil, eine dazu passende Weihnachtsmütze, und Schneestiefel, die irgendwann mal weiß waren, aber ihre besten Tage bereits hinter sich haben. Er sieht aus wie eine wandelnde Zuckerstange. Auf den ersten Blick ist es ein bisschen viel, aber auf den zweiten ist es irgendwie …

Luis begegnet seinem Blick im Spiegel, und Dima versucht schnell, einen neutralen Gesichtsausdruck aufzusetzen. Luis dreht sich um und mustert Dimas Outfit. Sein Gesicht sieht dabei genau aus wie das seiner Schwester und seines Großvaters: hochgezogene Augenbrauen und fest aufeinandergepresste Lippen.

»Ja, das hier will ich zum Schneeball anziehen, und nein, ich habe nichts Formelles, was ich stattdessen tragen könnte.«

Luis sieht verwirrt aus. »Formell? Wir reden hier über den Schneeball, Dima. Hast du schon einmal von Weihnachtspullis gehört?« So, wie er es sagt, klingt es, als wäre es Allgemeinwissen, dass der Schneeball eher eine Kostümparty ist als, na ja, ein Ball.

»Ach, ich Dummerchen, das hätte ich besser wissen sollen. Es hätte natürlich geholfen, wenn *irgendwer* mir davon erzählt hätte.«

»Setz dich«, sagt Luis und deutet auf sein Bett. »Ich weiß, dass Klaus noch irgendwo einen Karton mit Pullis hat. Sie waren ihm peinlich, deswegen hat er sie nicht mitgenommen, als er umgezogen ist.« Das beruhigt Dima kein Stück. Er sieht sich schon in einem Pulli aus blinkenden Lichterketten. Luis fällt Dimas verschreckter Gesichtsausdruck auf, und er lacht. »Sie sind nicht so schlimm, wie sie sich anhören.«

Fünf Minuten später hievt er einen Pappkarton die Kellertreppe hinunter und stellt ihn neben Dima auf dem Bett ab. Das Erste, was er aus dem Karton zieht, ist eine Schlafanzughose, die mit blauen Engeln bedruckt ist.

»Okay, vielleicht sind sie doch so schlimm.«

Sie lachen über einen Pulli aus flauschigem, grünem Stoff, an dem echte Weihnachtsbaumkugeln hängen, und tauschen beim Anblick einer Jogginghose mit silbernen Strasssteinchen auf den Pobacken entsetzte Blicke aus.

»Damit erpresse ich ihn, damit er zur Abwechslung mal nett zu mir ist. Sonst findet seine neue Freundin die vielleicht unter ihrem Kopfkissen.«

Nach einer Reihe von haarsträubenden Monstrositäten zieht Luis einen Pulli aus dem Karton, der aus dem gleichen flauschigen Stoff besteht wie der schreckliche Weihnachtsbaumpulli, nur weiß und ohne Kugeln. Dima ist immer noch nicht überzeugt. Damit wird er wie eine wandelnde Schneeflocke aussehen, und von dem Stoff kribbelt ihm jetzt schon die Nase.

»Du hast die Wahl: Entweder der hier oder der glitzernde Hintern«, sagt Luis.

»Na gut«, gibt Dima nach und zieht sich mit einer fließenden Bewegung den grauen Pullover aus.

Erst, als Luis ihn ohne zu blinzeln mit ausgestreckter Hand, in der er den Pulli hält, anstarrt, fällt Dima auf, dass er gerade halb nackt auf Luis' Bett sitzt. Hitze bildet sich hinter seinen Ohren und breitet sich über den Hals und die Wangen aus. Selbst seine Schultern brennen. Dimas Hautfarbe wechselt in Sekundenschnelle von kühlem Alabaster zu kochendem Scharlachrot. Er nimmt den Pulli entgegen, ohne Luis' Blick zu begegnen, und zieht ihn sich schnell über. Oder er versucht es zumindest. Er ist ziemlich eng, und er bekommt seinen Kopf nicht durch den Kragen. Die ganze Zeit spürt er Luis' Blick auf sich, aber als er sich den Pulli endlich über den Kopf gezogen hat, faltet Luis gerade die restliche Kleidung zusammen und legt sie wieder in den Karton. Vielleicht hat Dima sich das Ganze nur eingebildet. Er ist so daran gewöhnt, sich vor anderen Jungs auszuziehen, dass er kaum darüber nachgedacht hat, bis ihm klar wurde, dass er im Moment eben *nicht* in einer Umkleide ist. Von jetzt an wird er sich nicht mehr aus Versehen vor Luis ausziehen. Bei dem Gedanken schießt auf einmal Blut in eine Region seines Körpers, die im Moment eigentlich überhaupt nichts zu sagen haben sollte, besonders nicht, wenn er gerade mitten im Schlafzimmer eines anderen Jungen steht.

Im Versuch, sich auf etwas anderes zu konzentrieren, dreht er sich um und begutachtet sich im Spiegel. Der Stoff ist an seinen Armen und seiner Brust etwas eng, aber er fühlt sich weich an, und der Pulli sieht an ihm einigermaßen in Ordnung aus. Er fragt sich, was Gabriel wohl sagen würde, wenn er ihn so sähe: mit einem Weihnachtspulli, in einem Zimmer mit Regenbogenbücherregalen. Er lässt den Blick über die Bücher schweifen, dann zu dem Foto mit Luis, Hannah und Alec, die unter einer Regenbogenflagge posieren. Das einzige Mal, dass er nah dran war, mit Luis über dessen Sexualität zu reden, war am Karaokeabend, und Dima hat seine Frage sofort bereut. Es war ganz offensichtlich, dass Luis Liebeskummer hatte, aber trotzdem hatte Dima den brennenden Drang, es genau zu wissen, jeden Zweifel aus dem Weg zu räumen, dass Luis auf Jungs stand. Es änderte alles und nichts. Jetzt weiß er es, aber er wird nichts mit dieser Information anfangen. Das letzte Mal, als er das getan hat, hat er seinen besten Freund und seinen Mageninhalt verloren. Irgendetwas bewirkt, dass es ihn auf der Haut juckt, und Dima bezweifelt, dass es der Pulli ist. Er hat immer noch nicht auf Gabriels letzte Nachricht geantwortet. Was gibt es auch zu sagen? Mehr Anschuldigungen, mehr Beleidigungen? Gabriels Worte haben vor Abscheu geradezu getrieft.

»Dima? Alles in Ordnung?«

»Was?«

»Hasst du ihn? Ich kann nachgucken, ob mein Dad noch irgendwas zum Anziehen hat, aber das würde dir wahrscheinlich nicht passen.«

»Nein! Nein, wirklich, der Pulli ist gut.« Er schiebt den Gedanken an Gabriel weg, so wie er es seit dem Umzug ständig getan hat. Es funktioniert, solange er beschäftigt ist, aber sobald er wieder allein in seinem Zimmer ist und keine Hausaufgaben mehr zu erledigen hat, können ihn noch nicht einmal seine Bücher ablenken. »Meinst du nicht?« Er dreht sich zu Luis um und streicht sich mit den Händen über die Arme. Der Pulli ist *wirklich* weich. Luis sieht ihn immer noch nicht an; er hat den Kopf in einen der vielen Kartons auf seinem Regal gesteckt. Er muss irgendetwas wahnsinnig Faszinierendes darin entdeckt haben, denn er hat sich halb in dem Karton vergraben.

»Mhmm, sieht gut aus«, sagt er mit gedämpfter und seltsam hoher Stimme. »Gefunden!« Triumphierend hält er Dima ein Stirnband mit einem Heiligenschein aus Draht hin.

»Das setze ich nicht auf«, widerspricht Dima entsetzt.

»Okay, na gut. Ich glaube, Mabel hat irgendwo noch eine weiße Pudelmütze. Damit siehst du dann wenigstens winterlich aus, wenn schon nicht magisch. Und irgendwo hier habe ich auch Glitter, und silbernen Nagellack?«

»Ich trage auch keinen Nagellack.«

»Dima«, sagt Luis. Er kniet immer noch auf dem Boden. »Du weißt, dass Jungs auch Nagellack tragen können, oder? Das muss überhaupt nichts bedeuten, außer, dass du dich nicht im Geringsten darum scherst, was andere sagen. Von ein bisschen Farbe auf den Fingernägeln wirst du schon nicht sterben.«

Aber Dima schert sich doch darum. Er schert sich sogar sehr. Und Gabriel – ganz ehrlich, Gabriel kann ihn mal. Er ist nicht hier, er sieht ihn vielleicht nie wieder, und er ist offenbar der Ansicht, dass ihre Freundschaft nicht mal einen Anruf wert ist. Plötzlich ändert Dima seine Meinung. Wenn es um Gabriel geht, beschließt er, dass er sich einen Dreck schert. Zumindest sagt er sich das.

»Weißt du was, ich trage den Heiligenschein, und Glitter ist auch in Ordnung, aber kein Nagellack.« Luis' Grübchen vertiefen sich, als ihm ein Lächeln übers Gesicht huscht.

Eine halbe Stunde später sitzen sie zusammengequetscht in Berthas Kleinbus. Dima ist nicht überzeugt, dass die alte Rostlaube, die jetzt bis unters Dach mit der halben Familie Winter vollgestopft ist, inklusive eines riesigen Geweihs, einem Rollstuhl, und mehrerer kiloschwerer Wollknäuel für Dora, sie durch den ganzen Ort bis zur Fountain Hall bringen kann. Aber wundersamerweise kommen sie an, ohne dass jemandem ein Auge ausgestochen wurde, auch wenn Luis und Dima fünf Minuten brauchen, um aus dem vollgestopften Kofferraum zu klettern.

»Dein Heiligenschein sitzt schief«, bemerkt Luis und stellt sich auf Zehenspitzen, um ihn zurechtzurücken. Seine Hände liegen nur drei Sekunden lang an Dimas Schläfen, aber Dimas Herzschlag beschleunigt sich sofort. Luis' Zungenspitze lugt hinter seinen Lippen hervor, als er sich auf den Heiligenschein konzentriert. Dima zwingt sich, woanders hinzusehen. Er versucht, sich davon zu überzeugen, dass es nur der Anblick von so vielen Leuten mit den albernsten Weihnachtspullis ist, der ihn in Aufregung versetzt. Es hat überhaupt nichts damit zu tun, dass Luis so nah vor ihm steht, dass er die Hitze spüren kann, die von seiner Haut ausgeht.

Luis tritt zurück und nickt lächelnd. Er hat Dimas Outfit mit einem Schal in der Farbe von Pavlova vervollständigt und ihm einen eierschalenfarbenen Trenchcoat geliehen, den er in Mabels Kleiderschrank gefunden hat. Wenn Dima die Augen zusammenkneift, kann er den Glitter auf seinen Wangen sehen. Er ist sich nicht sicher, ob er die Idee noch so gut findet, aber niemand zuckt bei seinem Anblick mit der Wimper.

»Los, gehen wir, bevor diese alte Hexe Martha wieder versucht, mir den Platz in der ersten Reihe wegzunehmen, so wie immer. Ich sage dir, Eddie, sie kann es gerne probieren, aber ich werde länger leben als sie, und wenn das das Einzige ist, was mich noch am Leben hält.«

Edgar und Luis tauschen einen entnervten Blick aus, aber sie folgen Doras Anweisungen. Im Innenhof sind die runden Basteltische gegen enge Stuhlreihen ausgetauscht worden, die gen Bühne blicken. Rotes und goldenes Scheinwerferlicht streift die Mauern, und die Musik aus den Lautsprechern wird von Menschen übertönt, die versuchen, einen freien Platz zu finden. Luis zieht Dima am Ärmel und zeigt auf eine Seitentür.

»Wo gehen wir hin?«, fragt Dima, als sie auf einer imposanten Treppe mit einem roten Teppich mehrere Stockwerke nach oben gehen. Seine Stimme hallt von der hohen Decke wider.

»Wir verschaffen uns einen besseren Ausblick«, sagt Luis mit einem schelmischen Grinsen. »Bertha hat letztes Jahr das Skirennen gewonnen, und wenn man Teil des Weihnachtskomitees ist, darf man dem Konzert vom Ballsaal aus zusehen.«

»Aber wir sind kein Teil des Weihnachtskomitees.«

»Schhh, das kümmert niemanden, solange wir nicht zu viel Aufmerksamkeit auf uns ziehen. Und da oben gibt es auch bessere Snacks.«

»Luis, ich glitzere wie ein Vampir im Sonnenlicht, und du hast auch nicht gerade Tarnkleidung an.«

Aber sobald sie durch eine Flügeltür in den Ballsaal treten, lösen sich Dimas Sorgen in Luft auf. Unter den ganzen Wichteln und Lebkuchenmännchen fallen sie nicht weiter auf. Er sieht Kobi, der wieder seinen Weihnachtsmannanzug anhat, und die Bürgermeisterin in einem schimmernden smaragdgrünen Kleid, das über den Boden gleitet und sie eher wie eine Königin als wie eine Bürgermeisterin aussehen lässt. Sie unterhält sich gerade mit einer kleinen Frau mit geradezu skandalös hohen Heels und seidigem schwarzen Haar. Sie sieht aus, als hätte sie genauso gut in der Vorführung von *Jingle Bell Rock* aus dem

Film *Girls Club – Vorsicht bissig!* mitmachen können, nur, dass sie Chinesin ist und ihr Outfit nicht für Kinder unter 12 Jahren freigegeben ist.

»Moment, ist das …?«

»Priscilla? Jep.«

Hinter ihnen kommt Bertha in den Saal. Sie wirft ihnen einen Blick zu, der besagt, dass sie nicht hier sein sollten, aber dass sie es ihnen noch einmal durchgehen lassen wird. Da fällt Dima wieder ein, dass er noch einmal nach dem Weihnachtskomitee fragen wollte. Das Ganze kommt ihm total verrückt vor.

»Hey, was passiert, wenn ein Mitglied des Komitees wegzieht? Oder zu Weihnachten in den Urlaub fährt? Oder krank wird?«

Luis reißt die Augen auf. »Das passiert nie.«

»Ab und zu bestimmt.«

»Nö.«

»Manchmal werden Leute krank, Luis.«

»Nicht an Weihnachten.«

»Aber sie ziehen weg!«

»Wenn sie das tun, dann kommen sie zu Weihnachten wieder. So wie Bertha. Und Alecs Großmutter.«

»Und was, wenn sie stattdessen die Feiertage auf den Bahamas verbringen wollen?«

»Warum würde man auf die Bahamas fliegen wollen, wenn man im Weihnachtskomitee ist?«, schießt Luis zurück. Er klingt mittlerweile ziemlich verzweifelt. Seine Verwirrung ist so echt, dass Dima sich seine sarkastische Antwort verkneift.

»Vergiss es einfach. Pastete?« Er schnappt sich eine von einem nahegelegenen Tablett und hält sie Luis als Friedensangebot hin. Luis nimmt sie, aber er sucht dabei den Saal nach jemandem ab.

»Wo ist sie hin? Ich wollte, dass sie unsere Unterschriftensammlung unterstützt.«

In dem Moment kündigt ein Trompetenstoß den Beginn der Show an, und alle eilen zu den Fenstern. Luis schnappt sich einen Teller mit Minipizzas und führt Dima um eine Ecke, hinter der sie ein Fenster nur für sich haben. Unten im Innenhof herrscht gespannte Stille, und ein Orchester spielt langsam die ersten Töne eines sehr vertrauten Songs. Der Vorhang öffnet sich, und dahinter kommt eine blendend weiße Bühne zum Vorschein, auf der genau in der Mitte eine in roten Samt gehüllte Figur steht, wie ein Tropfen Blut auf Neuschnee. Dima ist beeindruckt von der schieren Mühe, die nötig war, um das Bühnenbild so hypnotisierend aussehen zu lassen.

Die darauffolgende Show lässt Dima zweifeln, ob er noch wach oder in einem Fieber012traum gefangen ist. Bis zum dritten Lied hat Priscilla es irgendwie geschafft, fünf Kostümwechsel zu vollziehen. Dima sieht Heinz, der Mitklatschen wie eine olympische Disziplin aussehen lässt, und die Zwillinge, deren Wichtelmützen im komplett falschen Rhythmus auf und ab hüpfen. Bürgermeisterin Pettersson hebt ihr Sektglas in die Luft, und Kobi hat schon lange den schweißgetränkten Weihnachtsmannbart abgelegt. Priscilla beendet den aktuellen Song mit einer Note, die genau zweiundzwanzig Sekunden dauert.

»Weißt du, ob Kobi verheiratet ist?«, fragt Dima Luis, der gerade dabei ist, eine Flasche Limonade in einem Zug auszutrinken. Luis schafft es gerade noch, einen überraschten Hustenanfall abzuwenden.

»Du weißt schon, dass er mindestens vierzig Jahre zu alt für dich ist, oder?«, fragt er, nachdem er mehrmals tief durchgeatmet hat. Ein plötzliches Lauffeuer breitet sich auf Dimas Haut aus.

»Nein, ich meine ... das wollte ich gar nicht! Ich meinte nicht ...«

Luis unternimmt nicht einmal den Versuch, seine Belustigung zu verstecken und bricht in schallendes Gelächter aus. Dima vermutet, dass sein Gesicht mittlerweile die Farbe von Luis' Latzhose angenommen hat.

»Ich habe nur gefragt, weil – reiß dich zusammen, Luis! – weil ich vor ein paar Tagen gesehen habe, wie er jemanden geküsst hat.« Den letzten Teil flüstert er und sieht sich dabei um, um sicherzugehen, dass ihnen niemand zuhört, aber er hätte sich keine Sorgen machen müssen; im Moment singen alle inbrünstig bei *Cinnamon Celebrations* mit.

»Was? Wen?«

Luis stützt sich auf dem Fenstersims ab. Er ist leicht außer Atem, und seine Weihnachtsmütze sitzt ihm schief auf dem Kopf. Bevor er sich besser besinnen kann, streckt Dima die Hand aus und pflückt die Mütze von Luis' blondem und leicht verschwitztem Haar. Er zupft die Mütze zurecht und setzt sie Luis vorsichtig wieder auf den Kopf. Die eigensinnige Haarsträhne, die ihm vom Kopf absteht, fühlt sich in Dimas Hand weich an, als er sie Luis aus den Augen streicht und unter die Mütze steckt. Das machen Freunde so. Oder? Luis ist von seinem Lachanfall immer noch errötet und sieht ganz schockiert aus. Wenn er von der Nachricht, dass Kobi jemanden geküsst hat, schon so überrascht ist, ist Dima sich nicht sicher, ob er ihm auch den Rest davon erzählen soll, was er auf dem Weihnachtsmarkt gesehen hat.

»Weiß ich nicht, das konnte ich nicht erkennen. Das ist es ja.«

Luis starrt ihn abwesend an, und blinzelt dann mehrmals schnell. »War sie groß oder klein? Alt? Weißes, geflochtenes Haar?«

»Es war nicht Oma Lotte, nein.«

Der Anblick eines erwachsenen Mannes, der in der Öffentlichkeit einen anderen Mann küsst, selbst wenn sie sich hinter einem Weihnachtsbaum versteckt haben, hat tief in Dima irgendetwas losgetreten, und er weiß nicht, was er damit anfangen soll. Mit jemand anderem darüber zu reden, könnte ihm vielleicht dabei helfen, herauszufinden, was er fühlt, und Luis ist der beste Kandidat dafür. Er sollte es einfach alles rauslassen, die Worte aussprechen und sehen, was …

»*Oh*, die Versteigerung hat angefangen!«, ruft Luis und hüpft dabei auf und ab. »Guck, Hannahs Nussknacker ist dabei!«

Priscilla, die jetzt silberne Stiefel trägt, die ihr bis zu den Oberschenkeln gehen und dazu einen passenden Cowboyhut in der Größe eines kleinen Teiches, tänzelt auf der Bühne umher und präsentiert die zehn auserwählten Nussknacker der begeisterten Menge. Einer nach dem anderen werden die Nussknacker an die Person mit dem höchsten Gebot verkauft, wobei eine ordentliche Summe für die Gründung eines Naturschutzgebiets zusammenkommt, der dazu beitragen soll, die Waldlandschaft rund um Fountainbridge zu schützen. Hannahs rosa Drag-Nussknacker zieht die höchsten Gebote an, bis ein weißer

Elch mit Kristallgeweih ihn überholt. Maya wird zu tosendem Applaus auf die Bühne geholt und hält den Nussknacker fest, den sie dekoriert hat, während Priscilla ihn signiert. Dima wirft einen Blick auf Luis, der stoisch klatscht, als Priscilla und Oma Lotte Maya auf beide Wangen küssen.

Er fragt sich, warum Luis und Thom sich getrennt haben. Er fragt sich, wie lange sie zusammen waren und ob sie sich letztes Jahr gemeinsam den Schneeball angesehen haben und ob Luis' Familie Thom mochte und ob … Aber eigentlich sollte er darüber nicht nachdenken. Luis hat offensichtlich immer noch Gefühle für Thom. Und aus irgendeinem Grund mag Dima Thom deswegen ein bisschen weniger, egal, wie gut seine Freundin darin ist, Nussknacker zu dekorieren.

Auf dem Heimweg stimmt der ganze Kleinbus ein letztes Mal in *You and Me Underneath the Christmas Tree* ein. Dima wird klar, dass die Unfähigkeit, einen einzigen Ton zu treffen, ein Familienmerkmal der Winters zu sein scheint – aber das stört offenbar niemanden. Dima denkt darüber nach, dass sich hier alle so wohlfühlen, wie sie sind. Luis auf jeden Fall, und er hat auch nie versucht, es zu verstecken. Dann gibt es noch Thom, der Beziehungen mit Jungs und Mädchen hatte, und bis jetzt hat Dima noch niemanden in der Schule ein gemeines Wort über ihn sagen hören. Nicht, dass Thom viel darauf zu achten scheint, was andere hinter seinem Rücken über ihn erzählen. Und nach dem, was Dima weiß, sind weder Hannah noch Alec hetero. Er weiß nicht, wie sie sich identifizieren, und er ist sich nicht sicher, wie er danach fragen soll. Aber sie sind out, und sie werden akzeptiert. Er weiß nicht, warum es für ihn so schwer ist, seine Maske loszulassen. Niemand anders scheint damit ein Problem zu haben. Aber dann denkt er an Kobi, und daran, dass sein öffentlicher Kuss nicht ganz so öffentlich war, sondern versteckt hinter dem geschlossenen Vorhang auf der Bühne. Vielleicht ist doch nicht alles so einfach.

11. Dezember

Luis

Erst nach ein paar Minuten erinnert Luis sich, dass er heute Morgen allein zur Schule gehen muss. Er steht auf der Veranda, auf der die abgeblätterte Farbe unter altem Schnee versteckt ist und eine Lage Neuschnee bereits die Treppenstufen und die Rampe bedeckt, die sein Vater frühmorgens freigeschaufelt hat. Luis starrt Dimas Haustür an und fragt sich, warum Dima noch nicht herausgekommen ist, denn sonst ist er immer so pünktlich. Das bewundert Luis. Egal, wie sehr er versucht, pünktlich zu sein, der Hang zum Zuspätkommen scheint in der Familie Winter genetisch vererbt zu werden. Manchmal kann Luis seine Schuhe nicht finden, oder Roquefort hat wieder das frisch gesäuberte Katzenklo ignoriert und ins Badezimmer gemacht, weil sie ihm keine zweite Käsescheibe gegeben haben. Es gibt immer irgendetwas, weswegen er mindestens fünf Minuten zu spät kommt. Fünfzehn, wenn die Zwillinge mit von der Partie sind. Fünfundzwanzig, wenn Mabel nicht in ihre Jeans passt und jede Diät verflucht, die sich die Menschheit je ausgedacht hat.

Luis seufzt, wobei sein Atem eine kleine Wolke bildet, und macht sich auf den Weg. Schon nach ein paar Tagen hat ihre neue Routine begonnen, sich für ihn natürlich anzufühlen. Sie haben sich bei dem Tor vor dem Haus der

Winters getroffen, ein kurzes »Hallo« ausgetauscht und sich halb versteckt hinter Wollschals und Winterjacken zugelächelt, und sind in entspanntem Schweigen zur Schule gegangen. Wenn man den Umstand, dass Luis dabei versuchen musste, nicht zu häufig zu Dima hinüberzusehen, entspannt nennen kann. Aber er kann sich kaum davon abhalten. Dimas dichte Wimpern und tiefbraune Augen üben eine magnetische Anziehungskraft auf ihn aus, der er nur schwer widerstehen kann. Selbst wenn Luis schlecht geschlafen hat, weil sein Gehirn ihm die ganze Nacht lang seltsame Träume beschert hat, lässt das Wissen, dass er mit Dima zur Schule gehen wird, alle Erinnerungen an Tanzshows mit kristallenen Rentieren und Luis, wie er in einem zugefrorenen See ertrinkt, verpuffen. Das ist der Effekt, den Dima auf Luis hat. Luis wünschte, dass Dima nicht wieder mit dem Schwimmen angefangen hätte, weil es ihnen ihre zehn Minuten behagliche Intimität geraubt hat. Doch dann schämt er sich sofort dafür, so selbstsüchtig zu sein. Dima kann selbst entscheiden, was er machen möchte. Wenn Schwimmen ihm Spaß macht, sollte Luis nicht deswegen sauer sein. Aber leider kann man Gefühlen nur selten mit Logik begegnen.

Der Schultag zieht sich, und Luis bekommt bis zum Mittagessen nicht ein mal die Gelegenheit, mit Hannah oder Alec zu reden. Offenbar hat jede einzelne Lehrkraft beschlossen, dass heute der Tag ist, an dem sie sich eine Predigt über Kommaregeln oder die Wichtigkeit von Algebra anhören müssen. Aber nach Priscillas spektakulärer Show gestern hätte Schulleiter Charles auch in zentimeterhohen Platform-Heels in die Schule kommen können, und es hätte seinen Vortrag über das deutsche Feudalsystem immer noch nicht interessanter gemacht. Okay, vielleicht doch ein bisschen.

»Ich liebe Lasagne«, verkündet Luis, als sie endlich auf dem Weg in die Cafeteria sind.

»Du liebst jedes Gericht mit Nudeln«, entgegnet Alec, und ein Lächeln spielt ihm um die Augenwinkel. Heute hat er klobige rosa Sneaker mit einem pastellgrünen Strickpullover kombiniert, an dem einige seiner Lieblingsanstecker prangen, darunter ein Bronzeadler und ein silberner Anstecker für das Sternzeichen Fische.

»Das erinnert mich an etwas«, sagt Hannah und wirft Luis einen Blick zu. »Du hast deinen schlechtgelaunten Märchenprinzen mit nach oben zu den guten Snacks genommen und uns unten mit dem gewöhnlichen Volk alleingelassen.«

»Ihr beide wisst genau, wo der Ballsaal ist. Ist ja nicht so, als wärt ihr da noch nie gewesen. Und hör auf, ihn so zu nennen.«

»Mir hat es nichts ausgemacht«, erklärt Alec. »Mum und Dad wollten, dass wir zusammensitzen, weil sie meinen, dass sie mich kaum noch zu Gesicht bekommen. Dabei sind sie diejenigen, die ständig Überstunden im Krankenhaus machen.«

»Darum geht es doch gar nicht«, sagt Hannah.

»Du bist nur beleidigt, weil Mayas Nussknacker gewonnen hat«, stellt Luis fest.

»Sie hat nur total knapp gewonnen!«

»Trotzdem hat Priscilla ihren Nussknacker signiert, und nicht deinen.«

»Hör auf, gemein zu sein, Luis«, erwidert Alec beschützerisch.

»*Ich* bin gemein?«

Hannah zeigt Luis den Mittelfinger, und Luis wirft Alec einen Blick zu, der besagt: *Ach, und das lässt du jetzt durchgehen?* Und genau das tut Alec. Sie nehmen sich alle ein Tablett, Besteck, und eine großzügige Portion Gemüselasagne, bevor sie sich an ihrem gewohnten Tisch niederlassen.

»Na gut. Aber ich muss sagen, dass ich diesmal ganz froh bin, dass wir arm sind, ansonsten hätte meine Großmutter alle überboten, sich Mayas Elchnussknacker unter den Nagel gerissen, und dann hätte ich ihn jedes Weihnachten bis ans Ende meines Lebens sehen müssen.«

»Ich mag Maya«, sagt Alec mit ruhiger Selbstsicherheit.

Es würde Luis überraschen, wenn es überhaupt jemanden gäbe, den Alec nicht mag. Er sieht in jeder Person, die er kennenlernt, etwas Gutes, und im Stillen denkt Luis, dass das mehr über Alec aussagt als über die anderen. Alec hält sein Handy hoch, auf dessen Bildschirm ihre Online-Unterschriftensammlung zu sehen ist. Luis braucht mehrere Sekunden, um zu begreifen, was er sieht. Die Anzahl von Unterschriften ist förmlich explodiert und hat unfassbare Höhen erreicht. Luis wird davon ganz schwindelig. Als stünde er am Rande einer Klippe und würde in den Abgrund hinuntersehen, und nichts als seine fragliche Balancefähigkeit würde ihn vor dem sicheren Tod bewahren. Er vermutet, dass sich so ein Drogenrausch anfühlen muss. Heute Morgen bewegten sie sich noch langsam auf eintausend Unterschriften zu, und jetzt …

»22.249, und die Zahl steigt immer weiter«, sagt Alec. »Und das nur, weil Maya Priscilla darum gebeten hat, den Link zu teilen, als sie ihren Nussknacker signiert hat.«

Luis öffnet den Mund, aber Worte sind ihm noch nie so nutzlos vorgekommen. In ihm kämpfen Schock, Schuldgefühle, Eifersucht und Euphorie um Vorrang. Er hätte der Grund sein sollen. Wenn er nicht vergessen hätte, mit Priscilla zu reden, weil er zu viel darüber nachgedacht hat, wie gut Dima mit seinem Heiligenschein aussah, dann hätte Maya das nicht übernehmen müssen. Er schluckt die bittere Wahrheit hinunter und schiebt die aufsteigenden Schuldgefühle tief in seinen Magen. Das hier ist großartig. Ein Triumph.

»Jetzt hat Schulleiter Charles keine Chance mehr«, sagt Luis grinsend und greift über den Tisch hinweg nach Alecs Hand. Alecs Griff ist fest und selbstbewusst, und Luis kann seine Aufregung fast spüren. Es fühlt sich gut an, zu wissen, dass so viele Leute auf ihrer Seite sind. »Das sollten wir heute Abend feiern«, fügt Luis hinzu und stellt im Kopf schon Snacks für einen Filmeabend zusammen.

»Wir können nicht feiern«, sagt Hannah.

»Sei keine Spielverderberin.«

»Bin ich ja gar nicht. Wir haben bis spät abends Theaterprobe.«

Alec nickt und tätschelt Luis entschuldigend die Hand. »Und hast du nicht eh ein Back-Date mit Dima?«

»Kein Date!«, ruft Luis, wobei ihm fast ein Stück Brokkoli von der Gabel fällt. Das Backen ist nur eine weitere Weihnachtslektion. Und überhaupt wird Dora die ganze Zeit dabei sein. Für Romantik ist keine Zeit, wenn man von einer alten Dame herumkommandiert wird. Aber trotzdem verrät seine Erinnerung ihn. Sie beschwört das Bild von Dima herauf, wie er mit freiem, sommersprossigem Oberkörper auf Luis' Bett sitzt. Die Sommersprossen bedecken seinen Hals, breiten sich auf seinen Schultern aus und laufen seinen sehnigen Rücken hinunter. Dimas Sommersprossen bringen ihn noch um. Er musste sich förmlich von ihnen losreißen und erst mal wieder zu Atem kommen, während er so tat, als würde er nach dem Heiligenschein suchen. Der enge, flauschige Pulli hat nicht gerade dazu beigetragen, Dimas Anziehung auf Luis zu mindern, und als Dima ihm an dem Abend das Haar aus dem Gesicht gestrichen hat… Luis spürt, wie ihm das Blut wieder in die Ohren schießt. Das Stück Brokkoli landet mit einem nassen Platschen auf seinem Teller, und Luis bemerkt, dass Hannah ihn mustert, eine dünne Augenbraue zu einem perfekten Bogen hochgezogen. Panisch sucht Luis nach einer Ablenkung.

»Hannah, wann zündet ihr eigentlich die Menora an?«

Hannah beäugt ihn misstrauisch, beschließt dann aber gnädigerweise, ihm den Themenwechsel durchgehen zu lassen. »Chanukka ist dieses Jahr erst spät«, sagt sie.

»Am Zweiundzwanzigsten, oder?«, fragt Alec, der immer noch auf seiner Lasagne herumkaut.

»Jep. Ich habe meine Mutter dazu angestiftet, Kerzen in Regenbogenfarben zu kaufen.«

»Eine Pride-Menora!«, jubelt Alec. Die Schulglocke klingelt, und sie bringen eilig ihre Tablette zum Fließband. »Luis«, fängt Alec an, während er sich Tomatensoße von der Nase wischt. »Du musst versprechen, uns Plätzchen aufzuheben und sie nicht alle selbst zu essen. Ich kann nicht glauben, dass wir wegen der Theaterprobe die Weihnachtsbäckerei verpassen.«

»Wenn du alle Plätzchen isst, ist unsere Freundschaft vorbei«, fügt Hannah hinzu, und Luis weiß, dass sie es ernst meint. Als sie neun waren, hat Luis einmal ein riesiges Osterei mit Cremefüllung inhaliert, obwohl er genau wusste, dass das Hannahs Lieblingssüßigkeit war, und danach hat Hannah zwei Wochen lang nicht mehr mit ihm gesprochen.

»Dora würde mich enterben, wenn ich ihre Plätzchen nicht mit euch teilen würde. Nicht, dass sie viel zu vererben hätte. Aber sie würde es trotzdem aus Prinzip tun.«

»Grüß sie von uns«, sagt Alec, und die beiden machen sich auf dem Weg zum Schultheater.

Als Luis eine Stunde später aus dem Spanischunterricht kommt, trifft er Dima am Schultor. Trotz des stetigen Schneefalls ist Dimas Jacke offen, und er spricht gerade mit jemandem in einem puffigen, knöchellangen Wintermantel in einem hellen Lachsorange.

»Hi Luis«, sagt Dima, und Luis denkt, dass er vermutlich nie wieder eine Jacke bräuchte, solange Dima weiter seinen Namen so sagt. So, als wäre er wirklich froh, Luis zu sehen. Mit der Wärme, die sich in Luis' gesamten Körper ausbreitet, könnte er locker sein ganzes Haus heizen.

»Du glitzerst ja immer noch«, bemerkt er und zeigt auf den Glitter über Dimas Augenbraue.

»Mann, echt? Ich habe mich total gründlich abgeschrubbt, aber das Zeug ist überall.« Dima ist süß, wenn er sauer ist, denkt Luis, als Dima sich das Gesicht reibt.

»Hey«, sagt eine Mädchenstimme, und Luis zuckt fast zusammen. Er hat sie schon ganz vergessen. Im leichten rosa Schein des Regenschirms, den sie in der Hand hält, erkennt er ihr rundes Gesicht.

»Hi, Elise«, antwortet er. »Kommst du auch mit zur Weihnachtsbäckerei?«

Luis hätte nichts dagegen, wenn sie sich ihnen anschließen würde. Vielleicht würde ihre Gegenwart Dora davon abhalten, ihm mit dem Schneebesen auf die Finger zu klopfen, wenn der Eischnee nicht zu ihrer Zufriedenheit gelungen ist.

»Ja, ich habe noch nie mitgebacken. Und ich liebe Marzipan. Es gibt doch Marzipan, oder?« Luis und Dima tauschen ein Lächeln aus, und Luis nickt.

»Musst du heute nicht auch zur Probe?«, fragt Luis, weil er weiß, dass Elise beim Theater in der Maske mitarbeitet.

»Nein, die Generalprobe ist erst nächste Woche.«

»Der Theaterclub scheint wirklich beliebt zu sein. Schulleiter Charles meinte, ich soll nächstes Jahr mitmachen, aber ich kann überhaupt nicht schauspielern«, sagt Dima.

»Aber du hast eine echt schöne Stimme«, wirft Luis ein, bevor er darüber nachdenken kann. Er hofft, dass das nicht zu offensichtlich war. Unter Freunden ist es doch in Ordnung, sich Komplimente zu machen, oder?

»Hast du wirklich! Dein Song letzte Woche war traumhaft. Ich wünschte, ich könnte singen«, seufzt Elise mit einem wehmütigen Kopfschütteln.

Dimas Haut nimmt einen leichten Rotton an, als sie in den Bus nach Fountain Hall steigen. Luis weiß, dass Elise und Dima im gleichen Jahr sind, und vermutlich ein paar Kurse zusammen haben. Sie sind beide neu in Fountainbridge, also ergibt es nur Sinn, dass sie sich über die Seltsamkeiten eines Lebens in einer Kleinstadt austauschen würden, die von Weihnachten besessen ist. Er fragt sich, ob Dima Elise attraktiv findet. Luis findet das auf jeden

Fall, so selbstbewusst und elegant, wie sie ist. Trotzdem fühlt Luis sich nicht von ihr angezogen. Aber Dima vielleicht. Und vielleicht, eventuell, in irgendeinem Paralleluniversum, fühlt er sich auch von Luis angezogen. Luis versucht, sich nicht allzu große Hoffnungen zu machen, aber trotzdem werden sie immer größer. Dima scheint hetero zu sein, aber Luis weiß, dass er eigentlich keine Annahmen machen sollte. Alle haben immer angenommen, dass Thom schwul wäre, als sie noch zusammen waren, obwohl seine Anziehung zu Mädchen natürlich nicht verschwand, nur weil er nicht mit einem zusammen war.

Sie steigen aus dem Bus und betreten den Burghof, wo Dora bereits an einem der runden Tische stationiert ist. An ihrer Stirn prangen Mehlstreifen, und ihre Finger sind vor Plätzchenteig verklebt. Sie sieht aus, als sei sie ganz in ihrem Element.

»Na endlich. Ich habe schon den ganzen Tag Vorarbeit geleistet. Luis, du rollst den Plätzchenteig aus, Dima, du kümmerst dich um die Zimtsterne, und du, junge Dame«, sagt Dora und zieht Elise auf einen Stuhl neben sich, »kannst mir mit der Kirschmarmelade helfen. Hör bloß nicht mit dem Umrühren auf, und lass sie auf keinen Fall aufkochen.« Elise scheint eher amüsiert als beleidigt über Doras geschäftsmäßigen Ton zu sein, und fängt sofort an, die Marmelade umzurühren.

»Wir freuen uns auch, dich zu sehen, Oma«, sagt Luis und reicht Dima ein Nudelholz. Dima greift aus Versehen nach Luis' Hand, woraufhin Luis das Nudelholz beinahe fallen lässt. Dima weicht seinem Blick aus und fängt an, Teig auszurollen, als würde sein Leben davon abhängen.

»Ich sehe dich jeden Tag, mein Junge, werde nicht

frech. Und wenn der Teig am Ende nicht genau zwei Millimeter dick ist, kannst du das Ganze noch einmal machen.«

Aus dem Augenwinkel sieht Luis, wie Dima sich auf die Lippe beißt, um nicht loszulachen, und Luis ist froh, dass der peinliche Moment vorbei ist. Dora wirft ihnen allen einen letzten strengen Blick zu, bevor sie zu einem nahegelegenen Tisch schlurft, an dem sie sich zweifellos bei den Leuten, die dort backen, über ihren großmäuligen Enkelsohn beschweren wird.

»Und, war das hier den Umzug wert?«, fragt Luis Elise und zeigt mit dem Nudelholz auf den Tisch, der sich unter dem Gewicht von mehreren Packungen Mehl, Zucker, und verschiedenen Gewürzen biegt.

»Ja«, antwortet Elise. Ihre Überzeugung überrascht Luis.

»Du vermisst dein altes Zuhause nicht?«, fragt Dima.

»Wir ziehen häufig um, weil meine Mutter Wildtierschützerin ist.«

»Sie ist was?«, fragt Luis.

»Sie arbeitet mit Kommunalverwaltungen zusammen, um die Sicherheit ihrer Ökosysteme zu gewährleisten, und weil Fountainbridge gerade einen Nationalpark gründen will, hat die Stadt nach jemandem wie ihr gesucht. Wir bleiben vielleicht sogar länger hier. Die Leute sind nett, wirklich nett, nicht nur auf eine vorgetäuschte Art, wenn sie sich selbst zu dir nach Hause einladen, um dann herumzuerzählen, was du für Vorhänge hast.«

»Was ist mit dir, vermisst du dein Zuhause?«, fügt Elise an Dima gerichtet hinzu. Dima nickt, während er die Kanten seines Teigfladens begradigt. »Und dein Freundeskreis? Hast du Liebeskummer, weil du jetzt in einer Fernbeziehung bist?«

Luis staunt, wie einfach Elise die Frage über die Lippen kommt. Er versteht nicht, wie sie so beiläufig klingen kann. Als wäre das eine ganz normale Frage und kein unsubtiler Weg, herauszufinden, ob Dima mit jemandem zusammen ist. Das könnte Luis nie. Genau deswegen ist er nicht Teil des Theaterclubs. Er fixiert weiterhin den Teig vor ihm, aber trotzdem lauscht er ganz genau. Er will kein einziges Wort verpassen.

»So ... so jemanden habe ich gar nicht. Aber ich vermisse meinen besten Freund.«

»Ja? Wie heißt er?«

»Gabriel. Und was ist mit dir? Hast du einen Freund?«

Dima scheint nicht besonders erpicht zu sein, über seine Vergangenheit zu reden. Er klingt irgendwie traurig. Aber seinen besten Freund nicht sehen zu können ist zugegebenermaßen auch ziemlich scheiße. Auf jeden Fall sollte Luis gut zuhören, denn er wäre kein guter Freund, wenn er Informationen über das Liebesleben von der Person, auf die seine beste Freundin steht, auf einem Silbertablett serviert bekommt und dann nicht ganz genau aufpasst.

»Ich will keinen Freund haben. Aber ich habe auch sonst niemand anderen. Das macht das Umziehen vermutlich einfacher. Luis, wie lange soll ich noch umrühren?« Aber Luis ist gerade damit beschäftigt, darüber nachzudenken, ob »Ich will keinen Freund haben« bedeutet, dass Elise einfach nur Jungs nicht besonders mag oder ob sie nicht auf Jungs steht. Vielleicht auch beides. So oder so wird Hannah sich darüber freuen.

»Das reicht mit dem Umrühren, meine Liebe«, ruft Dora vom Nachbartisch. »Stell den Herd aus und fang mit dem Ausstechen an. Mit der runden Ausstechform.«

Die nächsten zwei Stunden verbringen sie damit, vier verschiedene Sorten Plätzchen zu backen und Dora dabei zuzuhören, wie sie fröhlich über die Plätzchen herzieht, die an den anderen Tischen gebacken werden. Elise erklärt die glasierten Marzipanlebkuchen zu ihren Lieblingsplätzchen, während Dima ständig die Kekse mit Kirschmarmelade stibitzt. Er erzählt davon, dass er früher ganz besessen von Tomb Raider war und sich drei Jahre in Folge zu Halloween als Angelina Jolies Filmfigur verkleidet hat, was Luis zum Nachdenken bringt, ob Lara Croft ein Gay Icon ist oder doch eher dazu da ist, heterosexuelle Männer zu verführen. Er beschließt, dass beides stimmt, und ärgert sich darüber, dass er damit, was Dimas Sexualität angeht, auch nicht weitergekommen ist. Während Elise und Dima eine hitzige Diskussion über (Il-)Legitimität von Pfefferminzschokolade führen, macht Luis eine Bestandsaufnahme dessen, was er über Dima weiß. Er wurde von einer alleinerziehenden Mutter aufgezogen, und er mag Kinder, aber keine Pasteten. Er ist ein Bücherwurm, was für ihn spricht, und er meint, dass *After Eights* ihre Daseinsberechtigung haben, was wiederum ein Negativpunkt ist. Außerdem ist er für Luis' Geschmack ein bisschen zu sehr aufs Schwimmen versessen, und er hat einen besten Freund namens Gabriel. Keine Freundin. Und auch keinen Freund, wenn man's genau nimmt. Er hat eine schöne Singstimme und absolut kein Basteltalent. Die wachsende Liste von Informationen überrascht Luis. Warum fühlt es sich dann so an, als läge zwischen ihnen eine Entfernung, die er nicht überbrücken kann? Wieso will Luis dem Jungen, der gerade Sterne aus dem Zimtteig mit Haselnüssen aussticht, jeden einzelnen Gedanken erzählen, der ihm durch den Kopf schießt, obwohl er ihm gleichzeitig so weit weg vorkommt? Es ist einfach nicht fair, dass sein Herz so von jemandem hingerissen ist, wenn es eventuell überhaupt keine Chance gibt, dass dieser Jemand ihn auch mag. Er hasst das Gefühl, in einer Achterbahn festzustecken, die in Sekundenschnelle von Hoffnung zu Hoffnungslosigkeit rast.

Dima fängt Luis' Blick auf und bietet ihm einen Teigklumpen an. In seinen Augen glänzt ein Anflug von ... irgendwas. Luis weiß nicht, ob Dima mit ihm flirtet oder ob er einfach nur im Zuckerrausch ist. Er nimmt den Teig entgegen und genießt, wie ihm die Butter und die gemahlenen Mandeln auf der Zunge zergehen.

»Mach dich mit den Ausstechern bereit, Luis«, sagt Dima und stupst ihn an der Schulter an. Die Welt ist grausam, wenn man nichts lieber tun würde, als jemanden in eine lange Umarmung zu ziehen, der davon nicht die leiseste Ahnung hat – besonders, wenn dieser Jemand direkt neben einem steht und wundervoll nach Rosenshampoo und Puderzucker duftet.

12. Dezember

Dima

Der Chlorgeruch kommt in Dimas Synapsen an und weckt seine Lebensgeister. Es fühlt sich an, als würde ein scharfes Mundwasser den übermäßig süßen Geschmack von Weihnachtsgewürzen und Puderzucker davonspülen. Dima taucht ein und genießt das Gefühl von kaltem Wasser, das ihm über die Haut gleitet, als er mit kräftigen Zügen davonschießt.

Coach Jackson hat sich bereit erklärt, ihn jeden Morgen eine halbe Stunde lang in die Schwimmhalle zu lassen, wenn er nach den Feiertagen dem Schwimmteam beitritt, und Dima hat noch nie schneller zu etwas Ja gesagt. Außerhalb des Wassers fühlt Dima sich oft unzureichend; er weiß nie etwas mit seinen Händen anzufangen, und er weiß nicht, wie lange er Augenkontakt halten soll, ohne dabei seltsam rüberzukommen. Aber hier ist er ganz in seinem Element. In einem Pool besteht er nur aus Muskeln und Knochen, jede Bewegung ist voller Zielstrebigkeit und Stärke. Dreißig Minuten lang scheint die Zeit stillzustehen, und er schwebt in einem stetigen Rhythmus von einem Ende des Beckens zum anderen.

Aber leider kann man Puderzucker nicht für immer entfliehen, denkt er, als er sich nach dem Training die Jeans anzieht und einen Streifen des weißen Pulvers auf seinem Hosenbein entdeckt. Zumindest der Glitter sollte mittlerweile abgewaschen sein. Dafür sollten die zwei Duschen und die vierzig Bahnen gesorgt haben. Er fischt sein Handy aus der Tasche und schickt Luis eine Nachricht.

> Muss ich für heute irgendwas wissen? Ich kann nicht schon wieder im falschen Outfit aufkreuzen.

Der einzige Nachteil des morgendlichen Schwimmtrainings ist, dass er Luis nicht mehr so häufig zu Gesicht bekommt. Andererseits treffen sie sich ohnehin jeden Tag. Eigentlich sollte es ihn nicht stören, aber trotzdem vermisst er es, mit Luis zusammen zur Schule zu gehen.

Er lässt das Handy in seinen Rucksack fallen. Eine weitere Nachricht von Gabriel erwartet er nicht. Seit seiner letzten sind mittlerweile fünf Tage vergangen, und Dima ist noch keine passende Antwort eingefallen. Er hat angefangen, sein Handy in anderen Zimmern liegen zu lassen, damit er es nicht sehen muss und an die andauernde Funkstille erinnert wird. Aus den Augen, aus dem Sinn. Den Großteil der Zeit funktioniert es, und es ermöglicht ihm gleichzeitig, mehr zu lesen und kopfschmerzerregendes Doomscrollen zu verhindern.

Er hat gestern nicht vorgehabt, den anderen von Gabriel zu erzählen. Sein Name ist ihm ganz automatisch herausgerutscht, unabhängig von seinen Gefühlen. Zehn Jahre Freundschaft können nicht in zwei Wochen rückgängig gemacht werden, aber der Gedanke an ihn tat trotzdem weh, wie ein plötzlicher Krampf. Er hatte auch nicht vor, zuzugeben, dass er Gabriel vermisst. Aber es stimmt. Er vermisst ihn. Sich mit dem Menschen zu streiten, der einmal sein bester Freund war, ist nicht cool, besonders, wenn man weiß, dass nie alles wieder so wie früher wird. Dima ist auf dem Weg zur ersten Stunde, als es in seiner Tasche vibriert. Als er Luis' Namen auf dem Bildschirm sieht, setzt sein Herz einen Schlag aus.

> Eine Sache gäbe es da ...

> Ich höre.

> Hast du zufällig eine Ausgabe deines Lieblingsbuchs übrig?

> Glaube schon. Wieso?

> Und Geschenkpapier?

> Ja.

> Such das Buch, verpack es schön, und hol mich um vier ab.

> Jawohl, Sir.

Es ist viertel nach vier, als Dima und Luis die Buchhandlung Der Rabe betreten, in die sich so viele Menschen gedrängt haben, dass man, wenn man stolpern würde, von ihnen aufrecht gehalten werden würde. Dima hat Luis' Anweisungen Folge geleistet, aber er ist sich immer noch nicht sicher, welches Schicksal sein Lieblingsbuch erwartet.

»Warum habe ich mich nochmal auf diesen Weihnachtscrashkurs eingelassen?«, fragt er laut, um das Gemurmel der Leute, die sich in der Buchhandlung tummeln, zu übertönen.

»Er war deine Idee!«, entgegnet Luis mit gepresster Stimme, als er sich durch eine kleine Lücke zwischen zwei Einkaufenden zwängt.

»War er?«, fragt Dima.

Ja, war er. Er erinnert sich noch gut an seine anfängliche Verwirrung, von der, ehrlich gesagt, immer noch Spuren übrig sind. Mittlerweile fängt er an, zu verstehen, was ein Weihnachtsfestival ist, aber er ist sich immer noch nicht sicher, warum die Leute hier so besessen davon sind. Klar, Plätzchen sind lecker, und das Konzert war eine ... interessante Erfahrung, aber Nussknacker kann man auch im Internet bestellen, und die Weihnachtslieder nerven ihn mit jeder Minute mehr. Das Einzige, worüber er sich nicht beschweren wird, ist, ungestörte Zeit mit Luis zu verbringen. Eine Hand greift ihn am Arm und zieht ihn aus seinen Gedanken und durch die Menge auf die Kassentheke zu.

»Jungs«, sagt eine tiefe Stimme zur Begrüßung. Kobi hat wieder sein Geweih auf, das die Decke streift, als er ihnen zunickt.

»Hey, Kobi«, antworten sie zusammen. Kobi zwinkert

ihnen zu und nimmt zwei Stifte aus einer Tasse auf der Theke.

»Bücher fertig verpackt?«, fragt er.

Sie halten ihre Pakete hoch. Dima folgt Luis nach oben, wobei er darauf achtet, nicht zu stolpern und auch niemanden aus Versehen von der Treppe zu schubsen. Der Raum im Obergeschoss ist nicht ganz so voll wie das Erdgeschoss, aber trotzdem kann man die Regale kaum erkennen, weil sich davor lauter Menschen drängen, die allesamt verschiedenfarbig verpackte Pakete in den Händen halten.

»Sagst du mir, was hier passiert, oder muss ich raten?«

»Rate mal«, antwortet Luis und winkt einer Gruppe älterer Damen zu, die auf dem Sofa sitzen und Schulleiter Charles mit Fragen löchern. Sie winken eifrig zurück und setzen dann ihren Überfall fort.

»Ein Büchertausch.«

»Zehn Punkte für Dima Sharapnova!«, verkündet Luis mit einem Hauch Sarkasmus. Dima zieht eine Augenbraue hoch. »Machst du dich etwa über mich lustig?«

»Natürlich«, entgegnet Luis. Seine Lippen verziehen sich zu einem schiefen Lächeln, und Dima kann gar nicht anders, als zurückzulächeln. Das scheint Luis' Effekt auf ihn zu sein. Es ist nicht so, dass Dima die Kontrolle über seine Gefühle verliert; er ist einfach nicht so sehr darum bemüht, sie sich nicht anmerken zu lassen. »Bist du sicher, dass du es hergeben kannst? Ich hätte erwähnen sollen, dass es nicht dein Lieblingsbuch sein muss, sondern auch eins sein kann, das du sehr magst und vielleicht auch jemand anderem gefällt.«

»Ja, es ist ...«

»Verrat es mir nicht!«, unterbricht Luis ihn und hält

eine Hand hoch. »Du darfst niemandem erzählen, was in deinem Paket ist. So lauten die Regeln.«

»Weißt du, wenn du mir sowas im Voraus sagen würdest, könnte ich mich besser vorbereiten.«

»Du hast doch ein Buch, oder? Und einen Stift?«

Dima hält beides in die Höhe.

»Dann bist du vorbereitet. Jetzt denk dir drei Wörter aus und schreib sie auf das Geschenkpapier. Die Leute sollen eine ungefähre Ahnung haben, was sie erwartet, ohne, dass sie zu viel erfahren.«

Die Vorstellung gefällt Dima. Und gleichzeitig hasst er sie. Er ist nicht die Art Mensch, die jemand anderen seine Entscheidungen bestimmen lässt, egal, ob es dabei um sein nächstes Buch oder sein Studium geht. Ihm gefällt zwar das abstrakte Konzept eines Überraschungsbuchs, aber die Konsequenzen davon behagen ihm nicht wirklich. Was, wenn er ein Buch mit einer vielversprechenden Beschreibung aussucht, nur um dann festzustellen, dass er den Autoren nicht leiden kann? Er schreibt *Vorsicht vor dem Erzähler* und wartet dann darauf, dass Luis mit seiner Beschreibung fertig wird. Er erhascht einen Blick auf die Worte *düster, Taschentücher erforderlich*. Im Gegenzug liest Luis Dimas Beschreibung.

»Das sind vier Wörter.«

»Ich bin eben ein Rebell«, erwidert er, aber Luis sieht wenig beeindruckt aus.

Sie gehen zu den Bücherwagen hinüber, die neben dem Kamin stehen, auf denen sich bereits Bücher mit Verpackungen in allen erdenklichen Farben stapeln. Manche sind wie Dimas Buch in braunes Packpapier eingewickelt, andere in altes Zeitungspapier oder glänzendes rotes Geschenkpapier mit Weihnachtsmannaufdruck. Sie platzieren ihre Pakete auf dem Wagen. Dima fragt sich, wer wohl seins aussuchen wird. Derjenige kann sich auf ein gutes Buch gefasst machen.

»Also dann, choose your fighter«, sagt Luis und geht in die Hocke, um die Beschreibungen der Bücher, die ganz unten liegen, lesen zu können. Er lässt sich Zeit, zieht jedes Buch einzeln aus dem Stapel und liest die Wörter genau durch. Manchmal behält er eins in der Hand, bis ihm ein anderes ins Auge fällt, und sein Gesicht förmlich aufleuchtet. Am Ende kommen drei Bücher in die engere Auswahl, und seine konzentriert gerunzelte Stirn lässt ihn beim Überlegen ganz ernst aussehen.

Dima ist beeindruckt und auch ein bisschen amüsiert davon, wie viele Gedanken Luis sich über sein Buch macht. Dima wirft nur flüchtige Blicke auf ein paar Bücher, bevor er sich das erste greift, das sein Interesse weckt. Darauf steht: *ein richtiger Tiefschlag*. Er mag Bücher mit Biss. Dann stellt er sich neben Luis und sieht ihm über die Schulter. Luis hat es irgendwie geschafft, seine Auswahl auf zwei Bücher einzugrenzen, aber er sieht immer noch unentschieden aus.

»Welches davon?«, fragt Luis, ohne die Bücher aus den Augen zu lassen, was es Dima ermöglicht, das Muttermal unter Luis' Ohr zu bemerken. Das hat er vorher noch nie gesehen. Betont lässig tritt er einen Schritt zurück und zuckt mit den Schultern.

»Nee, die Wahl musst du selbst treffen. Du kannst mir nicht die Schuld für ein schlechtes Buch in die Schuhe schieben, wenn du es dir selbst aussuchst.«

Luis schmollt, gibt dann aber nach und legt den dicken

Wälzer beiseite, auf dem *so viel Schmerz* steht. Übrig bleibt ein Buch mit der Beschreibung: *Schließ die Tür.*

»Komische Wahl, findest du nicht?«

»Deine Zweifel kannst du bei dir behalten. Du hattest deine Chance und hast sie vertan.«

»Ich frage mich ja bloß, warum du gerade das ausgesucht hast.«

»Ich hasse offene Türen. Die Vorstellung, dass jemand unbemerkt in mein Zimmer kommt, finde ich total gruselig. Außerdem gefällt mir, dass nicht ganz klar ist, ob das eine Drohung oder eine Warnung ist.«

»Mach es auf.« Auf einmal ist Dima neugierig.

»Nicht hier drinnen, sonst weiß Kobi nicht mehr, welche Bücher ihm gehören und welche mitgebracht wurden. Und außerdem sollten wir verschwinden, bevor Doras Freundinnen uns zu unserem Liebesleben ausfragen können.«

Er nickt zu den Damen auf dem Sofa, die sie neugierig beäugen. Schulleiter Charles muss ihnen irgendwie entwischt sein. Hastig winken sie ihnen und fliehen nach unten. Draußen lässt die beißende Kälte Dimas Haut prickeln, aber nach der vollgestopften Buchhandlung genießt er sie. Der Himmel ist mittlerweile vollständig dunkel, und zur Abwechslung versperren keine schneeträchtigen Wolken den Blick auf die Sterne. Sie flackern geheimnisvoll, und Dima muss an die Sterne über Luis' Bett denken.

»Zeig mir deins, und ich zeig dir meins«, sagt er und beißt sich sofort auf die Zunge. Fest. »Ich meine, dein Buch.« Er schmeckt definitiv Blut. Luis sieht ihn eine Sekunde lang an, bevor er in schnaubendes Gelächter ausbricht und dabei gegen einen schneebedeckten Baum läuft.

Er schreit auf und springt zurück, wobei er sein Buch mit den Armen schützt.

»Das hast du davon, den Humor eines Zwölfjähren zu haben.«

»Hey, du hast das gesagt, nicht ich«, schießt Luis zurück und wischt eine Schneeflocke von der Verpackung. »Aber na gut, ich zeig dir meins«, sagt er und zerfetzt geradezu das Papier. Keine Geduld, der Junge. Dima schüttelt den Kopf. Luis hat den Zwillingen nie ähnlicher gesehen als jetzt, da ihm unverhohlene Aufregung ins Gesicht geschrieben steht. Zum Vorschein kommt ein großer, aber schmaler Band mit einem knallorangenen Umschlag. Er kommt Dima bekannt vor. Auf einmal weiß er, warum der oder die anonyme Schenkende Luis geraten hat, seine Zimmertür zu schließen. Das Buch ist ziemlich ... explizit.

»Noch nie davon gehört«, sagt Luis. »Kennst du es?«
Dima nickt.
»Ist es gut?«

Dima weiß nicht, was er darauf antworten soll. Er hat das Gefühl, jetzt schon zu viel gesagt zu haben. Bücher wirken immer so unschuldig, auch wenn sie alles andere als unschuldig sind. Wie viel Schaden kann ein Buch schon anrichten? Dima wurde nie gefragt, was er für Bücher liest. Gabriel war kein großer Bücherwurm, er interessierte sich nicht besonders dafür, was Dima las, außer es war eine Graphic Novel. Dimas Mum hat es nie geschafft, einen Überblick über seinen Lesestoff zu behalten, und sie hat viel zu viel zu tun, um wahllos Bücher aus seinem Regal zu überprüfen. Niemand ahnt, dass Dima ein Buch besaß, in dem Männer unaussprechliche Dinge mit anderen Männern taten. Und jetzt sieht Luis ihn aus großen grauen Augen an, und alles, was Dima tun kann, ist mit den Schultern zu zucken. Um weiteren Fragen aus dem Weg zu gehen, wendet er sich seinem Paket zu und pult das Klebeband ab. Unter dem Papier kommt ein Bild von einem Jungen zum Vorschein, dem Flammen aus den Händen züngeln. Der Hintergrund ist ebenfalls orange, aber nicht ganz so grell wie der von Luis' Buch.

»*Oh*, das kenne ich. Tolles Buch.«

»Okay, und jetzt, wo wir unsere Bücher haben, finden wir heraus, wer sie eingepackt hat?«

»Nein, natürlich nicht«, sagt Luis und sieht dabei aus, als wäre das das Albernste, was er jemals gehört hat. »Wir gehen nach Hause und lesen sie. Heute Abend ist in Fountainbridge jeder Mensch ein Bücherwurm.«

Die Vorstellung gefällt Dima. Er stellt sich Paare vor, die es sich vor dem Kamin gemütlich machen, Familien, die sich auf dem Teppich ausstrecken, und Hunde, die abwesend gestreichelt werden, während neben ihnen Seitenrascheln zu vernehmen ist. »Willst du mit zu mir kommen? Da ist es vermutlich stiller als bei dir zuhause.« Der Vorschlag ist ihm aus dem Mund gekommen, bevor er überhaupt darüber nachdenken kann.

»Ähm«, macht Luis, das Gesicht von Dima abgewandt. »Klar! Super Idee. Echt guter Einfall.« Den Rest des Wegs gehen sie schweigend. Dima ist sich nicht sicher, ob er Luis nach oben in sein Zimmer führen soll, das nicht unbedingt der gemütlichste Raum im Haus ist, oder ob sie sich im Wohnzimmer aufs Sofa setzen sollen. Aber die Entscheidung wird ihm von seiner Mutter abgenommen. Sie hat eine Teetasse in der Hand, und das fahle Licht des

Fernsehers erleuchtet ihr Gesicht. Sie lächelt breit, als sie sie im Flur entdeckt.

»Besuch, wie schön«, sagt sie und stellt den Fernseher stumm. »Hi, Luis, wie geht's?«

»Gut, danke«, antwortet er. Die Zuneigung in ihrer Stimme scheint ihn zu rühren. »Und dir?«

»Ich hatte einen chaotischen Tag im Krankenhaus, also werde ich vermutlich nie wieder von diesem Sofa aufstehen. Wenn ihr Hunger habt, im Kühlschrank ist noch Curry, und in der Tiefkühltruhe liegen Pizzas. Aber als Mutter und Ärztin ist es meine Pflicht, euch das Curry ans Herz zu legen. Da ist echtes Gemüse drin.«

Dima findet, dass seine Mutter die Coolste ist, und er schämt sich auch nicht dafür. Sie ist ziemlich entspannt was Bettzeiten, Noten und Freundschaften angeht, und er ist froh, dass sie nicht eine von diesen kontrollsüchtigen Eltern ist, die verlangen, dass man die Tür offen lässt, wenn jemand sein Zimmer betritt, der zufällig nicht das gleiche Geschlecht wie man selbst hat. Sie lässt selten ihre Autorität spielen, und er weiß, dass sie auf seine Fähigkeit vertraut, die richtigen Entscheidungen zu treffen. Er hat früher als manch andere Kinder gelernt, erwachsen zu sein, weil er keine Geschwister hat und seine alleinerziehende Mutter mit ihrem Medizinstudium beschäftigt war. Nicht, dass er sich jemals vernachlässigt gefühlt hätte. Vielleicht ein bisschen einsam, manchmal. Aber das Gefühl hielt nur an, bis sie von einer ihrer Spätschichten nach Hause kam und ihm einen Gutenachtkuss gab, der von dem Geruch von Seife und Desinfektionsmittel begleitet wurde. Und dann waren da noch Gabriels Eltern, deren Haus während Biancas Studienjahren sein zweites Zuhause war. Bei der

Erinnerung zieht sich in seiner Brust etwas schmerzhaft zusammen. Niemand warnt einen, dass wenn man jemanden verliert, man auch dessen Familie verliert. Und das tut echt weh. Dima schiebt den Gedanken beiseite und geht ins Wohnzimmer, um seine Mutter zu umarmen.

»Wir gehen in mein Zimmer«, verkündet er und dreht sich um. Luis beobachtet sie, und in seinem Blick liegt etwas Zärtliches. Hastig wendet Luis den Blick ab und tritt von einem Fuß auf den anderen. Er hat zwei verschiedene Socken an, eine blau, die andere weiß. Dima kann sich vorstellen, dass es nicht einfach ist, in einem Haushalt mit sieben Personen seine Socken beisammenzuhalten. Selbst Dimas Socken landen immer wieder in der Sockenschublade seiner Mutter.

Er führt Luis die Treppe hinauf in sein Zimmer, wo er statt der grellen Deckenlampe mehrere kleinere Lampen einschaltet.

»Du hast eine Lavalampe? Ich wusste gar nicht, dass es die noch gibt«, bemerkt Luis, während er zusieht, wie die rötlichen Klecks in der Lampe auf und ab schweben. Sein Mund steht leicht offen.

»Die war das Einzige, was ich mir zu meinem siebzehnten Geburtstag gewünscht habe«, erklärt Dima. »Gabriel hat sie mir geschenkt.« Er hat sie fast weggeworfen, als er sie in einem der Kartons wiedergefunden hat, aber er konnte sich einfach nicht dazu durchringen.

»Dein bester Freund, richtig?«

»Ja«, sagt er und lässt sich auf den Sessel vor dem Fenster fallen. Luis bleibt verlegen mitten im Zimmer stehen. »Du kannst dich auf mein Bett setzen, wenn du willst?«, fügt Dima hinzu. Er weiß nicht, warum der Satz sich wie eine Frage anhört. Das Bett ist neben dem Boden die einzige andere Option. Er hätte sich aufs Bett setzen und Luis den Sessel anbieten sollen, aber jetzt ist es dafür zu spät. Er versucht, nicht zu sehr darüber nachzudenken, und wirft Luis eine Decke und ein zusätzliches Kissen zu. Luis beißt sich kurz auf die Lippe und setzt sich dann auf die Bettkante. Dima sieht ihm dabei zu, wie er sich die Decke um die Schultern legt und dabei darauf achtet, das Bett nicht unordentlich zu machen.

»Hey, Frage: Was würdest du tun, wenn dein bester Freund sauer auf dich wäre und sich weigern würde, mit dir zu sprechen?«

Da ist er wieder, sein Mund, der macht, was er will, ohne vorher sein Gehirn zu fragen. Er wartet angespannt auf Luis' Antwort, der über diese Wendung des Gesprächs ein wenig verblüfft zu sein scheint.

»Das kommt vermutlich darauf an«, sagt er langsam und wackelt mit den Zehen. »Hat er einen Grund, sauer auf dich zu sein?«

»Nein«, antwortet Dima, und kann sich gerade noch davon abhalten, wie ein Kleinkind trotzig die Arme vor der Brust zu verschränken. »Auf keinen Fall. Wir waren beide ein bisschen« – sehr – »betrunken, also sind die Gefühle vielleicht ein bisschen« – sehr – »hochgekocht. Er ist vermutlich verletzt? Aber dazu hat er kein Recht. Und ich schon. Er benimmt sich wie ein Arsch.« Das alles kommt in einem wirren Wortschwall aus ihm heraus, und er spürt, wie er innerlich vor Wut kocht. Gabriel ist ein Arsch, und es fühlt sich gut an, sich über ihn zu beschweren. Jetzt verschränkt Dima doch die Arme. Luis sieht ihn an, aber in seinem Blick liegt kein Mitleid, bloß Verwirrung.

»Also habt ihr euch gestritten«, stellt Luis fest. Ja, das stimmt, irgendwie, obwohl sie überhaupt kein Wort gewechselt haben. »Und seitdem hast du nicht mehr mit ihm gesprochen?«

»Ich habe nur eine überhebliche Nachricht bekommen, nachdem er sich endlich dazu herabgelassen hat, auf meine Nachrichten zu antworten.«

»Besser als gar keine Antwort«, sagt Luis mit einem Schulterzucken, aber Dima ist davon nicht überzeugt. »Das heißt, dass er deine Nummer noch nicht blockiert hat. Ein gutes Zeichen. Okay, vielleicht nicht unbedingt gut, aber es könnte schlimmer sein!«

Dima fragt sich, ob er sich jetzt besser fühlen soll.

»Das heißt, dass ihr immer noch eine Chance habt, egal, wie klein sie dir im Moment vorkommt.«

»Danke, Luis«, sagt Dima. Heute will er seine angeknacksten Gefühle nicht weiter offenlegen.

»Kein Problem. Ich bin froh, dass du gefragt hast.«

Luis schnappt sich sein neues Buch und schlägt die erste Seite auf. Dima tut es ihm gleich, aber sein Blick liegt weiterhin auf Luis. In dem warmen Lichtschein von Dimas Lavalampe hat sein Haar einen Pfirsichton angenommen, und seine Brust hebt und senkt sich regelmäßig. Dima könnte sich an den Anblick von Luis gewöhnen, der in eine Decke eingekuschelt auf seinem Bett liegt, wie er in Gedanken die Worte von den Seiten nimmt und mit ihnen wie mit Ziegelsteinen ein himmelhohes Luftschloss baut. Er würde alles dafür geben, sehen zu können, was sich gerade in Luis' Kopf abspielt. Dima wird klar, dass das Schwimmen sich ähnlich anfühlt wie Zeit mit Luis zu verbringen. So als würde er einen tiefen Atemzug nehmen und Angst und Sorgen mit einem Gefühl der Ruhe und Entspanntheit ersetzen.

Was Dima nicht klar ist: Für dieses Gefühl gibt es ein Wort mit fünf Buchstaben.

13. Dezember

Luis

Das Buch ist total versaut. Luis ist sich sicher, dass es nicht für seine unschuldigen Augen gedacht war oder für die Augen für irgendwen unter achtzehn. Vielleicht sogar fünfunddreißig. Die Person, die dachte, es wäre eine gute Idee, dieses Buch in Weihnachtspapier einzupacken und es einem fremden Menschen zu überlassen, muss seinen Verstand in irgendeiner sehr dunklen Gosse verloren haben. Ungefähr eine halbe Stunde hat er das Lesen ausgehalten, bevor seine Haut förmlich in Flammen stand und er spüren konnte, wie ihm tatsächliche Schweißtropfen die Schulterblätter hinabrinnen. Auf keinen Fall konnte er länger in Dimas Zimmer sitzen, auf Dimas Bett, mit Dima nur ein paar Meter von ihm entfernt, und auch nur noch eine einzige Zeile lesen. Er sprang auf, verabschiedete sich ohne einen weiteren Blick zu Dima, und rannte aus dem Zimmer. Nicht gerade sein bester Moment, aber es musste sein. *Schließ die Tür*, das konnte er laut sagen.

Zu Hause rannte er in sein Zimmer, schloss die Tür ab, und versteckte das Buch vorsichtshalber noch unter seinem Kopfkissen. Eine Minute später holte er es wieder hervor, und legte das Buch nicht aus der Hand, bis er es drei Stunden später zu Ende gelesen hatte. Er war noch nie so froh, dass er sich nie an seine Träume erinnert, denn das Trauma, das das Buch in ihm verursacht hat, wird ihn für immer verfolgen. Natürlich war ihm klar, dass schwule Männer manchmal versaute Dinge taten, aber das Buch hat ihm neue Dimensionen von Versautheit eröffnet, in deren Nähe er sich nicht einmal ansatzweise begeben will, auf keinen Fall. Dann kam ihm ein Gedanke. Oder eher gesagt landete der Gedanke mit voller Wucht in seinem Kopf und löste dabei eine kleine Explosion aus.

Dima hatte dieses Buch gelesen. Sein Blick hatte diese Worte gestreift. Was bedeutete ... ja, was bedeutete das? Dass er schwul war? Lasen heterosexuelle Jungs schwule Bücher? Und wenn ja, lasen sie sie dann zu Ende, wenn ihnen klar wurde, dass der Großteil der Geschichte sich um zwei Männer drehte, die keine Klamotten anhatten? Das hier könnte der Beweis sein, dass Dima nicht ganz so hetero ist, wie Luis dachte. Vielleicht stand er auf Jungs. Vielleicht mochte er auch Mädchen. Vielleicht interessierten ihn feste Beziehungen nicht. Oder vielleicht stand er auch auf überhaupt niemanden.

Luis befindet sich also jetzt wieder vor der Haustür der Sharapnovas, mit mehreren Lagen Klamotten und einem Schneeanzug gegen die Kälte gewappnet. Er wird Dima fragen. Natürlich nicht direkt. Elise mag zwar furchtlos sein und einfach Leute fragen, ob sie Single sind, aber er nicht. Er hat zu viel Angst davor, das kaputtzumachen, was er und Dima haben. Aber wenn Luis das Thema vorsichtig anschneidet, hier eine vage Andeutung und dort einen indirekten Hinweis anbringt, inspiriert er Dima vielleicht dazu, sich zu öffnen. Schließlich weiß er, dass Luis schwul ist. Und hoffentlich weiß er auch, dass Luis ihn nicht dafür verurteilen würde. Luis klingelt, die Tür fliegt auf und gibt den Blick auf Dima frei, dessen Tanktop seine breiten, mit einem Meer von Sommersprossen überzogenen Schultern betont. Und er hat Shorts an. Sehr kurze Shorts. Von seinen Oberschenkeln ist so viel sichtbar, dass Luis kaum den Blick von ihnen loseisen kann, um Dima in die Augen zu sehen.

»Luis?«, fragt Dima. In seinem Stirnrunzeln liegt Verwirrung und ein Hauch Sorge.

Luis rückt hastig seinen Gesichtsausdruck wieder zurecht. »Du brauchst Klamotten«, sagt er.

»Danke, aber mir gefällt das, was ich gerade anhabe.«

»Mir auch«, rutscht es Luis heraus, und er bereut es sofort. Er ist froh, dass seine Mütze seine brennenden Ohren bedeckt. »Ich meine, es sieht gemütlich aus, aber du brauchst Winterkleidung.«

»Warum?«, fragt Dima, dem die eiskalte Brise, die ihm über die Haut spielt, rein gar nichts auszumachen scheint.

»Weil du fünf Minuten Zeit hast, raus in den Garten zu kommen, damit wir eine Schneefrau bauen können.« Dima öffnet den Mund, aber Luis lässt ihn nicht zu Wort kommen.

»Frag nicht. Fünf Minuten.«

Er wirft Dima einen der strengen Blicke zu, die er sich normalerweise für die Zwillinge aufspart, bevor er ums Haus herum in den Garten geht, in dem der Schnee noch blendend weiß und unberührt ist. Er zieht einen Lautsprecher aus der Jackentasche. Der gehört Mabel, aber solange sie damit beschäftigt ist, mit den Zwillingen Schneefrauen zu bauen, wird ihr gar nicht auffallen, dass er ihn geklaut hat. Er spielt die Playlist ab, die er jeden Dezember anhört: Ariana, Mariah, Priscilla, und ein paar Lieder von Tom Odell, zur Abwechslung.

»Warum Schnee*frauen*?«, fragt Dima, als er aus dem Wohnzimmer kommt und die breite Schiebetür hinter sich zuzieht. Er hat seine üblichen Stiefel, einen dicken Mantel und Jeans an. So froh Luis auch ist, zu sehen, dass Dimas Oberschenkel wieder bedeckt sind, wird Dima bald lernen, dass Jeans ihn nicht schützen werden, wenn er stundenlang in kniehohem Schnee steht.

»Weil Mabel, als sie vier war, beschlossen hat, dass es unfair ist, dass sie immer Männer sind, und seitdem baut unsere Familie nur noch Schneefrauen. Bis ich in den Kindergarten kam, dachte ich, das machen alle so.«

»Und warum bauen wir eine in meinem Garten?«

»Weil heute der große Schneefrauenwettbewerb am Lake Constantine ist, aber erstens nehmen die Leute dort den Wettbewerb viel zu ernst, und zweitens wäre ich dann nicht rechtzeitig für mein Treffen mit Hannah und Alec wieder hier. Wir müssen an unserer Strategie für unser Gespräch mit Schulleiter Charles arbeiten.« Das stimmt alles. Schließlich kann er nicht einfach sagen: *Weil wir darüber reden werden, ob du eventuell auf mich stehst oder nicht.*

»Alles klar. Dann fangen wir mal mit dem Unterricht an«, sagt Dima und holt die dünnsten Handschuhe aus der Tasche, die Luis je gesehen hat. Der Junge hat noch viel zu lernen.

»Es ist wirklich nicht viel dabei. Man muss nur ...« Luis schaufelt eine Handvoll Schnee auf, formt sie zu einer Kugel, und fängt an, sie zu rollen.

Fünf Minuten später, als sie einen Schritt zurücktreten,

um ihre zwei großen Schneekugeln zu bewundern, sind Dimas Wangen knallrot, und auf seiner Stirn haben sich Schweißtropfen gebildet. »Ist kein so großer Unterschied dazu, einen Schneemann zu bauen, oder?«, fragt Dima.

»Nicht wirklich, aber diese Schneefrau stellen wir falsch herum auf.«

»Ach, echt?«

»Ja. In Fountainbridge gibt es keine langweiligen Schneefrauen.« Luis bedeutet Dima, die größere Kugel aufzuheben und sie vorsichtig auf der kleineren abzusetzen. »Ich stabilisiere sie, und du rollst die letzte Kugel.«

Während Priscilla von Schneestürmen und Herzschmerz singt, begradigt Luis abwesend die Schneefrau und beobachtet Dima aus dem Augenwinkel. Die Sonnenstrahlen verleihen seinem Haar einen honigfarbenen Schimmer, und Wolken voller feiner Schneekristalle stäuben um ihn herum auf, während er eine stetig wachsende Kugel im Garten umherrollt. Luis muss wieder an das Buch denken, und daran, wie Dima ihn nach Thom gefragt hat, und wie er sich ganz offensichtlich in Luis' Gesellschaft und der seiner offen queeren Freundesgruppe wohlfühlt. Das Wissen sollte ihm eigentlich ein Gefühl der Sicherheit und des Selbstvertrauens vermitteln, aber sein Herz, das flattert wie ein aufgeregter Spatz, hat davon offenbar noch nichts mitbekommen.

Luis hat Angst. Sehr viel Angst. Er weiß, dass Menschen kompliziert sind genauso wie Gefühle, und wenn es darum geht, entweder einen Freund zu verlieren oder zurückgewiesen zu werden, ist es viel, viel einfacher, seine Gefühle herunterzuschlucken. Aber trotzdem kann er nicht aufhören, darüber nachzudenken, wie es wohl wäre, auf ihrem Schulweg mit Dima Händchen zu halten. Wäre seine Haut kalt, weil er nie Handschuhe trägt, oder ist er von Natur aus kälteresistent? Er hat angefangen, sich vorzustellen, wie sie sich auf Dimas Bett zusammenrollen und Bücher lesen, wie sie zum Abschlussball farblich aufeinander abgestimmte Anzüge tragen, und wie sie mit den Zwillingen Kissenburgen bauen. Ein zuckerwattesüßer rosaroter Tagtraum. Die Frage ist: Wird das Märchen wahr, wenn er seine Gefühle gesteht, oder werden die Worte ihre Freundschaft in winzig kleine, nicht zu reparierende Stücke zerschmettern? Luis hat sich gerade erst von seinem gebrochenen Herzen erholt, und ein Teil von ihm würde lieber die Freundschaft erhalten, als zu riskieren, wieder verletzt zu werden. Und wenn eins offensichtlich ist, dann, dass Dima Schwierigkeiten damit hat, sich in Fountainbridge einzuleben, während er sich mit seinem besten Freund streitet. Sein Gefühlschaos auf Dima abzuladen ist ziemlich unfair, während er sich eh schon um so viele andere Dinge sorgen muss. Luis' innerer Monolog kommt zu einem plötzlichen Ende, als Dima vor ihm zum Stehen kommt und die gigantische Kugel tätschelt, die er in der Zwischenzeit gerollt hat.

»Der Moment der Wahrheit«, verkündet Dima und geht in die Hocke. Er hält die Kugel von unten fest und bedeutet Luis, dasselbe zu tun. »Jetzt finden wir heraus, ob wir zum Scheitern verurteilt sind, oder ob wir es tatsächlich geschafft haben, ein Fundament zu bauen, das dem Druck standhalten kann.« Luis hofft sehr, dass die Aussage keine Metapher sein soll.

»Hey«, fängt Luis an, als sie zusammen die schwere Kugel anheben. »Ich habe gestern Abend über Gabriel nachgedacht.« Das bringt ihm einen verwirrten Blick von Dima ein. »Nein, nicht so! Ich meine, ich habe darüber nachgedacht, was du mir erzählt hast, und ich habe das Gefühl, dass ich nicht wirklich geholfen habe. Ich war nervös und mit meinen eigenen Problemen beschäftigt, und ...«

»Warum warst du nervös?«

Luis lässt beinahe die Schneekugel fallen, aber dann schaffen sie es endlich, sie auf der Schneefrau abzusetzen, ohne sie zu beschädigen. Langsam tritt er zurück, in der Erwartung, dass die Konstruktion sofort in sich zusammenfällt, sobald er loslässt. Aber zu seinem Erstaunen steht die umgedrehte Schneefrau stolz und ohne zu wackeln da.

»Also, na ja«, stottert Luis und prüft die Schneefrau von der anderen Seite, um Dimas fragendem Blick auszuweichen. »Das war das erste Mal, dass ich bei dir zu Hause war, und das hat mir etwas bedeutet. Ich bin nicht mit besonders vielen Jungs befreundet. Alec ist der einzige, und wir können uns kaum an eine Zeit erinnern, in der wir noch nicht befreundet waren. Wir verstehen uns gegenseitig, und wir wissen, wie es ist, nicht dazuzugehören. Ich glaube, den anderen Jungs war schon immer klar, dass ich schwul bin, also sind sie mir ein bisschen ... aus dem Weg gegangen. Und ich ihnen auch, ehrlich gesagt.« Er sieht auf und bemerkt die Zurückhaltung in Dimas Gesichtsausdruck. Seine Körperhaltung sieht zögerlich aus, und in seinen Augen schimmert der Hauch eines Gefühls. Verständnis vielleicht oder auch Mitleid. »Nicht, dass mir das so viel ausmachen würde«, fährt Luis fort. »Was ich meine, ist, dass ich es nicht gewohnt bin, mich mit anderen Jungs anzufreunden, und ich will dich nicht verschrecken.« Er schaufelt eine Hand voll Schnee auf, um die Lücken zwischen den oberen beiden Kugeln zu verschließen. Er kann spüren, dass Dima seine Worte verdaut, während er mit dem Blick Luis' Bewegungen verfolgt. Als er spricht, ist seine Stimme leise und ehrlich.

»Luis, du kannst mich nicht verschrecken. Ich mag dich.«

Er belässt es dabei. Und Luis braucht auch sonst nichts. Er hätte barfuß im Schnee stehen können und hätte die Kälte überhaupt nicht gespürt, denn sein Körper ist auf einmal von sprühender Wärme erfüllt. All seine Zellen und Moleküle summen bei Dimas Geständnis vor Zufriedenheit. Er ist hierhergekommen, um Dima zum Reden zu bringen, aber jetzt wird ihm klar, dass es Zeit braucht, Vertrauen aufzubauen. Er will Dima nicht zur Ehrlichkeit zwingen, wenn er sie sich mit Geduld auch verdienen kann.

»Also, du meintest, du hättest über Gabriel nachgedacht«, führt Dima ihr Gespräch von vorhin fort.

»Ja, habe ich.« Jetzt weiß Luis wieder, wie sie auf dieses Thema gekommen sind. »Ich finde, du solltest ihm Zeit lassen.«

»Komisch, meine Mum hat das Gleiche gesagt.«

»Tja, sie ist ja auch Ärztin. Sie muss es wissen.«

»Sie meinte außerdem, dass wir reden sollten.«

»Jetzt sofort?«

»Erst Zeit, dann reden.«

»Wie viel Zeit hast du ihm denn schon gegeben?«

»Wie meinst du das?«

»Wann habt ihr zum letzten Mal miteinander geredet?

Wirklich geredet, nicht nur passiv-aggressive Nachrichten ausgetauscht.«

»Nicht, seit wir umgezogen sind.«

»Also seit zwei Wochen nicht. Er hat dich lange genug mit Schweigen bestraft. Schließlich seid ihr nicht nur Freunde, sondern beste Freunde. Das schmeißt man nicht einfach so aus dem Fenster, selbst wenn man *echt* sauer ist.«

»Meinst du?«

»Ich kenne ihn nicht, aber zwei Wochen sind genug Zeit, um sich wieder einzukriegen. Freundschaften sind wichtig, sonst steht man in unserer total verkorksten Welt ganz auf sich allein gestellt da. Und das hat niemand verdient. Egal, was passiert ist, du bist ein guter Freund, und wenn er dich kennt, dann ist ihm das auch klar.«

Dimas Mundwinkel zucken. Der Blick, mit dem er Luis betrachtet, ist unergründlich. Aufmerksam und geladen mit etwas Unausgesprochenem. »Weißt du, die ganzen Jungs, die nichts mit dir zu tun haben wollen? Die haben einen echt tollen Freund verpasst. Und natürlich sind sie alle Ärsche.«

Die Wärme, die durch Luis' Körper rast, wird langsam zu einer unerträglichen Hitze, und am liebsten hätte er den Kopf in den Schnee gesteckt, um ihn davor zu bewahren, überzukochen. Es ist ziemlich besorgniserregend, dass Dima ganz einfach Sachen sagen kann, die Luis den Atem rauben. Er sucht verzweifelt nach Worten, als ein Schneeball an seinem Gesicht vorbeifliegt und auf einem Stück gefrorenem Rasen landet. Luis dreht sich zu dem Angreifer um, und sieht ein Paar hellbrauner Augen, die über die Hecke zwischen Dimas und Luis' Häusern lugen.

»Du kannst echt nicht zielen, Alec«, ruft Luis. Insgeheim ist er dankbar für die Ablenkung.

»Und du kannst echt nicht auf die Zeit achten. Wir sollten schon lange an unserer Strategie arbeiten.«

»Ups«, sagt Luis und dreht sich zu Dima um. Er will noch nicht gehen, obwohl er weiß, dass ihre queere Agenda Vorrang vor Schneefrauen und schneebedeckten Jungs hat.

»Geh«, sagt Dima. Vielleicht spürt er Luis' Unentschlossenheit. »Ihr müsst eure Reden üben.«

»Aber was ist mit ihr?«, protestiert Luis und zeigt auf die Schneefrau. »Sie ist noch nicht fertig. Kein Mund, keine Nase, gar nichts!«

»Hab ein bisschen Vertrauen in mich«, antwortet Dima. »Ich werde eine würdige Karotte für sie finden.« Luis hat da so seine Zweifel, aber trotzdem dreht er sich zum Gehen um. Er sollte Alec und Hannah nicht noch länger warten lassen. »Luis!«, ruft Dima ihm hinterher, und Luis bleibt wie angewurzelt stehen. Sein Name klingt aus Dimas Mund wie Musik. Dima geht auf ihn zu. An seiner Jeans klebt Schnee, und die Sommersprossen auf seinen Schlüsselbeinen sind unter seinem halb offen stehenden Mantel sichtbar. »Vergiss den hier nicht«, sagt er und hält ihm Mabels Lautsprecher hin. Er hat seine Handschuhe ausgezogen, und seine Hände sind von der Kälte gerötet.

»Danke«, sagt Luis und nimmt den Lautsprecher mit einem Lächeln entgegen, das viel zu breit für etwas so Belangloses ist. Hastig dreht er sein Grinsen mehrere Stufen herunter.

»Nein, ich danke dir«, antwortet Dima. »Was du über Freundschaft gesagt hast, das hat echt geholfen.«

Er streckt die Hand aus und legt sie Luis auf die Schulter. Trotz des Schneeanzugs kann Luis spüren, wie jeder einzelne von Dimas Fingern einen dauerhaften Abdruck auf seinem Körper hinterlässt. Er weiß nicht, wie lange sie so stehen bleiben, aber irgendwann zieht Dima den Arm zurück und winkt ihm beim Gehen, und Luis erwidert die Geste automatisch. Er ist erleichtert, als er feststellt, dass seine Beine ihm noch gehorchen. Aber als er Dimas Garten verlässt und auf sein Haus zugeht, bleibt das Echo von Dimas Hand auf seiner Schulter erhalten, ein Fieber, das nur an dieser Stelle unter seiner Haut brennt.

14. Dezember

Dima

»Man bekommt nur an einem einzigen Tag im Jahr Popcorn mit Lebkuchengeschmack, und wenn man ihn verpasst, dann ist man total am Arsch.«

Dima und Luis stehen unter dem Kuppeldach der Eingangshalle im Fountainbridge Kinema in der Schlange. Der rote Teppich ist abgenutzt, aber der Kristallleuchter an der Decke deutet auf die frühere Pracht des Kinos hin. Schwarzweiße Poster in prunkvollen Goldrahmen zeigen Marilyn Monroe, die, so wie es aussieht, zwei Männer in Drag umarmt. Im Foyer spielen Kinder hinter den Beinen von fremden Menschen Verstecken, und Eltern unterhalten sich über den Lärm hinweg.

»Popcorn mit Lebkuchengeschmack?«, fragt Dima und zieht skeptisch eine Augenbraue hoch.

»Warum zweifelst du immer an mir? Bis jetzt habe ich dich noch nicht enttäuscht.«

Schulter an Schulter sehen sie zu, wie die Kassiererin, deren Lidschatten zu ihrer grünen Glitzerweste passt, ihnen zwei Limonaden und eine große Packung Popcorn zubereitet. Als sie sie ihnen überreicht, lächelt sie so warm und herzlich, dass es weit über das erforderliche Maß von Höflichkeit hinausgeht. Erst als sie zwinkert und ihm das

Wechselgeld wiedergibt, wird es ihm klar. Sie denkt, sie seien ein *Paar*.

Dima schnappt sich die Limonade, murmelt ein leises Dankeschön, und führt Luis in eine Ecke, von der aus die Kassiererin sie nicht sehen kann.

»Die war ja nett«, bemerkt Luis ahnungslos und steckt sich ein Stück Popcorn in den Mund. Dima wird ihn ganz bestimmt nicht aufklären. Die Kassiererin hat ihr Verhalten offensichtlich falsch interpretiert, aber sie hat nicht ganz Unrecht. Denn unter Dimas Haut wohnt ein konstantes Kribbeln, das ihn wie magnetisch zu Luis hinzieht, metaphorisch *und* physisch. Wenn er in Luis' Nähe ist, wird der Abstand zwischen ihnen immer kleiner, bis ihre Schultern sich berühren, oder ihre Füße übereinander stolpern. Dann versucht Dima, sich diskret wieder von Luis zu lösen, aber Minuten später berühren ihre Körper sich schon wieder auf die eine oder andere Weise.

»Gibt es schon Fortschritte in Sachen Gabriel?«, fragt Luis und stößt Dima sanft an.

»Ich habe ihn gestern Abend angerufen«, antwortet Dima. Die Schmetterlinge in seinem Bauch verwandeln sich von einem Moment zum anderen in einen schmerzhaften Knoten.

»Und?«

»Er ist nicht drangegangen«, sagt Dima. Trauer zieht sich durch seine Eingeweide, und weil er nicht weiß, wo er hinsehen oder was er tun soll, greift er nach dem Popcorn. Es schmeckt *wirklich* gut, und ist genauso knusprig, wie es sein sollte. Es hilft dabei, das schreckliche Gefühl in Schach zu halten, das sich seit seinem Streit mit Gabriel in seinem Körper eingenistet hat. Gestern Nacht hat er seinen Kampf mit der Schlaflosigkeit fortgesetzt, ist immer wieder kurz eingeschlafen, nur um dann stundenlang an die Decke zu starren und zu beten, dass sein Körper in die Bewusstlosigkeit fällt. Luis sieht ratlos aus, und Dima nimmt es ihm nicht übel. Es gibt nichts, was er tun kann, er kann nichts sagen, um das zu reparieren, was vielleicht gar nicht mehr zu retten ist. »Komm, wir suchen uns schon Plätze«, schlägt er vor, um Luis eine Antwort zu ersparen.

Hinter der abgeplatzten roten Flügeltür liegt der stille Kinosaal. Einige Kinder kichern und sehen immer wieder zu einem Pärchen hinüber, das in der letzten Reihe herummacht. Erst als sie näherkommen, erkennt Dima die zwei als Maya und Thom, auch wenn es im Moment schwer zu sagen ist, wo Maya aufhört und Thom anfängt. Dima weiß, dass Luis sie auch gesehen hat. Er hat sich ein gutes Stück von ihnen entfernt hingesetzt und ist konzentriert damit beschäftigt, Sitze zu reservieren, indem er verschiedene Kleidungsstücke über die gesamte Sitzreihe verteilt und die beiden dabei geflissentlich ignoriert. Aber, denkt Dima, es ist ziemlich unmöglich, seinen Exfreund zu ignorieren, wenn er am anderen Ende des Raums jemand anderen küsst. Als sie sich hinsetzen, lässt Luis sich so weit in seinen Sitz sinken, als wolle er von dem ausgeblichenen Samtpolster verschluckt werden.

»Vermisst du ihn?« Dima weiß nicht, wo die Frage herkommt, aber er will, nein, er *muss* die Antwort wissen. Luis spielt mit dem Popcornbecher herum und weicht Dimas Bick aus. »Das sollte ich nicht fragen, das geht mich gar nichts an«, sagt Dima hastig. In seinem Magen rumoren Schuldgefühle und ein Hauch von Eifersucht.

»Nein, ist nicht schlimm. Es ist nur ... eine komplizierte Geschichte, und das meine ich nicht auf die lustige Art.«

»Du musst mir wirklich, *wirklich* nicht davon erzählen«, beteuert Dima.

Luis wirft dem nichtsahnenden Pärchen einen Blick zu, dann zuckt er mit den Schultern und richtet sich auf, als hätte er einen Entschluss gefasst.

»Ich war mit Thom befreundet, bevor wir zusammenkamen«, fängt Luis mit leiser Stimme an. »Das waren wir alle, auch Hannah und Alec. Ich war schon immer in ihn verliebt, seit der Grundschule. Er hat so süße abstehende Ohren, und eine Haarsträhne, die immer hochsteht, und, keine Ahnung, das war schon immer meine Schwäche. Als wir kurz nach meinem vierzehnten Geburtstag zusammenkamen, fühlte es sich an wie der beste Tag meines Lebens. Und zuerst war auch alles super. Wir haben eh schon immer zusammen rumgehangen, aber danach verbrachten Thom und ich auch mehr Zeit ohne Hannah and Alec.« Mehr Leute kommen in den Saal, es ist ein Stimmgewirr zu vernehmen, während alle sich Plätze suchen, aber Dima und Luis bleiben in ihrer Ecke des Saals unbemerkt und ungestört. »Wir haben sie ein bisschen vernachlässigt, was nicht besonders cool von uns war, aber wir waren in unserem eigenen kleinen Universum, und haben das gar nicht mitbekommen. Und jedes Mal, wenn wir nicht zusammen waren, habe ich ständig darüber nachgedacht, wo er war und mit wem er zusammen war, und zuerst dachte ich, das wäre total normal. Ich war immer eifersüchtig, wenn ich gesehen habe, wie er mit anderen Leuten redet, selbst wenn es Hannah oder Alec waren. Dazu hatte ich gar keinen Grund, aber ich konnte das Gefühl nicht abstellen.« Er redet schnell, als hätten die Worte nur darauf gewartet, ausgesprochen zu werden. »Es wurde immer schlimmer, und obwohl ich wusste, dass meine Eifersucht unbegründet war, konnte ich sie mir nicht verkneifen. Thom wollte ... er wollte Sex, oder zumindest mehr ... mehr, als ich ihm geben wollte. Ich war noch nicht bereit, und er hat mich zwar nicht dazu gedrängt, aber ich habe mich trotzdem so gefühlt, als würde ich ihn enttäuschen, was meine Eifersucht nur noch mehr angeheizt hat. Unsere Beziehung lief schon seit Monaten nicht gut, und letztes Jahr kurz vor Weihnachten ist dann alles den Bach runtergegangen. Er hat mit mir Schluss gemacht. Ich hatte solchen Liebeskummer. Dann kam er einen Monat später mit Maya zusammen, und mein Liebeskummer wurde noch schlimmer. Aber Alec und Hannah waren für mich da, obwohl ich sie im Stich gelassen hatte, und Thom hat nicht nur seinen Freund verloren, sondern auch seine Freundesgruppe. Das war für ihn vermutlich auch nicht einfach.« Er lässt sich wieder in seinen Sitz zurückfallen und sieht nachdenklich zur Decke hoch, die in düstere Schatten gehüllt ist. »Teenager, nicht wahr«, murmelt er. »Wir bezahlen nicht mal unsere eigene Handyrechnung, und trotzdem wird von uns erwartet, dass wir Langzeitbeziehungen führen.«

Daraufhin schnaubt Dima amüsiert, und Luis lächelt erleichtert. »Wenn du das machst, klingst du immer wie ein Hundewelpe.«

Dima spürt, wie ihm Hitze den Nacken hochkriecht, und er ist froh, dass es im Kinosaal so dunkel ist. »Du hast nicht Unrecht. Beziehungen sind kompliziert«, sagt er, mit den Gedanken wieder bei Gabriel.

»Hey.« Luis drückt sanft Dimas Handgelenk. »Das kommt schon in Ordnung.« Ihre Blicke begegnen sich, und Dima würde sich nicht beschweren, wenn Luis seine Hand da liegen lassen würde, wo sie gerade ist, ein beruhigendes, wundervolles Gewicht auf seiner Haut. Seine Handfläche kribbelt. Jedes Atom unter seiner Haut beschleunigt sich, bis die Hitze unerträglich wird und er die Hand widerstrebend zurückzieht, wobei seine Finger ein wenig zittern.

»Ist bei *dir* alles in Ordnung?«, fragt Dima. Seine Stimme klingt heiser. Luis begegnet seinem Blick, und auf einmal spürt Dima das Verlangen, wegzusehen. Er widersteht dem Impuls, und in seiner Brust flattert etwas.

»Ich glaube schon. Manchmal vermisse ich das, was Thom und ich miteinander hatten«, gibt Luis zu, und Dimas Herz rutscht ihm in die Hose. »Aber was ich gelernt habe, ist, dass unsere Beziehung, nachdem sie zu Ende ging, Geschichte wurde. Sie liegt in der Vergangenheit. Zuerst habe ich es Thom übelgenommen, dass er eine neue Beziehung hatte, aber jetzt weiß ich, dass es nie wieder so wird, wie es war. Und das ist okay. Ich hoffe, dass wir irgendwann wieder zur Normalität zurückkehren können. Freunde sein können, wie vorher«, erklärt er. »Und du und Gabriel könnt das auch schaffen.«

»Das hoffe ich«, antwortet Dima, obwohl seine Hoffnung schon ziemlich geschrumpft ist. Er will nicht, dass er und Gabriel zu Fremden werden, die sich ab und zu höflich zunicken oder -winken, und dass alles, was sie vorher füreinander waren, der Vergangenheit angehört. Er schüttelt den Kopf, zuerst langsam, dann heftig; wie ein Hund nach einem Bad versucht er, das Elend abzuschütteln. »Ganz schön schwere Themen. Jetzt versinken wir beide in Herzschmerz, dabei sollten wir eigentlich den Film genießen. Bitte sag mir, dass er nichts mit Freundschaft zu tun hat. Oder Romantik. Ich brauche davon mal eine Ablenkung.«

»Keine Romantik, eher eine Fabel«, antwortet Luis, und seine Grübchen umrahmen sein breites Lächeln. Dann weicht es einem Ausdruck der Empörung, als jemand ihn anrempelt und ihm dabei Popcorn und Limonade über den Schoß kleckert. Er öffnet den Mund, um sich zu beschweren, aber der Neuankömmling lässt ihn nicht zu Wort kommen. »Oh. Mein. Gott«, ruft Alec so laut, dass sich mehrere Reihen entfernt Thom und Maya, die ganz zerzaust aussehen, voneinander lösen. »Frag mich, was gerade passiert ist!«, verlangt er. Luis versucht gerade, seine Hose mit einer Serviette trocken zu reiben, und grummelt etwas Unverständliches.

»Was ist los, Alec?«, fragt Dima und versucht dabei, sein Lachen zu unterdrücken.

»Elise hat Hannah gerade auf ein Date eingeladen!«, verkündet Alec und nimmt einen großen Schluck von seiner Limonade. Seine Augen sehen aus, als würden sie ihm gleich aus dem Kopf fallen.

»Echt jetzt?«, sagt Luis, der die Limonadenflecken auf seiner Hose scheinbar komplett vergessen hat.

»Sie gehen morgen Nachmittag zusammen Schlittschuh laufen, und Hannah meinte: ›Alec, willst du nicht auch mitkommen?‹, und dann musste ich so tun, als hätte ich schon was vor. Also, wenn sie als Nächstes euch fragt ...«

»Dann sage ich ihr, dass ich auf meine Nichten aufpassen muss. Und das ist noch nicht einmal gelogen«, bestätigt Luis.

Die beiden drehen sich erwartungsvoll zu Dima um.

»Ähm. Ich sage, dass ich was mit meiner Mum vorhabe?«

»Perfekt«, sagt Luis zufrieden. »Und jetzt, da du weißt, was morgen auf dem Plan steht, wie wär's, wenn wir uns um sechs treffen und zusammen zur Eislaufbahn gehen?«

»Was? Nein! Musst du nicht auf deine Nichten aufpassen?«

»Nach sechs nicht mehr.«

»Aber ich habe doch was vor! Mit meiner Mum!«

»Ich bin mir ziemlich sicher, dass deine Mum zusammen mit meinem Dad Spätschicht im Krankenhaus hat«, meldet Alec sich zu Wort.

»Verräter. Ihr seid beide Verräter«, grummelt Dima. Und er weiß, dass Hannah ihm aus ganzem Herzen zustimmen würde.

15. Dezember

Luis

»Du kannst Schlittschuh laufen, oder?«

»Na klar.«

»Du warst schon mal auf einer Eislaufbahn?«

»Hundertprozentig.«

»Also weißt du auch, wie eine Vierfachpirouette geht.«

»Die mache ich ständig.«

Luis erkennt die Angst in Dimas Blick, und er will ja nett sein, wirklich, aber er kann einfach nicht anders. Dima ist zu niedlich. Er sieht aus, als würde er vor einem sehr hungrigen Luchs mit aufgerissenem Maul stehen, nicht vor einer runden Eisfläche, auf der Leute zu dreizehn verschiedenen Coverversionen von *Let It Snow* tanzen. Seine Mundwinkel zucken und geben fast preis, wie lustig er es findet, dass ein ausgewachsener Mann – okay, ein ausgewachsener Junge – zwar ohne mit der Wimper zu zucken in einen zugefrorenen See springt, aber beim Anblick einer Eislaufbahn kneift.

»Bitte lass mich da draußen nicht allein«, fleht Dima.

»Versprochen.«

»Nur, damit wir uns richtig verstehen: Wenn ich mir aus Versehen die Fingerkuppe abschneide und mein Blut überall hinspritzt und man meinen Knochen sehen kann, dann ist das deine Schuld.«

»Du bist so romantisch«, sagt Luis, und hätte es noch im gleichen Moment am liebsten wieder zurückgenommen. Er starrt das Eis zu seinen Füßen an und wünscht sich, er könnte darin versinken. »Gut, dass deine Mutter Ärztin ist«, fügt er viel lauter hinzu, in der Hoffnung, dass Dima im Moment zu viel im Kopf hat, um seine Worte zu verstehen.

»Darum geht es nicht, Luis.«

Fast tut es ihm leid, sich über Dima lustig zu machen, während er ganz offensichtlich Angst hat. Normalerweise ist es Luis, der nicht aufhören kann zu reden, wenn er nervös ist. Er hat wohl auf Dima abgefärbt. Dima hält sich krampfhaft an Luis' Hand fest und setzt einen Fuß auf das Eis, ganz auf die glatte Oberfläche unter ihm konzentriert. Sein anderer Fuß folgt, und einen Moment lang steht er aufrecht. Luis folgt dicht hinter ihm, und Dima wirft ihm einen Blick zu, in dem sowohl Erstaunen als auch Stolz liegen.

»Was meintest du mit roma...«

Dann verlagert sich sein Gewicht, und mit weit aufgerissenen Augen kippt er um und droht dabei, Luis mit auf den Boden zu ziehen. Luis spannt seine Oberschenkel an und schafft es zu seiner eigenen Überraschung, sie vor einer horizontalen Katastrophe zu bewahren. Dima ist leichter, als Luis erwartet hat, und er kann seine angespannten Muskeln unter seinem Mantel spüren. Dimas Atem riecht nach Zimt und Honig, und auf seinem Nacken sieht er den Schweiß glänzen. Bei dem Anblick zittern ihm die Knie. Er schafft es, sie beide wieder auf die eigenen Füße zu befördern, bevor einer von ihnen tatsächlich das Eis küsst. Sie halten sich immer noch bei den Händen, aber

Luis weicht Dimas Blick aus, weil er sonst vermutlich spontan in Flammen aufgehen würde.

»Füße weit auseinander, Knie gebeugt, das Gewicht eher zum Boden hin verlagern«, erklärt er und hält dabei den Blick entschlossen auf Dimas Füße gerichtet, auf nichts anderes.

Dima tut, was er sagt, und macht einen vorsichtigen Schritt. Als er nicht hinfällt, macht er einen weiteren, und noch einen, und schafft noch drei weitere, bevor er Luis' Hand loslässt, ausrutscht, und auf dem Po landet, aber nicht, ohne vorher wild mit den Armen zu rudern, wie ein betrunkener Flamingo.

»Das läuft ja super«, grummelt er. Nach ein paar weiteren Versuchen und ebenso vielen Stürzen, ist Dima leicht außer Atem, aber die Angst ist aus seinen Augen gewichen. Luis nennt das Fortschritt. Er zieht Dima ein weiteres Mal hoch.

»Morgen ist mein Hintern bestimmt blau.«

»Nimm heute Abend einfach eine Wärmflasche mit ins Bett«, antwortet Luis und versucht dabei, nicht an Dimas Hintern zu denken, ob er nun blau ist oder nicht.

»Blau von den Blutergüssen, nicht von der Kälte.«

»Ähm. Nimm heute Abend eine Wärmflasche mit ins Bett?«

»Bezahlt die Krankenversicherung für Hinternverletzungen?«

»Ich ... was?«

Luis ist zunehmend beunruhigt über die Richtung, in die das Gespräch sich entwickelt. Und jetzt kommt er gar nicht mehr umhin, sich Dimas blauen Hintern vorzustellen. Er fragt sich, ob Dima dort auch Sommersprossen hat.

Wie blau muss ein Hintern sein, bis man die Sommersprossen nicht mehr sieht?

»Ich habe es satt, hinzufallen. Ich weigere mich, es noch einmal zu tun.« Dima wirft dem Eis einen bösen Blick zu, als wäre er drauf und dran, ihm mit einem Flammenwerfer zu drohen.

»Keine Stürze mehr«, stimmt Luis ihm zu. Er ist gleichzeitig erleichtert und enttäuscht, dass sie nicht mehr über Dimas Hintern reden. Das Komische ist, dass es zu funktionieren scheint. Mit Luis' Hilfe, dessen Hand heute Abend vermutlich auch eine Wärmflasche braucht, schaffen sie eine ganze Runde, bevor ein weiteres Missgeschick passiert, und diesmal fällt Dima nicht hin. Er rammt mit voller Wucht das Geländer, und irgendwie schafft er es dabei, zumindest nach Luis' Ansicht, immer noch heiß auszusehen. Oder vielleicht liegt es an dem schiefen Lächeln, das Dima ihm zuwirft, weil er stolz ist, trotz des Zusammenstoßes noch auf den Beinen zu sein.

»Jetzt laufe ich alleine«, verkündet Dima, und obwohl das bedeutet, dass sie nicht mehr Händchen halten, ist Luis ein bisschen erleichtert. Händchenhalten ist schön, aber nicht, wenn ihm jemand jeden Tropfen Blut aus den Fingern quetscht.

Sie umrunden den Weihnachtsbaum einmal, dann ein zweites Mal, und bei der dritten Runde hat Dima endlich den Dreh raus. Luis hätte ihm am liebsten gesagt, dass er aufhören sollte, die Zunge herauszustrecken, weil er Angst hat, Dima könnte sie sich sonst beim nächsten Sturz abbeißen, aber der Sturz kommt nie. Als sich jemand an Dima vorbeidrängt, stolpert er kurz, fängt sich dann aber wieder. Seine Schritte werden immer länger, und bei jeder erfolgreichen Runde glätten sich seine Stirnfalten ein bisschen mehr. Irgendwann gleiten sie dann im Takt mit den anderen Menschen über die Eisfläche. Dann erklingt das Pausensignal, das alle auffordert, die Bahn zu verlassen, damit die Eisbearbeitungsmaschine ihre Arbeit verrichten kann.

»Nein, wirklich, Luis, ich bin froh, dass wir gekommen sind«, sagt Dima, als sie wenig später mit einer Portion heißer Pommes an einem Tisch sitzen. Beim Klang seines Namens aus Dimas Mund kribbelt es in Luis' Magen. Er beißt von einer Pommes ab und nickt, aber er hätte genauso gut Zuckerwatte mit Currygeschmack essen können, ohne es zu merken. Sie überkommt ihn wieder, die Erkenntnis, dass er eindeutig in den Jungen verknallt ist, der ihm gegenübersitzt. Und er ist nicht nur verknallt, sondern mehr als das, seine anfängliche Schwärmerei für den Jungen von nebenan hat sich zu etwas Stärkerem entwickelt. Vorher war Dima ein gut aussehender, schlecht gelaunter Junge, und Luis wollte einen Schlüssel finden, um die Tür aufzuschließen, die den wahren Dima zum Vorschein bringen würde. Die Tür steht vielleicht noch nicht ganz offen, aber zumindest hat er schon einen Blick auf die Bilder erhaschen können, die an den Wänden hängen. Und das, was er gesehen hat, gefällt ihm.

»Hey, wegen gestern«, fängt Dima an, aber Luis unterbricht ihn und hält dabei warnend eine Pommes hoch.

»Du solltest wissen, dass es ein schweres Vergehen ist, *Eine Fountainbridge-Fabel* zu kritisieren. Du kannst unmöglich etwas Schlechtes über eine Wildtierdoku zu sagen haben, in der es um die liebevolle Beziehung zwischen einem Luchs und einem Border-Collie geht!«

»Darauf wollte ich gar nicht hinaus, Luis.«

»Oh, okay. Dann kannst du weiterreden.«

»Also. Das, was ich gestern Abend über Herzschmerz gesagt habe«, fährt Dima langsam fort, während er mit einer Pommes Kreise in den Ketchup zeichnet. »Ich wollte nur klarstellen, dass ich nicht in Gabriel ... also, dass ich nicht in ihn verliebt bin.«

»Okay«, antwortet Luis und fragt sich, warum genau Dima ihm das erzählt. Es ist nicht so, dass ihm die Möglichkeit, dass Dima in Gabriel verliebt sein könnte, nie in den Sinn gekommen wäre – schließlich hat sich Luis vor nicht allzu langer Zeit in einen seiner eigenen besten Freunde verknallt – aber er hat es nie wirklich in Erwägung gezogen.

»Das war ich noch nie. Ja, klar, wenn er nicht gerade ein kolossaler Arsch ist, liebe ich ihn natürlich schon, aber halt so wie einen Bruder. Nicht wie ...«

»Einen Freund?«

»Genau, nicht so.«

Auf einmal hat Luis einen Verdacht, warum Dima ihm das so dringend sagen wollte. Und vielleicht ist es an der Zeit, dass Luis auch etwas klarstellt. Nur um sicherzugehen. »Also, ich bin auch nicht in Thom verliebt.« Er beobachtet Dima genau, aber wie üblich verrät dessen Gesichtsausdruck nicht besonders viel.

»Okay. Das ... das ist gut.«

»Nur zur Information.«

Jetzt, da das geklärt ist, konzentrieren sie sich wieder auf den Teller mit Pommes. Luis ist sich nicht sicher, ob es an den fünfundvierzig anstrengenden Minuten auf der Eislaufbahn oder einfach nur an Dimas Gesellschaft liegt, aber aus irgendeinem Grund schmecken die sonst eher mittelmäßigen Pommes heute besonders gut. Sie essen auf und sehen der Eisbearbeitungsmaschine dabei zu, wie sie ihre Kreise zieht und dabei alle Spuren von Stürzen und Zusammenstößen tilgt, bis nur noch eine makellose Eisfläche zurückbleibt. Zumindest, bis die Leute wieder aufs Eis stürmen und mit ihren scharfen Kufen die Ordnung wieder ins Chaos stürzen.

»Du könntest da draußen sein und mir dabei zusehen, wie ich jedes Mal, wenn ich mit dem Kopf zuerst das Geländer ramme, Gehirnzellen verliere«, schlägt Dima vor, während er sich die Hände mit einer Serviette abwischt.

»Lass uns das lieber vermeiden, ja? Ich würde gerne auch in Zukunft noch mit dir und all deinen Gehirnzellen Zeit verbringen«, schießt Luis zurück.

Er betritt die Eisfläche und dreht sich um, um zu beobachten, wie Dima ihm selbstbewusst folgt, bevor er mit dem Gesicht zuerst auf dem Eis landet. Es kann sein, dass Dimas Stolz diesen Abend nicht überlebt, aber solange alles andere intakt bleibt, macht Luis sich keine allzu großen Sorgen um ihn. Luis hilft ihm auf, und Dima hält seine Hand weiter fest. Sie fangen langsam an, und wenn es nach Luis ginge, könnten sie die ganze Nacht so weitermachen und Runde um Runde nur zu zweit zu kitschigen Balladen übers Eis gleiten. Nach ein paar Runden lockert Dima seinen Griff, aber er lässt Luis' Hand nicht los, und Luis hat sich schon seit seinem sechzehnten Geburtstag nicht mehr so gut gefühlt. Damals hatte Dora ihm verkündet, dass er als Einziger in der Familie ihre streng geheimen Plätzchenrezepte erben würde.

Ein Popsong, der sich seltsam passend anfühlt, dröhnt

aus den Lautsprecherboxen, aber wenn Ariana Grande einem befiehlt, man soll dankbar für seine Ex' sein und mit seinem Leben weitermachen, dann tut man das auch. Komisch, dass Luis dachte, Dima von Thom zu erzählen würde ihn verschrecken, denn jetzt fühlt es sich so an, als wäre der Abstand zwischen ihnen mit etwas Soliderem gefüllt worden. In seiner Brust flattert es, und sein Blut pumpt zum Rhythmus der Musik, und als Dima seinen Blick einfängt, bleibt die Welt stehen, und auf einmal weiß Luis nicht einmal mehr, wie man »Liebeskummer« buchstabiert. Sie sind zusammen in dem Moment gefangen, ihr Atem und ihr Lächeln eins, und Luis kommt die Erkenntnis, dass zwischen ihm und diesem Jungen ein undefiniertes Wort schwebt, das sie über einfache Freundschaft hinaus verbindet. Dimas strahlendes Gesicht wird auf einmal unscharf, und den Bruchteil einer Sekunde später wird Luis von etwas gerammt, das ihm die Beine unter dem Körper wegreißt. Sein Herz setzt einen Schlag aus, und dann landet er mit voller Wucht und rudernden Armen auf dem Eis. Er weiß nicht mehr, wo oben und unten ist, kann seinen Arm nicht von seinem Bein unterscheiden, und er rutscht noch ein Stück auf dem Eis weiter, bevor er zu einem abrupten Halt kommt. Auf einmal zittert alles, und Luis fragt sich, ob er unter Schock steht oder gerade ein Erdbeben anfängt. Dann hört er atemloses Keuchen, kurze, hohe Heultöne, und seine Umgebung nimmt wieder Gestalt an. Er und Dima liegen total verheddert da. Luis ist halb unter Dima begraben, und Dima lacht so sehr, dass es seinen ganzen Körper schüttelt. Ob vor Erleichterung, dass seine Gliedmaßen noch mit seinem Körper verbunden sind, oder wegen Dima, der neben ihm liegt und sich gar nicht mehr einkriegt, Luis kann ein Kichern nicht unterdrücken, und kurz darauf wird auch er von einem Lachanfall ergriffen, bis ihm Tränen über das Gesicht laufen.

»Alles in Ordnung, Luis?«, fragt eine vertraute Stimme. Als Luis aufsieht und sich die Tränen aus den Augen wischt, sieht er Thom, der mit kreidebleichem Gesicht auf sie hinabsieht. Neben ihm steht Maya, und Luis ist nicht sicher, ob sie besorgt aussieht oder ihr Gesicht so verzieht, weil sie ein Lachen unterdrückt.

»Alles gut«, antwortet er. Seine Bauchmuskeln tun weh. Wenn man sich nach einem Workout so fühlt, dann weigert er sich, jemals einen Fuß in ein Fitnessstudio zu setzen. »Bei dir auch, Dima?«

Dima, der gerade versucht, seine verhedderten Gliedmaßen von Luis' zu lösen, was auf der rutschigen Eisfläche nicht das einfachste Unterfangen ist, kichert immer noch vor sich hin. »Ich habe meine Gehirnzellen durchgezählt und kann bestätigen, dass sie alle noch vorhanden sind«, verkündet er grinsend und zieht sich an Mayas ausgestreckter Hand hoch.

»Uns geht es gut«, bestätigt Luis, aber Thom sieht wenig überzeugt aus. Er hilft Luis auf, und nachdem er ihm ein paar Eiskristalle vom Rücken geklopft hat, sagt er: »Macht sowas nie wieder. Ihr hättet euch wirklich wehtun können.«

»Thom, sie meinten, ihnen geht es gut. Und sie sehen auch unverletzt aus.«

Luis und Maya tauschen einen Blick aus, und einen Moment lang denken sie wohl beide gleichzeitig daran, wie viele Sorgen Thom sich immer macht. Luis fand schon immer, dass Thom irgendwann ein guter Dad wäre, es sei denn, er würde zu einem totalen Helikoptervater mutieren. Maya winkt ihnen zum Abschied zu und zieht Thom dann mit sich. Luis blickt ihnen hinterher. Er weiß nicht genau, was er mit diesem Moment der unerwarteten Eintracht zwischen ihm und Maya anfangen soll. Vielleicht ist sie doch keine so schlechte Person.

»Ich glaube, das ist mein Signal, zu gehen«, verkündet Dima und reißt Luis damit aus seinen Gedanken. Mit seinem braunen Haar, das vor Schweiß glitzert, und der Fröhlichkeit, die ihm ins Gesicht geschrieben steht, sieht er auf eine süße Art verschmitzt aus, und auf einmal schafft Luis es nicht mehr, den Blick von ihm loszureißen. Zum Glück wankt Dima bereits auf den nächsten Ausgang zu, sonst hätte er Luis' Starren vermutlich bemerkt.

Draußen ist es bereits dunkel, und in der Zwischenzeit hat es wieder geschneit. Die Stadt liegt unter einer frischen weißen Decke begraben, die alle Spuren von Schneeballschlachten und geräumten Gehwegen ausgelöscht hat. Ab und zu schweben einzelne Schneeflocken an ihnen vorbei durch die Nachtluft, und Fountainbridge glitzert wie das schönste Winterwunderland. Luis nimmt einen tiefen Atemzug von der frischen Luft, und ein Gefühl von Ruhe vertreibt das nervöse Flattern in seiner Brust. Sie gehen schweigend nebeneinander her, machen sich gegenseitig auf Weihnachtsdekorationen in Fenstern aufmerksam, an denen sie vorbeikommen, und werfen sich heimlich Blicke zu, wenn sie glauben, der andere würde es nicht bemerken. Dima durchbricht zuerst die Stille.

»Was gefällt dir an Weihnachten so?«

Nach all den Dingen, die Luis ihm gezeigt hat, überrascht es ihn, dass Dima das noch nicht weiß.

»Was könnte einem daran nicht gefallen?«

Jetzt schneit es wieder stärker, und zu den einsamen Schneeflocken kommt eine neue Generation von dicken, schweren Eiskristallen. Sie fallen immer schneller, und die Gebäude um sie herum verschwinden hinter einem undurchdringlichen weißen Vorhang.

»Da würden mir eine oder zwei Sachen einfallen«, gibt Dima zurück.

»Wag es ja nicht, mir Weihnachten zu ruinieren.«

»Blaue Weihnachtsbeleuchtung. Kaminvideos auf YouTube. Eine schier unermessliche Anzahl von schlechten Weihnachtsfilmen.«

»Die alle zu dem skandinavischen Netflix-Meisterwerk *Weihnachten zu Hause* geführt haben, dein Argument ist also nichtig.«

»Pasteten. Kapitalismus. Toxische Familien, die nett tun, sich insgeheim aber hassen.«

»Wow, okay, hier geht es um einen schönen Feiertag, nicht um Gesellschaftskritik.«

»Wie immer alle von Traditionen reden und davon, dass man mit seiner wahren Liebe feiern soll, als wäre man ein totaler Versager, nur weil man nicht in einer Beziehung ist.«

»Dima.«

»Und die Person, die Anis erfunden hat, gehört geteert und gefedert.«

»*Dima.*«

Luis bleibt unter einer Straßenlaterne stehen und hält Dima am Arm fest. Eine Schneeflocke landet auf seinen

Wimpern, aber bevor Luis irgendetwas tun kann, hat Dima schon geblinzelt, und sie ist weg.

»Ich will es wirklich wissen«, sagt Dima aufrichtig.

»Mir gefällt, wie es riecht.«

»Das gefällt dir an Weihnachten so? Der Geruch?«

»Mach die Augen zu.«

Dima begegnet Luis' Blick, aber Luis meint es ernst. Er wartet, bis Dima nachgibt und ungeduldig die Augen schließt.

»Was hörst du?«

»Deine Stimme«, sagt er mit einem Stirnrunzeln. Luis antwortet nicht und lässt die Stille um sie herum für sich sprechen.

»In der Entfernung hört man Kirchglocken. Der Schnee knirscht mit jeder meiner Bewegungen. Ich kann hören, wie der Wind über das Eis weht. Alles ist irgendwie gedämpft. Außer dir. Ich kann dich hören. Wie du atmest.« Er öffnet ein Auge, aber Luis schüttelt den Kopf, um ihm wortlos zu bedeuten, die Augen geschlossen zu halten.

»Und was kannst du riechen?«

Dima lässt sich Zeit, bevor er antwortet. Eine kleine Falte erscheint über seinem Nasenrücken, und sie überrascht Luis. Die hat er noch nie gesehen. Er fragt sich, wie sie sich anfühlen würde, wenn er sie berühren würde.

»Ich kann die Kälte riechen. Frisch. Die Luft ist klar, aber sie hat Biss. Und noch etwas anderes. Süß, aber ... es kitzelt. Nelken? Oder Zimt. Und dich, schon wieder. Immer dich.«

Dima wartet nicht auf eine Antwort. Er öffnet die Augen, und die Falte über seinem Nasenrücken verschwindet.

Sein Blick trifft Luis mitten in die Brust, und von dort breitet sich eine Wärme in seine Gliedmaßen aus, die ihm in wohligen Wellen über die Haut läuft.

»Wie rieche ich denn?«

Dima legt den Kopf schief, hält ihren Augenkontakt aber aufrecht. Luis weiß genau, was jetzt kommt. Er spürt sie ganz tief in seinen Knochen, die magnetische Anziehung, die ihn dazu antreibt, den Abstand zwischen ihren Körpern zu überbrücken. Die Spannung, die sich seit ihrem ersten Tag aufgebaut hat, wird sich jeden Moment lösen. Alle Gedanken von Herzschmerz und vergangenen Beziehungen sind wie weggewischt.

»Du riechst nach Wärme«, fängt Dima an. Seine Stimme ist kaum mehr als ein Flüstern, aber Luis spürt, wie sie ihm bis unter die Haut dringt. »Nach Schweiß und Feuerholz. Puderzucker auf frisch gebackenen Plätzchen. Und Lavendel.«

»Willst du mir damit sagen, dass ich rieche wie meine Oma?«

»Nein, Luis«, sagt Dima und tritt einen Schritt vor. Ihr Atem vermischt sich in der kalten Luft und schimmert im orangenen Licht der gusseisernen Straßenlaternen. »Du riechst nach dir.«

Er streckt die Hand aus und zeichnet mit dem Daumen Luis' Kiefer nach. Als sein Finger Luis' Mundwinkel streift, zittert er leicht. Dimas Hand ist warm, obwohl er sich immer noch strikt weigert, Handschuhe zu tragen. Schließlich neigt er den Kopf. Eine Sekunde lang spielt sein Atem über die empfindliche Haut von Luis' Lippen, bevor er sie mit seinen eigenen streift. Alles verschwimmt, und Lippen berühren sich, und Luis fühlt sich, als würde er fallen. In seinem Gehirn herrscht nichts als Stille, und in diesem Vakuum ist nur wichtig, dass seine Lippen auf Dimas gepresst sind, die weich und einladend sind, und leicht nach Kakao schmecken. Die Welt um sie herum verliert jede Bedeutung, und unter einem schweren Himmel tanzen Schneeflocken zur Melodie von zwei Jungen, die sich küssen.

16. Dezember

Dima

Er hätte nicht gedacht, dass ihr erster Kuss sich so richtig und gleichzeitig so revolutionär anfühlen würde. Küssen ist nicht so, wie es in Filmen dargestellt wird. Es ist besser und schlechter. Nur vom Zuschauen kann man nicht wissen, dass es nass und furchterregend intim ist. Im Prinzip spielt man mit der Zunge von jemand anderem. Mit seiner eigenen Zunge. Dima fragt sich, wer Küssen erfunden hat, und ob die Person es für eine brillante Idee hielt oder ob sie es bereut hat.

Natürlich konnte er letzte Nacht wieder nicht schlafen, aber zur Abwechslung waren es nicht Streitszenarien, in denen er Gabriel gehörig die Meinung sagte, die durch seine Vorstellung geisterten. Diesmal wurde der ganze Raum von Luis eingenommen. Sein Bild war in grellen Farben an die Innenseite seiner Augenlider gezeichnet, und explodierte wie ein Feuerwerk, jedes Mal, wenn er die Augen schloss. Er konnte immer noch Luis' Lippen auf seinen spüren, und fuhr sich ständig mit den Fingern über den Mund, um die Erinnerung wieder und wieder zu erleben; wie Luis' Zähne seine Lippen gestreift hatten, wie er die Lippen öffnete und ihre Zungen sich berührten und dabei eine Lawine von unbeschreiblich intensiven Gefühlen lostraten.

Als sie sich voneinander lösten und Luis die Stirn an Dimas presste, konnte er sich nicht erinnern, welcher Tag heute war oder wie viel Zeit vergangen war. Alles was zählte, waren Luis' Wimpern, die seine Nase kitzelten, und Dimas Finger, die auf Luis' brennend heißem Nacken Muster zeichneten. Dazu kam noch die Tatsache, dass er sofort einen Ständer hatte, aber den Teil der Geschichte wird Luis nie erfahren. Dima war sehr froh über die mehreren Lagen aus Pullis und Winterjacken, die eine gepolsterte Barriere zwischen ihnen bildeten.

Er hat noch nie jemanden geküsst, außer Cody an dem Abend, bevor das Leben, wie er es kannte, komplett auf den Kopf gestellt wurde. Aber der Alkohol, den er zu der Zeit im Körper hatte, bewirkte, dass Dima alles wie durch einen dichten Nebel hindurch wahrnahm. Er erinnert sich, dass Codys Bartstoppeln sich an seinen Lippen kratzig angefühlt haben, und dass er mit viel zu viel Zunge geküsst hat. Einem Teil von Dima ist der Gedanke an diesen betrunkenen, nassen Kuss peinlich, und je nachdem, in welcher Stimmung er ist, reicht seine Reaktion auf die Erinnerung von einem bloßen Schulterzucken bis zu einem entsetzten Schaudern. Aber, beschließt er, betrunken miteinander herumzumachen erfüllt nicht die nötigen Voraussetzungen für einen ersten Kuss. Schließlich ist das hier seine Geschichte, und er darf entscheiden, was wichtig ist. Cody war ein betrunkener Fehler auf einer dummen Party, der die wichtigste Beziehung in Dimas Leben beendete. Der Kuss mit Luis war perfekt. Luis kann küssen. Und Dima wäre am liebsten zu seinem Haus gerannt, um es nochmal zu tun. Aber dann kommt ihm ein Gedanke, der ihn das Gesicht in dem offenen Buch verstecken lässt, das er gerade liest. Was, wenn er schlecht küsst? Luis hat mindestens anderthalb Jahre Erfahrung, aber das hier war Dimas erster Kuss, bei dem er nicht schon drei Gläser Punsch und wer weiß wie viele Shots intus hatte.

Er wünschte, es gäbe jemanden, dem er sich anvertrauen könnte. Die Gedanken schwirren ihm durch den Kopf wie ein Schwarm liebestrunkener Bienen, und er braucht dringend jemanden, der Ordnung in sein emotionales Chaos bringt. Unter normalen Umständen würde er mit Gabriel reden. Er würde ihn nicht einmal anrufen oder ihm schreiben müssen, denn sie sähen sich eh jeden Tag. Aber das ist jetzt keine Option. Er denkt an sein Gespräch mit Luis an der Eislaufbahn zurück. Herzschmerz war ein Gefühl, das er immer mit romantischen Beziehungen in Verbindung gebracht hat, oder deren Ende, aber nie mit Freundschaft. Aber das Herz schmerzt, egal, ob es Freunde, Freundinnen oder Familie vermisst, denn sie alle sind Töne auf demselben Notenblatt. Im Endeffekt, denkt er, tut es so oder so weh. Der einzige Unterschied zwischen Luis und Dima ist der, dass Luis' Herz wieder ganz ist, während Dima in einem nie enden wollenden Kreislauf aus Konflikt, Wut und Angst gefangen ist, der seine Wunden nur noch weiter öffnet. Aber er hat immer noch eine Chance, sie wieder zu schließen. Wie Luis schon meinte: Sie sind beste Freunde, und das gilt auf Lebenszeit, auch, wenn es mal holprig wird. Aber wenn er sich entscheiden muss, ob er an Gabriel oder Luis denken soll, dann ist Letzterer immer noch die erfreulichere Option. Dima denkt an seine Grübchen, filigran und faszinierend, und die Vorstellung erfüllt seinen Bauch mit Wärme, die alle beunruhigenden Gedanken beiseiteschiebt.

»Bist du fertig? Ich habe Edgar versprochen, dass wir bei ihnen vorbeikommen, bevor wir zur Märchenzeremonie gehen.«

Seine Mutter steht im Türrahmen zum Wohnzimmer und sieht beim Anblick ihres Sohnes, der die Nase buchstäblich in einem Buch vergraben hat, leicht verwundert aus. Dima legt den schweren Band beiseite und setzt ein tapferes Gesicht auf. Einen Herzschlag lang überlegt er, ihr davon zu erzählen. Die Worte *Ich habe gestern Abend einen Jungen geküsst* liegen ihm schon auf der Zunge, aber er beißt die Zähne zusammen, bevor sie ihm herausrutschen können. Er versucht, sich ihre Reaktion vorzustellen, scheitert aber. Er weiß, dass sie seine Mum ist, dass sie ihn liebt, dass sie alles in ihrer Macht Stehende getan hat, um ihm ein gutes Leben zu ermöglichen. Aber er hasst das Gefühl, in eine Position gebracht zu werden, in der seine Worte, die Art, wie er ist, eine Kettenreaktion auslösen könnten, die er nie gewollt hat. Schon bei dem Gedanken, sich vor ihr zu outen, fühlt er sich hilflos, ein Opfer, das jemand anderem ausgeliefert ist.

»Ja, fertig«, verkündet er, obwohl er eigentlich lieber auf dem Sofa geblieben wäre und sich für immer hinter seinem Buch versteckt hätte. Er hat heute noch nicht mit Luis gesprochen. Morgens war er beim Schwimmtraining, und sein Erdkundeunterricht war eine halbe Stunde eher zu Ende, also ist er allein nach Hause gegangen. Um ehrlich zu sein, geht er Luis aus dem Weg. Er hat keine Ahnung, was er sagen oder wie er sich benehmen soll, wenn sie sich wiedersehen. Gestern Abend haben sie nicht weiter über den Kuss gesprochen, sie waren beide zu erschüttert, um mehr als ›Gute Nacht‹ zu sagen. Aber gleichzeitig ist sein

Verlangen, Luis wiederzusehen, so stark, dass es ihm Angst macht. Er wünschte, es gäbe eine Anleitung für solche Situationen. *Wie man sich normal verhält, wenn man mit jemandem rumgemacht hat.*

Zwei Minuten später führt Edgar sie in den vollgestopften, aber festlich geschmückten Flur, nachdem er Bianca umarmt und Dima an der Schulter gedrückt hat. »Wie schön, euch beide wiederzusehen. Vor euch hat in dem Haus ein schlecht gelauntes Pärchen gewohnt. Wenn sie sich nicht gestritten haben, haben sie sich beschwert, weil die Zwillinge *zu laut mit dem Ball gespielt haben*, und lauter solche Sachen. Dann haben sie sich scheiden lassen, und jetzt haben wir euch!« Er grinst.

»Du kannst schlecht leugnen, dass deine Enkelinnen beide den Schalk im Nacken haben, Edgar«, bellt Dora vom Sofa aus, wo sie gerade etwas strickt, möglicherweise einen senfgelben Pullover.

»Ich frage mich, wo sie das wohl herhaben«, murmelt Luis' Vater. Doras stählerner Blick landet auf ihrem Sohn, und er flieht in die Küche. Mit Müttern, denkt Dima, ist nicht zu spaßen, egal, wie alt man ist. Bianca beißt sich auf die Lippe, und Dima unterdrückt wohlweislich ein Grinsen.

»Könntest du Luis Bescheid sagen, dass er sich fertig machen soll, während deine Mutter und ich einen Kaffee trinken?«, ruft Edgar von seinem Versteck in der Küche aus. »Wenn wir zu spät kommen, fängt die Zeremonie ohne uns an.«

Bianca folgt Edgar in die Küche und lässt ihren Sohn am Absatz der Treppe zurück, die in den Keller führt. Er hört gedämpfte Musik, und folgt der Melodie langsam nach unten bis vor Luis' Zimmertür. Um ehrlich zu sein, würde es ihn nicht stören, zu spät zu kommen – oder gar nicht zu gehen. Klar, er mag das Festival, aber er mag es lieber, Luis zu küssen. Er klopft zweimal an der Tür und hört ein Quietschen, als Luis vom Bett aufsteht, gefolgt von leisen Fußschritten, die auf die Tür zukommen.

»Dad, ich hab' dir doch schon gesagt, dass ich mich fertig mache, du musst nicht ... oh. Du bist gar nicht mein Dad.«

Luis steht mit verblüfftem Gesichtsausdruck und noch von der Dusche nassem Haar im Türrahmen. Sein Oberkörper ist nackt. Außerdem ist er barfuß. Er trägt nichts als eine Schlafanzughose, die ihre besten Tage bereits hinter sich hat.

»Nein. Ist vielleicht auch besser so«, sagt Dima und strengt sich an, den Blick nicht von Luis' Gesicht abzuwenden.

»Ja, das würde das Ganze ziemlich unangenehm machen.«

»Unangenehmer als das hier?«, witzelt Dima.

»Vielleicht sollte ich ein Oberteil anziehen, bevor wir das Gespräch fortsetzen?«

»Gute Idee.«

Luis verschwindet wieder in sein Zimmer, und Dima lässt ihm eine Minute Vorsprung, ehe er ihm folgt. Jetzt trägt Luis eine Jeans und einen weiten, grünen Pulli, der seine grauen Augen betont. Er ist immer noch barfuß. Dima schließt die Tür hinter sich, bleibt aber wie angewurzelt stehen. Sein Körper fühlt sich auf einmal fremd in Luis' Schlafzimmer an. Luis fummelt währenddessen an seinem altmodischen Radio herum. Als Ariana Grande auf einmal »a little less conversation and a little more touch my body« verlangt, drückt er hastig auf den Vorspulknopf, woraufhin ein neuer Song ertönt.

»Also«, fängt Luis an.

»Also«, wiederholt Dima. Bei der Erinnerung an so viel von Luis' nackter Haut schlägt ihm das Herz immer noch bis zum Hals.

»Wo waren wir?«

»Meinst du, bevor du mich ›Dad‹ genannt hast? Oder vor dem Kuss?« Er hat es gesagt. Das Wort hängt zwischen ihnen in der Luft, und der unausgesprochene Gedanke wird auf einmal sehr wirklich. Dimas Herz unternimmt nicht einmal den Versuch, sich wieder zu beruhigen.

»Ah ja, als du meintest, dass ich wie meine Oma rieche.«

»Habe ich überhaupt nicht.«

»Na klar hast du das.«

»Ich habe dich doch geküsst, oder?«

»Wenn ich mich richtig erinnere, ja.«

»Willst du mir sagen, dass das nicht erinnerungswürdig war?«

»Überhaupt nicht. Aber vielleicht brauche ich einen kleinen Denkanstoß, um es wieder richtig im Kopf zu haben. Wenn du das möchtest. Mir einen Denkanstoß geben, meine ich.«

»Liebend gerne.«

»Dann haben wir das ja geklärt.«

Luis fummelt immer noch an dem Lautstärkeregler herum und hat offensichtlich auch keine Ahnung, wie er weitermachen soll. Schließlich schnappt er sich ein Paar bunter Socken, die nicht zusammenpassen, und setzt sich auf sein Bett. Dima räuspert sich, und Luis, der gerade stirnrunzelnd ein Loch in seiner Socke begutachtet, aus dem sein großer Zeh herausragt, sieht auf. Aber Dima weiß auch nicht, was er sagen soll, und jetzt ist er mit Rotwerden dran. Er sieht Luis dabei zu, wie er die kaputte Socke in einem überquellenden Papierkorb unter seinem Schreibtisch entsorgt, und sich als Nächstes eine rosafarbene nimmt.

»Hey, wusstest du, dass Alec und Hannah Wetten darüber abgeschlossen haben, wie lange es dauern würde, bis wir uns küssen?«

Nein, das wusste Dima nicht, und er ist sich nicht ganz sicher, ob ihm das gefällt. Was er allerdings weiß ist, dass Luis schon vor gestern Abend auf diese Art von ihm gedacht haben muss. Und dass das Hannah und Alec auch aufgefallen ist. Dass sie über ihn geredet haben, während er nicht dabei war. In seinem Magen bildet sich ein Knoten, der vor einer Sekunde noch nicht da war.

»Du hast ihnen davon erzählt?«

Luis hat zumindest den Anstand, schuldbewusst auszusehen. »Ich kann Geheimnisse überhaupt nicht für mich behalten. Und die beiden sind meine wichtigsten Bezugsmenschen. Darüber hatte ich gar keine Kontrolle! Bist du sauer? Sie erzählen es niemandem, versprochen. Im Gegensatz zu mir sind sie super darin, Geheimnisse zu bewahren.«

Dima ist sich nicht sicher, wie er dazu steht, dass die anderen von ihnen wissen. Es bedeutet, dass sie wissen, dass er schwul ist. Was gut ist, weil er sich dann nicht mehr vor ihnen outen muss. Und gleichzeitig schlecht, falls irgendwem herausrutscht, dass er und Luis mehr als nur befreundet sind. Arbeitet Alecs Dad nicht mit Dimas Mum zusammen im Krankenhaus? Die Vorstellung, dass sie es von jemand anderem erfahren könnte, macht ihm fast genauso viel Angst, wie sich selbst vor ihr zu outen. Und er weiß ja nicht einmal, was zwischen ihm und Luis eigentlich ist. Er mag ihn, diesen Jungen mit der großen, chaotischen Familie und einem noch größeren Herzen. Ein Junge, der Lesen liebt und um keinen Preis seine Gefühle verstecken kann. Er mag es, Zeit mit ihm zu verbringen, ihn zu küssen, auch wenn das Wort *mögen* nicht ansatzweise beschreibt, was er fühlt, wenn ihre Lippen sich berühren. Aber was er eigentlich will, ist einen Raum, in dem sie unter ihren eigenen Bedingungen existieren können, ohne Fragen oder neugierige Blicke. Luis wartet immer noch auf seine Antwort, und seinem Gesichtsausdruck nach zu urteilen, wird er immer besorgter.

»Ich bin nicht sauer. Aber kannst du versuchen, es niemandem sonst zu erzählen?«

»Deal«, sagt Luis und geht zu Dima hinüber. Er verschränkt den Zeigefinger mit Dimas, und eine Gänsehaut breitet sich auf seinem Arm aus. Luis setzt sich auf den Boden und zieht Dima mit sich. Er ist froh, dass Luis ihm die Entscheidung abgenommen hat. Es gibt nur einen Stuhl, und das Bett fühlt sich zu sehr wie Neuland an.

»Ich habe das Gefühl«, beginnt Luis und drückt mit dem Daumen Dimas Handfläche. Dima wusste nicht, dass eine so einfache Geste bewirken könnte, dass er sich so himmlisch zerbrechlich fühlt, aber er will Luis nie wieder loslassen. Luis könnte Dima gerade alles fragen, und er würde ihm ohne einen weiteren Gedanken sein Herz ausschütten. Eins ist klar: Luis unterschätzt die Macht, die er über Dima hat. »Ich habe das Gefühl, dass ich es noch nicht geschafft habe, dich in Weihnachtsstimmung zu bringen.«

Darüber muss Dima kurz nachdenken, was nicht ganz einfach ist, weil ihre Finger sich langsam immer mehr verschränken. »Doch, hast du, irgendwie. Ich sage nicht, dass ich alles daran liebe, aber mir gefällt, dass wir viel Zeit miteinander verbringen. Und, dass wir ganz viele Plätzchen essen.« Ein Lachen sprudelt aus Luis hervor, und Dima will das Geräusch einfangen und es behalten, wie eine Muschel, in der er dieses Lachen hören kann, wenn er sie sich ans Ohr hält.

»Wirklich?«, fragt Luis.

»Es ist schwer, nicht in Stimmung zu kommen, wenn du mich zu all diesen absurden Events schleppst.«

»Absurd, vielleicht. Aber sie machen auf jeden Fall Spaß.«

»Ich hätte nicht vorhersehen können, dass ich einmal Nussknacker anmalen und dabei Spaß haben würde, aber passiert ist es trotzdem. Doch ich stehe zu dem, was ich über blaue Weihnachtsbeleuchtung gesagt habe. Und über Pasteten.«

»Gut, dass es bei Weihnachten nicht um Pasteten geht, auch wenn mein Bruder etwas anderes behaupten würde.«

»Also geht es darum, sein Geld für Geschenke für andere Leute auszugeben, und im Gegenzug Sachen zu bekommen, die man überhaupt nicht haben will? Oder geht es um Jesus? Der ist nämlich schon zweitausend Jahre aus der Mode.« Dima ist klar, dass er wie ein schlecht gelaunter Vater klingt, der blöde Witze reißt, aber er kann sich nicht zurückhalten.

»Geht es nicht bei den meisten Traditionen darum, zusammenzukommen? Verbindung zu schaffen und die Menschen wertzuschätzen, die man liebt?«

»Ich brauche kein Weihnachten, um die Menschen wertzuschätzen, die ich liebe.«

»Ich schon. Nur ein kleines bisschen«, gibt Luis zu. Er sieht auf ihre verschränkten Hände hinunter und zuckt dann mit den Schultern. »Wir sind eine große Familie. Und mit so vielen Menschen auf so engem Raum zusammen zu sein, ohne dass wir uns gegenseitig umbringen ... das ist manchmal nicht leicht. Wir kommen miteinander klar, unter den Umständen. Aber wir finden selten die Zeit, uns hinzusetzen und einfach das Zusammensein zu genießen. Und manchmal fühle ich mich schlecht, weil ich natürlich für die anderen sterben würde, aber bei allem, was in einem Jahr so passiert, vergesse ich manchmal, dass sie nicht nur Nervensägen sind, mit denen ich mir ein Zuhause teile, sondern auch die Menschen, die ich auf der Welt am meisten liebe. Weihnachten erinnert mich daran.«

»Ich weiß, was du meinst.«

»Wirklich?«, fragt Luis überrascht. Ein weiteres Geständnis, das ihm herausgerutscht ist, bevor er seine Gedanken sortieren konnte. Ein Blick von Luis, und alle von Dimas Filtern sind ausgehebelt. Das ist in letzter Zeit häufiger passiert, und es ist gleichzeitig beängstigend und befreiend.

»Ja, ich liebe meine Mum, aber es ist hundertmal einfacher, das zu dir zu sagen, statt zu ihr. Keine Ahnung, warum. Es fühlt sich an, als wäre da eine Barriere zwischen meinem Herz und meinem Mund, die es mich nicht aussprechen lässt.«

»Mir geht's genauso! Bei Alec und Hannah finde ich es so einfach, ehrlich zu sein und zu sagen, was ich fühle. Aber bei meinem Dad und meiner Schwester, und besonders bei meinem Bruder, ist das viel schwieriger.«

»Das ist echt bescheuert. Warum ist es so schwer, etwas so Offensichtliches auszusprechen?«

»Weil es einen verletzlich macht?«

»Aber es geht doch um deine Familie. Das ist der einzige Ort, wo man verletzlich sein darf«, erwidert Dima und denkt daran, dass er vorhin zu viel Angst hatte, um seiner Mutter von seinem ersten Kuss zu erzählen.

»Das kannst du deinem Gehirn gerne sagen, aber das bedeutet nicht, dass die ganzen Mauern, die du errichtet hast, auf einmal in sich zusammenfallen«, erklärt Luis und spricht dabei genau die Gedanken aus, die Dima gerade durch den Kopf gehen. »Vermutlich ist Liebe einfach zu kompliziert, um sie mit ein paar Worten einzufangen. Wenn sie einfach wäre, dann wäre die Welt …«

»… nicht ganz so beschissen?«

»Freundlicher.«

»Ist doch dasselbe.«

Sie verfallen wieder in Schweigen und hängen beide ihren eigenen Gedanken nach, bis Luis auf einmal aufspringt und zu seinem Handy läuft.

»Ach du liebes Weihnachten, es ist schon total spät! Wir verpassen noch die Zeremonie!« Er wirbelt wild durchs Zimmer und zieht dicke Pullis und Ohrenwärmer aus Kartons. »Steh nicht einfach so da! Du musst …« Seine Worte werden von einem hohen Kreischen abgelöst, als er sich den Zeh an der Bettkante stößt und fast gegen Dima stolpert.

»Okay, ganz langsam!«, ruft Dima. Er hält Luis an den Schultern fest und zieht ihn langsam wieder auf den Boden.

»Wir können nicht langsam machen! Wir verpassen die Märchenzelte und die Geschichten und die heiße Marzipan-Chili-Schokolade!«

»Ja, aber sind die ganzen Sachen es wert, sich dafür den Hals zu brechen?«

Luis sieht so aus, als wäre er durchaus bereit, für eine heiße Marzipan-Chili-Schokolade sein Leben zu opfern. Er runzelt die Stirn, und in seinen Augen glänzt es aufmüpfig. Er öffnet den Mund, aber Dima gibt ihm nicht die Gelegenheit, zu antworten.

»Hör mal, ich weiß, dass sie dir wichtig ist, aber – und versteh das bitte nicht falsch – ich finde es nicht so schlimm, die Zeremonie zu verpassen ... solange wir Zeit zusammen verbringen.« Das ist allerdings nur die halbe Wahrheit. Ehrlich gesagt fühlt Dima sich mit Luis wohler, wenn sie unter sich sind. Das hier ist für ihn Neuland. Er hat Angst, dass die ganzen Gefühle, die durch seinen Körper strömen, sich den Weg nach draußen bahnen könnten, und dann würden alle anderen es *wissen*. Und er will nicht, dass jemand anderes von ihnen weiß.

Luis starrt ihn zwei Sekunden lang an, bevor er zögerlich den Mund wieder schließt. Dima wittert seine Gelegenheit. »Ich weiß, dass wir sie dieses Jahr nicht wiederholen können, aber ... aber du kannst sie mir nächstes Jahr zeigen.« Das hat den gewünschten Effekt. Luis' skeptischer Gesichtsausdruck wird von einem langsamen Lächeln abgelöst.

»Okay«, sagt er. »Aber wenn ich schon keine heiße Schokolade haben kann, dann brauche ich mindestens ein Stück Stollen. Ich bin gleich wieder da!« Er schlüpft an Dima vorbei aus dem Zimmer und kommt wie versprochen eine Minute später mit einem Teller in der Hand wieder. »Ich finde, wir haben heute schon genug Zeit auf dem Boden verbracht«, sagt er und deutet auf das Bett. Dima steht langsam auf und versucht, nicht über die Folgen eines Vorstoßes ins Kissenterritorium nachzudenken, aber trotzdem beschleunigt sich sein Puls, als er auf das Bett sinkt, besonders, als Luis ihn an sich zieht. Jetzt sitzen sie Schulter an Schulter da, mit dem Rücken an der Wand und den Köpfen nebeneinander.

Luis hält ihm den Teller hin, und Dima nimmt ein Stück Stollen, froh, sich mit etwas anderem beschäftigen zu können, während sein Herz die Kontrolle über seinen Körper zurückzuerlangen versucht. Als er in das süße, kuchenähnliche Brot beißt, das mit Mandeln, Rosinen und weichem Marzipan gefüllt ist, stöhnt er unfreiwillig auf, und bereut es sofort.

»Gut, oder?«, meint Luis, dessen Schultern vor stillem Lachen beben.

»*Wirklich* gut. Eins von Doras Zauberwerken?«

»Nee, den haben Dad und ich gebacken«, sagt Luis stolz.

Dima versucht, jeden Bissen zu genießen, aber trotzdem ist das Stück innerhalb von Sekunden verschwunden.

»Du solltest Bäcker werden. Diese Backshow, die alle immer so fesselt, würdest du bestimmt gewinnen.«

Luis stellt den leeren Teller auf seinem Nachttisch ab und spielt mit dem Saum seines Pullis herum. »Vielleicht«, gibt er nachdenklich zu. »Aber ehrlich gesagt weiß ich gar nicht, was ich nach der Schule machen will.«

Dima setzt sich auf und nimmt Luis sanft bei der Hand. Seine Haut ist warm, und ein fast unsichtbarer Flaum aus weichen Haaren beginnt an seinen Handgelenken und verschwindet unter dem Grün seiner Ärmel. Dima streichelt ihn mit dem Daumen. »Irgendetwas gibt es bestimmt. Ein Talent, dem du nachgehen willst, oder einen Traum, den du schon immer hattest.«

»Ich habe jede Menge Träume. Ich weiß nur nicht, ob ich daraus einen Job machen kann.«

»Ich habe dich gefragt, was du machen *willst*, nicht, womit du Geld verdienen wirst.«

»Na ja, das ist auch keine einfache Frage! Ich weiß nicht, wer oder was ich sein will. Arm will ich auf keinen Fall sein. Und ein Versager auch nicht. Und ich will auch nicht allein sein. Und jetzt ist dieses Gespräch auf einmal sehr deprimierend geworden.« Er setzt an, Dima in die Rippen zu pieken, aber Dima fängt seine Hände ein und entgeht damit knapp dem Schicksal, als schrecklich kitzelig geoutet zu werden.

»Ich glaube, ich will Therapeut werden«, sagt Dima in die Stille hinein.

»Warum Therapeut?«

Draußen vor dem Fenster hat sich bereits die Dunkelheit gesenkt und taucht den Raum in behagliche Schatten. Sie sind langsam an der Wand hinuntergerutscht und liegen jetzt halb auf Luis' Bett. Ihre Arme und Hüften berühren sich, während die Klebesterne an der Decke ein sanftes Licht ausstrahlen.

»Ich bin ein guter Zuhörer.«

»Aber sind nicht alle, die in der Psychotherapie arbeiten, ein bisschen ... durchgeknallt?«

»Nennst du mich etwa durchgeknallt?«

»Sollte ich das?«

»Frag mich nochmal, wenn diese Weihnachtsgeschichte vorbei ist.«

Dima schnappt sich Luis' Hand, bevor er ihn wieder pieken kann. Luis grinst und verschränkt ihre Finger.

»Sag mir etwas, was du willst«, fordert Dima. »Etwas Kleines. Du musst nicht schon deine ganze Zukunft durchgeplant haben, aber willst du zum Beispiel Haustiere?«

Luis muss nicht einmal überlegen, bevor er antwortet. »Ja. Eine Katze und einen Hund. Absolut keine Kaninchen. Aber vielleicht einen Fisch.«

»Ziemlich spezifisch, aber okay. Haus oder Wohnung?«

»Haus. Ich will jedes Zimmer in einer anderen Farbe streichen. Und so ausgefallene Tapeten, wie man sie im Fernsehen immer in den Häusern von reichen Leuten sieht.«

»Wegziehen oder hierbleiben?«

»Das ist aber eine ganz schön schwere Frage.«

»Beantworte sie trotzdem.«

»Für eine Weile wegziehen. Aber ich glaube nicht, dass ich je meine Familie verlassen könnte. Oder diese Stadt.«

Dima hätte auch nie gedacht, dass er sein ganzes Leben zusammenpacken und nach Fountainbridge ziehen würde. Er hat seinen besten Freund zurückgelassen, der für ihn wie ein Familienmitglied war, dessen Haus ein zweites Zuhause für ihn war. Aber nun ist er hier, baut sich ein neues Leben auf und lässt die Überreste des alten hinter sich. Es schmerzt mehr, als er zugeben möchte. »Das müsstest du nicht«, sagt Dima zärtlich. »Ich habe gehört, dass die Leute zu Weihnachten wiederkommen, selbst wenn sie auf den Bahamas wohnen.«

»Du bist wirklich ein guter Zuhörer.«

»Das sagen alle.«

»Du weißt aber schon, dass ich dich hierfür nicht bezahle, oder?«, sagt Luis. Seine Stimme ist kaum lauter als ein Flüstern.

»Oh, doch, das wirst du«, flüstert Dima zurück. Sein ganzer Körper kribbelt, als er sich Luis zuwendet. Ihre Nasen stoßen aneinander, und Dima will sich gerade für einen Kuss vorbeugen, als Luis ihm eine Hand auf die Brust legt und ihm einen Blick zuwirft, der ihn fast endgültig zum Schmelzen bringt.

»Lass dir das bitte nicht zu Kopf steigen, aber das hier ist eventuell sogar besser als heiße Schokolade.«

Dima antwortet nicht. Stattdessen greift er sanft an Luis' Nacken und zieht ihn an sich.

17. Dezember

Luis

Hannah, Alec und Luis betreten Schulleiter Charles' Büro, als die Schulglocke das Ende der Mittagspause ankündigt. »Was ein gutes Zeichen ist!«, hat Alec am Morgen erklärt. »Er hätte uns sagen können, dass wir vor dem Unterricht kommen sollen. Oder dass wir unsere Mittagspause opfern sollen. Das heißt, dass er uns ernst nimmt.« Alec ist nervös, aber das sind sie alle. Ihre Unterschriftensammlung hat heute Morgen 32.000 Einträge erreicht. Zu sehen, dass so viele Leute ihre Toiletten-Initiative unterstützen, fühlt sich bedeutend an, aber es braucht nur eine einzige Person, die ihre Anstrengungen zurückweist, und ihre ganze Arbeit wäre nichtig. Der Ernst dieses Augenblicks wird ihnen erst bewusst, als sie sich auf die schwarzen Lederstühle gegenüber von Schulleiter Charles setzen, dessen Blick hinter seiner Brille aufmerksam ist, und dessen Glatze glänzt wie eh und je.

»Hannah, Alec, Luis, es freut mich zu sehen, dass Sie alle froh und munter sind.« ›Froh und munter‹ sind nicht gerade Worte, mit denen Luis Hannah beschreiben würde, und Alec sieht so nervös aus, dass Luis fürchtet, er könnte sich jeden Moment übergeben. »Ich habe dank einer Unterschriftensammlung, die in den letzten Tagen herumging, schon eine Vorahnung, worum es in diesem Treffen gehen soll, aber tragen Sie mir doch ihre Argumente vor, bevor ich voreilige Vermutungen anstelle.«

Es ist Zeit, ihre Strategie in die Tat umzusetzen. Auf der Liste sind die wichtigsten Punkte in einem motivierenden Grün markiert, zusammen mit Schlüsselworten, die die Argumente untermauern. Sie alle wollen einen Punkt vortragen, und Alec soll eigentlich anfangen, aber er sitzt bloß da und starrt ihren erwartungsvollen Schulleiter an wie ein Reh im Scheinwerferlicht.

»Ähm«, beginnt Luis, und dann fällt ihm wieder ein, dass Alec ihm gesagt hat, er solle seine Sätze nicht mit ›ähm‹ beginnen. »Äh. Also, wir haben drei Sachen, über die wir reden wollen, und offenbar wissen Sie ja schon von der Unterschriftensammlung. Warum erzählst du Schulleiter Charles nicht davon, Alec?«

Hannah stupst Alec mit dem Fuß an, was ihn aus seiner Starre zu erwecken scheint.

»Ja! Die Unterschriftensammlung!« Alec räuspert sich und klammert sich an seinem Notizbuch fest, als wäre es eine Tür und er Rose von *Titanic*. »Wir haben tausende von Unterschriften gesammelt, darunter Namen von hunderten Mitgliedern der Schülerschaft und des Lehrkörpers der Fountainbridge Academy, Ortsansässigen und netten Leuten aus dem Internet, die alle die Einrichtung von genderneutralen Toiletten an dieser Schule fordern. Unter keinen Umständen erwarten wir von der Schule, die geschlechtsspezifischen Toiletten abzuschaffen, wir bitten nur darum, einen Raum für Menschen zu schaffen, die sich nicht von den gegenwärtigen Optionen repräsentiert fühlen. Studien zeigen, dass das Fehlen von genderneutralen Toiletten und die erzwungene Entscheidung, die bereits vorhandenen geschlechtsspezifischen Toiletten zu benutzen, einen enormen Druck ausübt und in einigen Fällen zu Blasenschäden führen kann. Es ist im besten Interesse der Schule, dass alle Mitglieder der Schülerschaft – und des Lehrkörpers – vor diesen schädlichen Effekten geschützt sind, und so eine bessere Arbeitsatmosphäre geschaffen werden kann, in der Menschen sich aufs Lernen konzentrieren können, ohne sich um etwas so Elementares sorgen zu müssen, wie sich die Hände zu waschen oder sich zu erleichtern.«

Luis weiß, dass Alec seit mehr als einer Woche an dieser Ansprache gearbeitet hat, und er ist stolz auf seinen besten Freund. Sich Gehör zu verschaffen, wenn man fürchtet, abgewiesen zu werden, ist keine Kleinigkeit. Flüchtig drückt er Alecs Knie.

»Das ist unsere erste Forderung. Hannah wird Ihnen mehr zu unserem zweiten Punkt sagen.«

Schulleiter Charles richtet seine Aufmerksamkeit auf sie, und Hannah begegnet unerschrocken seinem Blick. Sie ist viel ruhiger als Alec und Luis, aber sie hat sich auch noch nie von Autorität einschüchtern lassen. Sie spornt sie eher noch an.

»Wir haben eine beschissene Vertrauenslehrerin …«, beginnt Hannah, und Alec reißt bei ihrer offensichtlichen Abweichung von ihrem Plan erschrocken die Augen auf. Er unterbricht sie, bevor sie weitersprechen kann. »Was sie meint, ist …«

»Was ich meine, ist, dass wir eine beschissene Vertrauenslehrerin haben, und dass diese Schule bei allem, was mit Akzeptanz von queeren Themen zu tun hat, meilenweit hinterher ist. Sie müssen Lehrkräfte darin schulen, wie man gegen queerfeindliches Mobbing vorgeht, und ihnen sagen, dass geschlechtsbasierte Generalisierungen und Annahmen nicht nur veraltet und sexistisch sind, sondern transfeindlich. Wir brauchen eine neue, erfahrene Vertrauenslehrkraft, wir brauchen achtsames Lehrpersonal, und die Schulleitung muss anfangen, richtig nachzudenken, denn es ist wirklich nicht unsere Aufgabe, Ihnen das beizubringen. Sie sollten uns Sachen beibringen.« Nach Hannahs Ansprache herrscht Schweigen. Schulleiter Charles wartet darauf, dass sie noch etwas hinzufügt, aber sie hat ihren Teil gesagt. Er nickt nur, und dreht sich dann zu Luis um.

»Wenn ich mich richtig entsinne, gab es drei Argumente, die Sie vortragen wollten?«

»Ja!«, quiekt Luis, als ihm klar wird, dass jetzt er dran ist. Er überfliegt ein letztes Mal seine Notizen und sieht dann Schulleiter Charles in die Augen. »Darüber hinaus«, fängt er mit zitternder Stimme an, »fordern wir die Erlaubnis, einen queeren Bücherclub für die Schülerschaft der Fountainbridge Academy zu gründen. Ein sicherer Raum, in dem sich Mitglieder der LGBTQIA+-Gemeinschaft treffen, miteinander austauschen, entwickeln und lernen können. Wir haben bereits die Unterstützung von Annie und Matt vom Café Greenhouse. Die beiden würden regelmäßig zu unseren Treffen kommen, Fragen beantworten, und Vorträge über queere Geschichte und Politik halten. Wir könnten Arbeitsgruppen dazu bilden, wie das Ziel der Fountainbridge Academy, Schule zu einem inklusiveren und akzeptierenden Ort sowohl für die Schülerschaft als auch für den Lehrkörper zu machen, erreicht werden kann, und wir könnten Spendenaktionen für zukünftige Projekte organisieren. Außerdem«, erklärt Luis und zieht einen Brief hervor, den Oma Lotte ihm gestern Abend vorbeigebracht hat, »haben wir diesen Brief mit Unterschriften von allen Green Grannies, die uns ihre vollste Unterstützung für jede unserer Forderungen zusagen.«

Jetzt, da die Green Grannies involviert sind, hat die Schule keine andere Wahl, als nachzugeben, es sei denn, sie will den Zorn von achtundzwanzig wütenden, mit Stricknadeln und Rollatoren bewaffneten Damen auf sich ziehen. Schulleiter Charles nimmt das alles auf, ohne mit der Wimper zu zucken. Entweder ist er unglaublich aufmerksam, oder unter seinem ruhigen Auftreten braut sich ein Sturm zusammen. Alec zappelt so heftig mit dem Bein, dass Luis, ohne den Blick von dem Schulleiter abzuwenden, seinen Fuß auf Alecs stellt, um ihn daran zu hindern.

»Wissen Sie, Sie hätten damit schon früher zu mir kommen können. Die ganze Sache mit der Unterschriftensammlung und dem Brief wäre nicht nötig gewesen. Ich hätte Ihnen auch so zugehört.«

»Es schadet nicht, Druckmittel in der Hinterhand zu haben, Schulleiter«, bemerkt Hannah.

Es klingt wie eine Drohung, und so, wie Luis Hannah kennt, ist es auch so gemeint, aber Schulleiter Charles scheint sich daran nicht zu stören. Er sieht aus, als würde er es gerade so schaffen, ein Lächeln zu unterdrücken. Er setzt sich aufrecht hin und löst seine Hände voneinander. »Ich bin froh, dass Sie deswegen zu mir gekommen sind. Die Tatsache, dass drei Mitglieder unserer Schülerschaft die Initiative ergriffen und ein solches Projekt geplant haben, spricht sowohl für Sie selbst als auch für diese Einrichtung.« Das sind alles schöne Worte, denkt Luis, aber sie sind weder eine Bestätigung noch eine Zurückweisung ihrer Forderungen. Und wirft es nicht eher ein schlechtes Licht auf die Schulverwaltung, dass sie einen Raum geschaffen haben, in dem nicht alle sich sicher fühlen können? »Die Forderungen zu den Toiletten und der Vertrauenslehrkraft werde ich auf unserer nächsten Vorstandssitzung im neuen Jahr zur Sprache bringen. Ich kann nicht versprechen, dass diese Änderungen mit einer schnellen Handbewegung umgesetzt werden, aber ich sichere Ihnen meine volle Unterstützung zu. Wenn Sie mir eine Zusammenfassung zukommen lassen könnten, wäre das sehr hilfreich.«

Alec sieht auf seine bunt markierte Liste hinab und reicht sie dann mit neugefundenem Selbstvertrauen Schulleiter Charles.

»Was ist mit dem Club?«, fragt Hannah.

»Da muss ich den Vorstand nicht fragen. Die Erlaubnis kann ich Ihnen sofort erteilen. Nur eine Sache wäre da«, verkündet Schulleiter Charles, und Luis tauscht einen schnellen Blick mit Alec und Hannah aus. Sie wussten, dass es nicht so einfach sein konnte. »Sie brauchen eine Lehrkraft, die die Anmeldung unterschreibt und Ihren Club beaufsichtigt, und Sie brauchen mindestens vier Mitglieder. Das sind die Regeln für jeden Club an der Fountainbridge Academy. Haben Sie sonst noch Anliegen?«

Haben sie nicht. Hannah schüttelt nur den Kopf, aber Luis sagt ein herzliches: »Danke.«

»Dafür nicht. Jetzt sollten Sie alle wieder in den Unterricht und zur Theaterprobe verschwinden, sonst reißt Mr

Haddad mir noch den Kopf ab. Ziehen Sie niemals die Wut eines Theaterlehrers auf sich.«

Sie verlassen das Büro von Schulleiter Charles und gehen stumm weiter, bis sie um eine Ecke gebogen sind. Eine Sekunde lang starren sie sich nur an.

Dann sagt Alec: »Wow.«

»Ja, wow«, stimmt Luis ihm zu.

»Ich hab' euch doch gesagt, dass er keine Chance hat«, sagt Hannah.

»Das musst gerade du sagen! Du hast fast das ganze Treffen ruiniert, indem du vor unserem Schulleiter Worte wie ›beschissen‹ benutzt hast!«, beschwert sich Luis. Hannah öffnet den Mund, zweifellos, um etwas Scharfes zu erwidern, aber Alec stellt sich zwischen sie.

»Ich kann nicht glauben, dass ihr euch jetzt streiten wollt. Wir haben großartige Arbeit geleistet, und ich glaube, wir haben echt eine gute Chance, dass unsere Forderungen Wirklichkeit werden. Das ist mehr, als wir gehofft haben, und das sollten wir feiern.«

»Nach der Schule im Greenhouse?«, schlägt Luis vor.

»Nichts für ungut, aber die Proben sind echt anstrengend. Lasst uns feiern, wenn das Weihnachtschaos vorbei ist«, seufzt Hannah. Luis schnaubt und verschränkt die Arme. Erstens ist Weihnachten wundervoll, und zweitens haben sie sich für das, was sie gerade geschafft haben, Iced Lattes und warme Schoko-Fudge-Kekse verdient. Aber bevor er protestieren kann, greift Alec ein.

»Hannah hat recht. Es sind nur noch drei Tage bis zur Premiere, und im Moment ist alles megastressig. Wir können stattdessen eine Neujahrs-Pride-Feier veranstalten.« Luis verzieht das Gesicht, aber er muss zugeben, dass die beiden nicht Unrecht haben. Und er würde nie eine Pride-Feier ausschlagen.

»Na gut«, murmelt er mürrisch.

»Du solltest Dima einladen! Bestimmt findet ihr, dass jede Minute, die ihr nicht zusammen verbringt, verschwendet ist.« Hannah tut so, als müsse sie würgen. »Und wir können ihn fragen, ob er unserem Club beitreten will.« Irgendetwas sagt Luis, dass Dima vermutlich noch nicht zu einem offen queeren Club gehören will. Über so etwas haben sie noch nicht wirklich geredet ... sie waren zu sehr damit beschäftigt, sich zu küssen.

»Ich frage ihn. Und Elise auch.« Das lässt Hannah verstummen. Sie scheint mit jedem Tag mehr in Elise verknallt zu sein, und je schlimmer es wird, desto stiller wird sie, wenn sie in Elises Nähe ist.

Nach dem Unterricht trifft Luis auf dem Weg aus der Schule Dima. Sie stoßen buchstäblich zusammen. Das könnte ihr »Meet Cute« sein, wenn er sich den Typen mit dem niedlichen Kinngrübchen und den traumhaften braunen Augen nicht bereits geschnappt hätte.

»Dein Enthusiasmus ist super, aber wenn du weiter so schnell gehst, schaffen wir es nie irgendwohin, ohne zwischendurch in die Notaufnahme zu müssen«, stichelt Dima, als er sein Tempo an das von Luis anpasst.

Luis ist erleichtert, dass er aufhören kann, so zu tun, als wäre er nicht hundertprozentig in den Jungen vor ihm verliebt. Er muss nicht mehr den Blick abwenden, wenn Dima ihn beim Starren erwischt, denn, Überraschung, ihm gefällt, was er sieht, und er weiß genau, wie es sich anfühlt, wenn Dimas Körper an seinen eigenen gepresst ist.

»Warum guckst du mich so an?«, fragt Dima verwirrt.

»Weil du gut aussiehst«, antwortet Luis und darf dann dabei zusehen, wie Dimas Ohren knallrot werden. Kurz hinter dem Schultor kollidiert Luis fast mit einer Straßenlaterne. Dieser Junge wird irgendwann noch der Grund für sein vorzeitiges Ableben, wenn Luis sich nicht in den Griff bekommt, zumindest vorübergehend. Luis fügt »Dima Anstarren« zu seiner mentalen Liste von Dingen hinzu, die er nicht beim Gehen tun sollte, direkt unter »Heißgetränke trinken« und »Bücher lesen«.

»Okay, aber kannst du dich vielleicht ein bisschen kontrollieren?«, fleht Dima, der ganz nervös aussieht. Luis ist sich nicht sicher, ob der Grund dafür ist, dass ein Aufenthalt in der Notaufnahme immer wahrscheinlicher wird, oder ob Dima Angst hat, dass jemand ihr Gespräch hören und herausfinden könnte, dass sie … sind, was auch immer sie genau sind. Er würde gerne die verwirrten Stränge von neugefundener Freundschaft, Romantik, und körperlicher Anziehung entwirren, um zu entschlüsseln, aus welchem Stoff ihre Beziehung besteht, aber er will nicht riskieren, alles zu vermasseln.

»Ich versuch's, aber ich kann nichts versprechen«, entgegnet Luis. »Wie war die Schule?«

»Weniger langweilig, jetzt, da Elise und ich uns das Leid von zwei Stunden Politikwissenschaft teilen können. Und wie war es mit Schulleiter Charles?«

»Besser, als wir je erwartet hätten. Ich bin immer noch dabei, es zu verdauen. Vermutlich veranstalten wir irgendwann eine kleine Party, um unseren Erfolg zu feiern, selbst wenn noch viel Arbeit vor uns liegt. Du kannst auch kommen, wenn du willst.« Er erwähnt weder den queeren Club noch die Tatsache, dass die Feier ein Pride-Event sein soll.

Neujahr ist noch so lange hin, und er will kein Risiko eingehen.

»Wenn es euch nichts ausmacht. Ich will euch nicht stören.«

»Das würdest du nicht. Ich habe dich immer gerne dabei.«

Dima lässt den Blick schnell die Straße entlangschweifen, aber abgesehen von sechs überlebensgroßen Rentierstatuen, die im nahe gelegenen Park grasen, sind sie unter sich. »Ich dich auch«, gibt er leise zu. Bevor Luis die Worte richtig verdauen kann, wechselt Dima schon wieder das Thema: »Du hast noch nicht erwähnt, welche exzentrische Fountainbridge-Tradition heute auf dem Programm steht.«

Luis verzieht das Gesicht. »Heute ist Fastentag. Wenn du willst, können wir auf den Weihnachtsmarkt gehen und uns die ganzen Stände ansehen, die heute kein Essen verkaufen.«

»Lieber nicht, danke.«

»*Oder* wir können auf die Rentiere klettern und Fotos für Instagram machen.« Er zeigt auf die mit Lichterketten behangenen Skulpturen, lässt den Blick aber auf Dima geheftet. Er kann seinen Gesichtsausdruck nicht deuten. Dima schüttelt einfach nur den Kopf, geht weiter und lässt Luis mit einem dumpfen Gefühl im Magen zurück, das nichts damit zu tun hat, dass er heute noch nichts gegessen hat. Er wünschte, sie wären eins dieser Paare, die süße Bilder auf ihren Social-Media-Profilen posten, aber sie sind weder offiziell zusammen noch ist er davon überzeugt, dass Dima sich zu solchen öffentlichen Erklärungen überreden lassen würde.

»Wenn wir für den Crashkurs nirgendwo anders sein müssen, könnten wir den Abend auf meinem Sofa verbringen. Meine Mum hat Spätschicht, also haben wir das Haus für uns.«

»Oh?« Auf einmal ist Luis ganz Ohr. Obwohl sie schon den gestrigen Abend verbarrikadiert in Luis' Zimmer verbracht haben, würde er um nichts in der Welt das verpassen, was in Dimas Stimme mitschwingt. Das hohle Gefühl der Enttäuschung wird gänzlich von einer Vorfreude verschluckt, die seinen gesamten Körper zum Kribbeln bringt.

»Und um euren Erfolg zu feiern, darfst du dir sogar einen Film aussuchen. Solange darin nicht Macaulay Culkin mitspielt.«

»Deal. Und weil du so großzügig bist, halte ich mich mit dem Küssen zurück bis zum Abspann«, verspricht er, obwohl er genau weiß, dass er sich auf keinen Fall daran halten wird.

18. Dezember

Dima

»Wusstest du, dass der Weihnachtsmann, der Osterhase und die Zahnfee befreundet sind?« Theodora streichelt vorsichtig eine Ziege am Hals, während die ihr Maiskörner aus der rechten Hand frisst.

»Wusste ich nicht«, sagt Dima, der sich immer noch nicht sicher ist, ob er den Ziegen vertrauen kann. Er versucht so gut es geht, Abstand zu ihnen zu halten, was gar nicht so einfach ist, wenn man mitten in einem Streichelzoo steht.

»Wusstest du, dass der Weihnachtsmann jedes Jahr an Weihnachten die Luft zum Leuchten bringt? Die ganze Luft!«, meldet sich Tabitha zu Wort. Sie hält ihm ihre Hand hin, damit Dima ihr mehr Maiskörner auf die Handfläche streuen kann.

»Das wusste ich auch nicht«, antwortet Dima und steckt die Packung Mais schnell wieder in seinen Mantel, bevor die Ziegen auf irgendwelche Ideen kommen können. Er ist umringt von mindestens einem Dutzend, und einige von ihnen haben Hörner.

»Du bist nicht besonders schlau«, stellt Tabitha fest.

Eine kleine weiße Ziege mit schwarzen Flecken knabbert am Saum von Dimas Mantel. Sie stößt mit der Stirn, auf der sich bereits Hornansätze gebildet haben, an Dimas

Schienbein, und sieht dann aus großen schwarzen Augen zu ihm auf.

»Ich hab' nichts mehr, tut mir leid, Kleine.« Sie stößt ein letztes Mal an sein Bein und trottet dann wieder zu ihren Freunden.

»Wir müssen los, Dima! Sonst verpassen wir es!«, kreischt Theodora.

Bisher hat niemand Dima verraten, was »es« ist. Sie verlassen den Streichelzoo, der in der Mitte des Weihnachtsmarkts liegt, und mit einem Zwilling an jeder Hand geht Dima dorthin zurück, wo Luis und sein Bruder Klaus vor einer würfelförmigen, hölzernen Kiste stehen, die so groß wie ein Haus ist. Klaus ist ein bisschen größer als Luis, und seine Haare sind dunkelbraun statt rotblond, aber er hat dieselbe Nase und dieselben Augen wie Luis. Mit den gepflegten Bartstoppeln am Kinn sieht er eher aus wie Luis' Onkel als sein Bruder. Luis' Gesichtsausdruck ist leicht genervt, als wäre ein halber Tag mit Klaus bereits mehr, als er aushalten kann. Sein Gesicht erhellt sich, als er Dima und die Zwillinge entdeckt.

»Leben die Ziegen noch?«, fragt Klaus und lacht dann über seinen eigenen Witz.

»Denen geht's super«, antwortet Dima und beobachtet, wie Bürgermeisterin Petterson eine Gruppe Frauen mit Bohrmaschinen auf die Plattform führt, auf der die Holzkiste steht. »Was soll das hier nochmal sein?«

»Das siehst du gleich«, erwidert Luis grinsend. Klaus winkt seine Freundin und ihr Kind zu sich hinüber, die ihnen eine weitere Runde von Angelas leckerem Apfelpunsch geholt haben. Trotz des Schnees trägt Elena Stiefel mit hohen Absätzen, und ihr tintenschwarzes Haar fällt ihr in leichten Locken über die Schultern. Als sie sich auf dem Weg zum Weihnachtsmarkt getroffen haben, hat sie Dima auf beide Wangen geküsst und ihn »Hübscher« genannt, und kurz musste Dima überlegen, ob er sich bei seiner Sexualität nicht doch geirrt hat. Das hielt genau zwei Sekunden an, bis seine Hand die von Luis berührte und er sich wieder daran erinnerte, dass Jungs total süß sind, besonders, wenn sie Grübchen haben so wie Luis. Elenas Kind, Mattie, ist ihr genaues Gegenteil und scheint eher ein bisschen introvertiert und nerdig zu sein, hat aber ihre dicken Augenbrauen und vollen Lippen geerbt. Das aggressive Kreischen von mehreren Bohrmaschinen unterbricht das festliche Treiben auf dem Markt, und innerhalb weniger Minuten haben die Frauen die Kiste auseinandergebaut. Unter tosendem Applaus tragen sie die Hartholzpaletten davon und geben den Blick auf ein lebensgroßes Lebkuchenhaus frei, das mit kunstvollem Zuckerguss und jeder Menge Schokolade dekoriert ist. Selbst die Fenster scheinen aus Zucker zu bestehen.

»Unmöglich«, entfährt es Dima.

»Doch, möglich«, antwortet Luis und stupst ihn an der Schulter an. »Willst du probieren?«

»Wir können davon essen?«, fragt Elena und legt sich vor Erstaunen die Hand an die Brust.

»Es gibt einen Grund dafür, dass gestern in Fountainbridge Fastentag war«, erklärt Klaus. »Wer will ein Stück?« Die Zwillinge hüpfen kreischend auf und ab, und er führt sie zum Lebkuchenhaus.

Luis und Dima folgen ihm und sehen zu, als Klaus sie hintereinander hochhebt, damit sie sich das Dach ansehen können, das aus Lebkuchenziegeln geschmückt mit Mandeln und getrockneten Früchten besteht.

»Komisch, früher hat er nie mit den Zwillingen gespielt. Oder mit mir, wenn ich so daran denke.«

»Wie gut, dass du jetzt mich hast«, sagt Dima, bevor er es sich anders überlegen kann. Er sieht sich nervös um, aber die einzige Person, die nah genug ist, um sie zu hören, ist Mattie, und Mattie ist gerade damit beschäftigt, mit einem unbeeindruckten Stirnrunzeln das Lebkuchenhaus zu mustern.

»Ja, du bist ein richtiges Boytoy«, schießt Luis zurück. Dimas Herz setzt einen Schlag aus und fängt dann sofort an, doppelt so schnell zu schlagen.

»Ich meinte nicht ... Ich wollte gar nicht ... Was ich sagen wollte, war ...« Er gibt auf, als er sieht, dass Luis kurz davor ist, in Gelächter auszubrechen. »Weißt du was«, zischt Dima, »ab jetzt gibt es kein Rummachen mehr. Das hast du dir verwirkt, indem du dich über meine Unschuld lustig gemacht hast.«

»Deine Unschuld? Ich hab dich doch gefragt, ob das Buch, was ich auf dem Büchertausch bekommen habe, gut ist! Und das war ganz und gar nicht unschuldig!«

»Aber es hat dir gefallen.«

Dima weiß, dass er recht hat, als Luis keine Antwort gibt. Er sieht Luis an, und ihm wird klar, dass er es stundenlang, tagelang machen könnte: Zeit mit Luis zu verbringen, während sie sich gegenseitig Sticheleien entgegenschleudern. Er will Luis' Hand nehmen und ihre Handflächen zusammenpressen, spüren, wie Luis' Wärme jede Zelle in seinem Körper elektrisiert, aber etwas hält ihn zurück. Irgendwo zwischen seinen Rippen steckt ein spitzer Stein, der es schwer macht, zu atmen, sich zu bewegen, die Hand auszustrecken und die Finger mit Luis' zu verschränken, sodass alle es sehen können. Bei dem Gedanken juckt seine ganze Haut, und es macht ihm Angst, dass allein die Vorstellung die Macht hat, ihm den Atem zu rauben. Sie umkreisen langsam das Lebkuchenhaus, während sie an ihrem Punsch nippen, der mittlerweile genug abgekühlt ist, dass Dima sich nicht jedes Mal die Lippen verbrennt. Er nimmt langsame, vorsichtige Schlucke, und als der fruchtige Punsch seinen Bauch mit Wärme füllt, verflüchtigt sich seine Panik wieder.

Luis stößt Dima sanft an, mit einem spielerischen Funkeln in den Augen, das Dimas Nerven in Flammen aufgehen lässt. Eine Sekunde lang vergisst er die Welt um sich herum, was dazu führt, dass er über einen losen Pflasterstein stolpert und seinen Punsch verschüttet. Er hat genug hiervon. Es gefällt ihm nicht, wie seine Hormone die Kontrolle über ihn übernehmen. Er dachte, er hätte den schlimmsten Teil der Pubertät schon hinter sich, als die Pickel auf seiner Nase vor ein paar Monaten endlich aufgehört haben zu sprießen wie Gräser im Frühling. Aber dann kam Luis, in dessen Gegenwart er nicht einmal die einfachsten Sachen hinbekommt, wie zum Beispiel Atmen oder Gehen.

Während Luis sich vor unterdrücktem Lachen schüttelt, bedeutet Dima ihm, ihm zu folgen. Als er sich umdreht, sieht er, wie Luis ihm hinterherläuft und sich dafür einen Weg durch die Menge bahnen muss. Sie gehen am Streichelzoo und am Karussell vorbei, bis Dima die Bühne sieht und hinter ihr verschwindet. Er schlüpft hinter den Vorhang und findet sich in dem künstlichen Winterwald wieder genau an der Stelle, an der er gesehen hat, wie Kobi den anderen Mann geküsst hat. Luis klettert hinter ihm auf die Bühne, etwas außer Atem. Er sieht sich in dem dunklen Bühnenbild um und wirft den Tannenbäumen und Zuckerstangen misstrauische Blicke zu.

»Was sollen wir hier?«

Anstatt zu antworten, zieht Dima ihn an sich und tut das, was er schon den ganzen Tag machen will: Er küsst ihn. Er hätte nicht gedacht, dass es sich noch besser anfühlen könnte, Luis zu küssen, aber mit dem Aroma von Äpfeln und Sternanis, das zwischen ihnen in der Luft hängt, ist das hier sogar magischer als ein lebensgroßes Lebkuchenhaus. »Vergiss meine Frage«, wispert Luis und vergräbt die Hände in Dimas Haar. Luis' Pudelmütze fällt ihm vom Kopf, und zwischen Küssen ziehen sie sich Jacken und Schals aus, denn die Hitze, die von ihnen ausgeht, ist genug, um die ganze Stadt zu wärmen. Dima weiß nicht genau, wie es passiert, aber irgendwann liegen sie auf dem Boden, Luis auf ihm, während seine Hände sich in Dimas Pulli brennen. Als Luis seinen Kiefer mit seinen Lippen nachzieht, sieht er Sterne. Die Spannung löst sich nicht, sondern baut sich immer weiter auf, und als Luis den Kopf an Dimas Hals vergräbt, und seine Hüfte Dimas Schoß streift, heizt sein Körper sich immer mehr auf und ...

»Stopp!« Dima hört seine eigene Stimme, als würde sie von ganz weit weg kommen. »Wir sollten aufhören, ich kann nicht.« Er spürt, wie Luis' Gewicht sich verlagert, und dann lässt er sich schwer atmend neben ihn fallen.

»Sorry, das war ...«

»Ganz schön intensiv, ja.«

»Geht's dir …«

»Super, mir geht's super.«

»Super«, flüstert Luis und nimmt einen tiefen Atemzug. Als er wieder ausatmet, breitet sich auf seinem Gesicht ein strahlendes Grinsen aus, das das Gefühl, das gerade durch Dimas Adern strömt, perfekt beschreibt.

»Wer hätte gedacht, dass Kobi Jugendliche dazu inspiriert, zu lesen *und* in Zuckerstangenwäldern rumzumachen?«, fragt Luis und streicht Dima ein paar Schneeflocken aus dem Haar. Dima schließt die Augen und genießt die sanfte Berührung. Er wünschte, er könnte sich immer so fühlen. Ganz weit weg von der Angst zu sein, entdeckt zu werden, und sich in dem Gefühl zu sonnen, Luis an seiner Seite zu haben.

»Wo wir gerade davon sprechen«, murmelt Dima. »Ich habe dir nicht alles erzählt, was ich hier gesehen habe.«

»Was? Weißt du, wer die mysteriöse Frau ist?«

»Das meine ich ja. Es gab keine Frau. Ich bin mir ziemlich sicher, dass es ein Mann war.« Er öffnet die Augen, um Luis' Reaktion zu sehen. Ein paar Sekunden lang starrt er Dima an, ohne zu blinzeln, dann stützt er sich auf den Ellbogen. Das Erstaunen steht ihm ins Gesicht geschrieben.

»Warum glaubst du das?«

»Weiß ich nicht, vielleicht irre ich mich auch, aber er sah einfach … wie ein Mann aus.«

»Weißt du, ich fand es schon immer ungewöhnlich, dass ein Buchladen in einer so kleinen Stadt eine so umfangreiche queere Abteilung hat. Im Grunde verdanke ich Kobi alles, was ich über Queerness weiß.« Er malt mit dem Finger Muster in das weiße Pulver, das auf der Bühne liegt, und sein Tonfall klingt auf einmal wehmütig. »Ohne Kobi wäre ich verloren gewesen. Nicht, dass meine Familie mir gesagt hätte, es wäre nicht in Ordnung, schwul zu sein. Sie haben nur so getan, als gäbe es Homosexualität gar nicht, bis ich mich vor drei Jahren vor ihnen geoutet habe.«

In Dimas Brust zieht sich irgendetwas zusammen, bevor es langsam anfängt, sich aufzulösen. Er hat nicht gewusst, was dieser unnachgiebige Druck hinter seinen Rippen war, bis Luis ihm einen Namen gegeben hat. Es ist schwer, zu wissen, wer man ist, wenn man sich nicht in den Menschen, die einen umgeben, reflektiert sieht. Luis gibt ihm das Gefühl, dass er ihn in seiner Gänze sieht, und das ist neu für Dima. Nachdem Gabriel es herausgefunden hat, wollte er nicht mehr mit Dima sprechen. Luis sieht Dima erwartungsvoll an, aber Dima weiß nicht, was er ihm sagen soll. Er hat noch nie mit jemandem über seine Sexualität gesprochen, und es fällt ihm unerträglich schwer, jetzt damit anzufangen.

»Ich will nicht, dass irgendwer anders sich so verloren fühlt«, fährt Luis fort. »Ich will, dass Theo und Tabby wissen, dass sie, wenn sie groß sind, alles sein können, was sie wollen. Selbst, wenn sie entscheiden, dass die Schuhe am Ende doch nicht passen, sollen sie sie wenigstens anprobieren können.«

Dima, überwältigt von einer Welle der Zärtlichkeit für diesen süßen Jungen mit dem großen Herzen, nimmt Luis' Hand und hält sie sanft zwischen seinen. »Du bist ein guter Onkel, weißt du? Ich hätte viel gegeben, um jemanden wie dich in meinem Leben zu haben.«

Luis sieht auf Dima herab, und seine Grübchen vertiefen sich, als sich auf seinem Gesicht ein Lächeln ausbreitet. »Nur für den Fall, dass ich mich nicht klar ausgedrückt habe«, sagt er und drückt Dima einen leichten Kuss auf die Nase, »jetzt hast du mich.«

19. Dezember

Luis

Luis fürchtet sich schon seit drei Wochen vor diesem Tag. Es kann sein, dass er heute stirbt, und sein junges, behütetes, kostbares Leben ausgelöscht wird, weil er einfach nicht den Mund halten konnte.

»Hannah und Alec kommen nicht mit?«, fragt Dima, als sie auf den Lake Constantine zutrotten. Der Weg ist von Bäumen gesäumt, und der Schnee knirscht unter ihren Stiefeln und färbt die Tannen um sie herum weiß. Der Himmel ist wieder blau, und das Sonnenlicht lässt jeden einzelnen Eiskristall wie einen glitzernden Diamanten erscheinen. Luis teilt ihren Enthusiasmus nicht.

»Nein, die sind schlau genug, um zu Hause zu bleiben.«

Dima grinst nur. Seine gute Laune steht im starken Kontrast zu Luis' Weltuntergangsstimmung. »Und außerdem ist heute die Generalprobe vor der Premiere morgen«, fügt Luis hinzu und stapft Dima hinterher. »Aber selbst, wenn sie Zeit hätten, würden sie nicht kommen. Im Gegensatz zu mir sind sie nicht lebensmüde.«

Dima legt Luis den Arm um die Schultern und lächelt auf ihn herab, was den unerwarteten Effekt hat, dass Luis' Eingeweide auf einmal zu Pudding werden. Nein, er hat sich immer noch nicht an das Gefühl gewöhnt, und das wird er vermutlich auch nicht.

»Es wird alles gut, Luis. Vertrau mir.«

»Das würde ich gerne, aber ich kann nicht, tut mir leid.«

Sie kommen am Ufer an, an dem das Weihnachtskomitee eine ehemalige Jagdhütte, die jetzt als Kiosk dient und wo im Sommer Eis verkauft wird, für sich in Beschlag genommen hat. Kobi steht neben einer Kreidetafel, auf der er die Zeiten und Bahnen der Schwimmenden notiert, und am Ufer verteilt stehen Leute in Gruppen zusammen, um sich zu unterhalten oder etwas Heißes zu trinken. Beim Anblick der Menschenmenge zieht Dima den Arm weg, und Luis vermisst sofort das beruhigende Gewicht auf seinen Schultern. Der See sieht aus wie ein großes Komma. Der hintere Teil verschwindet hinter einem Waldstück, und in der Mitte liegt eine Insel, auf der zwei Birken und eine Weide stehen. Wenn der See zufriert, geht man sonntags auf der Eisfläche spazieren, und im Sommer belagern Teenies die Insel, als sei sie eine Festung, auf der sie, ungesehen von Erwachsenen, Gras rauchen und Bier trinken können. Luis schwimmt nicht häufig im See, weil er für seinen Geschmack nicht warm genug wird. Ihm ist die Ironie, jetzt im kältesten Monat des Jahres schwimmen zu gehen, durchaus bewusst, aber er bringt im Moment nicht den Enthusiasmus auf, darüber zu lachen. Eine dünne Eisschicht bedeckt das Wasser, nicht dick genug, um mehr als das Gewicht einer Ente zu halten, aber trotzdem ein Zeichen, das ein sehr unangenehmes Bad verspricht.

Kobi grüßt sie, und sein Anblick bessert Luis' Stimmung, wenigstens einen Moment lang. Beim Gedanken an das, was er nun weiß, kann er nicht anders, als ihm ein besonders breites Lächeln zu schenken. Kobi ist sein Idol, beschließt Luis. Besitzt eine Buchhandlung, küsst Männer, und lässt lauter verwirrte, queere Kids in seinen Büchern blättern, damit sie herausfinden können, wer sie sind. Kobi händigt ihnen einen Schlüssel für ein Schließfach aus und bedeutet ihnen, in die Jagdhütte zu gehen, um sich dort die Badesachen anzuziehen. Wie alle Teenies, die nicht wollen, dass andere ihren Hintern sehen, hat Luis bereits seine Badehose unter seinen normalen Klamotten an. Er zieht sich schnell aus und hängt sich ein großes Handtuch über die Schultern, um seinen schmächtigen Körper darunter zu verbergen.

Dima zieht sich das Oberteil und die Hose aus, und Luis schwört, dass er sich nie wieder vor Dima ausziehen wird. Dazu fühlt er sich viel zu unsicher. Er hatte noch nie ein Problem mit seinem Körper, aber er war auch noch nie einem so großen Publikum ausgesetzt, das draußen wartet, um einem Haufen Durchgeknallter dabei zuzusehen, wie sie ein schönes, entspannendes Bad in einem halb zugefrorenen See nehmen. Aber es gibt einen bestimmten Zuschauer, vor dem Luis sich jedem einzelnen Zentimeter seiner entblößten Haut extrem bewusst ist. Dima trägt nichts außer einer Schwimmbrille, einer himmelblauen Schwimmhaube und einem dazu passenden, winzigen Badehöschen. Auf seinem Bauch ist eine ganze Konstellation von Sommersprossen zu sehen, und seine Brust und Arme sind vom jahrelangen Schwimmtraining gezeichnet. Außerdem weiß Luis jetzt endlich die Antwort auf die Frage, ob Dima auch Sommersprossen auf dem Hintern hat. Als sie aus der Hütte treten, würde Luis am liebsten sofort kehrtmachen und sich wieder anziehen, und zwar nicht nur wegen der beißenden Kälte. Er weiß nicht, welchem

Gefühl er nachgeben soll: der Angst, sich zum Narren zu machen, dem wachsenden Drang, seinen Körper unter einem Berg aus Decken zu begraben, oder dem Verlangen, Dimas Brust zu berühren. Bevor er eine Entscheidung treffen kann, lässt er das Handtuch fallen und tapst vorsichtig zum Ende des Stegs. Er atmet tief durch, hält sich an der Leiter fest, und stellt entschlossen den Fuß auf die erste Sprosse. Der andere Fuß folgt, und als seine Zehen die Wasseroberfläche streifen, wird ihm die Tragweite seines Versprechens an Dima bewusst. Die Begegnung mit dem Lake Constantine im Dezember wird er unmöglich überleben, aber jetzt ist es zu spät für einen Rückzieher. Er spürt Dimas Blick auf seinen Schultern, und ohne weiter darüber nachzudenken, beißt er sich auf die Lippe und springt ins Wasser.

Eine Sekunde lang spürt er gar nichts. Er stößt sich vom Steg ab und dreht sich zu den anderen Schwimmenden um, deren Köpfe vor ihm aus dem Wasser ragen, und dann stürzt die Kälte sich auf ihn, wie ein Hai, der Blut gewittert hat. Es fühlt sich an, als könnte er jederzeit vor Schock sterben, oder an einem plötzlichen Herzinfarkt, oder daran, dass Eissplitter seine Gliedmaßen in winzige Stücke gefrorenes Fleisch reißen, oder zumindest an Unterkühlung. Hinter ihm platscht es, und dann streift etwas an ihm vorbei und berührt dabei seinen Fußknöchel. Luis sieht sofort bösartige Algen vor sich, die ihre ahnungslosen Opfer an den Boden des Sees ziehen. Er kann gerade noch ein Aufkreischen unterdrücken, bevor er in Panik verfällt. Er dreht sich wieder um, und durch die plötzliche Bewegung spritzt ihm Wasser ins Gesicht. Diesmal entfährt ihm wirklich ein Kreischen. Er greift nach der Leiter und zieht sich aus dem See – er würde alles geben, um wieder warm zu sein. Die kalte Luft sticht gnadenlos auf seine nackte Haut ein, und er stolpert vorwärts, bevor er auf dem nassen Steg ausrutscht. Einen Augenblick lang sieht er schon vor sich, wie seine Stirn mit dem gefrorenen Holz kollidiert und Splitter sich tief in seine Haut graben, aber bevor sein Kopf auf dem Steg auftreffen kann, packt eine Hand ihn fest am Arm. Luis findet seine Füße wieder und gibt ein zittriges Lachen von sich. Er war noch nie so erleichtert wie jetzt, als die Finger der Person, die ihn gerettet hat, wieder Wärme in seinen Körper massieren. Dann wird ihm klar, was für einen lächerlichen Anblick er abgegeben haben muss. Selbst ein Walross hätte nicht uneleganter sein können. Verlegenheit macht sich in seinem Körper breit, und er schafft es kaum, seinen Retter anzusehen. Aber Kobi ist mit den Augen woanders, und alle anderen auch. Sie achten gar nicht auf Luis; stattdessen sind alle Blicke auf einen Schwimmer mit einer hellblauen Schwimmhaube gerichtet, der das Wasser so elegant durchschneidet, dass Luis seinen peinlichen Schwimmversuch sofort wieder vergisst. Der Schwimmer überholt ein paar andere, und das Wasser kräuselt sich kaum, als er an allen vorbeizieht. Seine Bewegungen sind so geschmeidig, dass er aussieht, als würde er durch die Luft gleiten. Erst dann wird Luis klar, dass der Schwimmer Dima ist. Er muss direkt nach Luis ins Wasser gesprungen sein. Mit ein bisschen Glück hat er gar nicht gesehen, wie Luis wild herumgezappelt hat und dann beim Versuch, dem See zu entfliehen, fast gestorben wäre. Jetzt klappern Luis langsam die Zähne, woraufhin Kobi ihn mit einem Handtuch abreibt und ihn in die Hütte schiebt, damit er sich trockene Sachen anziehen kann. Als Dima wenig später wieder auf den Steg klettert und Kobi seine Stoppuhr anhält, ist seine Haut blass und liegt straff über seinen Muskeln. Er bekommt ein Handtuch und eine Tasse heißen Punsch, und wird in eine dicke Decke eingewickelt. Das Publikum klatscht, und Kobi gibt Dima einen Klaps auf die Schulter wie ein stolzer Vater.

»Ein neuer Rekord, würde ich sagen«, bellt Kobi, und die Menge jubelt.

Luis, der mittlerweile wieder angezogen ist und auch eine Tasse Punsch in der Hand hat, gesellt sich zu dem bibbernden Dima. Die Hände zittern ihm so sehr, dass er fast seinen Punsch verschüttet. Nach einem vorsichtigen Schluck erwidert Dima Luis' Blick, und ein Grinsen breitet sich auf seinem Gesicht aus.

»So schlimm war es gar nicht, oder?«, fragt er mit klappernden Zähnen.

Luis beschließt, eine direkte Antwort zu vermeiden. »Das bedeutet wohl, dass du auf jeden Fall bis nächstes Weihnachten hierbleiben musst«, bemerkt er grinsend. Wenn niemand Dimas Zeit unterbieten kann, was fast sicher ist, dann ist Dima gerade Mitglied des Weihnachtskomitees geworden.

Dima nimmt einen weiteren Schluck aus seiner dampfenden Tasse. »Das habe ich dir doch eh schon versprochen.« Seine Stimme ist fast ein Flüstern. Seine Lippen sind blau, aber er ist immer noch der schönste Mensch, den Luis je gesehen hat. »Dann müssen wir nächstes Weihnachten wohl nochmal eisschwimmen gehen«, fügt er hinzu.

Luis spürt, wie ihm das Grinsen vom Gesicht rutscht

wie kalter Schneematsch. »S-seien wir mal nicht zu hastig.«

Kobi, der gerade Dimas Zeit auf der Tafel eingetragen hat, setzt sich wieder auf die Bank.

»Schwimmst du nicht, Kobi?«

Er lacht so laut auf, dass es einem nahe gelegenen Baum den Schnee aus den Ästen schüttelt und er fast kopfüber von der Bank fällt. Als er sich wieder soweit beruhigt hat, dass er sich aufsetzen kann, wischt er sich eine Träne aus dem Augenwinkel und klopft Luis auf die Schulter.

»Nein, Sohn. Aber ich mag es, *weißen* Leuten dabei zuzusehen, wie sie verrückte Dinge machen. Das heitert mich immer auf.«

Auf dem Nachhauseweg ist Luis in viel besserer Stimmung. Er muss immer wieder zum blauen Himmel aufschauen. Es ist nicht einmal das kleinste Wölkchen zu sehen, und er hat eine helle, eisblaue Farbe, die nur bitterkalte Winter produzieren können. Luis weiß, dass es heute Abend wieder kälter werden soll. Er muss daran denken, sich eine Wärmflasche zu schnappen, bevor sie alle vergeben sind. Im Gegensatz zu Klaus und Dora hat er niemanden, der ihn nachts warm hält – es sei denn… Aber dafür ist es noch zu früh. Er kann es nicht riskieren, Dima in sein Zimmer zu schmuggeln. Außerdem, so laut das Kind auch schnarcht, würde vermutlich selbst Mattie aufwachen, wenn sich jemand durch Luis' Zimmerfenster quetscht. Und würde Dima das überhaupt wollen? Wenn man danach geht, wie sein Körper reagiert, wenn sie sich küssen, scheint es ihm definitiv zu gefallen, seine Finger unter den Saum von Luis' Hose gleiten zu lassen. Aber darüber kann Luis gerade nicht nachdenken, sonst explodiert ihm noch der Kopf. Andererseits ist Dima nicht gerade scharf darauf, dass andere von ihnen wissen, oder sie dabei sehen, wie sie sich in der Öffentlichkeit wie ein Pärchen aufführen. Dann wiederum sind sie überhaupt kein Paar. Nur zwei Jungs, die miteinander rumhängen und ab und zu übereinander herfallen, total normales Verhalten, überhaupt nichts Schwules dabei.

Was er nicht alles dafür geben würde, Dimas Gedanken lesen zu können. Er geht neben Luis her, gut aussehend und strahlend, mit offenem Mantel, als wäre es nicht mitten im Dezember, mit seinem Kinngrübchen und gegen das Sonnenlicht zusammengekniffenen Augen, aber so sehr er es auch versucht, kann Luis nicht ergründen, was er gerade denkt.

»Warum guckst du mich so an?«, fragt Dima und wischt sich mit der Hand über den Mund. »Habe ich irgendwas im Gesicht?«

»Nur dein übliches Stirnrunzeln.«

»Willst du damit etwa sagen, dass du mich heiß findest?«

»Nein.«

»Doch, sowas von.«

Luis versucht, die Augen zu verdrehen, scheitert aber, als Dima ihn in eine kniehohe Schneewehe am Wegrand schubst. Eine Sekunde später springt Dima ihm hinterher und landet auf ihm. Allerdings, fällt Luis auf, ohne sich vorher umzuschauen, ob ihnen jemand zusieht.

»Gib es zu.«

»Vielleicht ein bisschen. Ein Achtel.«

»Ein Achtel was?«

»Ein Achtel heiß.«

»Du bist ja *wirklich* schlecht in Mathe.«

»Dima.«

»Luis«, antwortet er und greift sich eine Handvoll Schnee. Er hält sie über Luis' Gesicht und pustet darauf, sodass Luis mehrere dicke Flocken ins Gesicht fallen. So sehr Luis das Schneekuscheln auch genießt, kann er nicht aufhören, über Dimas Gefühle für ihn nachzudenken. Denn Luis fühlt ziemlich viel. Zu viel. In seinem Herzen herrscht Chaos, aber eins ist klar: Er mag Dima. Mehr als das, er *mag* Dima. Und er weiß, dass Dima Angst hat und unsicher ist, und dass er noch nicht bereit dafür ist, dass alle wissen, dass er Jungs küsst. Luis würde nicht im Traum daran denken, ihn dazu zu zwingen, etwas so Persönliches öffentlich zu machen, aber er muss wenigstens wissen, ob zwischen ihnen mehr ist als nur körperliche Anziehung.

»Nenn mich gerne ahnungslos, aber sind wir zusammen? Ich bin mir nicht sicher, was wir sind, aber ich mag dich und verbringe gern Zeit mit dir und ...«

Dima wälzt sich von ihm herunter und kommt wieder auf die Füße. Sein Stirnrunzeln ist jetzt noch viel tiefer als vorher.

»Können wir es nicht dabei belassen?«

Luis will auch aufstehen, aber die Schneewehe ist zu tief, und er rutscht immer wieder ab. Die Rolle als unelegantes Walross ist ihm sicher. Als er endlich wieder auf festem Boden steht, starrt Dima ihn ohne zu blinzeln an, die Hände in den Taschen vergraben.

»Was meinst du? Es wobei belassen?«

Den Anflug von Ärger in seiner Stimme kann er nicht

ganz verbergen. Er versteht nicht, warum Dima es so dringend vermeiden will, über seine Gefühle zu reden, während Luis seine eigenen kaum unter Kontrolle halten kann.

»Ich meine, ist das, was wir im Moment haben, nicht genug? Du und ich, wie wir zusammen existieren. Rumhängen. Rummachen.«

Luis würde gerne Ja sagen, weil er seit Wochen an nichts anderes denkt, als mit Dima zusammen zu existieren. Weil das einzige Gegenmittel gegen sein Gefühlschaos Dimas Arme sind, die sich um ihn schlingen. Aber gleichzeitig will Luis Nein sagen, weil er weiß, dass heimliche Küsse und flüchtige Berührungen nie genug sein werden, um die Gefühle zu befriedigen, die in ihm toben, die sein Herz immer schneller rasen lassen und ihn mit einer buttrigen Wärme erfüllen, wenn sie sich berühren. Er sieht Dima an, der steif dasteht und genau so kühl und distanziert aussieht wie am Tag ihres Kennenlernens. So sehr er es auch mag, ihn zu küssen, tut es dem Gefühl keinen Abbruch, dass er sich dafür schämt, mit Luis gesehen zu werden.

»Okay«, sagt Luis zögernd, und kann dabei zusehen, wie mit einem einzigen Atemzug alle Spannung aus Dimas Körper weicht. Er ringt sich ein schwaches Lächeln ab, das seine Augen nicht erreicht, und Luis fühlt sich sofort schuldig. Ganz offensichtlich hat er noch ein paar Dinge zu überdenken, und Luis hilft ihm dabei nicht gerade. Wenn überhaupt macht er es noch schlimmer.

»Also, ich glaube, wir hatten für heute eigentlich schon genug Adrenalin, aber in unserem Gartenhäuschen steht ein ziemlich stabiler Schlitten, und wenn du versprichst, dass du ihn den Lindenbuckel hochziehst, gehe ich mit dir rodeln.« Dima beißt sich auf die Lippe, aber sein Kiefer entspannt sich, und die Sorge in seinen Augen wird von Neugier abgelöst. »Komm schon, das macht Spaß! Und es ist total ungefährlich. Ich habe erst einmal eine Gehirnerschütterung gehabt, weil ich von meinem Schlitten gefallen bin, und Mabel hat sich den Knöchel verstaucht, und Klaus hat schon zwei Schlitten kaputt gemacht, aber es macht wirklich Spaß.« Dima fängt an zu grinsen, und damit ist es beschlossen. Luis hofft nur, dass Dima keine Höhenangst hat.

20. Dezember

Dima

»Aber du hast doch Höhenangst!«, protestiert Bianca, als wäre ihr Sohn sich seiner eigenen irrationalen Abneigung gegenüber allem, was größer ist als er selbst, nicht bewusst.

»Na ja, daran habe ich halt nicht gedacht, als ich Luis versprochen habe, mit ihm rodeln zu gehen. Und als wir schon oben auf dem Hügel waren, konnte ich ja schlecht sagen, nein danke, ich gehe lieber wieder nach unten.«

Bianca stellt ihre Schüssel mit Radauti, einer cremigen Suppe mit Hühnchen und Gemüse, beiseite und geht auf Dima zu, der am Esstisch sitzt. Ausnahmsweise überragt sie ihn um einen Kopf. Sie zieht ihn in eine Umarmung und drückt ihm einen Kuss auf die Stirn. »Weißt du, ich mache mir immer Sorgen, dass mein kleiner Junge ganz erwachsen wird und gar nichts mehr von dem süßen Fünfjährigen übrig bleibt, der aus irgendeinem Grund total delfinversessen war, aber so sehr ändern sich die Dinge gar nicht, oder?«

Dima hält ihr sentimentales Getue ein paar Momente aus, bevor er sich von ihr löst. Die Umarmungen seiner Mutter sind exzellent, aber das sagt er ihr lieber nicht, sonst denkt sie am Ende wirklich, dass er immer noch fünf ist.

»Musst du nicht los?«, fragt er mit einem Blick auf die Uhr.

»Nein, muss ich nicht. Ich habe noch mindestens fünf Minuten.« Sie holt sich ihre Suppe aus der Küche und setzt sich neben ihn. »Ihr geht also zum Theaterstück?«

»Sieht so aus. Offenbar kann ich das Weihnachtsfestival nicht *wirklich* verstehen, wenn ich nicht lauter Schulkindern in Kostümen dabei zusehe, wie sie ihren Text vergessen.«

»Wann bist du eigentlich so zynisch geworden? Vielleicht habe ich dich zu viele deprimierende Fernsehsendungen schauen lassen, als du klein warst.«

»Nein, ich glaube, das lag an deinen Kochkünsten.«

Das bringt ihm einen sehr strengen Blick von seiner Mutter ein. Sie zeigt mit dem Löffel auf ihn. »Diese Suppe ist hervorragend, wenn ich das mal sagen darf.«

»Das ist sie immer, aber Mum, sie ist das Einzige, was du kochen kannst.«

Bianca seufzt und führt einen weiteren Löffel zum Mund. »Da hast du nicht Unrecht«, sagt sie, nachdem sie heruntergeschluckt hat. »Aber du hast einfach Angst vor Fremdscham. Du versuchst, allem aus dem Weg zu gehen, was bewirken könnte, dass jemand anderes in eine peinliche Situation kommt, während du zusehen musst.«

»Du bist Ärztin, Mum, keine Therapeutin.«

»Aber ich bin Mutter. Das ist dasselbe. Irgendwann, wenn du mal Kinder hast, weißt du, wie sich das anfühlt. Gut, dass du eh in dem Bereich arbeiten willst.«

Dima wird erst bewusst, dass er die Zähne zusammenbeißt, als seine Kiefermuskeln anfangen, unangenehm zu zucken. Immer, wenn seine Mutter auf seine Zukunft anspielt, und besonders, wenn sie von ihm als Vater oder Ehemann redet, versteifen sich seine Nackenmuskeln, und er würde sich am liebsten hinter einer abgeschlossenen Tür verstecken. Ja, er weiß, was er studieren möchte, aber er hat noch nicht darüber nachgedacht, *wer* er sein will. Wenn er sich vorstellt, wie seine Freunde erwachsen werden, wie sie Freundinnen und dann Ehefrauen und jede Menge Kinder haben, dann kommt er immer allein zu ihren Grillfesten. Klar hat er schon davon geträumt, Gus Kenworthy in einem Café zu treffen und ihm dann vom Pistenrand aus zuzujubeln. Und in der Theorie hört es sich zwar schön an, seinem Freund live im Fernsehen mit einem Kuss zu gratulieren, aber allein die Vorstellung, Luis in der Öffentlichkeit zu küssen, lässt ihn in kalten Angstschweiß ausbrechen. So wie Gabriel reagiert hat, als er Dima dabei erwischt hat, wie er auf der Party irgendeinen Jungen geküsst hat, kann Dima sich kaum vorstellen, was er sagen würde, wenn er von ihm und Luis wüsste.

»Jetzt muss ich aber wirklich los«, verkündet Bianca und bringt Dima damit in die Realität zurück. »Versuch wenigstens, das Theater zu genießen, ja?« Sie stellt ihre Schüssel in die Spüle, schnappt sich ihre Tasche, und ist schon fast aus der Tür, als sie sich noch einmal umdreht. »Übrigens hat Gabriels Mutter angerufen. Um nach unserer Adresse zu fragen, damit sie dir ein Weihnachtsgeschenk schicken kann. Sie meinte, dass Gabriel nicht mehr derselbe ist, seit wir weggezogen sind. Ruf ihn mal an, okay?« Sie winkt, und eine halbe Minute später hört er, wie das Auto aus der Garage fährt, während er noch das verdaut, was sie ihm gerade erzählt hat. Dima hat versucht, Gabriel anzurufen, aber er geht nie ran. Und was soll das heißen, dass er nicht derselbe ist, seit Dima weg ist? Schließlich ist es nicht seine Schuld, dass Gabriel zum Arsch mutiert ist. Er hat es satt, sich über Gabriels Beweggründe und verletzte Gefühle den Kopf zu zerbrechen. Aber das Wissen, dass Gabriels Mutter ihm ein Weihnachtsgeschenk schicken will, bessert seine Stimmung ein wenig. Trotz Gabriels Anstrengungen hat er es nicht geschafft, Dima aus den Köpfen seiner Familie zu verbannen.

Ein paar Stunden später betritt Dima die Aula der Schule durch einen Seiteneingang. Er sieht ein paar bekannte Gesichter, aber bevor er Kobi oder ihren Schulleiter begrüßen kann, zieht Luis ihn nach drinnen. Seinem Gesichtsausdruck nach zu urteilen hat er fest vor, Plätze in der ersten Reihe zu ergattern. Dima hält ihn auf, bevor sie so weit kommen können.

»Luis, können wir uns vielleicht nicht nach ganz vorne setzen?« Schon bei der Vorstellung fühlt Dima sich schrecklich bloßgestellt. »Von irgendwo in der Mitte kann man meist eh besser sehen«, erklärt er, obwohl er keine Ahnung hat, ob das überhaupt stimmt. Luis schmollt, aber als Dima den Kopf schieflegt und ihn flehend ansieht, gibt er nach und steuert auf eine der mittleren Reihen zu. Seine Mutter hat nicht Unrecht. Er lebt in ständiger Angst vor Fremdscham. Er vermeidet Castingshows wie Introvertierte Partys vermeiden, und hasst öffentliche Heiratsanträge, denn was, wenn die Antwort nein lautet? Sein schlimmster Albtraum ist es, dass jemand einen spontanen Striptease für ihn aufführt – nicht, dass er wüsste, unter welchen Umständen er jemals in einer solchen Situation landen sollte. Er kann nichts an der Tatsache ändern, dass es ihn nervös macht, zwei Stunden lang in einem Theater zu sitzen und dabei zuzusehen, wie die Menschen auf der Bühne ihren Text aufsagen.

Luis streichelt ihm beruhigend übers Handgelenk, als könnte er Dimas Nervosität spüren. Die Lichter gehen aus, und im Publikum wird es still, während alle versuchen, es sich auf ihren Sitzen bequem zu machen, ohne dabei zu viel Lärm zu verursachen. Das letzte Mal, als Dima und Luis so dagesessen haben, im Kino, waren sie nur befreundet. Aber jetzt, als sie in der Aula sitzen und dabei zusehen, wie Alec in einem Ritterkostüm auf der Bühne umherrennt, sind sie ... irgendetwas. Immer noch befreundet, auf eine gewisse Art, aber irgendwie auch nicht. Ist man immer noch befreundet, wenn man sich küsst? Dima hat keinen blassen Schimmer. Er weiß, dass seine Gefühle für Luis über Freundschaft hinausgehen. Da ist eine Spannung, eine Anziehung, ein Funke, der seine Gedanken still werden und sein Herz rasen lässt, wenn sie zusammen sind. Und dieses Gefühl macht ihm unglaubliche Angst.

Also versucht er, nicht darüber nachzudenken, und das hat auch gut funktioniert, bis es das nicht mehr getan hat. Bis Luis ein Gespräch angefangen hat, für das Dima noch nicht bereit ist. Er spürt, wie es unter seinem Kragen heiß wird, und weist sich selbst an, tief durchzuatmen und sich auf etwas anderes zu konzentrieren. Zu seinem Glück gibt die Ballerina auf der Bühne gerade einen beeindruckenden Schwall Schimpfwörter von sich, bei dem die Kinder kichern müssen, und die Erwachsenen und Lehrkräfte kollektiv scharf einatmen. Luis grinst, und Dima applaudiert still für den Mut des Theaterlehrers und betet, dass er seinen Job behalten darf. Er sieht zu, während der Teddybär einen emotionalen Zusammenbruch hat, weil die Kinder ihn nicht mögen und Teddys mit weicherem Fell bevorzugen, und so bescheuert das auch klingt, schauspielert der Teddy echt gut. Der Engel tröstet den Teddy, indem er ihm von seiner eigenen Vergangenheit erzählt, in der er verstoßen wurde, weil seine Flügel so verkümmert waren, dass er nicht einmal an einem heißen Tag eine kühle Brise heraufbeschwören konnte. Während der Engel und der Teddy einander wieder aufbauen, hält der Ritter an seinem Traum fest, die Prinzessin dazu zu bringen, sich in ihn zu verlieben, und die Ballerina ist bereits abgezogen, um ihrem Ballettdirektor die Meinung zu geigen und ihn dazu zu zwingen, sie die Zuckerfee spielen zu lassen.

Als der Vorhang für die Pause zugeht, applaudiert Dima zusammen mit dem restlichen Publikum, und stellt zu seiner eigenen Überraschung fest, dass er Spaß hat. Das Stück mag auf den ersten Blick etwas kindisch wirken, aber die Geschichte ist gar nicht schlecht, und die Darstellenden sind so überzeugend, dass Dima ganz vergessen hat, dass er sich gerade ein Schultheaterstück ansieht. Besonders Alec in der Rolle des liebeskranken Ritters hängt Dima total an den Lippen. Was eventuell auch daran liegt, dass Alec in seiner Rüstung wirklich gut aussieht. Dima beschließt, das Luis nicht auf die Nase zu binden. Er steht nicht auf Alec. Und es ist ja nicht so, dass alle gut aussehenden Leute verschwinden, sobald man jemanden gefunden hat, zu dem man sich besonders hingezogen fühlt. Oder? So oder so bleiben seine Gedanken besser unausgesprochen.

»Alec sieht in seiner Rüstung heiß aus!«, ruft Luis über

den Lärm in der Aula hinweg, als sie sich einen Weg ins Foyer bahnen, und Dima muss sofort lachen. »Was?«, fragt Luis grinsend. »Ich darf das sagen. Schließlich sind wir beste Freunde, und wenn dein bester Freund dich nicht aufhypt, wer dann?«

»Dem kann man nicht widersprechen«, gibt Dima zurück, und Luis zwinkert ihm zu. Er schnappt sich zwei Sektgläser von einer ahnungslosen Bedienung, und zusammen schleichen sie nach draußen. Dima nimmt einen Schluck von dem Sekt, den Luis ihm gibt, und bei dem trockenen Geschmack zieht er unwillkürlich eine Grimasse.

»Okay, ich hasse Sekt«, informiert er Luis, der ähnlich angeekelt aussieht.

»Ja, alle sagen immer, dass man sich daran gewöhnt, aber das ist gelogen. Wenn man erwachsen wird, wird man vermutlich selbst bitter, und dann merkt man das gar nicht mehr.«

»Ganz schön hart.«

»Das ist die Wahrheit doch immer«, entgegnet Luis und stürzt den restlichen Sekt hinunter. Dima, beeindruckt von seinem Mut, tut es ihm gleich. Der Geschmack ist noch schlimmer als beim ersten Schluck, aber zum Glück ist er jetzt weg. »Irgendetwas sagt mir, dass die Ballerina und der Ritter auch dringend ein Schlückchen Sekt bräuchten«, sagt Luis und setzt sich auf eine Bank unter dem Vordach der Schule. Er klopft mit der Hand auf den Platz zu seiner Rechten, und Dima schleicht auf ihn zu. Die Hälfte von Luis' Gesicht liegt im Schatten, aber auf der anderen Hälfte, die ins Licht einer Straßenlaterne getaucht ist, ist ein einzelnes verführerisches Grübchen zu sehen. Hinter der Ecke des Gebäudes hört Dima Stimmen, aber sie sind außer Sichtweite von neugierigen Blicken. Er lehnt sich vor und drückt Luis einen schnellen Kuss auf die Lippen, aber Luis zieht ihn enger an sich. Dima verliert sich in Luis' Geruch, seinen Berührungen, seiner Zunge, die ihm über die Lippen fährt, bis ein kreischendes Lachen ihn aus ihrem Moment der Zweisamkeit reißt. Dima atmet ein paarmal tief durch und lehnt sich dann zurück, sodass zwischen ihnen ein bisschen mehr Abstand ist. Nicht weit genug, um Luis misstrauisch werden zu lassen, aber genug, dass jede Person, die sie sieht, denken würde, sie seien nur zwei Freunde, die gemeinsam heimlich Alkohol trinken.

»Ich bin mir nicht sicher, ob Alkohol wirklich die Lösung für ihre Probleme ist«, führt Dima ihr Gespräch weiter. »Oder für irgendwelche Probleme, wenn man es genau nimmt.«

»Stimmt. Es ist ganz schön, zu sehen, wie sie sich näherkommen und anfreunden«, seufzt Luis und lehnt sich ebenfalls an die Wand. Er sieht dabei zu, wie im Schein der Straßenlaterne Schneeflocken tanzen. Wenn er sich jetzt zu Dima umdrehen würde, würden ihre Lippen sich sofort wieder berühren.

»Wirklich?«, fragt Dima leise. »Ich fand es ziemlich traurig, wie sie alle genau dort festsitzen, wo sie am wenigsten sein wollen.«

»Immer noch besser als vorher, als sie alle Außenseiter waren, die kaum toleriert wurden«, antwortet Luis.

»Sie wollten den Erwartungen der Leute gerecht werden, die sie umgaben.«

»Erwartungen, die unmöglich zu erfüllen sind. Sie können nichts daran ändern, wer sie sind.«

»Aber das wollen sie doch.«

»Ihnen wird schon bald klar werden, dass sie diese Erwartungen überhaupt nicht erfüllen *wollen*.«

»Natürlich wollen sie das. Nur so ist das Leben lebenswert.«

»Du könntest nicht falscher liegen, Dima. Was das Leben lebenswert macht, ist, es für dich selbst zu leben, nicht für irgendwen anders.«

»Wenn es so einfach wäre, dann wäre die Ballerina geblieben. Aber sie hat ihre Entscheidung getroffen.«

»Sie kommt wieder.«

»Das kannst du nicht wissen.«

»Ich habe das Drehbuch gelesen. Also doch, ich weiß es. Es hat ja niemand gesagt, dass es einfach ist, man selbst zu sein. Im Gegenteil, es ist total schwer.«

»Das sollte es aber nicht sein.« Dimas Kehle schnürt sich zusammen, und er muss auf einmal schnell blinzeln. Auf keinen Fall wird er wegen einer blöden Schultheateraufführung weinen.

»Ich habe das Gefühl, dass wir nicht mehr über das Stück reden.«

Dima schüttelt den Kopf. Er bekommt kein Wort heraus. Luis legt die Hand auf Dimas und lässt sie liegen, bis Dima sich soweit beruhigt hat, dass er ihm in die Augen sehen kann.

»Dima«, fängt Luis an. »Ich will dich etwas fragen. Nicht zu uns«, fügt er hastig hinzu, als Dima die Hand wegzieht. »Zu dir.«

Dima ist sich nicht sicher, ob das hier der beste Ort für

dieses Gespräch ist, aber die Stimmen von vorhin sind verschwunden. Sie sollten wieder reingehen, aber gleichzeitig will Dima das gar nicht. Vielleicht liegt es am Sekt oder an Luis, vermutlich an beiden, aber er bleibt mit seinem Hintern an Ort und Stelle.

»Okay«, sagt er und hält den Atem an.

»Dima. Ist es ... du bist ... du bist schwul, oder?«

Dima gibt ein humorloses Schnauben von sich. Er dachte, sie wären auf derselben Wellenlänge, aber vielleicht ist er wirklich manchmal zu zurückhaltend. Luis ist die letzte Person, vor der er sich verstecken muss. »Ja. Bin ich.«

»Habe ich mir schon gedacht, wegen, na ja, der Küsserei und so, aber ich war mir nicht sicher, und ich wollte nicht einfach davon ausgehen, weil ich dachte, dass du es vielleicht noch verarbeiten ...«

»Ich rede nicht gerne darüber«, unterbricht Dima Luis, ohne ihn anzusehen.

»Das ist mir ... schon aufgefallen«, sagt Luis nach einem kurzen Moment des Schweigens mit einem schiefen Grinsen.

»Vielleicht will ich einfach nicht, dass das mein Erkennungsmerkmal wird.«

Luis runzelt die Stirn. »Das muss es doch gar nicht sein. Es ist einfach ein Teil von dir. Ein Teil vom ganzen Dima.«

»Ich will es einfach nicht so zur Schau stellen.«

»Du musst gar nichts *zur Schau stellen.*«

Einfacher gesagt als getan, denkt er. Wenn er Luis in der Öffentlichkeit küsst, fühlt es sich so an, als würden tausend Blicke auf ihnen ruhen, selbst, wenn niemand sie ansieht.

»Das ist einfach nur ein dummes Label. Wenn Leute wissen, dass man schwul ist, denken sie, dass man alles über Dragqueens und Make-up und Ariana Grande weiß. Mädchen denken, man sei ein Accessoire, und Hetero-Jungs glauben, man wolle sie anmachen, obwohl sie sich nach dem Pinkeln nicht einmal die Hände waschen. Eltern meinen, man würde unglücklich werden und ihnen nie Enkel schenken, und die Welt glaubt, man sei verwirrt oder krank, besessen von Sex und Drogen und lächerlichen Klamotten. Aber so bin ich gar nicht. Ich will nicht …« Er wedelt mit schlaffem Handgelenk den Arm durch die Luft, sodass seine Finger übertrieben hin und her wackeln. »… so sein.« Im Licht der Straßenlaterne sieht Luis' Gesicht aschfahl aus. Er blickt auf seine eigenen Handgelenke hinab, und zum ersten Mal kann Dima nicht seinen Gesichtsausdruck lesen oder sehen, wie die Gefühle dicht unter der Oberfläche spielen. Er hat die Lippen zu einer dünnen Linie zusammengepresst und setzt nicht zu einer Antwort an, also wendet Dima den Blick ab und fährt fort. »Ich hasse es, in eine Schublade gesteckt zu werden und mich klein zu fühlen. Ich hasse es, in peinlichen Situationen mit peinlichem Schweigen zu sein, weil die Leute sich in der Nähe von Freaks und Außenseitern nicht wohlfühlen. Ich hasse es, auf ein kleines erniedrigendes Wort reduziert zu werden.«

Dima dreht sich wieder zu Luis, und irgendetwas liegt da in Luis' Gesichtsausdruck, ein Riss in seiner farblosen Maske, eine Falte auf seiner Stirn, die Verwirrung und noch etwas anderes ausdrückt. Eine Spur von Abscheu.

Ein kalter Schauer läuft Dima über den Nacken und kriecht ihm unter die Haut. Er hat nichts mit der Temperatur zu tun, und alles mit der Art, wie Luis ihn ansieht. Dima seufzt. Er fühlt sich ausgelaugt und niedergeschlagen. Er bewegt sich auf dünnem Eis, und mit jedem Schritt werden die Risse größer.

»Siehst du, deswegen wollte ich nicht ... darüber reden«, erklärt er und gestikuliert zwischen sich und Luis hin und her.

»*Worüber?*«

Dima öffnet den Mund, aber Luis' Augen sprühen förmlich Funken, und ihm wird klar, dass er vorsichtig auftreten muss, wenn er nicht ins eisige Wasser stürzen will. Er wollte eigentlich »über uns« sagen, aber vielleicht muss er seine Taktik ändern, sie beide außen vor lassen.

»Über Gefühle. Die machen alles nur noch komplizierter.«

Er hätte einfach den Mund halten sollen. Luis sieht aus, als würde er gleich in die Luft gehen. Dima hat ihn noch nie so wütend gesehen, ihm war gar nicht klar, dass Luis es in sich hatte, aber seine Nasenflügel beben, als sei er ein Drache, der drauf und dran ist, jemanden bis auf die Knochen zu verkohlen.

»Weißt du was, Dima«, fängt Luis an, und seine Stimme ist scharf wie Glassplitter. »Gefühle machen gar nichts komplizierter. Nur sture Leute wie du, die sie lieber begraben würden, als offen über sie zu reden, was dann zu beschissenen Situationen wie dieser hier führt. Dragqueens und Ariana Grande, schon klar.«

Sofort wird Dima sein Fehler bewusst. Er hat das plötzliche Verlangen, sich zu kratzen, aber er ballt die

Hände zu Fäusten, bis sich seine Fingernägel in seine Handflächen graben und seine Augen anfangen, zu tränen.

»Luis, stopp, das meinte ich gar nicht. Du verstehst das falsch.«

»Nein, du meintest das«, zischt Luis. »Du bist arrogant und eingebildet und siehst auf schwule Menschen herab, denen es egal ist, was andere von ihnen denken. Ich habe dich genau verstanden, keine Angst. Wenn du dich vom Schwulsein erniedrigt fühlst, dann überrascht es mich, dass du es überhaupt aushältst, in meiner Nähe zu sein, geschweige denn, mich zu küssen.«

»Luis, ich wollte nicht … Das meinte ich …«

Aber Luis hält eine Hand hoch, und Dima verstummt. Luis sieht ihm nicht in die Augen, und sein Gesicht wirkt starr und angespannt; seine Wangen, die normalerweise so weich und freundlich sind, strahlen auf einmal eine ungewohnte Härte aus. Luis scheint nicht zu atmen und kommt Dima entfernter denn je vor.

»Weißt du was, Dima?«, fragt Luis und steht auf. Erst jetzt begegnet er Dimas Blick. »Ich wünsche dir frohe Scheißweihnachten.«

Damit macht er kehrt und geht wieder in die Aula zurück. Dima hört, wie die Tür hinter ihm zufällt, aber er bleibt sitzen, als sei er angefroren. Sein Körper besteht nur aus Schweiß, unterdrückten Tränen und zerfetzten Nerven. Ihm fällt erst auf, dass sein Handy in seiner Tasche vibriert, als er schon angefangen hat, sich zu sorgen, dass der Stress irgendeinen körperlichen Anfall ausgelöst haben könnte, bei dem ihm die Beine zittern, als stünde er unter Schock oder würde einen Entzug durchmachen. Und vielleicht stimmt das ja auch. Er zieht sein Handy aus der Tasche und geht ran, ohne nachzusehen, wer anruft.

»Ja?«

»Dima? Du lebst!«

»Ja, gerade so eben noch«, antwortet Dima trocken, und Rafael lacht. Dima ist nicht in der Stimmung für Rafaels Witze, aber alles ist besser, als allein mit seinen Gedanken dazusitzen.

»Mum versucht schon die ganze Zeit, aus Gabriel herauszukitzeln, was du dir zu Weihnachten wünschst, aber er gibt nicht nach. Und du weißt ja, wie sie ist, wenn sich eine Gelegenheit bietet, zu beweisen, dass sie die beste Schenkerin der Welt ist.« Rafael hält inne, und Dima wird klar, dass er irgendeine Reaktion erwartet.

»Ja, weiß ich.«

Für Letitia ist Geschenke kaufen ein olympischer Sport, aber Geschenke sind das Letzte, woran Dima jetzt gerade denkt.

»Genau, und weil Gabriel immer noch ...«

Auf Rafaels Seite ertönt ein Rascheln, und Dima hört gedämpfte Stimmen, die immer lauter werden. Die Verbindung knistert, und er hört einen Aufschrei und Türen, die zugeknallt werden, bevor ihm eine vertraute Stimme ins Ohr dringt.

»Welchen Teil von ›Hau gefälligst ab‹ hast du nicht verstanden?«

»Gabriel ... Was zum Teufel ist dein Problem?« Dima kann das gerade nicht. Nicht hier, nicht jetzt. Er hält es einfach nicht aus, noch einen Streit zu führen, den er überhaupt nicht anfangen wollte.

»*Du* bist mein Problem. Wie oft soll ich es dir noch erklären?«

»Ganz ehrlich, ich weiß es nicht, und es ist mir auch egal. Kümmere dich selbst um deine Probleme, und zieh mich nicht mit in sie rein.« Dima schließt die Augen und vergräbt das Gesicht in seiner freien Hand. Wann ist dieser Tag endlich vorbei? Er will endlich Ruhe haben, schlafen, abschalten.

»Oh, du bist echt gut. Jetzt tust du so, als wärst du das Opfer, aber darin warst du ja schon immer gut. Du spielst so unschuldig, aber du hast keinen Funken Respekt für deinen besten Freund.«

»Sorry, ist meine Sexualität dir etwa unangenehm? Es ist echt schwer, ein homofeindlicher Arsch zu sein, wenn dein bester Freund schwul ist, oder?«

Am anderen Ende wird es still, und Dima denkt schon, dass Gabriel aufgelegt hat, bis er hört, wie er wütend zischt.

»Mir ist scheißegal, mit wem du was anfängst, solange du es nicht bei mir versuchst.«

»Fick dich, Gabriel. Knapp zehn Jahre habe ich gebraucht, um rauszufinden, dass mein bester Freund ein arroganter Feigling mit einer Tonne Vorurteilen ist, aber zumindest weiß ich es jetzt.«

»Du scheinheiliger Arsch ...«

»Weißt du was? Ist mir egal, was du zu sagen hast. Ich habe meinem besten Freund hinterhergeweint, aber wie sich herausstellt, war ihn zu verlieren das Beste, was mir hätte passieren können.«

Energisch tippt Dima auf den roten Hörer und blockiert sofort Gabriels Nummer. Dann geht er seine Social-

Media-Apps durch, und jedes Mal, wenn ihm Gabriels Gesicht begegnet, durchströmt ihn eine tiefe Befriedigung, als er ihn blockiert, ein Profil nach dem anderen. Er löscht sogar die Fotos von ihm auf seinen eigenen Profilen. Es tut weh, fühlt sich aber gleichzeitig gut an. Manche Sachen muss man einfach hinter sich lassen, und wenn eins klar ist, dann dass er und Gabriel Geschichte sind. Das Fundament ihrer Freundschaft ist morsch, und das ganze Gerüst gehört auf den Müll. Gabriel musste es gar nicht aussprechen, brauchte keine Schimpfwörter, um Dima zu verletzen. Die Messer trafen trotzdem ihr Ziel. Er hat deutlich gemacht, dass er keinen schwulen besten Freund haben will, dass er nicht einmal die gleiche Luft atmen will wie ein Junge, der auf Jungen steht, als wäre Homosexualität eine Krankheit, mit der er sich anstecken könnte. Dimas Haut kribbelt, auf einmal fühlt sich sein Oberteil zu eng an, und seine Augen brennen und jucken. Er fühlt sich, als hätte Gabriel ihn aufgeschnitten und auf seinen schlimmsten Ängsten wie auf Klaviertasten gespielt.

Dima hatte schon immer Angst, dass ihn eines Tages jemand genau so sehen würde, wie er wirklich ist. Dass irgendwer einen Blick auf ihn werfen und die Scham sehen würde, die damit einhergeht, ein Junge zu sein, der nicht anders kann, als andere Jungen zu mögen. Aber er hätte nie gedacht, dass dieser Jemand sein bester Freund sein würde. Er kocht vor Wut, aber als er sich umsieht und feststellt, dass seine Wut ihn bis vor die Türen der Aula getrieben hat, erinnert er sich wieder an seinen Streit mit Luis, und er fängt langsam an, sich abzukühlen. Die Wut auf Gabriel wird von einem Zorn abgelöst, der nur auf ihn selbst gerichtet ist. Erst nachdem Gabriel, ausgerechnet

Gabriel, ihn scheinheilig genannt hat, ist ihm klar geworden, dass er alles vermasselt hat. So richtig. In der kurzen Reihe von schrecklichen Momenten in Dimas Leben übertrifft dieser Tag sie alle bei Weitem.

21. Dezember

Luis

»Ganz ehrlich, ihr hättet ihn sehen müssen! Wie er mit der Hand gewedelt hat, als wäre es das Abstoßendste, was ihm jemals begegnet ist. Aber ich mache das ständig! Meine Handgelenke sind so schlaff wie Vanillepudding, sie sind so ziemlich das Schwulste an mir, wenn man mal von meinem Musikgeschmack absieht. Aber warum sollte ich auch Tschaikowski hören, wenn es Beyoncé gibt? Egal, darum geht es gar nicht, es geht darum, wie er mit der Hand gewedelt hat! Und er hat es noch nicht mal gut gemacht! Wenn ich mit der Hand wedele, habe ich wenigstens Flair, aber an ihm sah es aus wie …«

»Tote Würmer, ja. Hast du bereits erwähnt«, sagt Alec, der leicht angewidert aussieht.

»Dein Musikgeschmack ist scheiße«, fügt Hannah hinzu.

»Das finde ich ganz schön homofeindlich von dir«, entgegnet Luis schmollend.

»Nicht so homofeindlich wie Dimas Handgelenke.«

»Hannah!«, ruft Alec empört und wirft ihr einen Blick zu, der besagt, dass sie sich zurückhalten soll.

»Sorry«, grummelt sie. »Aber nur, damit das klar ist, Tschaikowski war extrem schwul.«

Luis starrt missmutig an die weiße Wand ihm gegenüber. Alec und Hannah haben ihn hierhergeschleppt, um ihn vom katastrophalen gestrigen Abend abzulenken. Aber er ist nicht in der Stimmung für den Tag der Dankbarkeit. Sie haben sich in einer verwinkelten Kopfsteinpflastergasse versammelt, die wegen der malerischen, bunt gestrichenen Türen der gedrungenen Häuser auf der linken Straßenseite viele Urlaubsgäste anzieht. An den Türen und Fenstern hängen Mistelzweige und Lichterketten, und Schnee häuft sich auf den Fenstersimsen, die im Sommer mit Stiefmütterchen und Gerbera bestückt sind. Auf der rechten Straßenseite erstreckt sich eine lange, kahle Mauer, und jedes Jahr an diesem Tag zücken die Leute ihre Pinsel und schreiben an die Wand. Alec drückt Luis einen Pinsel in die Hand und hält ihm einen kleinen Topf mit roter Farbe hin.

»Du weißt, wie es läuft, es müssen drei Sachen sein«, beharrt er.

»Mir fällt nicht mal eine ein«, schnaubt Luis. »Nur sein bescheuertes Handgelenk und die Tatsache, dass er Psychologie studieren will, aber sich nicht mal seinen eigenen Ängsten stellen kann! Oder über seine Gefühle reden. Er wird bestimmt mal ein super Therapeut.«

Die Wahrheit ist: Wenn der Junge, in den man total verliebt ist, einem einredet, dass man sich schuldig und gedemütigt dafür fühlen soll, dass man einfach so ist, wie man ist, dann macht es das schwierig, sich etwas auszudenken, wofür man dankbar ist. Das Gespräch von gestern Abend spielt sich in Dauerschleife in Luis' Kopf ab, und er findet den Ausknopf nicht. Stattdessen hört er einen konstanten Strom von ›Freaks‹ und ›krank‹ und ›zur Schau stellen‹ und ›Außenseiter‹. Es fühlt sich an, wie ein Tritt in die Eier, nein, noch schlimmer, wie ein Schlag an die Kehle, gefolgt von einem weiteren Schlag an die Brust, in der eine Faust sein Herz in einem stählernen Griff hält und nicht aufhört, es immer fester zu drücken. Während der Konfrontation mit Dima hat er es geschafft, seine Tränen zurückzuhalten, aber sobald er seinen Sitz im Theater wieder einnahm, strömten sie ihm über die Wangen. Die Frau neben ihm dachte wahrscheinlich, dass ihm Alecs herzzerreißender Monolog richtig an die Nieren gegangen ist, dabei bekam Luis in Wirklichkeit kein Wort davon mit, was auf der Bühne gesagt wurde. Die Frau gab ihm eine Packung Taschentücher und tätschelte ihm den Arm.

»Dima ist ein Wichser«, sagt Hannah trocken.

»Können wir bitte nicht seinen Namen sagen?« Luis würde Alec am liebsten die rote Farbe aus der Hand reißen und sie an die Mauer pfeffern.

»Klar«, stimmt Hannah zu. »Das hast du mit Thom am Anfang ja auch gemacht.«

Luis schnappt sich den Farbtopf und stapft auf die Wand zu, um nicht weiter an diesem Gespräch teilnehmen zu müssen. Stattdessen starrt er die getünchten Ziegelsteine an, und versucht, sich etwas auszudenken, das er auf ihnen verewigen könnte. Er taucht den Pinsel zu energisch in die Farbe, sodass ein roter Fleck auf seinem Parka landet.

»Scheiß die Wand an«, flucht er und schließt die Augen. Ein weiterer Eintrag auf der Liste von Dingen, die in letzter Zeit schiefgelaufen sind. Er hätte nicht gedacht, dass irgendetwas seine Weihnachtsstimmung ruinieren könnte, aber jetzt gerade will er sich nur noch in seinem Zimmer verkriechen, bis die Feiertage vorbei sind. Doch noch nicht einmal das ist ihm vergönnt, weil Mattie auf einer Matratze auf dem Boden in seinem Zimmer schläft.

Er schreibt »Cheddar« an die Wand, weil seine Katze das Einzige ist, was ihm einfällt, das ihn nicht mit Genervtheit oder Traurigkeit oder Angst erfüllt. Dann fügt er »Brie« hinzu, weil er sich schuldig fühlen würde, sie auszulassen, denn es ist schließlich nicht ihre Schuld, dass sie immer mürrisch aussieht. Und »Roquefort« auch, denn seit das Kaninchen aufgehört hat, überall hinzumachen, ist es eigentlich ziemlich süß. Jetzt sieht es aus, als sei Luis ganz besessen von Käse, aber nicht einmal das kann ihn zum Lächeln bringen. Er stellt den Farbtopf und den Pinsel auf den Boden, damit der nächste Gast sich daran bedienen kann, und kehrt zu Alec und Hannah zurück, die ihn gar nicht bemerken, weil sie gerade ein ganz anderes Gespräch führen.

»Du musst sie trotzdem fragen«, sagt Alec.

»Dann denkt sie vielleicht, ich sei komisch«, antwortet Hannah.

»Das wird sie eh, aber aus ganz anderen Gründen, als du gerade denkst.«

»Über wen reden wir?«, fragt Luis.

»Niemanden«, schießt Hannah zurück. »Alec hat mir von Neujahr erzählt.« Luis erkennt in ihrer Aussage einen verzweifelten Versuch, das Thema zu wechseln, aber er kann auch die Drohung in ihrem Blick lesen, also spielt er mit.

»Was ist mit Neujahr?«, fragt er.

»Vielleicht ist jetzt gerade nicht die beste Zeit, darüber...«

»Sag es ihm. Er kann eine gute Nachricht gebrauchen«, ermutigt Hannah Alec.

»Na, danke auch, Hannah«, sagt Luis trocken.

»Also«, setzt Alec schüchtern an. »Nach unserem Gespräch ...«

»Unserem Sieg«, fügt Hannah hinzu.

»Nach unserer Debatte mit dem Schulleiter ...«

»Nachdem wir ihn komplett zerstört haben«, unterbricht Hannah stolz.

»Nachdem wir ihm unsere Argumente dargelegt und eine positive Antwort von der Schulleitung bekommen haben, hatte ich Zeit, nachzudenken. Jetzt, da Ferien sind und die Aufführung vorbei ist, will ich eine Feier nicht nur für uns, sondern für die ganze Stadt organisieren. Als Dank an alle, die unsere Unterschriftensammlung unterstützt haben, aber auch, um der Schule zu zeigen, dass wir ihre Versprechen nicht vergessen werden. Mit der Reichweite, die wir jetzt haben, müssen wir weiterdenken. Und ich finde, dass eine Pride-Neujahrsfeier die perfekte Größe hat.«

»Warum sollen wir es bei der Schule belassen, wenn wir ganz Fountainbridge queer machen können?«, fügt Hannah hinzu.

»Was meinst du, Luis?«

Ehrlich gesagt fühlt Luis sich im Moment nicht besonders stolz und nach feiern schon gar nicht. Aber Alec sieht so hoffnungsvoll aus, und Hannahs Gesichtsausdruck ist ungewöhnlich lebendig. Selbst wenn in Luis kein Funken Feierstimmung mehr steckt, die beiden verdienen es, dass ihre Anstrengungen ordentlich gewürdigt werden.

»Klar«, sagt er mit so viel Enthusiasmus, wie er aufbringen kann. »Lasst uns alle einladen.«

»Nicht alle«, widerspricht Hannah grimmig. »Einer ist nicht eingeladen.« Luis protestiert nicht. Dima würde eh nicht zu einem Pride-Event kommen.

»Hat er wenigstens versucht, sich zu entschuldigen?«, fragt Alec.

»Nein, von ihm kam gar nichts. Nicht mal eine Textnachricht.«

»Ich wiederhole: Wichser«, verkündet Hannah.

»Ich glaube, ich gehe lieber«, seufzt Luis. Er fühlt sich gleichzeitig niedergeschlagen und todmüde. Alles, was er will, ist sich ins Bett zu legen, mit Cheddar zu kuscheln, und sich richtig auszuweinen, während er im Radio Herzschmerzballaden hört.

»Sicher? Wir können zu mir gehen und mit meiner Großmutter Karten spielen«, schlägt Alec mit besorgtem Gesicht vor.

»Ich bin nicht in der Stimmung, gegen deine Großmutter zu verlieren, Alec. Sie schummelt!«

»Tatsache«, stimmt Hannah ihm zu.

»Okay, na dann. Sehen wir uns morgen? Wir müssen ein Familienfoto machen.«

Luis ist auch nicht in der Stimmung dazu, falsch-fröhliche Fotos zu machen, aber er nickt trotzdem. Er dreht sich zum Gehen um und ignoriert dabei all die vertrauten Gestalten, die in die Gasse kommen, um ebenfalls etwas auf die Mauer zu schreiben. Er läuft durch den Schnee, und zum ersten Mal dieses Jahr kommt ihm nicht das magische Gefühl, das ihn immer umhüllt, wenn er die Stadt von ihrem weißen Wintermantel bedeckt sieht. Die Welt fühlt sich feindselig an, und jede Schneeflocke, die ihm die Sicht verschleiert, nimmt er als persönlichen Angriff auf. Als er nach Hause kommt, sind seine Gliedmaßen Eisblöcke, und nicht einmal der Anblick von Bries mürrischem Gesicht, das unter dem Weihnachtsbaum hervorlugt, kann ihn aufheitern. Die Katze scheint ihm bessere Gesellschaft für seine düstere Stimmung zu sein als die fröhliche Cheddar, also lockt er sie hervor und ist froh, dass er es unbehelligt in sein Zimmer schafft. Klaus hat Elena und Mattie zum Rodeln mitgenommen, also hat er zumindest für die nächsten paar Stunden sein Zimmer für sich. Er schließt sein Handy ans Radio an, wählt seine deprimierendste Playlist aus, und lässt sie in Dauerschleife abspielen. Mit Brie im Arm vergräbt er sich unter seiner Decke und schließt die Augen.

Hier ist das Problem: Er verliebt sich immer wieder in die gleiche Art von Jungs, und er hasst sich selbst dafür. Sie sind immer größer als er, immer maskuliner, extrovertiert und laut. Einfach normal, und in der Regel hetero, und aus irgendeinem Grund macht sie das meist noch attraktiver. Dass sie unberührbar sind, dass sie in ihm nie jemanden sehen würden, mit dem sie zusammen sein würden. Weil er ein bisschen zu viel ist, ein bisschen zu schwul. Er verliebt sich immer rettungslos, und in seiner Brust wohnt ein süßes, schmerzhaftes Ziehen, manchmal für mehrere Jungen gleichzeitig, und er kann einfach nicht anders. Natürlich musste er sich in Dima verlieben; schweigsam, ein bisschen unwirsch, der brütende Fremde in einem historischen Drama, in den die Heldin sich unsterblich verliebt, obwohl er ihr nichts als Verachtung entgegenbringt. Und dann stellt sich heraus, dass er sie auch liebt. Luis dachte, Dima ... Na ja, er würde es nicht gerade »Liebe« nennen, aber er dachte, sie hätten eine besondere Bindung, dachte, dass Dima auch etwas für ihn empfand. Etwas, das zu Liebe *werden* könnte, irgendwann einmal.

Das Kissen unter seinem Kopf wird unter einer erneuten Tränenflut ganz nass. Sie fließen in einem langsamen, aber stetigen Strom, und ihm wird klar, dass er Dima in Wirklichkeit, wenn er völlig, schmerzlich ehrlich zu sich ist, schon lange liebt. Der Moment, als Dima auf dem Weg zum Weihnachtsmann Theos Hand genommen hat, der Moment, als Dima, ohne zu zögern, ihre Unterschriftensammlung unterstützt hat, der Moment, als Dima auf der Bühne stand und sein Lied den Raum erfüllte; alles Pfeile, die genau in Luis' Herz getroffen haben, und gestern Abend hat Dima sie herausgezogen, ohne darüber nachzudenken. Klar ist das total melodramatisch, aber das ist Luis' Recht. Es fühlt sich gut an, es hilft ihm dabei, eine Beziehung zu verstehen, die nie sein sollte, egal, wie sehr Luis sie wollte. Luis liebt Dima zwar, aber Dima kann Luis unmöglich lieben, wenn er alles hasst, was Luis zu dem macht, der er ist.

Und jetzt? Jetzt wohnt Dima immer noch nebenan. Zwischen ihren Türen liegen dreiundzwanzig Schritte, Luis hat sie gezählt. Dima hat sich in Luis' Leben geschlichen, seine Großmutter um den kleinen Finger gewickelt, musste sich nicht einmal anstrengen, um seine Nichten für sich zu gewinnen, hat sich mit Luis' Freundesgruppe angefreundet, und wer ist daran schuld? Nur Luis selbst. Luis war es, der Dima aus seinem Versteck gelockt hat, der so dringend wollte, dass Dima sich auch in seine Heimatstadt verliebt, so wie Luis sie liebt. Also zeigte Luis ihm seine

Lieblingsecken und -geheimnisse und -menschen. Und das Sahnehäubchen auf diesem verkohlten Kuchen, der bunt leuchtende Streusel auf dem Dreckhaufen, ist, dass es Dima total gut zu gehen scheint. Kein Wort von ihm seit ihrem Streit, kein Anruf, keine Nachricht, kein Zettel unter der Tür durchgeschoben, und auch keine Rauchzeichen. Nur Totenstille, in der Luis Dima förmlich vor Erleichterung aufseufzen hört, weil er endlich den ungebetenen, nervtötend schwulen Parasiten namens Luis losgeworden ist.

Brie miaut, streckt die Pfötchen und dreht sich auf den Rücken, sodass ihr überraschend langer Körper gegen Luis' Brust gepresst ist. Der Song, der gerade läuft, ist traurig, und er ist auch traurig, und die Katze ist vielleicht nicht traurig, aber sie sieht so weich und sorglos aus, dass Luis trotzdem noch ein bisschen mehr weinen muss. Ein Klopfen an der Tür schreckt Brie auf, und sie verdreht den Kopf, um das Geräusch besser orten zu können. Es klopft wieder, und Brie sieht ihn an, als warte sie auf seine Reaktion. »Nein«, grummelt er, was natürlich den genau gegenteiligen Effekt hat. Luis' Familie hat ein erstaunliches Talent dafür, nur das zu hören, was sie hören will. Mabel schließt leise die Tür hinter sich, steigt über Matties Matratze und setzt sich vorsichtig aufs Bett. Luis weigert sich, zur Seite zu rücken, was seine Schwester als Einladung auffasst, ihn am Hals zu kitzeln.

»Ich weiß, dass du gerade wahnsinnig viel zu tun hast«, sagt sie, und ihre Stimme trieft geradezu vor Sarkasmus, »aber ich muss schnell zum Supermarkt und irgendwer muss die Schokolade am Weihnachtsbaum bewachen, sonst haben meine wunderschönen, unartigen Töchter die ganze Nacht Bauchschmerzen. Und das würde ich gerne so lange wie möglich vermeiden, denn sie haben gar nicht mehr so viel Zeit, bevor sie sich mit ihren Perioden rumschlagen müssen, verstehst du?«

Luis dreht sich um und wirft ihr einen empörten Blick zu. »Das waren viel zu viele Informationen.«

Mabel zieht nur die Augenbrauen hoch. »Luis, manche Menschen menstruieren. Nur, weil du an Jungs interessiert bist, heißt das nicht, dass sie nicht existieren.«

»Ja, aber wie du schon erkannt hast, habe ich viel zu tun, also kann ich nicht auf die blöde Schokolade aufpassen. Wessen Idee war es überhaupt, sie aufzuhängen?«

»Du weißt doch, dass Opa Schokolade liebt.«

»Ein bisschen zu sehr, wenn du mich fragst. Ich bin mir fast sicher, dass Opa derjenige ist, der immer die Schokolade klaut und es dann den Zwillingen in die Schuhe schiebt.«

»Wenn es ihn glücklich macht und meinen Mädchen die Bauchschmerzen erspart, will ich ihn nicht daran hindern. Und jetzt steh auf!«

»Siehst du nicht, dass ich Schmerzen leide?«

»Nein, sehe ich nicht. Was tut dir denn weh?«

Luis weiß nicht, was er darauf antworten soll. Er dreht sich wieder weg und versucht, sich die Decke über den Kopf zu ziehen, scheitert aber, weil seine Schwester auf ihr sitzt.

»Also?« Sie piekt ihn in die Seite, und als er nicht antwortet, piekt sie ihn noch ein zweites Mal. »Worum geht's?«

Luis murmelt etwas in Bries Fell. Es ist ihm zu peinlich, um es laut zu sagen.

»Die Katze kann dir nicht helfen, aber ich schon.« Das hält Luis für eine dicke, fette Lüge.

»Die Katze hat einen Namen«, schießt er zurück.

»Luis, du bist nicht zum Aushalten. Was tut dir weh?«

Er wartet darauf, dass sie ihn endlich in Ruhe lässt, aber sie sieht ihn unverwandt an. Nachdem sie sich eine Minute lang angeschwiegen haben, murmelt er widerwillig: »Mein Herz«, und vergräbt sofort das Gesicht in seinem Kissen.

»Ach, Luis«, seufzt sie und schiebt seinen Hintern zur Seite, damit sie sich neben ihn legen kann. »So schlimm?«

Luis spürt, wie sich wieder Tränen in seinen Augenwinkeln sammeln, und schafft es nur, zu nicken. Mabel scheint seine Verletzlichkeit zu spüren und legt ihm den Arm um die Schultern.

»Geht es um Dima?«

Er nickt wieder.

»Dachte ich mir schon. Nach der Aufführung gestern habe ich ihn nicht mehr gesehen, und du kamst mir ein bisschen ... verloren vor. Willst du mir erzählen, was passiert ist?«

Nein, nicht wirklich. Aber Mabel ist schon immer seine Verbündete gewesen, seine Beschützerin, seine große Schwester, die seine Wunden mit Spucke säubert und ein buntes Pflaster darauf klebt. Sie war die Erste in seiner Familie, vor der er sich geoutet hat, in einem ähnlichen Moment wie jetzt, nur, dass er sich damals unter ihrer Decke versteckt hat statt unter seiner eigenen. Trotz seiner zugeschnürten Kehle tröpfeln die Worte langsam aus ihm heraus, bis sie an Geschwindigkeit gewinnen und schließlich so schnell aus seinem Mund fließen, dass er über sie stolpert.

»Hey, vergiss nicht, zwischendurch zu atmen«, sagt sie, als seine Schultern vor Schluchzen anfangen zu zittern. Erst nach mehreren Minuten, in denen er Brie streichelt und Mabel ihm über den Rücken streicht, bis er wieder normal atmen kann, beruhigt er sich wieder.

»Er hört sich nicht wie jemand an, der schwule Menschen hasst«, stellt Mabel nach einer Weile fest. »Eher wie jemand, der Schwierigkeiten hat, sich selbst zu akzeptieren.«

»Wirklich?« Luis' Stimme klingt schwach und verschnupft.

»Ich finde schon. Dima hasst dich nicht, Luis. Auf keinen Fall. Vielleicht solltest du nochmal versuchen, mit ihm zu reden.«

»*Ich* soll mit *ihm* reden? Wenn überhaupt sollte er mit mir reden. Ich habe dir doch gesagt …«

»Nicht mal eine Nachricht, ja. Aber hast du ihm zugehört? Weißt du, wo das alles herkam?«

»Du klingst so, als wäre ich ihm etwas schuldig, wobei er doch derjenige war, der mich verletzt hat! Ganz ehrlich, hol einfach deine Sachen, ich passe schon auf die Zwillinge auf.« Auf dieses Gespräch hat er überhaupt keinen Bock mehr. Er ist derjenige, dem Unrecht getan wurde, er ist derjenige, der verletzt ist, dessen Weihnachten ruiniert wurde, und seine eigene Schwester denkt nur an Dimas Gefühle.

»Luis, hör mir doch zu. Du bist ihm nichts schuldig. Aber dir selbst schon.«

»Was meinst du damit?« Vorsichtig, um Brie nicht unter sich zu begraben, dreht er sich um und stützt sich auf sein Kissen. Mabel sieht ernst aus. Ihre Bluse ist verknittert, ihr Make-up etwas verwischt, aber ihre Augen, grau wie seine, sind aufmerksam.

»Ich glaube, du erinnerst dich nicht mehr daran, als Mum gegangen ist. Ich war auch noch jung, und manchmal wünsche ich mir, ich könnte mich nicht daran erinnern, aber ich kann es nun mal.« Auf einmal klingt ihre Stimme dünn. Nein, er erinnert sich nicht. Er war gerade erst ein Jahr alt, zu jung, um sich überhaupt an ihr Gesicht zu erinnern, wenn es nicht alte Fotos von ihr gäbe. Früher hat er seine Geschwister beneidet. Sie hatten eine Mutter, und diese Tatsache war mit schönen Erinnerungen an Kinderreime und Ausflüge in die Eisdiele verbunden, die er nie hatte. »Sie hat eine Tasche gepackt, als wir in der Schule waren und Dad gearbeitet hat. Sie saß im Wohnzimmer und hat auf uns Kinder gewartet, eine Hand auf ihrem Koffer. Ich habe nicht verstanden, was vor sich ging. Ich dachte, sie spielt uns irgendeinen Streich. Sie hat Klaus umarmt, dann mich, und ist gegangen.«

Das hat er nicht gewusst. Dass sie gegangen ist, ohne sich von Dad zu verabschieden, ja. Aber dass sie lange genug geblieben ist, um ihren Kindern noch einen Abschiedskuss zu geben, kommt ihm besonders grausam vor. Er fragt sich, wo er wohl zu der Zeit war. Schlief er in seiner Wiege, während seine Mutter ihre Flucht plante, oder hatte sie ihn bei seinen Großeltern gelassen, damit sie gehen konnte, ohne dabei ertappt zu werden?

»Zuerst war ich verwirrt. Ich war so davon überzeugt, dass sie jeden Moment zurückkommen würde, dass sie durch die Tür kommen und alles wieder normal werden würde, und wir alle so tun würden, als wäre gar nichts passiert. Ich habe nicht verstanden, warum Dad ständig traurig war. Erst nach ein paar Jahren bin ich in meine Wut hineingewachsen. Ich habe die Fotos von ihr von der Wand genommen und sie versteckt, ich habe Dad und Dora die Schuld gegeben und mir selbst, weil ich nicht gut genug war. Aber am Ende habe ich doch nur ihr die Schuld gegeben. Weil sie selbstsüchtig und herzlos und so unglaublich grausam war. Und dann wurde ich schwanger. Während der Schwangerschaft habe ich überhaupt nicht an sie gedacht. Erst, als Theo und Tabby geboren wurden, wurde ich wieder an sie erinnert. Sie haben ihre Augen, und ihre Haarfarbe. Meine Mädchen sind das Schönste, was ich je gesehen habe. Und trotzdem erkenne ich sie in ihren Gesichtern, und fühle etwas, was ich nicht fühlen will, wenn ich das ansehe, was ich am meisten liebe. Also habe ich mich in ihre Position begeben. Versucht, zu sehen, was sie gesehen hat.«

»Warum würdest du das tun? Sie ist ein Arsch.«

»Hör einfach zu, Luis. Ich will sie verstehen, statt sie nur zu hassen. Ich will nicht, dass meine Mädchen aufwachsen und einen Groll gegen sie hegen, und will dann nicht deswegen auch einen Groll gegen die Mädchen hegen, und dass sich dann der ganze Ärger aufstaut, ohne, dass wir ihn irgendwo rauslassen können.« Sie atmet tief durch und seufzt. »Damals habe ich beschlossen, zu versuchen, ihr zu verzeihen, weil ich nicht die Last mit mir herumtragen möchte, jemanden zu hassen, wenn mein Leben stattdessen mit so viel Liebe erfüllt sein könnte. Und tief in mir drin denke ich, dass wir alle ein bisschen gnädiger zueinander sein könnten.«

»Also willst du, dass ich was genau mache?«

»Ich weiß es nicht, Luis. Was willst du tun?« Er spürt, wie ihr Gewicht vom Bett verschwindet, als sie ihn auf die Stirn küsst und aufsteht.

»Mabel? Hast du ihr verziehen?«

Ihr Gesicht liegt im Schatten, aber er kennt sie schon sein ganzes Leben, und selbst in seinem dunklen Zimmer erkennt er das traurige Lächeln auf ihren Lippen.

»Ich arbeite noch daran.«

22. Dezember

Dima

Die Lampe auf seinem Nachttisch besteht aus Messing und Buntglas. Er hat sie in der Garage gefunden, von einer dicken Staubschicht überzogen, wo das geschiedene Ehepaar sie wohl stehen gelassen hat, als sie ausgezogen sind. Die Lavalampe ist am Ende doch im Müll gelandet, zusammen mit dem Foto von ihm und Gabriel im Sommercamp. Er hat sich dramatisch gefühlt und es außerdem noch zerrissen. Aber die erwartete Befriedigung setzte nicht ein, und stattdessen fühlte er nur einen dumpfen Schmerz.

Es sind zehn Minuten nach Mitternacht, und Dima sitzt in dem Sessel neben dem Fenster und starrt seinen Bücherstapel an. Seine Mutter ist vor einer Weile von ihrer Schicht im Krankenhaus wiedergekommen, und obwohl man den Fernseher bis in sein Zimmer hören kann, ist er sich ziemlich sicher, dass sie mittlerweile tief und fest eingeschlafen ist. Die letzten zwei Stunden lang ist sein Blick immer wieder an dem Roman hängen geblieben, den er bei dem Büchertausch bekommen hat, und seitdem überlegt er, ob er ihn auch wegschmeißen muss. Er ist hin- und hergerissen. Gabriel und Luis finden ihn jeweils zu schwul und nicht schwul genug. Er ist kurz davor, aufzustehen und den Roman hinter einigen seiner anderen Bücher zu verstecken, als draußen ein Auto vor ihrem Haus anhält. Es ist bitterkalt, und Dima schickt wieder einmal einen stummen Dank an die Person, die die Fußbodenheizung erfunden hat. Er hat zwar den ganzen Tag das Haus nicht verlassen, aber wenn er es täte, würde er tatsächlich seine Jacke zumachen und einen Schal mitnehmen. Die Gestalt, die aus dem Auto steigt, ist in einen dicken Wintermantel gehüllt, aber trotz der Dunkelheit sieht Dima sie zittern. Einen Moment lang steht sie nur da und starrt das Haus an, bevor sie eine Tasche aus dem Auto holt und die Tür schließt. Das Auto gleitet geräuschlos davon und verschwindet in der Dunkelheit und lässt die fremde Gestalt allein auf dem Gehweg zurück. Dima hat das Gefühl, dass sie jetzt zu seinem Fenster hochsieht, und er fragt sich, ob sie vielleicht Anja ist, die sich ihrer besten Freundin und ihrem Sohn erbarmt und beschlossen hat, dass sie jemanden brauchen, der ihr Haus mit Leben erfüllt. Aber als die Gestalt das Tor öffnet und zur Haustür geht, sind ihre Schritte länger als die von Anja.

Mit einer dunklen Vorahnung springt Dima auf und läuft zum Treppenabsatz. Wer auch immer sie mitten in der Nacht besuchen kommt, ist vermutlich nicht nur auf eine Tasse Tee und ein nettes Gespräch aus. Das Außenlicht springt an, und Dima kann durch das Milchglas den schemenhaften Umriss des mitternächtlichen Besuchers erkennen. Eine Sekunde später ertönt die Klingel im leeren Flur, und Dima hört ein Grunzen aus dem Wohnzimmer. Ein Schauer läuft ihm über den Rücken. Er hat keine Ahnung, was ihn erwartet, und es gibt nur einen Weg, es herauszufinden. Er nimmt zwei Stufen auf einmal, bis er unten ankommt und die Tür aufreißt. Ein eiskalter Windstoß attackiert jeden Zentimeter seiner bloß liegenden Haut und fährt ihm unter den dünnen Schlafanzug. Die Kälte ergreift seinen Magen und drückt zu, als er auf einmal Gabriel ins Gesicht starrt.

»Was zur *Hölle*.«

Die Worte entringen sich ihm, bevor er sie aufhalten kann. Gabriel blinzelt. Seine Augen sind der einzige Teil seines Gesichts, der sichtbar ist, der Rest ist hinter Lagen von Schals und Mützen verborgen. Er sieht angepisst aus.

»Ja, super, danke, natürlich komme ich gerne rein.«

Er klingt auch angepisst. Er stampft mehrmals mit den Füßen auf, um den Schnee von seinen Stiefeln zu schütteln, bevor er in den Flur treten will. Dima will nicht nachgeben, aber er kann Gabriel entweder reinlassen oder einen Zusammenstoß riskieren. Unwillkürlich tritt er einen Schritt zurück.

»Gott, ist es kalt hier.«

Gabriel zieht die Tür hinter sich zu, macht aber keine Anstalten, weiter hereinzukommen. Bianca tapst in den Flur, wo sie zwischen ihnen hin- und herblickt und sich dann ein müdes Lächeln abringt.

»Wie schön, dass du es geschafft hast, Gabriel. Ich schreibe gleich Letitia, damit sie weiß, dass du sicher angekommen bist.« Sie umarmt Gabriel schnell und gibt Dima einen Kuss auf die Wange, bevor sie auf die Treppe zusteuert. »Bleibt nicht zu lange auf. Und versucht bitte, leise zu sein, ja?«

Ihre Schlafzimmertür fällt ins Schloss, und Dima bleibt allein mit Gabriel und der Erkenntnis zurück, dass seine Mutter von seinem Kommen wusste und ihm nichts davon erzählt hat. Er sieht zu, als Gabriel seinen Mantel und Schal ablegt und dabei Dimas Blick ausweicht.

»Was machst du hier?«, fragt Dima. Es ist eher eine Forderung als eine Frage. Gabriel zieht die Stiefel aus und dreht sich widerwillig zu Dima um.

»Ich bin hier, um das zwischen uns zu klären.«

»Okay.«

»Um sicherzustellen, dass wir uns richtig verstehen.«

»Alles klar.«

»Weil ich dir etwas ins Gesicht sagen wollte.«

»Und was?«

»Dass ich nicht wütend bin, weil du schwul bist. Ich bin wütend, weil ich das durch einen verdammten Kuss rausfinden musste.«

»Du bist so weit gekommen, nur um mir das zu sagen? Du hättest mir auch einfach eine Nachricht schicken können. Dann hättest du Geld gespart.«

Gabriel beißt die Zähne zusammen, und Dima genießt es, zu sehen, wie aufgewühlt er ist. »Du hast meine Nummer blockiert«, antwortet Gabriel langsam, mit einer Pause nach jedem Wort.

»Oh«, entgegnet Dima mit einem überheblichen Lächeln. »Stimmt. Ganz vergessen.« Er zuckt mit den Schultern, als ob ihm das Ganze total egal wäre. Er verlässt den Flur und geht in die Küche, auf der Suche nach etwas, mit dem er seine Hände beschäftigen kann. Gabriels plötzliches Auftauchen hat ihn mehr aus dem Gleichgewicht gebracht, als er zugeben will. Er war sich sicher, dass er Gabriel nie wiedersehen würde, und kaum mehr als einen Tag später steht er nun vor ihm. Sein homofeindlicher ex-bester Freund. Dima setzt den Teekessel auf, als Gabriel ihm hinterherstampft. Er sieht sich in ihrem neuen Haus um, in der modernen Küche, die fast dreimal so groß ist wie Dimas alte, im geräumigen Esszimmer, durch dessen deckenhohe Fenster das Licht aus dem Wohnzimmer den Schnee im Garten erleuchtet. Dima holt zwei Tassen aus dem Schrank und knallt sie so laut auf die Küchentheke, dass Gabriel zusammenzuckt.

»Willst du Milch und Zucker in deinem Tee, oder sind Schwulenfeindliche zu hetero für sowas?«

»Ich bin nicht …«, setzt Gabriel an, aber dann schüttelt er den Kopf und verstummt.

»Nein, sprich weiter, ich würde liebend gerne deine Ausreden hören«, flötet Dima falsch-fröhlich, während er kochendes Wasser in die Tassen gießt. Gabriels bis jetzt blutleere Wangen sehen kurz genauso sonnengebräunt aus wie sonst, bevor sie einen noch dunkleren, wütenden Rotton annehmen.

»Du bist also immer noch eine arrogante Arschgeige. Aber ich bin nicht schwulenfeindlich, du hast einfach nur ein schlechtes Gedächtnis und einen Riesenstock im Arsch.«

Dima hat keine Ahnung, was das heißen soll, aber er erkennt eine Beleidigung, wenn er sie hört. Er hat es satt, Spielchen zu spielen. »Du hast herausgefunden, dass ich schwul bin, und hast mir gesagt, dass ich mich verpissen soll!«

»Ich habe dir gesagt, dass du dich verpissen sollst, weil du mich geküsst hast!«

»Tu nicht so, als ob es hier um dich gehen würde.«

»Geht es doch, es war schließlich mein verdammter Mund, den du geküsst hast!«

»Was? Nein! Hör auf, das zu sagen!«

»Du. Hast. Mich. Geküsst!« Gabriel schleudert ihm jedes Wort einzeln entgegen.

Das bringt Dima zum Schweigen. Er rennt zur Küchentür und schließt sie, damit ihr Geschrei nicht in den Flur dringt. Dann sagt er das Erste, was ihm in den Sinn kommt.

»Gabriel, ich habe dich schon dabei gesehen, wie du Popel gegessen hast, warum würde ich dich küssen wollen?«

Er ist schon viel zu lange mit Gabriel befreundet, um romantische Gefühle für ihn zu hegen. Er sieht nicht schlecht aus, mit seinen durchdringenden braunen Augen über seiner scharfen Nase und den dunklen Locken, die sein Gesicht einrahmen. Aber Dima hat schon gehört, wie Gabriel mit einem solchen Genuss gefurzt hat, dass jegliches Gefühl von leichter Anziehung sich bereits vor Jahren verflüchtigt hat. Auf keinen Fall hat er Gabriel geküsst.

»Wir haben nicht Flaschendrehen gespielt, oder?«

»Wenn's doch nur so wäre«, antwortet Gabriel. »Nein, nachdem du vor mir weggerannt bist, hast du dich so richtig volllaufen lassen, und dann hast du mich in eine Ecke gezerrt und einfach ...« Gabriel verzieht das Gesicht.

»Daran erinnere ich mich nicht.«

»Tja, es ist aber passiert«, seufzt Gabriel. Er klingt niedergeschlagen.

Dima lässt sich aufs Sofa fallen und fährt sich durchs Haar. Was zum Teufel ist mit ihm verkehrt? Ihm fällt kein Grund ein, warum er seinen besten Freund küssen würde, nach allem, was auf der Party passiert ist. Vielleicht hat ihn jemand dazu herausgefordert, oder es war ein Versuch, sich und Gabriel zu beweisen, dass ein Kuss rein gar nichts bedeutete. So oder so war es zweifellos die schlechteste Idee, die er je gehabt hat.

»Also das tut mir leid.«

»Ja, als ob das alles wieder gutmacht.«

»Was willst du denn von mir hören? Ich war betrunken und habe dich geküsst, und du hast mich, statt das mit mir zu klären, aus deinem Leben verbannt? Heul weiter, Gabriel! Dein angeknackstes Ego entschuldigt nicht dein beschissenes Verhalten! Vielleicht erinnere ich mich nicht an alles, aber ich weiß, was ich gesehen habe. Als ich mit Cody aus dem Zimmer kam, hast du mich angeguckt, als wärst du in Hundescheiße getreten. Du hast gesagt, was du sagen wolltest. Warum bist du immer noch hier, wenn die Tatsache, dass ich schwul bin, das Schlimmste ist, was dir je passiert ist?«

»Du bist so ein sturer, hässlicher Trottel!«

»Ein Trottel.«

»Ein *hässlicher* Trottel!«

»Vergiss ›stur‹ nicht.«

Gabriel sieht wütend aus, aber auch so, als würde er gleich lachen. »Ich bin hergekommen, weil ... weil du mein bester Freund bist!« Gabriels Geständnis lässt das Feuer in Dimas Brust so weit in sich zusammensinken, dass er tief durchatmen kann. Dima ist immer noch sauer, aber Gabriel war den ganzen Tag unterwegs, um mit ihm zu sprechen. Das sollte für etwas zählen. Und wenn er ganz ehrlich ist, weiß er, dass es nicht okay war, Gabriel zu küssen.

»Gabriel, es tut mir leid.«

Gabriel sieht ihn nicht an. Er zuckt nur mit den Schultern und schaut den Schneeflocken zu, die draußen zu Boden fallen.

»Gabriel«, wiederholt Dima, und dann noch einmal, bis Gabriel endlich den Kopf dreht und seinem Blick begegnet. »Es tut mir wirklich leid. Es war nicht okay, diese Grenze zu überschreiten. Das wird nicht noch einmal passieren, versprochen.« Gabriel hält einen Moment lang seinen Blick fest. Ihm ist eine Locke übers Auge gefallen. Dann nickt er. »Ich schwöre es. Lieber würde ich eine Pastete essen, als dich zu küssen.« Gabriel sieht wenig beeindruckt aus. »Ich würde lieber ein Wildschwein küssen als dich.«

»Okay, ich hab's verstanden.«

»Ich würde mir lieber ein Seil um die Füße binden und von einer Klippe springen, als dich zu küssen.«

»Ich hab' doch schon gesagt, dass ich's verstanden hab'.«

»Ich würde lieber *ohne* ein Seil um die Füße von einer Klippe ...«

»Das war deutlich genug, Dima!«

Zum ersten Mal seit einer gefühlten Ewigkeit lächelt Dima. Elend hat den Nebeneffekt, dass die Stunden sich wie Jahre anfühlen. Er ist froh, dass sie wieder miteinander sprechen, aber ein gewisses Unbehagen bleibt ihm erhalten, wie etwas Schweres, das ihm auf der Brust liegt. Zuerst denkt er, dass das Gefühl von seiner quasi-Trennung von Luis herrührt, aber der Schmerz hat in seinem Körper ein anderes Zuhause gefunden und hat sich dort vergraben. Nein, irgendetwas an diesem ganzen Streit mit Gabriel nagt immer noch an ihm, wie ein Splitter unter seiner

Haut, harmlos, wenn man ihn in Ruhe lässt, und heiß und schmerzend, wenn man darauf herumdrückt.

»Ist zwischen uns jetzt alles gut?«, fragt Gabriel.

»Nein, alles ist nicht *gut*. Du hättest nicht so reagiert, wenn es dich nicht stören würde, dass ich schwul bin. Es ist nicht cool, einen Freund ohne seine Zustimmung zu küssen. Aber es ist auch nicht cool, wenn sein Freund ein Problem damit hat, dass man schwul ist.«

»Ich habe gar kein Problem damit, dass du schwul bist.«

»Doch, hast du.«

»Überhaupt nicht. Du bist mein bester Freund.«

»Gabriel, du hast mich vollständig aus deinem Leben verbannt und sogar deinem Bruder verboten, mich zu kontaktieren!«

»Ich war ... Es war einfach. Es ist alles so verkorkst. Ich habe gesehen, wie du Cody Dreyfuss geküsst hast. Und ich war schockiert, dass du mir nicht einmal gesagt hattest, dass du ... na ja.«

»Dass ich schwul bin.«

»Ja! Und das hat mich echt verletzt. Ich dachte, wir wüssten alles übereinander. Und dann, weniger als eine Stunde später, hast du versucht, mich zu küssen. Und abgesehen davon, dass das offensichtlich ein No-Go war, will ich gar nicht wissen, mit wem du an dem Abend sonst noch Spucke ausgetauscht hast.«

»Und jetzt bin ich auch noch eine Schlampe. Gut gemacht, Gabriel.«

Gabriel dehnt den Nacken, bis er knackt, eine unangenehme Angewohnheit von ihm, an die Dima sich vermutlich nie gewöhnen wird. »Eigentlich war es Rafael, der mich dazu gezwungen hat, herzukommen. Und meine

Mum. Und mein Dad, nachdem Rafael ihnen erzählt hat, dass ich ihm das Handy geklaut habe. Er hat unser Gespräch gehört und ist sofort zu ihnen gerannt und hat ihnen jedes Wort gepetzt.«

»Also hattest du ein schlechtes Gewissen.«

Gabriel weicht seinem Blick aus und knackt als nächstes mit den Fingerknöcheln. »Mum hat gesagt, dass ich mir, wenn ich nicht zu dir fahre und mich entschuldige, Weihnachten abschminken kann und mich nie wieder in ihrem Haus blicken lassen soll.«

»Also hattest du kein schlechtes Gewissen, sondern nur Angst, enterbt zu werden. Hör mal, ich weiß nicht, warum du mir das alles erzählst, aber wenn das deine Entschuldigung sein soll, dann ...«

»Ich hatte kein schlechtes Gewissen. Zumindest nicht am Anfang. Aber dann hatte mein Handy im Zug keinen Akku mehr, und ich hatte kein Ladegerät dabei und konnte nicht schlafen, also ...«

»Musstest du den Tatsachen ins Auge sehen.«

»Weißt du, ich fand es schon immer scheiße, wenn du meine Sätze für mich beendet hast.«

»Nur, weil du weißt, dass ich Recht habe.«

»Du kennst nicht alle meine Gedanken, Dima!«

»Nein, aber die meisten, und eigentlich *will* ich sie gar nicht kennen. Deine Gedanken sind schmutziger als dein Zimmer, und das will was heißen.«

»Ich finde nicht, dass du eine Entschuldigung verdient hast, so arrogant, wie du bist.«

»Ich finde schon.«

Ihr Streit mag sich mittlerweile wie eine Kabbelei anhören, aber er ist trotzdem todernst. Nur ihre Gefühle haben sich etwas abgekühlt. Gabriel scheint zu demselben Schluss zu kommen.

»Na gut. Tut mir leid.«

Dima hält die Hände hoch und sieht sich im Wohnzimmer um, als würde er nach etwas suchen. »Kommt da noch mehr?«

Gabriel verdreht die Augen. »Tut mir leid, dass ich dir unterstellt habe, eine Schlampe zu sein.«

»Guter Anfang.«

»Und es tut mir leid, dass ich gesagt habe, du seist hässlich, und ein Arsch, und dass du dich verpiss…«

»Daran musst du mich nicht erinnern, Gabriel. Das vergesse ich nicht so schnell.«

»Tut mir leid. Tut mir leid! Du hast recht. Es tut mir leid.«

»Gab es noch irgendetwas, was du sagen wolltest?«, fragt Dima. »Weil du dich nämlich im Moment nicht besonders gut entschuldigst.«

»Es tut mir leid, dass ich der absolut schlechteste beste Freund war. Dass ich dich geschubst habe, als du mich geküsst hast, tut mir nicht leid, weil ich deine Zunge nie wieder in meinem Gesicht haben möchte, aber die Art, wie ich dich am Handy angeschrien habe, geht gar nicht. Schlimmer als schlimm. Sachen, die man nicht mal einem Fremden an den Kopf werfen sollte, geschweige denn einem Freund.« Jeglicher Witz ist aus Gabriels Ton gewichen, und an seine Stelle tritt ehrliche Reue. Seine Stimme zittert, und Dima hat den Eindruck, dass Gabriel vielleicht anfangen könnte, zu weinen. Das letzte Mal, dass das passiert ist, waren sie zehn und Gabriel hatte sich gerade den Arm gebrochen. »Ich will, dass du weißt, dass ich dich nicht hasse, und auch niemanden, der schwul oder bi oder, na ja, eben nicht hetero ist. Mir war klar, dass ich gemein und herzlos war, aber ich konnte einfach nicht anders. Ich war so wütend auf dich! Ich verstehe total, wenn du nicht mehr mein Freund sein willst, denn ehrlich gesagt, hätte ich das verdient, und du verdienst einen Freund, der kein Arsch ist.«

Jetzt laufen Gabriel tatsächlich Tränen übers Gesicht, und Dima wischt sich die Augen, um zu verhindern, dass er zu einem Zimmerbrunnen mutiert. Gabriel sieht ihn mit roten tränenden Augen an, während ihm Schnodder aus der Nase läuft. Er wischt ihn sich mit dem Ärmel ab und sagt: »Es tut mir wirklich leid.«

Dima bringt es nicht mehr über sich, wütend zu sein. Es wäre scheinheilig von ihm, nachtragend zu sein, wenn er genau weiß, wie sehr es wehtut, wenn man etwas so richtig vermasselt, was einem wichtig ist. »Umarmung?«, fragt Dima mit heiserer, zitternder Stimme. Gabriel macht ein Geräusch, irgendwas zwischen einem erleichterten Seufzer und einem Lachen, und auf einmal wirft er Dima die Arme um die Schultern und sie beide fallen zu Boden. Dima ist es komplett egal, dass ihm Tränen und Schnodder auf den Pulli laufen. Als er Gabriel in den Armen hält, und sie halb weinen, halb lachen, kann er sich kaum daran erinnern, wann das letzte Mal war, dass sie sich so berührt haben. Er meint nicht den Kuss, an den kann er sich eh nicht erinnern, sondern eine richtige, tröstende Umarmung, keinen Fistbump oder ein kurzes Arm-um-die-Schultern-Legen, oder andere hypermaskuline Gesten, die Wertschätzung ausdrücken, ohne dass man sich dabei zu nahe kommt. Es fühlt sich komisch an, aber auf eine gute

Art. Freunde sollten sich viel häufiger umarmen, findet er. Das ist eins der besten Gefühle der Welt. Bestimmt könnten viele Probleme gelöst werden, wenn sich die Leute häufiger umarmen würden. Als sie sich soweit beruhigt haben, dass ihre Tränen versiegt sind und ihre Herzen wieder in einem normalen Rhythmus schlagen, zieht Gabriel Dima in eine Sitzposition hoch. Er grinst und sieht müde, aber erleichtert aus.

»Ich will nur, dass du weißt, dass du es mir hättest erzählen können«, erklärt Gabriel.

»Ich wusste nicht, wie ich das anstellen soll.« Dima denkt an sein Gespräch mit Luis zurück, und daran, dass Worte so viel Gewicht haben, wenn man sie jemandem sagt, der einem etwas bedeutet.

»Du hättest es doch mit ›Hey Gabriel, ich bin schwul‹ versuchen können, non?«

»Ganz offensichtlich musstest du dich noch nie vor jemandem outen.«

»Doch, irgendwie schon. Mein Vater hat mich fast enterbt, als ich ihm gesagt habe, ich würde mich freiwillig in eine winzige Badehose quetschen und mit einer Gruppe nackter Kerle Wasserpolo spielen.«

»Genau das meine ich.«

»Oh.«

»Ja.«

Sie schweigen wieder, aber sie haben schon seit einem Monat nicht mehr miteinander geredet, und Dima hat eine Menge Dinge, die er loswerden muss. Jetzt ist nicht die Zeit, um schweigend und nachdenklich dazusitzen.

»Gabriel, ich muss dir etwas Wichtiges erzählen«, sagt Dima mit todernster Miene.

»Was?«

»Ich werde immer dein Freund bleiben, ganz egal, wie winzig deine Badehosen sind.«

»Verpiss dich, Dima.«

23. Dezember

Luis

Zugegebenermaßen sind nicht alle von Fountainbridges Weihnachts-Events brillant. Luis liebt den Karaokeabend, das Eislaufen, die große Weihnachtsmarkteröffnung und vor allem den Büchertausch. Eigentlich liebt er fast jeden Weihnachtstag in Fountainbridge, aber der Eisschwimmtag gehört nicht dazu, und ebenso wenig der Veggietruthahn-Tag. Luis respektiert die Idee, die dahintersteckt: auf Fleisch zu verzichten und umweltfreundlichere, gesündere Alternativen zu finden, die ihren CO_2-Fußabdruck reduzieren und, was am wichtigsten ist, dutzende Truthähne retten, die ein langes, glückliches Leben führen dürfen, in dem sie jeden Tag fröhlich Körner und Würmer aufpicken. Da ist er voll dafür. Das Problem ist, dass es selbst vier Jahre, nachdem die Stadt Truthahnfleisch gegen Tofu, Seitan und Soja eingetauscht hat (nicht ohne energische Proteste, die den alten Edwin, den damaligen Bürgermeister, fast sein Amt gekostet hätten), nur eine Person gibt, die einen Truthahnbraten zustande bringt, der tatsächlich gut schmeckt. Aber Winnies Truthahn bekommt nicht die ganze Stadt satt, egal, wie groß er ist, was normalerweise darin endet, dass die Ansässigen mürrisch auf vegetarischem Truthahn herumkauen, der in so viel Bratensoße getränkt ist, dass man ihn nicht mehr schmecken kann.

Weil Winnie sich weigert, sein Geheimrezept zu verraten und so einen der viel beneideten Sitze im Weihnachtskomitee beibehält, konzentrieren die anderen Teilnehmenden ihre Anstrengungen darauf, eine Bratensoße zu kreieren, die ihren Truthahn zum zweitbeliebtesten in Fountainbridge macht.

Die runden Tische und Wärmelampen stehen wieder im Schlosshof, und die Menschen begrüßen und unterhalten sich, während sie von Truthahn zu Truthahn gehen und zweifelnd die Auswahl an vegetarischem Geflügel beäugen, das besser aussieht, als es schmeckt. Luis ist nur mitgekommen, weil sein Vater noch vor zehn Uhr eine Vase und eine Tasse zerbrochen hat und es außerdem irgendwie geschafft hat, Tee statt Hafermilch in Luis' Müslischüssel zu gießen. Eine derartige Schusseligkeit ist nicht besonders vielversprechend, wenn derjenige die volle Verantwortung für ein Abendessen für elf Personen hat. Von einer Ecke des Innenhofs aus sieht er seinem Vater dabei zu, wie er Tupperdosen mit Scheiben von verschiedenen Truthähnen befüllt, und Luis versucht, sich zu merken, in welcher Dose sich Winnies Truthahn befindet. Nicht, dass er in letzter Zeit besonders viel Appetit gehabt hätte, aber wenn er schon etwas essen muss, dann kann es wenigstens gut schmecken. Er schaut dem stetigen Menschenstrom im Hof zu, und ist zugleich voller Hoffnung und voller Angst, dass ein bestimmter Jemand unter dem Torbogen auftaucht, aber bis jetzt hat er Glück. Oder Unglück. Er hat sich noch nicht entschieden.

Luis hat keine Ahnung, was er sagen würde, denn Wut und Schmerz nagen immer noch an seinen Eingeweiden und saugen ihm jegliche Ruhe aus. In den letzten Tagen ist ihm immer, wenn er gerade dabei ist, einen imaginären Streit mit Dima auszutragen, in dem sie sich anschreien, dann rummachen und sich direkt wieder anschreien, Mabels Stimme dazwischengekommen, die ihn ermahnt, dass Hass eine unnötige Last ist. Luis will ihn eh nicht, und er ist sich nicht einmal sicher, ob er Dima überhaupt hasst. Aber er ist auch kilometerweit davon entfernt, Dima zu mögen. Er tut sein Bestes, nicht darüber nachzudenken, dass seine Gefühle für Dima nicht über Nacht verpufft sind, eine Nacht, die er damit verbracht hat, über seine Kopfhörer Hörbücher abzuspielen, auf die er sich eh nicht konzentrieren konnte, und zu hoffen, dass Mattie ihn nicht weinen hören würde. Vielleicht hat er also gehofft, dass sie sich heute über den Weg laufen und dazu gezwungen wären, miteinander zu reden, und dann würden all seine Gedanken wieder Sinn ergeben und alles wäre in Ordnung. Aber Dima ist nicht hier, und alles ist nicht mal annähernd in Ordnung.

»Kein Fan von Truthahn, der in Wirklichkeit kein Truthahn ist?«, fragt eine hohe Stimme, und Luis zuckt zusammen. Er erkennt Elise, die weiße Sneaker, einen braunen Parka, der brandneu aussieht, und eine passende braune Mütze trägt, unter der ihr blonder Pony hervorlugt. Luis weiß zwar nicht viel über Mode, aber er erkennt die Marke, weil er fieberhaft vor der Webseite hing, als die neue Kollektion herauskam. Er hatte seinen Vater fast davon überzeugt, ihm ein Paar Socken zu Weihnachten zu schenken, weil er wusste, dass sie sich nichts anderes von der Marke leisten konnten, aber sie waren ausverkauft, noch bevor er sie in den Warenkorb legen konnte.

»Nee, nicht besonders«, antwortet er, während der Neid

an ihm nagt. Wäre es nicht schön, wenn er sich keine Gedanken um Geld machen müsste und sich einfach das kaufen könnte, was er haben möchte? So muss sich Freiheit anfühlen. Willst du ein Buch kaufen und kannst dich nicht für eins entscheiden? Kauf sie einfach alle. Willst du Urlaub in der Karibik machen? Kauf einfach eine Insel.

»Du solltest den Truthahn von meiner Mum probieren. Der ist ziemlich gut geworden«, erklärt Elise, und fügt dann sofort hinzu: »Woher weiß ich, ob Hannah mich mag?«

Luis ist noch dabei, sich von dem schwindelerregend schnellen Themenwechsel zu erholen, als er sieht, wie sein Vater sich Bratensoße über die Schuhe kleckert. Er ist kurz davor, zu ihm zu rennen, als er Schulleiter Charles sieht, der mit einer Packung Taschentücher auf seinen Vater zugeht.

»Luis?«, fragt Elise, und er konzentriert sich wieder auf ihre Frage.

»Oh, sorry! Tut mir leid. Redet Hannah mit dir?«

»Ja?«

»Dann mag sie dich. Hannah ist ziemlich unkompliziert, und sie verschwendet keine Zeit mit Höflichkeit. Entweder mag sie dich, oder eben nicht.« Elises rundes Gesicht leuchtet geradezu vor Freude auf, und ihre glänzenden Lippen verziehen sich zu einem Lächeln.

»Bist du sicher? Als wir zusammen beim Eislaufen waren, hatten wir nämlich wirklich Spaß. Dachte ich zumindest. Aber jetzt fühlt es sich so an, als würde sie mir aus dem Weg gehen.«

Sofort wird Luis von einem Ansturm an Erinnerungen überwältigt. Er muss an den Abend denken, den sie auf der Eisbahn verbracht haben, wie sie sich eine Portion Pommes geteilt, Händchen gehalten, und sich im Schnee geküsst haben. Er schiebt den Gedanken wieder von sich, aber der Schmerz in seiner Brust bleibt.

»Oh, das tut sie auf jeden Fall. Dich mögen, meine ich. Und dir aus dem Weg gehen. Weil sie dich mag.« Elise sieht ein bisschen verwirrt aus, also fügt Luis hinzu: »Hannah redet nicht gerne über ihre Gefühle. Und tut sie auch nicht öffentlich kund.«

»Wie bringe ich sie dann dazu, mit mir zu reden?«

»Magst du Zombies?«

»Das ist echt eine komische Frage, Luis.«

»Okay, hör mir zu: Frag Hannah, ob sie sich mit dir treffen will, und erwähne, dass du total auf Videospiele stehst, dann gehört sie dir.«

Elise sieht immer noch verwirrt aus, aber sie denkt kurz über seinen Vorschlag nach und nickt dann. »Super, danke, Luis. Ich schreibe ihr. Und hey, du solltest wirklich unseren Truthahn probieren. Meine Mum lebt schon seit dreißig Jahren vegan. Maya meint, dass wir vielleicht sogar eine Chance haben, zu gewinnen.« Sie lächelt und geht wieder zurück zu ihrem Stand. Luis ruft ihr ein »Frohe Weihnachten!« hinterher, und sie winkt ihm zu, bevor ihre Mutter, eine spindeldürre Frau mit ergrauendem Haar und einem Designermantel, ihr eine Schöpfkelle in die Hand drückt.

Ganz ehrlich, gut für Hannah. Nur weil sein Liebesleben gerade einer Pfütze aus halb geschmolzenem Schnee gleicht, heißt das nicht, dass alle anderen auch leiden müssen. Luis sucht in der Menge nach seinem Vater und findet ihn in ein Gespräch mit Kobi und Schulleiter Charles verwickelt. Er zieht sein Handy aus der Tasche und schickt Hannah eine Nachricht.

> Ich habe ein Chanukka-Geschenk für dich.

> Will ich nicht

> Wenn sie dich fragt, ob du heute Abend Zeit hast, sag einfach ja!

> ??

Luis grinst. Hannah versucht schon seit einer Weile, sich über ihre romantischen und sexuellen Gefühle klar zu werden. Vielleicht kann Elise ihr dabei helfen, die Antworten auf einige ihrer Fragen zu finden. Oder vielleicht auch nicht. So oder so haben sie sich alle ein bisschen Liebe verdient, in welcher Form auch immer sie daherkommen mag.

»Ist das mein Sohn? Und lächelt er etwa?« Edgar geht auf Luis zu und tut so, als wäre er total schockiert.

»Nur, weil du dich mit Soße bekleckert hast und ich das ziemlich witzig fand.«

»Was glaubst du eigentlich, mit wem du gerade redest? Ich finde, ich verdiene ein bisschen mehr Respekt«, warnt sein Dad ihn zwinkernd. Edgar dreht sich zum Gehen um und rennt dabei fast in Oma Lotte hinein, die gerade den Innenhof betritt. Sie springt zurück, um einen Zusammenstoß zu vermeiden.

»Dad, warum gibst du mir nicht die Taschen und konzentrierst dich einfach aufs ... Gehen?« Edgar gibt seinem Sohn die Einkaufstaschen mit den Tupperdosen, wischt sich mit einem Taschentuch die schwitzige Stirn ab, und wirft Oma Lotte ein entschuldigendes Lächeln zu. Gut, dass sie mit dem Bus nach Hause fahren. Luis bezweifelt, dass sie eine Autofahrt überleben würden. Sein Dad ist schon immer tollpatschig gewesen und hat diese Eigenschaft unleugbar an Luis weitergegeben, aber heute scheinen seine zwei linken Füße vollständig die Oberhand zu gewinnen. Das muss an dem Haus liegen, in dem sich im Moment mehr Menschen aufhalten, als sie Betten zur Verfügung haben.

Luis verbringt den Nachmittag damit, Edgar und Bertha dabei zu helfen, Kartoffeln zu schälen und Schalotten und Karotten zu schnippeln. Sein Vater und seine Tante wirbeln durch die Küche, und Luis liebt es, ihnen dabei zuzusehen, wie sie sich darüber streiten, wann die Kartoffeln gesalzen werden sollen, wie sie kleine Stücke Teig vom noch nicht gebackenen Apfelstrudel klauen und von Zeiten erzählen, als er noch lange nicht geboren war. Er hofft, dass er und Mabel und vielleicht sogar Klaus in dreißig Jahren eine ähnliche Freundschaft haben. Mattie hat sich in einer Ecke des Wintergartens auf einem Sessel wie eine Katze zusammengerollt und sieht ab und zu von einer Graphic Novel auf, um Edgar und Bertha mit neugierigem Blick zu beäugen. Es muss komisch sein, als Einzelkind auf einmal mit dem Chaos eines Mehrgenerationenhaushalts konfrontiert zu sein, in dem mehr Geschwister, Cousins und Cousinen unter einem Dach wohnen, als man selbst in der Familie hat.

Je später es wird, desto mehr Leute versammeln sich in der Küche, angelockt von dem wundervollen Geruch, der durchs ganze Haus zieht. Klaus deckt den Tisch, und Elena sieht ihm mit unverkennbarer Liebe in ihren braunen Rehaugen dabei zu. Die Zwillinge löchern Mattie mit Fragen zu dem Buch, und Heinz unterhält sich am anderen Ende des Esstischs mit Mabel. Dora verlangt lautstark danach, dass jemand ihre alte Dickie-Valentine-Schallplatte auflegt, und kurz darauf haben alle geröstetes Gemüse, vegetarischen Truthahn und absurde Mengen Bratensoße auf ihre Teller gehäuft. Luis hat vor, sich so richtig vollzustopfen, weil er das erste Mal seit seinem Streit mit Dima wieder Hunger verspürt, als er eine Nachricht von Hannah bekommt.

> Wegen Elise haben die Zombies uns umgebracht.

> Dafür gibt's keine Punkte.

> Aber sie hat mich nach einem Date gefragt

> Dafür gibt's ganz viele Punkte!

Mabel wirft ihm einen Blick zu, der besagt: »Keine Handys beim Abendessen«, also steckt er das Handy brav in die Hosentasche. Sie sind sich alle einig, dass Winnies Truthahn immer noch der beste ist, aber dass Mrs O'Neill, Elises Mutter, nächstes Jahr eine ernsthafte Bedrohung für ihn sein kann, wenn sie ihr Rezept noch etwas verfeinert. Eine halbe Stunde später, als die Fenster des Wintergartens von innen beschlagen sind und sie alle still und zufrieden Apfelstrudel mit Vanilleeis mampfen, legt Luis' Dad die Gabel weg und räuspert sich.

»Ich möchte euch heute Abend etwas mitteilen«, verkündet er mit fester Stimme. Luis fällt auf, dass seine Ohren einen tiefen Rotton angenommen haben. »Ich bin kein guter Redner, also fasse ich mich kurz.« Luis hat keine Ahnung, worum es gehen könnte, und er macht sich Sorgen. Hoffentlich nicht um Krankheit oder Tod oder finanzielle Sachen. Edgar atmet tief durch, bevor er weiterspricht. »Es ist wundervoll, dass wir alle an diesem Tisch zusammensitzen und dass ich zusammen mit meinen Eltern, meiner Schwester, meinen Kindern, und meinen Enkelkindern zu Abend essen kann, ob sie in diese Familie hineingeboren sind oder nicht.« Er lächelt Elena an und tätschelt Matties Hand. Dann wendet er sich an Klaus, Mabel und Luis. »Ihr seid alle schon so erwachsen, und seid großartige, unabhängige Menschen geworden. Ihr habt schon so viel erreicht, und ihr habt mich zum stolzesten Dad gemacht, den es auf der Welt gibt.«

»Dad«, schnieft Mabel und wischt sich mit dem Ärmel über die Augen. »Hör auf, sonst weine ich noch.« Luis nimmt ihre Hand und drückt sie fest.

»Klaus, ich bin so stolz darauf, wie sehr du dich um die Menschen um dich herum kümmerst. Mabel, ich kann nicht glauben, dass du zwei brillante Töchter großziehst, und dabei deinen ganz eigenen Lebensweg findest. Und Luis, ich bin so stolz darauf, dass du keine Angst hast, genau so zu sein, wie du bist.«

»Ich hab' doch gesagt, ich weine noch.« Mabel schluchzt jetzt ungehemmt, während ihr Schnodder aus der Nase läuft. Auch Luis kann seine Tränen nicht länger zurückhalten und lehnt sich an ihre Schulter.

»Also will ich mir heute und von jetzt an eine Scheibe von euch abschneiden. Ich will stark und ich selbst sein. Und alles, was ich mir wünsche, ist, dass ihr auch stolz auf mich seid.« Luis sieht zu, wie sein Vater einen zittrigen Atemzug nimmt, und auf einmal erkennt er die Angst in seinen angespannten Schultern wieder. Erkennt sie, weil er selbst schon einmal in derselben Situation war.

»Ich bin schwul.«

Die Worte flattern von seinen Lippen wie ein Vogel, der noch nicht gelernt hat, zu fliegen, wacklig und unsicher. Er zieht die Schultern zurück und spricht mit leicht zitterndem Kinn weiter. »Ich bin schwul und weiß es schon lange. Ich hatte zu viel Angst, um jemandem davon zu erzählen. Aber ich habe es satt, immer Angst zu haben. Also sitze ich jetzt hier und erzähle euch, dass ich in einen wundervollen Mann verliebt bin, und dass ich hoffe, ihr könnt mir verzeihen, dass ich nicht ehrlich zu euch war, obwohl ihr die Menschen seid, die ich am meisten liebe. Ich will euch nie verlieren.«

Edgars Stimme erstirbt und hinterlässt eine Stille, die nur von Mabels Schluchzen durchbrochen wird. Durch seine Tränen hindurch sieht Luis, wie geschockt Klaus von diesen Neuigkeiten ist. Ihm steht der Mund offen, und er starrt seinen Vater fassungslos an. Edgar sitzt mit hängenden Schultern da und ringt so verzweifelt die Hände, dass Luis Angst hat, er könnte sich die Haut abreiben. Er kann seine Familie kaum ansehen, und die Angst und der

Schmerz, die ihm ins Gesicht geschrieben stehen, brechen Luis noch ein zweites Mal das Herz. Plötzlich springt Klaus auf, und Edgar zuckt zusammen, als sein Sohn mit panischen Augen um den Tisch herumrennt. Im nächsten Moment hat Klaus seinen Vater fest umarmt, er schlingt die Arme so fest um Edgars Schultern, als wollte er ihn nie wieder loslassen. Seine Geste löst eine Lawine aus Reaktionen aus. Elena zieht Mattie an sich, Mabel schluchzt noch lauter und putzt sich mit dem Ärmel lautstark die Nase. Bertha steht auf und legt die langen Arme um ihren Neffen und ihren Bruder. Luis sitzt regungslos da und fühlt sich, als wäre ihm der Boden unter den Füßen weggezogen worden, und die Welt, die er kannte, wäre ins Nichts gefallen. Er hat Schwierigkeiten, die Tragweite des Coming-outs seines Vaters zu begreifen; die Kraft, die es ihn gekostet haben muss, eine Fassade aufrechtzuerhalten, die ihn so unglücklich gemacht hat. Die Angst, die er jahrelang und vor allem jetzt gerade verspürt haben muss, als er sich den Menschen geöffnet hat, die ihn am meisten verletzen könnten.

Luis lässt Mabels Hand los, rückt seinen Stuhl vom Tisch ab, und schließt sich der Gruppenumarmung an, die sich um seinen Dad gebildet hat. Er hat nie wirklich verstanden, was es heißt, sich zu verstecken, weil er das Glück hatte, mit Menschen aufzuwachsen, die nie von ihm erwartet haben, dass er sich verstellt. Erst jetzt, als er unter seinem abgetragenen Strickpulli den Herzschlag seines Vaters spürt, wird ihm etwas klar: Ein unverstecktes Leben zu führen, bedarf eines Muts der nur wenigen Menschen vergönnt ist.

»Wir lieben dich, Dad«, sagt Luis und zieht sich von

der Umarmung zurück. Sein Vater sucht nach den Gesichtern seiner Eltern. Doras Kinn zittert, und Heinz hat keinen Muskel gerührt, seit sein Sohn angefangen hat, zu sprechen. Heinz blinzelt, als wäre er gerade aus einem Traum aufgewacht. Er setzt an, etwas zu sagen, aber keine Worte kommen heraus, nur seine Lippen bewegen sich tonlos. Als er sich räuspert, kratzt das Geräusch an Luis' aufgeriebenen Nerven.

»Wir sind sehr stolz auf dich, Eddie«, krächzt Heinz. Er blinzelt hektisch, aber Dora zieht alle Aufmerksamkeit auf sich, indem sie ihre Nase so laut putzt, dass Mattie fast vom Stuhl fällt, und Theodora ein Kichern entfährt.

»Wann lernen wir diesen wundervollen Mann kennen, von dem du gesprochen hast?«, fragt Dora ausdruckslos, aber an ihren vor Tränen glänzenden Augen kann man ihre Gefühle ablesen.

Luis sieht dabei zu, wie sein Vater, der eben noch aussah, als wäre eine Riesenlast von ihm abgefallen, innerhalb von zwei Sekunden zu einem verlegenen Schuljungen wird. Er ist rot wie eine überreife Tomate und kann ihnen kaum in die Augen sehen. Luis hat seinen Vater noch nie so gesehen. Er ist so offensichtlich verliebt, dass Luis den Blick abwenden muss, weil es ihn zu sehr an sein eigenes, angeknackstes Herz erinnert. Stattdessen denkt er über den geheimen Freund seines Vaters nach. Ist ihm in den letzten paar Wochen etwas aufgefallen? Luis erinnert sich auf jeden Fall daran, dass sein Dad sich mehrmals mit Schulleiter Charles unterhalten hat. Die Vorstellung, sein Vater könnte Schulleiter Charles küssen, ist für Luis kaum auszuhalten, aber dabei klingelt bei ihm etwas anderes im Hinterkopf. Eine Sekunde später wird ihm alles klar. Ein leises Keuchen entringt sich ihm, und Bertha wirft ihm einen fragenden Blick zu. Luis presst schnell die Lippen zusammen. Erst vor fünf Tagen haben er und Dima sich auf der Bühne auf dem Weihnachtsmarkt geküsst. Aber eine Woche vor ihnen hatten sich bereits zwei andere den Zuckerstangenwald als geheimen romantischen Treffpunkt auserkoren. Wie der Vater, so der Sohn.

24. Dezember

Dima

»Welcher Tag ist heute?«

»Heiligabend.«

»Nein, ich meine, welcher Tag heute ist!«

»Montag?«

Gabriel wirft Dima einen entnervten Blick zu, als wäre er derjenige, der Unsinn redet. »Bei diesem komischen Weihnachtskram, den ihr hier im Dorf macht! Welcher Tag ist heute?«

»Ernsthaft, Gabriel.«

»Beschwer dich nicht. Ganz offensichtlich kannst du nicht so gut Gedanken lesen, wie du denkst.«

»Ich glaube, heute wird ein Schachspiel ausgetragen, aber die Figuren sind Leute in Weihnachtskostümen?«

Gabriel verzieht das Gesicht. »Da würde ich mir keine Gedanken machen, dass wir was verpassen.«

Als sie am Morgen nach Gabriels Ankunft zum Familienfototag gegangen sind, hat Dima Gabriel über die Eigenheiten und Traditionen von Fountainbridge aufgeklärt. Gabriel war ziemlich beeindruckt von dem lebensgroßen Lebkuchenhaus, lachte aber, als Dima die Nussknacker erwähnte und machte ständig schlechte Wortwitze darüber, selbst, als Bianca sie für ihr Familienfoto auf die Bühne zerrte. Dima versuchte, nicht in die Ecke zu schauen, in der er Luis erst vor ein paar Tagen geküsst hatte. Zum Glück war Luis nicht auf dem Markt, obwohl Dima auf dem Rückweg an Bertha und Dora vorbeikam. Luis' Tante winkte ihm zu, aber Dora war zu beschäftigt damit, mit einem Wollverkäufer zu verhandeln, und Dima zog Gabriel schnell mit sich, um die Ziegen zu bewundern und so einem peinlichen Treffen mit Luis' Familie zu entgehen. Es ist schon schlimm genug, dass sie nebenan wohnen. Während Gabriel einen Heidenspaß damit hatte, die Ziegen zu füttern, die sich um ihn scharten wie verliebte Fangirls, tat Dima sein Bestes, nicht an Luis zu denken. Er wusste, dass er es vermasselt hatte, aber jedes Mal, wenn er daran dachte, wie schrecklich ihr Gespräch gelaufen war, fühlte es sich so an, als würde ihm jemand in den Magen boxen.

»Außer du glaubst, dass du Luis' Herz zurückerobern kannst, indem du auf einem Schachbrett herumtanzt«, sagt Gabriel und erweckt Dima damit aus seinen düsteren Gedanken. »Aber ich finde nicht, dass es besonders romantisch ist.«

Es klopft an der Tür, und seine Mutter steckt den Kopf durch den Türspalt, um sie daran zu erinnern, dass sie sich in zehn Minuten auf den Weg zum Bahnhof machen müssen. Gabriel stopft ein Paar Socken in seine Tasche und zieht stattdessen etwas heraus, was aussieht wie ein unförmiges Knäuel aus Zeitungspapier, zusammen mit einem roten Umschlag. Er reicht Dima beides und sagt: »Sorry, ich bin nicht so gut darin, Geschenke einzupacken.«

»Nein, wirklich?«

»Halt die Klappe und mach es auf, okay?«

Dima grinst und öffnet den Umschlag zuerst. Darin befinden sich zwei Fotos. Eins zeigt Gabriel und Dima auf dem Weihnachtsmarkt in Fountainbridge, wie sie so tun, als wären sie ein Paar auf dem Schulball. Dima hat die Hände auf Gabriels Hüften gelegt, während Gabriel einen Strauß Tannenzweige wie einen Blumenstrauß in den Händen hält und seine perfekten Zähne zeigt. Dima schnaubt amüsiert und Gabriel kichert, und die nächste Minute verbringen sie damit, wieder zu Atem zu kommen. Immer, wenn sie das Foto ansehen, werden sie wieder von einem Lachanfall ergriffen. Als sie sich endlich wieder beruhigt haben, sieht Dima sich das zweite Foto an, und fängt fast an zu weinen, aber diesmal nicht vor Lachen. Gabriel hat wohl das Foto, das Dima zerrissen hat, aus dem Mülleimer gefischt. Er hat es wieder zusammengeklebt, und es sieht vielleicht nicht mehr so gut aus wie vorher, aber in Dimas Augen ist es perfekt.

»Danke, Gabriel«, flüstert er.

Gabriel zuckt die Schultern und bringt ein reuevolles Lächeln zustande. »Ich habe darüber nachgedacht, irgendetwas Schmalziges auf die Rückseite zu schreiben, aber das Foto allein ist schon schmalzig genug. Und meine Handschrift ist scheiße. Mach das Geschenk auf!« Dima gehorcht, und unter dem Zeitungspapier kommt ein waldgrüner Pulli zum Vorschein, der, wie Dima genau weiß, das weichste Innenfutter der Welt hat. Er sieht Gabriel mit einer hochgezogenen Augenbraue an.

»Du schenkst mir meinen eigenen Pulli, den ich bei dir vergessen habe?«

»Ich war immer noch sauer auf dich, als ich losgefahren bin und hatte ziemlich wenig Lust, ein Weihnachtsgeschenk für den Kerl auszusuchen, der versucht hat, mich betrunken zu küssen. Und was beschwerst du dich überhaupt, du hast doch auch kein Geschenk für mich!« Das stimmt. Auch Dima war sauer.

»Das wirst du mich nie vergessen lassen, oder?«

»Auf keinen Fall. Wenn du und dieser Luis heiraten, gebe ich jedes Detail in meiner Trauzeugenrede zum Besten.«

»Du bist *wirklich* schmalzig.«

»Ach, halt die Klappe«, sagt Gabriel und wird auf einmal ernst. »Eins wollte ich dich noch fragen.«

»Schieß los«, antwortet Dima.

»Cody Dreyfuss? Dein Ernst?«

»Leck mich, Gabriel.«

»Er ist rothaarig.«

»Ich mag Rothaarige. Und darf ich dich nochmal daran erinnern, dass du nicht einmal, nicht zweimal, sondern dreimal in Lehrerinnen verschossen warst, die mindestens 40 Jahre älter ...«

»Sie waren reif«, unterbricht Gabriel ihn. »Ich kann auch nichts dafür, dass ich auf Frauen mit Erfahrung stehe.«

»Deine Großmutter war im Vergleich zu ihnen noch ein junger Hüpfer.«

»Okay, okay. Mach rum, mit wem du rummachen willst.«

»Danke.«

»Das meine ich ernst«, sagt Gabriel und reckt übertrieben den Kopf, um einen guten Blick auf Luis' Haus zu erhaschen. »Du solltest jetzt sofort da rübergehen und die

Sache wieder ins Lot bringen. Ich habe gehört, dass es helfen soll, miteinander zu reden.«

»Einfacher gesagt als getan, wenn man Scheiße gebaut hat und sich sogar daran erinnert.«

Dimas Mutter ruft sie aus dem Flur, und sie laufen hastig nach unten. Am Bahnhof zwei Städte weiter, weil es in Fountainbridge natürlich keinen gibt, küsst Bianca Gabriel im Auto zum Abschied auf die Wange und gibt ihm eine Stofftüte mit Geschenken für seine Familie. Dima begleitet seinen besten Freund zum einzigen Gleis, während seine Mutter im Auto sitzen bleibt. Die zwei Tage, die sie zusammen verbracht haben, bestanden hauptsächlich aus Netflix-Marathons im Wohnzimmer, weil sie trotz ihrer Wut aufeinander ihre gemeinsamen Serien nicht allein weitersehen wollten. Gabriel stellte eine willkommene Ablenkung dar, und seine Gesellschaft bewahrte Dima davor, in Selbstmitleid zu versinken. Außerdem genoss er das Gefühl, seinen besten Freund wiederzuhaben, und nicht jeden Gedanken für sich behalten zu müssen, besonders jetzt, da er seine Sexualität nicht mehr geheim hält. Am Anfang war es komisch, Gabriel von Luis zu erzählen, und ein kleiner Teil von ihm hatte immer noch Angst, dass Gabriel ihn verurteilen könnte, aber er hörte ihm aufmerksam zu, selbst als Dima beschrieb, wie er vor einem Raum voller fremder Menschen Karaoke gesungen hatte. Gabriel hatte nicht viele Ratschläge parat, aber seine bloße Gegenwart war alles, was Dima brauchte. Im Gegenzug erzählte Gabriel ihm, dass Rafael, nachdem er herausgefunden hatte, dass Gabriel Dima geghostet hatte, sich aus Loyalität zu Dima geweigert hatte, mit seinem eigenen Bruder zu sprechen. Der Zug kommt am Gleis an, und Gabriel und

Dima sehen sich wortlos an. Keiner von ihnen will sich so bald, nachdem sie sich vertragen haben, schon wieder verabschieden.

»Ich komme euch über die Osterferien wieder besuchen«, sagt Gabriel.

»Und ich könnte über Silvester zu euch kommen«, schlägt Dima vor. Die Vorstellung, den Abend allein zu verbringen, mit nur einer Gartenhecke und einer Wagenladung an Schuldgefühlen zwischen ihm und Luis, zieht ihn jetzt schon runter. Gabriel umarmt Dima. Er riecht nach Honig und Waschpulver, und die Umarmung ist perfekt. Gabriel löst sich wieder von ihm, lässt die Hände aber auf Dimas Schultern liegen.

»Weißt du noch, wie die Homofeindlichkeit mich übermannt hat und du mir verziehen hast?«

Dima verdreht die Augen. »Das, was zwischen mir und Luis ist, ist ganz anders.«

»*Ja*, aber auch irgendwie nicht.«

Er hüpft in sein Abteil und dreht sich um, wobei seine Locken mit jeder Bewegung mitwippen. »Ich habe den Typen noch nicht einmal getroffen, aber ich kenne dich, und er wäre echt dumm, wenn er dich links liegenlassen würde. Außer du hast schon aufgegeben. Dann bist du derjenige, der ihn nicht verdient.«

»Ganz schön hart von dir.«

Gabriel zuckt mit den Schultern. »Geh zu ihm rüber! Kauf ihm ein Kätzchen! Sing ihm ein Lied vor! Denk nicht lange darüber nach, mach einfach irgendwas!«

Die Zugtür schließt, und beim Klang eines warnenden Pfeifens tritt Dima einen Schritt vom Gleis zurück. Er winkt, als der Zug Geschwindigkeit aufnimmt und geht wieder zum Auto zurück, in dem seine Mutter wartet. Auf dem Heimweg sind sie beide schweigsam, aber Dima hat zu viel mit seinen eigenen Gefühlen zu tun, um zu bemerken, wie still seine Mutter ist. Als sie bei ihrem Haus ankommen, stellt Bianca den Motor schon in der Auffahrt ab, statt in der Garage zu parken. Dima sieht sie unsicher an, aber sie starrt nur geradeaus auf das Garagentor.

»Mum?«

Sie wirft ihm einen nervösen Blick zu, wendet ihn dann aber schnell wieder ab. Irgendwas ist los, und auf einmal würde Dima am liebsten weglaufen. »Wir waren schon immer ein gutes Team, oder?«, fängt sie leise an. Dima ist sich nicht sicher, worauf sie hinauswill, aber seine Klamotten fühlen sich plötzlich viel zu eng an und in seinem Magen zieht sich ein Knoten zusammen. Er folgt dem Beispiel seiner Mutter und starrt geradeaus auf das graue Garagentor. Als Antwort auf ihre Frage nickt er nur kurz.

»Und du weißt, dass du mir alles erzählen kannst, richtig?« Eigentlich weiß er das schon. Aber in Wirklichkeit fühlt es sich ganz anders an. Er weiß, was sie von ihm hören will, und er spürt diese drei kleinen, aber tonnenschweren Worte bereits auf der Zunge. Sein Nacken und seine Arme jucken, und er wünscht sich nichts sehnlicher, als wegzurennen, aber er bleibt wie angewurzelt auf seinem Platz sitzen, während sich Schweiß auf seiner Stirn sammelt.

»Gibt es ... irgendetwas, das du mir sagen willst?«

Das ist seine Chance. Vielleicht denkt er sich ja alles nur aus, vielleicht gibt es gar keinen Grund, sich Sorgen um ihre Reaktion zu machen. Ganz offensichtlich ist ihr bereits klar, was vor sich geht, und sie will nur, dass Dima es ihr bestätigt. Aber nicht nur die Angst nagelt ihn fest, sondern die ganze Situation, die so unangenehm und peinlich ist, dass er sie am liebsten ganz umgehen will. Die Stille zwischen ihnen zieht sich immer mehr in die Länge. Dima spürt den Blick seiner Mutter auf sich, aber er hat nicht die Kraft, ihn zu erwidern.

»Dima?«, durchbricht sie das Schweigen.

Dima räuspert sich und richtet den Blick auf ihren Garten, damit er ihr nicht in die Augen sehen muss. »Nein. Da gibt es nichts.«

Er hält den Atem an und wartet auf ihre Reaktion. Aus dem Augenwinkel sieht er, wie ihr Blick über sein Gesicht flackert, als würde sie nach etwas suchen. Als von ihm nichts mehr kommt, öffnet sie mit der Fernbedienung das Garagentor, und es geht quälend langsam auf, während sie beide dasitzen und ihm zusehen. Ein paar Sekunden vergehen, in denen das einzige Geräusch das Quietschen des Tors ist.

Dann stupst sie ihn am Arm an und wispert: »Du kannst jetzt aussteigen, Dima.« Das muss sie ihm nicht zweimal sagen. Dima reißt die Autotür auf und ist schon halb ausgestiegen, als sie ihn aufhält. »Nur eins: Als Mutter und Medizinerin ist es meine Pflicht, dir mitzuteilen, dass wir Kondome in dem Regal in der …«

Dima will den Rest des Satzes gar nicht hören. Er flüchtet. Hinter ihm fällt die Autotür mit einem ohrenbetäubenden Knall ins Schloss. Statt nach drinnen zu laufen, passiert er das Gartentor und geht in Richtung Stadtzentrum. Bevor er seiner Mutter wieder gegenübertreten kann, muss er erst mal ein bisschen Abstand zwischen sie bringen. Er joggt geradezu an Luis' Haus vorbei und stellt den Kragen seiner Jacke hoch, weil es immer kälter wird.

Die Temperaturen in dieser Stadt sind kriminell. Der Himmel ist klar und blau, und es hat schon seit fast zwei Tagen nicht mehr geschneit. Eisblumen bedecken Fenster und Türen, und die Welt sieht aus, als sei sie in der Zeit festgefroren. Er hätte Handschuhe mitnehmen sollen, aber jetzt ist es zu spät, um nochmal umzukehren. Er wandert ziellos umher, vermeidet aber den Weihnachtsmarkt. Außerdem vermeidet er es, über die Konsequenzen nachzudenken, die das Gespräch mit seiner Mutter haben könnte. Er will nicht weiter darüber nachdenken, weil es schon schmerzhaft genug war, es einmal durchleben zu müssen.

Stattdessen konzentriert er sich darauf, einen Plan zu schmieden, um Luis dazu zu bringen, wieder mit ihm zu reden. Oder eher ihm zuzuhören. Er hat ihn seit ihrem Streit nicht kontaktiert, weil er genau weiß, dass Luis es ernst meinte, dass er ihn nie wiedersehen wollte. Nicht nach dem, was Dima gesagt hat. Er ist wirklich scheinheilig. Er hat Gabriel homofeindlich genannt, weil er schreckliche Vorurteile über Schwule verinnerlicht hat, aber Dima hat genauso viele Vorurteile wie Gabriel. Er sollte nicht so streng über Leute urteilen, die genauso sind wie er selbst. Was man am wenigsten an anderen Menschen mag, ist genau das, was man im Spiegel sieht, denkt er, und hat sofort Lust, ein Kilo Weihnachtsplätzchen und mehrere Liter heiße Schokolade zu kaufen, um seine Gefühle darin zu ertränken.

Irgendwann findet Dima sich vor dem Raben wieder, dessen Schaufenster vor Büchern und Weihnachtsbaumkugeln nur so strotzen. Er wirft einen Blick in die Buchhandlung, und sie scheint leer zu sein, also betritt er sie, während die Glocke über der Tür laut klingelt. Der Geruch von Nelken und getrockneten Orangen steigt ihm in die Nase, während er die Bestsellerregale durchstöbert, ohne nach etwas Bestimmtem zu suchen. In einer der versteckten Leseecken sitzt eine Frau mit Kopftuch. Sie ist so in ihr Buch vertieft, dass sie gar nicht merkt, wie Dima an ihr vorbeigeht. Er steigt die Treppe zum Obergeschoss hoch. Für den Tag vor Weihnachten ist die Buchhandlung seltsam verlassen, aber es ist noch nicht einmal Mittagszeit, und Dima hat nicht vor, sich darüber zu beschweren, einen ganzen Raum voller Bücher für sich allein zu haben. Er lässt den Blick über die verschiedenen Genres schweifen, immer noch unsicher, wonach er sucht. Er geht an der Biografienabteilung und der für historische Romane vorbei, und kommt an einem Regal mit Büchern für junge Erwachsene an, wo ein knallrosa Buchrücken seine Aufmerksamkeit erregt. Er zieht daran und hat auf einmal wieder das Buch in der Hand, das er sich bei seinem ersten Besuch im Raben nicht getraut hat zu kaufen.

»Ein wirklich gutes Buch«, sagt eine Stimme hinter Dima, und er lässt den Band beinahe fallen. Er hat nicht gehört, dass sich ihm jemand genähert hat. Als er sich umdreht, sieht er Alec, der ihn distanziert und höflich ansieht. Sofort spürt Dima, wie sein Nacken heiß wird, und jetzt wünschte er, er wäre wieder draußen in der Kälte. Trotzdem ist er erleichtert, Alec zu sehen. So sehr er sich auch vor einer Konfrontation gefürchtet hat, war ihm auch klar, dass sie früher oder später kommen würde. Abgesehen von seinen Gefühlen für Luis mag er die meisten Leute in Fountainbridge, von Alec bis zu Oma Lotte. Er konnte ihnen nicht auf ewig aus dem Weg gehen, nicht in einer so kleinen Stadt.

»Ich wollte es kaufen«, antwortet Dima ein bisschen zu spät.

»Tja... meine Großmutter fragt ständig, wer diese Munroe Bergdorf ist, von der ich ständig rede, also...« Alec greift in den oberen Teil des Regals und zieht eine Biografie hervor. In peinlichem Schweigen schlurft er auf die Treppe zu, bevor er sich noch einmal zu Dima umdreht. Er scheint über etwas nachzudenken, bevor er den Kopf schüttelt und sich wieder zum Gehen umdreht.

»Alec?«, ruft Dima, aber er ist sich nicht sicher, was er als Nächstes sagen will. Er kratzt sich am Hinterkopf, und deutet dann auf das rote Sofa in der Mitte des Raums. »Hast du eine Minute Zeit?«

Alec beißt sich auf die Lippe, dann nickt er und lässt sich auf der Armlehne nieder. Eins seiner Beine wippt auf und ab. »Ich bin mir nicht sicher, ob das eine gute Idee ist«, bricht es nervös aus ihm hervor.

Dima nickt, und in seinem Magen zieht sich wieder alles zusammen. »Alec, es tut mir so leid, was ich gesagt habe«, setzt er an, verstummt aber gleich wieder. Seine Worte kommen ihm hohl vor, es ist fast schon lächerlich, wie bedeutungslos sie sind.

»Weißt du, bei mir musst du dich nicht entschuldigen.« Die darauffolgende Stille sagt Dima, dass ihnen beiden klar ist, dass er nicht einmal versucht hat, Luis zu erreichen. Keine Anrufe, keine Nachrichten. Schuldgefühle schnüren ihm die Kehle zu, sodass es schwer ist, zu sprechen.

»Ich wollte ihn nicht verletzen, es ist einfach ... passiert.« Dima hat noch nie eine schlechtere Ausrede fabriziert, und Alec sieht so aus, als sei ihm das auch bewusst. »Ich glaube, ich hatte Angst. Und habe mich geschämt.«

»Ja. Das Gefühl kenne ich«, sagt Alec leise.

Dima wirft ihm einen überraschten Blick zu. Er hat kein Mitgefühl von Alec erwartet, aber es sieht so aus, als würde er es trotzdem bekommen. »Was machst du, wenn du dich so fühlst?«

»Ich rufe meine Großmutter an«, antwortet Alec.

Dima versucht, zu lachen, aber es klingt verzerrt.

»Und was sagt sie dann?«

Um Alecs Augen bilden sich kleine Fältchen, als er lächelt. »Sie sagt: ›Sin Zu, es wird immer Leute geben, die wollen, dass du dich klein fühlst. Das Geheimnis ist, zu wissen, dass ein Baum nicht schrumpft, auch wenn ihm manchmal die Blätter ausfallen.‹«

Dima beißt sich auf die Lippe und denkt darüber nach. »Also, sei ein Baum?«

Alec erwidert seinen Blick mit einem Hauch Belustigung. »Sowas in der Art. Die Wahrheit ist, wenn ich alles glauben würde, was die Leute über mich sagen, würde ich jetzt nicht hier sitzen.« Dima weiß nicht, was er sagen soll. Allein der Gedanke ist schrecklich. »Gegen queere Menschen wurde schon immer Hetzpropaganda betrieben. In der Vergangenheit war es Schulen verboten, Homosexualität zu ›bewerben‹, als sei sie ein Club, dem man beitreten und den man auch wieder verlassen kann, wie und wann man will.«

»So ist es in einigen Teilen der Welt immer noch«, fügt Dima leise hinzu.

»So und noch schlimmer. Aber man muss nicht besonders weit gehen, um zu suchen. Selbst an Orten wie diesem, wo man meinen könnte, dass alle gleich behandelt werden ...« Alec zuckt kaum merklich mit den Schultern. Er muss den Satz nicht beenden. Sie wissen beide, dass das eine Lüge ist. »Kaum ein Tag vergeht, ohne dass in einer großen Zeitung ein Artikel veröffentlicht wird, in dem queeren und trans* Menschen ihre Rechte aberkannt werden. Sie wollen uns in die Schranken weisen, uns als Außenseiter brandmarken. Und selbst queere Menschen können sich gegenseitig total runtermachen, weil die Gesellschaft ihnen weismacht, dass man nur auf eine einzige Art queer sein kann, und zwar, indem man so hetero wie möglich ist.«

Die Ironie entgeht Dima nicht. Ihm ist schmerzlich bewusst, dass er ein Teil des Problems ist, und es ist ein fürchterliches Gefühl, ein pulsierender Knoten aus Angst, der Wellen der Übelkeit durch seinen ganzen Körper sendet. »Bei dem Gedanken würde ich mich am liebsten in meinem Zimmer verstecken und nie wieder rauskommen«, gibt Dima zu.

Alecs Gesicht verhärtet sich vor Entschlossenheit. »Das will ich nicht tun. Es ist so anstrengend vorzugeben, man sei jemand anderes. So viel verschwendete Energie, die man dann nicht für die Dinge benutzen kann, die einen glücklich machen. Ich habe aufgehört, mich zu verstecken. Und manchmal macht es mir immer noch Angst. Wie zum Beispiel, wenn ich der Schulverwaltung gegenüberstehen und mich selbst aufs Spiel setzen muss. Aber manchmal fühlt es sich auch so an, als würde ich fliegen, weil ich weiß, dass ich nicht allein bin. Es gibt Millionen von trans* Personen auf der Welt. Und noch Millionen anderer queerer Menschen. Ich weiß, dass ich ein Teil von etwas viel Größerem bin.«

Darüber hat Dima noch nie nachgedacht. Dass es auf der Welt so viele queere Menschen gibt. Sie könnten ihr eigenes Land gründen, ihre eigene Armee. Ohne die Waffen vielleicht und ohne Krieg.

»Alec, habe ich immer noch eine Chance? Bei Luis?«

Jetzt sieht Alec wieder verlegen aus. »Er ist ziemlich sauer. Und verletzt.«

»Ich weiß, dass ich zwischen uns alles ruiniert habe. Aber ich will es wieder in Ordnung bringen, wenn er mich lässt.«

Alec seufzt und rutscht von der Armlehne auf das Sofa hinab. Ein paar quälende Sekunden lang betrachtet er Dima nur. »Ich bin ein netter Mensch, Dima, und das verwechseln die Leute häufig mit Schwäche. Meine Großmutter hat mir beigebracht, dass ich nett und verständnisvoll sein kann, auch dann, wenn ich jemanden abgrundtief hasse. Den Unterschied würde man nie merken.«

»Und was heißt das für mich?«

»Du bist irgendwo dazwischen«, sagt Alec zögerlich. Könnte schlimmer sein, denkt Dima. Alec hasst ihn nicht abgrundtief, was bedeutet, dass es noch Hoffnung gibt. »Es könnte sein, dass du noch eine Chance hast«, fährt Alec fort, »aber das sage ich nur, weil Luis es verdient, glücklich zu sein.« Er steht auf und presst sich das Buch von Munroe Bergdorf an die Brust. »Ich sollte gehen. Meine Großmutter wartet auf mich, damit wir *Drei Haselnüsse für Aschenbrödel* sehen können.«

»Danke, Alec. Und richte Hannah Grüße von mir aus.«

Alec sieht aus, als hätte er ein schlecht gewordenes

Plätzchen im Hals stecken. »Ich weiß nicht. Sie ist ... sehr nachtragend, wenn es um Leute geht, die ihrem besten Freund das Herz gebrochen haben.«

Alec verlässt die Buchhandlung auf seinen lilafarbenen Plateau-Sneakern und lässt Dima allein zurück, um darüber nachzudenken, wie lange er für das, was er zu Luis gesagt hat, wird büßen müssen. Wenn Luis überhaupt dazu bereit ist, ihm zu verzeihen. Er hat nicht erwartet, dass Hannah noch schwerer zu erweichen ist. Wieder zieht sich vor Schuldgefühlen sein Magen zusammen. Er hat nicht nur Luis verletzt, sondern dabei auch das Vertrauen von Hannah und Alec verloren. Er hofft, dass sie ihm erlauben, die Scherben wieder zusammenzukleben. Nach ein paar Minuten folgt er Alec die Treppe hinunter und zur Theke, hinter der wie immer Kobi steht, der gerade ein Weihnachtslied mitsummt.

»Brauchst du Hilfe, Dima?«, fragt er, als Dima am Fuß der Treppe ankommt.

Ziemlich viel Hilfe, denkt er. Mehr, als Kobi ihm leisten kann. »Ja, brauche ich. Gibt es ein Buch, von dem du weißt, dass es Luis gefallen würde, aber das er noch nicht gelesen hat?«

Kobi mustert ihn, und Dima kommt es vor, als könne er jeden Gedanken lesen, der ihm durch den Kopf geht. Er hofft wirklich, dass die Geschichte sich noch nicht verbreitet hat. Er und Luis waren noch nicht einmal offiziell zusammen. Bestimmt ist er noch nicht zum Tratschthema geworden.

»Da habe ich eventuell etwas«, sagt Kobi geheimnisvoll und verschwindet hinter einem Vorhang an der Wand hinter der Kasse. Als er wieder auftaucht, hält er ein kleines Taschenbuch in den großen Händen. Es hat einen aquamarinfarbenen Umschlag, und auf der Vorderseite ist die grobe Skizze einer Teekanne zu sehen. Das Buch sieht komisch aus, als wäre es eine unfertige Version davon, was es eigentlich sein sollte. Nicht einmal ein Titel steht auf dem Umschlag.

»Das ist ein Vorabexemplar. Was bedeutet, dass das Buch erst in ein paar Monaten rauskommt. Es ist das dritte in einer Serie, von der ich weiß, dass er sie mag.«

»Großartig! Wie viel?«

Kobi schüttelt den Kopf. »Ein Vorabexemplar darf man nicht verkaufen. Ich dürfte dein Geld nicht annehmen, selbst wenn ich es wollte. Und das will ich nicht. Du bist ein guter Junge, Dima. Und Luis auch. Es gibt nicht viele Menschen, die einen Weihnachtsbaum durch die halbe Stadt zerren würden, nur um sicherzugehen, dass ihre Nachbarn nichts verpassen.«

Dima schafft es gerade so, einen neutralen Gesichtsausdruck beizubehalten, als ihm aufgeht, was das heißt. Der Baum erfüllt das Wohnzimmer schon den ganzen Monat lang mit einem angenehmen Tannenduft, und Dima hatte keine Ahnung, dass er dafür Luis zu danken hat.

»Danke, Kobi«, sagt er schnell, um seine Überraschung zu überspielen. »Das meine ich ernst. Wenn ich mich je revanchieren kann, dann sag Bescheid.«

»Darüber reden wir nächstes Jahr, okay? Ich werde auch nicht jünger, und so sehr ich Bücher mag, mag ich es auch, Zeit mit meinem Partner zu verbringen. Vielleicht brauche ich ein bisschen Hilfe im Laden.« Er zwinkert, und Dima hat keine Ahnung, wie er darauf reagieren soll. Stattdessen legt er das rosa Buch neben der Kasse ab.

»Dann bezahle ich nur dafür«, murmelt er und wirft Kobi einen schnellen Blick zu, der das Buch einscannt, ohne die Miene zu verziehen. Erst dann wird ihm klar, dass Kobi nicht derjenige ist, der ein Problem damit hat, dass Dima schwule Bücher kauft. *Dima* hat ein Problem damit, dass Dima schwule Bücher kauft. Kobi steckt das Buch in eine Papiertüte und legt ein Lesezeichen dazu, das einen Raben zeigt, der auf einem Geschenkestapel hockt.

»Frohe Weihnachten, Dima«, wünscht er ihm mit seiner tiefen warmen Stimme.

»Frohe Weihnachten, Kobi.«

25. Dezember

Luis

Irgendwer schleicht sich um das Haus herum, und es ist nicht der Weihnachtsmann. Luis mag vielleicht länger als seine Gleichaltrigen gebraucht haben, um sich von der Fantasiegeschichte zu lösen, aber irgendwann musste auch er zugeben, dass ein alter Mann mit einem dicken Bauch sich unmöglich durch ihren Schornstein quetschen könnte, ohne im Wohnzimmer eine Sauerei zu hinterlassen. Sein Bruder hatte schon seit Jahren versucht, ihn davon zu überzeugen, aber damals hatte Luis bereits gelernt, dass ältere Geschwister immer lügen, besonders, wenn sie Klaus heißen und es lieben, ihren naiven kleinen Bruder zu piesacken.

Luis hält den Atem an und konzentriert sich auf das Geräusch von knirschendem Schnee vor seinem Fenster, aber abgesehen von Matties Schnarchen ist es wieder still. Er ist kurz davor, sich wieder seinem Buch zuzuwenden, als es an seinem Fenster klopft und er vor Schreck fast aus dem Bett fällt. Es gibt einen Grund, warum er nie Horrorfilme schaut. Er ist nämlich eine Memme. Er weiß genau, dass er der Erste wäre, der sterben würde, weil er einfach zu tollpatschig ist. Er hat sich bereits unter seiner Bettdecke versteckt, als es ein zweites Mal klopft, und dann ein drittes Mal, und mit einer Kühnheit, von der er nicht wusste, dass er sie besitzt, springt Luis auf und reißt beinahe das Rollo vor seinem Fenster ab. Niemand hat das Recht dazu, ihn in seinem eigenen verdammten Schlafzimmer zu erschrecken. Er hat nicht erwartet, dass durch das Fenster Dima zurückstarrt, aber er ist es. Mit weit aufgerissenen Augen schielt er zu Luis hinunter und ist offensichtlich erschrocken über Luis' wütenden Gesichtsausdruck. Dima beißt sich auf die Lippe und bedeutet Luis zögernd, ihn reinzulassen.

Aber das macht Luis auf keinen Fall. Erstens hat er keine Lust darauf, dass Schnee auf seinem Bett landet. Und zweitens, Mattie. Luis zeigt auf das schlafende Kind auf der Matratze auf dem Boden, und Dima sieht erst verwirrt aus, dann schuldbewusst. Sie starren sich wortlos an, bis Luis die Augen verdreht und nach oben zeigt, um Dima klarzumachen, dass er ihn an der Haustür treffen soll. Typisch Dima, er hat noch nicht mal eine Jacke an. Luis hat Lust, den ganzen Weg nach oben wütend aufzustampfen, aber es gibt im Haus keine einzige Person, die sich darüber freuen würde, um halb eins morgens aufgeweckt zu werden. Als Luis die Tür öffnet, wartet Dima bereits auf ihn, und zum ersten Mal, seit Luis ihn kennt, sieht er tatsächlich so aus, als wäre ihm kalt. Oder als hätte er Angst, das kann Luis nicht genau erkennen. Aber selbst beim Eisschwimmen hat Dima nicht so sehr gezittert.

»Du kommst nicht mit Geschenken, oder?«, fragt Luis und versucht dabei, seine Stimme der Außentemperatur anzupassen.

»Doch«, entgegnet Dima und hält eine glänzende Papiertüte hoch. Weil Luis ein netter Mensch ist, und weil er, wenn er noch länger im Schlafanzug vor der Tür steht, vermutlich schockgefroren sein wird, winkt er Dima herein. Erst, als er die Schiebetür zum Wohnzimmer zugezogen und einmal tief durchgeatmet hat, dreht er sich zu Dima um. Er steht neben dem leicht schiefen, aber reich geschmückten Weihnachtsbaum, der den Raum dominiert, und hält sich an der Papiertüte fest, als sei sie ein Rettungsboot und das Wohnzimmer ein eisiger Ozean. Luis ist sich nicht sicher, was hier vor sich geht, und er ist kurz davor, Dima direkt wieder rauszuschmeißen, doch da erinnert er sich an Mabels Worte. Also begnügt er sich damit, beide Augenbrauen hochzuziehen, weil er es noch nie geschafft hat, nur eine hochzuziehen.

»Ich weiß, dass ich dir auch eine Nachricht hätte schreiben können …«

»Wäre nicht schlecht gewesen.«

»… aber ich war mir nicht sicher, ob du mir antworten würdest, und das hier ist eher eine spontane Geschichte. Ich habe vergessen, dass du im Moment dein Zimmer nicht für dich hast. Sorry.«

Luis will mit einem schnippischen Konter antworten, aber er spürt seine Entschlusskraft bereits schwinden. Was sowas von nicht cool ist. Er dachte immer, dass seine Fähigkeit, nachtragend zu sein, ihm irgendwann mal einen Rekord einbringen würde, aber Dima schafft es schneller, ihm unter die Haut zu gehen, als Luis zugeben will. »Ist … nicht schlimm«, stammelt er und beglückwünscht sich innerlich zu seiner Schlagfertigkeit, oder eher deren Abwesenheit. »Mattie schläft wie ein Stein mit Ohrstöpseln.« Dima kichert nervös, scheint aber nicht recht zu wissen, was er als Nächstes tun soll. Abrupt hält er Luis die Papiertüte hin, als wäre ihm gerade erst wieder eingefallen, dass er sie noch hat. Luis versucht, einen Anschein von Selbstachtung zu bewahren, obwohl er mehr als neugierig auf den Inhalt der Tüte ist.

»Du kannst sie zu den anderen Geschenken legen«, sagt er kühl und weist auf den Baum, der aussieht, als würde er auf einem Untergrund auf Weihnachtsgeschenkbasis wachsen. Zusammengerollt zwischen den Geschenken liegt Brie und sieht ihnen aus halb geöffneten Augen zu. Ein verletzter Ausdruck huscht über Dimas Gesicht, und Luis muss sich anstrengen, um seine Schuldgefühle im Zaum zu halten. Er erinnert sich selbst daran, dass er nichts falsch gemacht hat. Er war nicht derjenige, der gesagt hat, dass Schwule oberflächlich und lächerlich sind. Na ja, das hat Dima auch nicht gesagt, zumindest nicht mit den Worten, aber er hat es offensichtlich gedacht. Dima stellt die Tüte ab und streichelt Brie über den Kopf, bevor er sich wieder aufrichtet.

»Also, ich will dich nicht wachhalten. Ich wollte mich nur entschuldigen. Für das, was ich beim Theaterstück gesagt habe. Und dafür, dass ich ein Riesenarsch bin. Und dafür, dass ich Weihnachten ruiniert habe.«

»Du hast Weihnachten nicht ruiniert«, lügt Luis.

»Doch, da bin ich mir ziemlich sicher«, entgegnet Dima.

»Du muss ganz schön viel von dir selbst denken, wenn du glaubst, dass du das erreichen kannst.«

»Ich weiß, wie viel dir Weihnachten bedeutet, Luis. Und ich war wirklich der allergrößte Spaßverderber.«

Luis sieht Brie an, die unbeeindruckt zurückstarrt, und dann Dima, der aufrichtig betroffen aussieht. Um ehrlich zu sein, hat Luis auf diesen Moment gewartet. Er wünscht sich nichts sehnlicher, als dass die Kluft zwischen ihnen sich schließt. Vielleicht wird nicht alles so, wie es vorher war, aber wer weiß, vielleicht können sie ja wenigstens wieder befreundet sein. Das wäre genug, denkt er.

»Also.« Luis lässt sich auf dem abgenutzten Teppich nieder. »Dann raus damit. Ich bin ganz Ohr.«

Dima sieht gleichzeitig erleichtert und nervös aus. Er setzt sich ein paar Meter von Luis entfernt hin und ringt mit den Händen, hält dann aber sofort wieder inne. »In meinem Schwimmteam gab es einen schwulen Jungen. Er war immer nur das, nur ›der schwule Junge‹. Die anderen Jungs haben so getan, als wäre es ihnen egal, und beim Schwimmen war es das auch wirklich. Aber sobald wir wieder in der Umkleide waren, haben sie sich seltsam benommen. Haben weiter Witze gemacht und rumgeschrien, aber ihn immer aus dem Augenwinkel beobachtet, weißt du. Ich wollte nicht auch so behandelt werden.« Dima sieht Luis nicht in die Augen. Er hat den Blick auf einen Punkt über Luis' Schulter fixiert, als er weiterspricht. »Aber selbst davor, als wir noch viel jünger waren, egal, in welchem Alter oder in welcher Klasse, gab es immer einen Jungen, der anders war als alle anderen, und dieser Junge hatte es nie einfach. Sie haben Witze über ihn gemacht, wenn er nicht dabei war, und auch, wenn er dabei war, und wenn ich ›sie‹ sage, dann meine ich mich. Weil mir tief in mir drin klar war, dass das Einzige, was schlimmer war, als ein Mobber zu sein, war, gemobbt zu werden. Damit meine ich nicht, dass ich alle anderen angestiftet hätte, aber ich habe sie auch nie aufgehalten. Er wurde dafür geärgert, dass er schwach war, mädchenhaft, dass er schlecht im

Fußball war, und dass er mit zu vielen Mädchen befreundet war und mit nicht genug Jungs.«

Luis beißt sich auf die Zunge, weil er genau weiß, wie es sich anfühlt, dieser Junge zu sein. Ihm mag zwar das Schlimmste erspart geblieben sein, die hässlichen Beleidigungen und die benutzten Kondome im Schließfach, aber er kennt die Blicke, das Gekichere, die Scham und die Verletzlichkeit, wenn man als Letzter gewählt wird oder überhaupt nicht. Zu spüren, dass alle Blicke auf einem ruhen und sich klarzuwerden, dass man so, wie man ist, nie dazugehören wird.

»Und dann, kurz bevor wir hierhergezogen sind, habe ich mich mit Gabriel gestritten. Und ich habe dir nie erzählt, warum, aber er hat gesehen, wie ich den Jungen aus dem Schwimmteam geküsst habe, und hat mir all die Dinge an den Kopf geworfen, vor denen ich so lange weggelaufen bin. Und eventuell hatte der Streit auch etwas damit zu tun, dass ich versucht habe, ihn zu küssen, aber das tut jetzt nichts zur Sache. Was ich meine, ist, dass ich so viel Angst und Scham in mir trage, und diese Gefühle bringen das Schlimmste in den Menschen zum Vorschein. Sie haben das Schlimmste von mir zum Vorschein gebracht, direkt vor dir. Du hast Recht: Ich habe versucht, jemand zu sein, der ich nie sein kann, Erwartungen zu erfüllen, die ich nie werde erfüllen können. Und das hat mir Angst gemacht. Aber jetzt weiß ich, dass ich sie gar nicht erfüllen will, wenn sie bedeuten, dass ich nicht ich selbst sein kann. Und dass ich nicht ich selbst sein kann ... wenn ich mit dir zusammen bin.«

In Luis' Magen rumort es schmerzhaft, aber als Dima mit seinen braunen Augen Luis' Blick erwidert und darin

Reue und Schmerz liegt, weiß Luis, dass er nicht länger sauer sein kann. Er hat sich mit ähnlichen Dämonen herumschlagen müssen, hatte aber zum Glück ein unterstützendes Umfeld. Er weiß nicht, wo er jetzt wäre, wenn er damit allein gewesen wäre. Aber, erinnert Luis sich, er muss zumindest ein bisschen Zurückhaltung zeigen. Er wird vermutlich nie vergessen, wie Dima spöttisch mit der Hand gewedelt hat. Der Anblick hat sich in sein Gehirn gebrannt, aber er hofft, dass er irgendwann unter anderen fröhlichen, schlaffen Handgelenken und Händen mit glitzernden Nägeln begraben wird. Er rutscht näher zu Dima, während ihm das Wort »Zurückhaltung« im Kopf widerhallt und nimmt Dimas Hand. Sie ist viel kälter als seine eigene, aber weich, und er zieht mit den Fingern Dimas Knöchel und die Adern nach, die unter seiner Haut zu sehen sind. Minutenlang schweigen sie, und während Luis Dimas Hand hält, denkt er an seinen Vater, der einen queeren Sohn aufgezogen hat und trotzdem Angst hatte, über seine Liebe zu einem anderen Mann zu sprechen. Und warum? Weil ihm gesagt wurde, dass er kein Mann sein könne, wenn er einen Mann liebt.

»Luis?«

»Ja?«

»Das hier fühlt sich schön an. Wirklich schön. Aber du sagst nichts. Was mich nervös macht.« Luis sieht auf ihre Hände hinab, die jetzt vollständig verschlungen sind. Das ist genau das, was er sich wünscht. Dima fährt mit dem Daumen über Luis' Zeigefinger, um ihn zum Sprechen zu bewegen.

»Ich denke nur nach.« Darüber, dass er Dima dringend küssen will, darüber, dass es noch zu früh ist, dass das hier nicht der richtige Moment ist, weil er noch so viel zu bedenken hat. »Ich denke darüber nach, dass es scheiße ist, dass du dich so fühlen musstest. Aber gleichzeitig hast du dafür gesorgt, dass andere sich genauso scheiße gefühlt haben, einschließlich mir.«

Dima drückt den Daumen in Luis' Handfläche, und Luis fühlt sich wie einer dieser Stressbälle, auf denen Leute herumkneten, wenn sie sich beruhigen wollen. Er steht Dima jederzeit gerne als Stressball zur Verfügung.

»Ich will, dass du weißt, dass ich kein oberflächlicher, voreingenommener Arsch bin, der auf andere hinabsieht. Vielleicht habe ich nur Angst.« Die Stimme versagt ihm, und er muss ein paarmal tief durchatmen, bevor er weitersprechen kann. »Ich habe auf jeden Fall Angst. Aber das ist keine Entschuldigung. Ich bin nicht der, den du an dem Abend gesehen hast. Und es tut mir leid, dass ich dir das Gefühl gegeben habe, weniger wert zu sein, als du es bist.«

»Hey, es ist in Ordnung, Angst zu haben.«

»Aber es ist nicht in Ordnung, die Angst gegen dich zu benutzen, Luis.«

Da hat er Recht. Aber mittlerweile hat Luis keine Energie mehr, um sauer auf Dima zu sein. Und auch keine Lust mehr. »Nein, ist es nicht. Aber du kannst jederzeit mit mir reden, besonders, wenn du Angst hast. Wenn Gabriel je wieder den Mund aufmacht, oder wenn du jemandem erzählen willst, dass du ...«

»Danke, Luis«, sagt Dima hastig, und Luis fällt auf, dass er ein bisschen ängstlich aussieht. Aber es ist ja nicht so, als würde Luis Gabriel zusammenschlagen wollen. Wenn er ehrlich ist, hat er sich noch nie geprügelt, und er hofft, dass das auch so bleibt. Er würde vermutlich eh verlieren, und schon beim Gedanken an den Schmerz macht er sich fast in die Hose. Aber für Dima würde er es tun.

»Alles, was ich meine, ist, dass ich hier bin, wenn du mich brauchst.«

»Nachsichtig *und* verständnisvoll. Ich weiß nicht, ob ich dich überhaupt verdient habe.«

Luis schaut Dima an, der mit hängenden Schultern niedergeschlagen dasitzt, mit einem Wirbel in den Haaren, der es unmöglich macht, ihn zu hassen. Und Luis will ihn auch gar nicht hassen. »Bin ich gar nicht. Ich bin Meister im Nachtragend-sein. Okay, vielleicht ist Hannah die Meisterin, und ich bin ihr Stellvertreter.«

»Langsam habe ich das Gefühl, dass ich mich eigentlich bei Hannah entschuldigen müsste«, bemerkt Dima. Er legt den Kopf schief, und die Haltung seiner Schultern vermittelt auf einmal ein Selbstvertrauen, das vorher nicht da war. »Vielleicht sollte ich das Geschenk wieder zurücknehmen und es stattdessen ihr geben.«

»Wag es ja nicht«, warnt Luis, und es ist nur halb als Witz gemeint. Die Weihnachtslichterketten wirken ihren Zauber und tauchen das Wohnzimmer in ein warmes Licht. Dima wirft ihm hinter seinen Wimpern einen Blick zu. Sofort breitet sich Hitze unter Luis' Pulli aus. Flirtet Dima etwa gerade mit ihm?

»Ich muss mich noch für etwas anderes bei dir bedanken«, fügt Dima mit einer leisen Stimme hinzu, bei deren Klang Luis wohlige Schauer über den Rücken laufen. »Offenbar bist du der Grund dafür, dass wir einen Weihnachtsbaum haben.«

»Oh. Das.« Luis nickt. Es fällt ihm schwer, zusammenhängende Sätze zu bilden. »Das war Alecs Idee. Aber das Lob nehme ich trotzdem gerne an.« Er ist sich seiner Nähe viel zu bewusst. Es ist beängstigend leicht, sich in Dimas hellbraunen Augen zu verlieren. Aber da ist noch eine Sache. »Hast du gesagt, dass du Gabriel geküsst hast?«

Auf einmal sieht Dima peinlich berührt aus. Er beißt sich auf die Lippe, aber irgendwo unter der Verlegenheit versteckt sich ein Lächeln. Luis würde wirklich gerne wissen, was daran so lustig ist. »Eigentlich habe ich dir ziemlich viel zu erzählen. Zum Beispiel, dass Gabriel vor ein paar Tagen hier aufgetaucht ist und wir uns vertragen haben, und dass ich glaube, meine Mum weiß, dass ... du weißt schon.«

»Wow.«

»Ja, wow.«

Dima sieht Luis an und lächelt. Das Lächeln ist so ehrlich und überwältigend schön, dass Luis' Körper von einer Welle Glückshormone ergriffen wird. Wenn er jetzt die Zeit einfrieren könnte, um sich für immer im Licht dieses einen Moments zu sonnen, würde er es sofort tun. Was ihn an etwas erinnert. Luis wirft einen Blick auf die Uhr über dem Kamin und stellt fest, dass es schon viel zu spät ist. So sehr er auch hören will, was Dima zu sagen hat, das hier ist weder die richtige Zeit noch der richtige Ort. Heute ist schließlich Weihnachten.

»Du musst jetzt gehen«, sagt er. Er wird spätestens um sechs aufstehen müssen, weil die Zwillinge sonst das ganze Wohnzimmer und jedes einzelne Geschenk unter dem Weihnachtsbaum auseinandernehmen werden.

»Oh«, macht Dima, und sein Lächeln erlischt wie eine ausgepustete Kerze.

»Nein, ich meine, ich will, dass du bleibst, aber du musst gehen. Es ist schon fast ein Uhr morgens, und der Grund, weswegen wir hier oben sind, ist, dass ich dich nicht mit in mein Zimmer nehmen kann. Da schläft nämlich schon jemand.«

»Stimmt, ja! Ich sollte gehen.« Dima springt auf und geht auf die Schiebetür zu, dreht sich dann aber noch einmal um. »Wir sehen uns morgen?« Dima sieht so aufrichtig und hoffnungsvoll aus, dass es ein schieres Wunder ist, dass Luis nicht bereits wie ein Gletscher im Klimawandel dahingeschmolzen ist.

»Tun wir«, sagt Luis, was Dima ein Lächeln entlockt, und der Gletscher wird zu einem reißenden Fluss, der die letzten Reste Eis von Luis' Herz davonspült. Dima schaut ihn noch ein paar Momente lang an, als wolle er den Anblick von Luis im Schlafanzug neben dem Weihnachtsbaum genießen. Dann runzelt er die Stirn. »Hast du die ...?«

»Die Weihnachtshose mit dem Flügelhintern aus Klaus' Kiste an? Ja. Aber wenn du das je wieder erwähnst, muss ich einen Auftragsmörder suchen, und dafür habe ich echt kein Geld.«

»Meine Lippen sind versiegelt«, erwidert Dima mit einem Grinsen, das seine Worte Lügen straft. Dann schiebt er die Tür zu, und eine Sekunde später hört Luis die Haustür ins Schloss fallen. In Luis zieht alles in Dimas Richtung, und er ist kurz davor, ihm hinterherzurennen und ihn im Schnee zu küssen, selbst wenn das bedeutet, dass ihn vielleicht jemand in dieser peinlichen Schlafanzughose sieht. Stattdessen ballt er die Hände zu Fäusten und vergräbt sie vorsichtshalber noch unter seinen Oberschenkeln. Er wird sich nicht wie ein liebestrunkenes Schaf benehmen. Ja, Dima hat sich entschuldigt, und sie haben sich wieder vertragen, okay, aber er ist noch nicht sicher, was das alles für ihre Beziehung bedeutet. Luis schließt die Augen und lässt sich lang auf den Teppich fallen. Er gibt ein selbstironisches Stöhnen von sich, weil er genau weiß, dass er zu hundert Prozent dieses Schaf ist. Er beschließt, nicht den ersten Schritt zu machen. Was bedeutet, dass Luis all die Selbstbeherrschung braucht, die er auftreiben kann. Dima muss wissen, was er will, und muss es Luis auch sagen können. Und wenn Dima Luis will, was Luis von ganzem Herzen hofft, dann ist Luis bereit. Seine Gedanken wandern und beschwören Bilder von Dima und ihm herauf. Er denkt an das Gefühl von Dimas Fingerspitzen auf seiner Haut und daran, wie weich seine Lippen sind, und dass ein einziger Blick von ihm bewirkt, dass er alles andere vergisst, als ein Miauen unter dem Weihnachtsbaum ihn daran erinnert, dass er eigentlich tief und fest schlafen sollte. Er sagt Brie gute Nacht, die als Antwort nur faul mit dem Schwanz zuckt, und geht wieder in sein Zimmer zurück. Vermutlich wird er eh nicht schlafen können, weil Dima jeden Zentimeter seines Gehirns einnimmt.

Am Morgen wachen Luis und Mattie davon auf, dass die Zwillinge wie eine Herde wildgewordener Rentiere durchs Haus rennen. Irgendwann muss Luis' Körper beschlossen haben, dass er doch müde ist, und ihm gnädigerweise ein paar Stunden Schlaf erlaubt haben. Aber bevor er wieder zu vollem Bewusstsein gekommen ist, stürmen Theodora und Tabitha in sein Zimmer und trampeln Mattie dabei fast zu Brei.

»Euch auch frohe Weihnachten«, grummelt Mattie, und Luis wirft einen entschuldigenden Blick in Richtung der Matratze. Er schnappt sich die Zwillinge und trägt sie nach oben, wo der Duft von frischen Waffeln und Kirschkompott die letzten Reste von Müdigkeit verpuffen lässt. Eins nach dem anderen finden sich alle Familienmitglieder im Wohnzimmer ein. Sie versammeln sich mit Tellern voller Waffeln um den Weihnachtsbaum und fangen an, sich gegenseitig Geschenke in die Hand zu drücken. Luis erwartet dieses Jahr nicht viel. Er war zu beschäftigt damit, sich in Dima zu verlieben, um einen Wunschzettel zu schreiben, und dann hatte er zu viel mit seinem Liebeskummer zu tun, um sich überhaupt um Geschenke zu scheren. Aber zumindest hat er es geschafft, seinem Vater eine neue Schürze zu besorgen und für Dora hat er eine alte Schallplatte von den Andrew Sisters gefunden. Als er ein Päckchen auspackt, das verdächtig nach einem Paar gestrickter Socken von Dora aussieht, stellt er erfreut fest, dass sie aus der Kollektion stammen, die ausverkauft war, bevor er die Chance hatte, ein Paar zu ergattern. Darüber hinaus haben sein Vater und seine Tante ihm zusammen eine neue Winterjacke in einem unverschämt glänzenden Metallic-Grau gekauft. Luis liebt sie, besonders, weil das Geschenk bedeutet, dass er endlich seinen geflickten Parka loswerden kann.

Die Atmosphäre ist überraschend friedlich, während alle ihre neuen Geschenke bewundern, bis Mabel und Klaus anfangen, sich darüber zu streiten, wer vor sechs Jahren wirklich ein Loch in den Sofabezug gebrannt hat. Bertha sagt ihnen, dass es egal ist, wer es war, weil die beiden über die Jahre die halbe Möblierung des ganzen Hauses ruiniert hätten, und dass sie lieber den Mund halten sollen, wenn sie sie nicht ersetzen wollen. Luis' Geschwister gehorchen, und Bertha schaltet das Radio ein. Es ist fast elf, was Luis an etwas erinnert. Schnell holt er sein Handy aus dem Zimmer und tippt eine Nachricht.

> Weihnachtscrashkurs Teil 25: Schalte um 11:11 Fountainbridge FM ein und hör gut zu. Frohe Weihnachten!

Er rennt wieder nach oben und stößt fast mit seinem Vater zusammen, der gerade ein Tablett mit heißer Schokolade ins Wohnzimmer trägt. Sie machen es sich alle mit dampfenden Tassen in der Hand bequem, und die Musik im Radio wird langsam leiser. Als die altvertraute Stimme einsetzt, schließt Luis die Augen und nimmt den ersten Schluck aus seiner Tasse. Wärme umhüllt ihn wie eine Wolldecke, und breitet sich von seinem Bauch in jeden Winkel seines Körpers aus. Als die Geschichte erzählt wird, sieht er seine Familie an – die Zwillinge, die es sich auf Heinz' Schoß gemütlich gemacht haben, Mabel, die zu Doras Füßen sitzt und Roquefort die Ohren streichelt, Elena, die Mattie im Arm hat, Klaus, der eingequetscht zwischen Bertha und Edgar auf dem Sofa sitzt, und die Katzen, die zwischen Geschenkpapierfetzen hervorlugen – und Luis denkt, dass er gerade nirgendwo anders in der Welt sein will, noch nicht mal auf den Bahamas.

26. Dezember

Dima

Dima kann sich nichts Schlimmeres vorstellen als eine riesige Menschenmasse, die fröhlich Weihnachtslieder singt, aber das ist genau der Anblick, der sich ihm gerade bietet. Er drückt sich am Rand des Innenhofs herum und lässt den Blick über den Platz schweifen. Der Weihnachtsbaum in der Mitte ist mit Lichterketten behangen, die in ihrem eigenen Rhythmus blinken und flackern. Da, wo vor ein paar Tagen das Schachbrett war, befindet sich jetzt eine Bühne, und auf ihr steht, unter einem gigantischen Kranz aus Tannenzweigen und Lametta, Oma Lotte und dirigiert. Er entdeckt außerdem Bürgermeisterin Pettersson und Bertha auf der Bühne, zusammen mit anderen Leuten in formeller Kleidung, die vermutlich die Mitglieder des Weihnachtskomitees sind und sich versammelt haben, um die nächste Weihnachtsfee zu krönen. Niemals wird er in dem ganzen Gedränge Luis finden.

»Oh Gott, hier finden wir doch niemals irgendwen«, murmelt seine Mutter und sieht dabei genauso entsetzt aus, wie Dima sich fühlt.

Seit seiner Flucht aus dem Auto haben sie so getan, als sei nichts passiert. Er hat sich Sorgen gemacht, dass der Weihnachtstag peinlich sein und sich unendlich in die Länge ziehen würde, aber als sie sich ins Wohnzimmer setzten, um Geschenke zu öffnen und die übrig gebliebenen Bratäpfel zum Frühstück zu essen, war das Schweigen zwischen ihnen angenehm. Mit den Arbeitsschichten seiner Mutter war es nicht garantiert, dass sie Weihnachten zusammen verbringen würden, also zwang Dima sich dazu, sich normal zu verhalten. Eigentlich hatte sich auch gar nichts verändert. Er ist immer noch der Gleiche, und er will nicht, dass seine Mutter ihn anders behandelt, egal, was sie sich eventuell über ihn zusammengereimt hat.

Gestern, als Dima Luis' Nachricht bekam, waren sie gerade mit den Bratäpfeln fertig. Dima befolgte die Anweisungen und stellte das Radio an, um sich die Sendung anzuhören, die sich als Erzählung von Fountainbridges Gründungsgeschichte herausgestellt hatte. Dima fand sie total überbewertet, aber den Gedanken wird er mit ins Grab nehmen, weil er keinen weiteren Streit mit Luis riskieren will. Dimas Mum zieht ihn am Ärmel und damit auch wieder in die Gegenwart zurück und zeigt auf eine große Gestalt, die am Rande des Hofes neben einer Statue steht.

»Ist das nicht Kobi?«

Dima wirft ihr einen verwirrten Blick zu. »Woher kennst du Kobi?«

»Tu nicht so überrascht. Wir wohnen in einer Kleinstadt, und ich bin Ärztin. Ich lerne viele Leute kennen.«

»Okay, Mum. Und ja, das ist Kobi.«

Dima ist erleichtert, ein vertrautes Gesicht zu sehen, selbst wenn es nicht das ist, nach dem er eigentlich gesucht hat. Sie gehen auf Kobi zu, und Dima achtet darauf, niemanden aus Versehen mit seinem Rucksack zu treffen. Er bereut es, ihn mitgenommen zu haben, weil ihm nicht klar war, dass er in einer so dichten Menge zum Hindernis werden könnte.

»Was hast du da überhaupt drin?«, fragt seine Mutter, während sie sich einen Weg durch die Singenden bahnen.

Dima weiß nicht, was er auf die Frage entgegnen soll, aber Kobi erspart ihm eine Antwort. Er erkennt sie und winkt sie zu sich herüber, während er weiterhin schwungvoll den Liedtext mitsingt. Erst als Dima an jemandem mit rosa Ohrenschützern mit Katzenöhrchen vorbeikommt, sieht er, dass Kobi nicht allein ist. Er hat den Arm um die Schultern eines rundlichen Mannes mit einer vertrauten Stupsnase gelegt, der sich behaglich an Kobis Seite lehnt. Dima bleibt wie angewurzelt stehen, und Bianca stößt prompt von hinten mit ihm zusammen. Das ist das Letzte, was er heute erwartet hat, und es kostet ihn jede Faser seiner Selbstbeherrschung, seine Kinnlade daran zu hindern, vor Überraschung runterzuklappen.

»Dima«, krächzt Luis' Dad, und Dima ahnt, dass Edgars Ohren unter den fluffigen Ohrenklappen seiner Mütze knallrot sind. »Schön, dich zu sehen. Und dich auch, Bianca.«

Einen Moment lang ist Dimas Mutter hin- und hergerissen zwischen der Freude, Edgar zu begegnen, und der Überraschung, zu sehen, wie er mit einem anderen Mann kuschelt, aber dann fängt sie sich wieder und wünscht ihnen frohe Weihnachten, einen Hauch zu enthusiastisch. Der Einzige, den diese seltsame Begegnung nicht zu stören scheint, ist Kobi, dessen tiefer Bariton die meisten anderen sehr bemühten und sehr schiefen Stimmen übertönt. Dima tut sein Bestes, die beiden nicht anzustarren, und richtet den Blick stattdessen auf die Statue hinter ihnen, die einen ernst dreinblickenden Mann auf einem Pferd darstellt. Auf der Plakette am Fuß der Statue steht »Willem V.E. Addler«, der Gründer von Fountainbridge, und jetzt weiß Dima endlich, wem er diesen ganzen Weihnachtswahnsinn zu verdanken hat. Das Lied klingt zu allgemeinem Klatschen aus, und Oma Lotte meldet sich zu Wort.

»Frohe Weihnachten!«, ruft sie, und noch mehr Applaus erklingt. »Als die regierende Weihnachtsfee bin ich verpflichtet und geehrt, meinen Titel an einen Mitmenschen aus Fountainbridge mit einer herausragenden moralischen Einstellung und dem unbestreitbaren Potenzial weiterzugeben, diese Stadt zu einem noch magischeren Ort zu machen, an dem die Menschen zusammenkommen, um Gemeinschaft und ein mitfühlendes Miteinander zu feiern. Diese Rolle kommt mit einiger Verantwortung daher sowie mit der Chance, das Beste aus unserer kleinen, stolzen Stadt herauszuholen. Es war ein Privileg und eine Freude, mit euch allen Weihnachten zu feiern, und ich weiß, dass ihr meine Nachfolge mit derselben Herzlichkeit willkommen heißen werdet, die ihr mir zuteilwerden lassen habt. Ich bin mir sicher, dass unsere nächste Fee zuversichtlich in die Fußstapfen von so vielen treten wird, die diese Rolle vor ihr ausgefüllt haben. Ich persönlich habe den Weg auf jeden Fall sehr genossen.« Dima wird sie vermissen. Es gibt alte Leute, die den Kopf schütteln und sich über die Jugend von heute beschweren, und dann gibt es Oma Lotte, die sich auch über die Jugend von heute beschwert, aber mit einem Lächeln auf den Lippen.

»Nun zum Punkt«, fährt Oma Lotte fort. »Die neue Weihnachtsfee stammt aus einer Generation, die innovativ, widerstandsfähig, und nicht gewillt ist, irgendwen zurückzulassen oder sich mit dem Status Quo zufriedenzugeben. Eine Gemeinschaft gedeiht am besten, wenn jede Stimme gehört wird, und obwohl eine alte Dame so wie ich von Herzen gerne weise Worte an die weitergibt, die nach ihr kommen, habe ich auch festgestellt, dass Erziehung keine Einbahnstraße ist. Auch ich habe noch viel von denen zu lernen, die mehrere Jahrzehnte jünger sind als ich. In Fountainbridge waren wir schon immer stolz darauf, dass wir jeden mit offenen Armen empfangen haben, aber die Welt ändert sich mit atemberaubender Geschwindigkeit, und manchmal ist es schwer, hinterherzukommen. Trotzdem ist es unerlässlich, dass wir aus unserer Komfortzone heraustreten und auf Stimmen hören, die bisher vielleicht ungehört geblieben sind. Das Weihnachtskomitee ist sehr dankbar für diese Erinnerung und hat einstimmig beschlossen, diesen Titel nicht nur an eine, sondern gleich an drei beeindruckende Personen zu vergeben.« In der Menge wird es still, nicht, weil so etwas noch nie passiert ist – auch, wenn es nicht häufig vorkommt –, sondern weil alle sich noch gut an den Skandal erinnern, der Fountainbridge gespalten hat, als das Weihnachtskomitee für Veggietruthahn gestimmt hat. »Diese Personen treten ein für Gleichstellung, LGBTQIA+-Rechte und die gesellschaftliche Anerkennung von trans* Personen; sie sind drei Menschen, die sich für die Sicherheit und das Wohlergehen einer Gemeinschaft starkmachen, die bis heute enormer Diskriminierung ausgesetzt ist. Wir hätten unmöglich nur ein Mitglied dieses Trios auswählen können, da ihre Arbeit zweifellos eine Gemeinschaftsleistung war. Bitte heißt auf der Bühne willkommen Alec Thien,

Luis Winter und Hannah Jasper, Fountainbridges neue Weihnachtsfeen.«

Diesmal klappt Dima wirklich die Kinnlade herunter. Er sieht zu, wie Luis, Hannah und Alec mit zitternden Beinen auf die Bühne stolpern. Die Verblüffung steht ihnen ins Gesicht geschrieben. Oma Lotte umarmt sie der Reihe nach herzlich, und Bürgermeisterin Petterson setzt ihnen jeweils einen silbrigen Kranz auf den Kopf.

»Das da oben ist dein Sohn, Eddie«, sagt Kobi und pfeift auf den Fingern, während Edgar gegen die Tränen ankämpft. Dima findet, dass Luis aussieht wie eine wandelnde Weihnachtsbaumkugel mit seiner glänzenden, silbernen Jacke in Kombination mit der glitzernden Krone. Aber eine sehr süße Weihnachtsbaumkugel. Das Weihnachtskomitee tritt vor, und die Mitglieder schütteln den dreien nacheinander die Hände. Hannah versucht verzweifelt, weiterhin gleichgültig auszusehen, während Alec kaum stillstehen kann, was dazu führt, dass ihm der Kranz zweimal fast vom Kopf fällt.

»Ich gehe, um sie zu erwischen, wenn sie von der Bühne kommen«, murmelt Dima seiner Mutter zu und dreht sich um, aber sie hält ihn am Ärmel fest, bevor er verschwinden kann. Er sucht ihr Gesicht ab, um ihre Absichten zu lesen, aber sie zieht ihn nur an sich und gibt ihm einen Kuss auf die Wange.

»Viel Spaß«, sagt sie und schiebt ihn in Richtung der Bühne. Er spürt, wie seine Haut brennt, also macht er sich schnell in die Menge auf, was immer schwerer wird, je weiter er kommt. Er ist so konzentriert darauf, zu verhindern, dass er mit seinem Rucksack Leute ins Gesicht trifft, dass er kaum mitbekommt, was auf der Bühne vor sich geht. Erst, als die Musik ertönt, wird ihm klar, dass Luis, Alec und Hannah die Bühne verlassen haben. Er verdoppelt seine Anstrengungen, weil er Angst hat, sie sonst zu verpassen. Er tritt ungefähr vier Dutzend Menschen auf die Zehen und erntet im Gegenzug viel passiv-aggressives Gegrummel, aber als er vor der Plattform ankommt, sieht er die drei immer noch nicht. Jetzt steht er verloren zwischen fremden Leuten da, die ihm böse Blicke zuwerfen, nur weil er groß ist. Eine Hand schließt sich um seinen Ellbogen und zieht ihn an einem Pärchen mittleren Alters vorbei, und einen Moment später steht er vor Thom. Er ist die letzte Person, die er erwartet hätte, aber er sieht Dima mit einem schiefen Lächeln an und gestikuliert zu den anderen. Fünf Augenpaare richten sich auf Dima, und nicht alle davon sehen freundlich aus. Maya und Alec winken höflich, Elise stupst Hannah an, deren Gesichtsausdruck aussieht wie aus Stein gemeißelt, und Luis macht den Eindruck, als hätte er geweint. Dima hofft, dass es nichts mit ihm zu tun hat, sondern mit dem silbernen Kranz, den er immer noch auf dem Kopf trägt.

»Herzlichen Glückwunsch«, bringt Dima hervor, als niemand den Mund öffnet. »Zu eurem Gewinn, meine ich.«

Alec reagiert als Erster. »Danke, Dima. Hey, das heißt, dass wir zusammen im Weihnachtskomitee sind. Und Maya auch!«

Dima hat das Eisschwimmen schon ganz vergessen. Maya sieht ebenfalls so aus, als sei sie sich nicht ganz sicher, worauf sie sich eingelassen hat.

»Hey, Luis«, setzt Dima an. Er kann es nicht weiter aufschieben, ohne einen nervösen Zusammenbruch zu riskieren. Schon den ganzen Tag ist er angespannt gewesen. »Hast du kurz Zeit?« Die anderen vermeiden es aktiv, einander anzusehen.

»Klar«, antwortet Luis. Er sieht genauso nervös aus wie Dima. »Sollen wir ...« Er gestikuliert vage zum Rand des Innenhofs.

»Ja, gerne«, sagt Dima und will sich auf den Weg machen. Elise winkt wieder, aber Hannah hat offenbar beschlossen, ihn wie Luft zu behandeln. Stattdessen wendet sie sich an Alec und fragt: »Können wir jetzt Bryan abholen?« Hannahs kalte Ablehnung tut weh, aber er vergisst sie gleich wieder, als Luis sich an seinem Unterarm festhält.

»Sorry«, sagt er mit einem entschuldigenden Blick. »Aber die Leute lassen dich immer durch, und ich«, er wird fast von jemandes Schulter ins Gesicht getroffen und springt gerade noch rechtzeitig zur Seite, »kann von mir nicht dasselbe sagen.«

Dima muss sich ein Grinsen verkneifen. Er wird sich nicht beschweren. Sie bahnen sich einen Weg durch die Menge, und Luis lässt ihn erst los, als sie die Einmündung einer unauffälligen Gasse erreichen, die sich zwischen den bunten Häusern des Marktplatzes auftut. Dima dreht sich zu Luis um. Er wippt auf den Hacken, und sein Blick flackert über die hohen Mauern, bis er schließlich auf Dima zum Ruhen kommt. Er öffnet den Mund, aber Dima kommt ihm zuvor.

»Ich muss dir etwas sagen«, fängt er an, und Luis hört sofort mit dem Wippen auf. Dima hofft nur, dass Luis ihm bis zum Ende zuhört. Er wäre nicht überrascht, wenn Luis mitten im Gespräch gehen würde, aber das würde

Dimas Pläne und eventuell auch seine gesamte Welt zerstören. Luis sieht ihn erwartungsvoll an, mit nur einem Hauch Besorgnis. Schweiß rinnt Dima zwischen den Schulterblättern über den Rücken, und seine Verlegenheit und Angst rauschen wie ein Tsunami auf ihn zu. »Ich will mich nicht outen. Niemals.« Die Worte kommen so laut heraus, dass sie ihren Zweck sofort verfehlen. Luis' Gesicht erstarrt, und das Licht in seinen Augen wird etwas schwächer.

»Ähm. Willst du nicht?«

Dima wusste, dass Luis so reagieren könnte, aber Dima muss seine Wahrheit aussprechen, auch wenn sie unangenehm ist. Selbst wenn sie bedeutet, dass er seine Klamotten sofort in die Wäsche werfen und eine lange Dusche nehmen muss, weil er ein einziges Bündel aus Angstschweiß ist. »Nein«, quetscht er hinter zusammengebissenen Zähnen hervor. »Warum liegt es denn an mir, jemand anderem zu erzählen, dass ich Jungs mag? Und dann auf eine Reaktion zu warten? Ich hasse das Gefühl.«

»Weil Homofeindlichkeit existiert«, erklärt Luis, und in seiner Stimme schwingt ein mahnender Tonfall mit. Er scheint frustriert zu sein und ein bisschen enttäuscht. Dima versteht ihn, wirklich. Er würde sich auch nicht mit jemandem abgeben wollen, der ständig versteckt, wer er wirklich ist. Aber das ist gar nicht das, worauf er hinauswill.

»Hör zu, es wird besser«, fährt Luis fort. »Jetzt gerade kommt es dir wie ein Riesending vor, dich zu outen. Aber irgendwann kommt der Punkt, an dem du darüber gar nicht mehr groß nachdenkst.«

»Das bezweifle ich. Sehr.«

Bis jetzt hat jeder Versuch, anderen Leuten zu erzählen, dass er schwul ist, bewirkt, dass er sich entblößt gefühlt hat, bei jedem unfreiwilligen Outing kam er sich hilflos vor. Er weigert sich, dieses abscheuliche, freudlose Gefühl noch ein einziges Mal zu erleben. Wenn er den Moment überspringen könnte, die ganzen schrecklichen Komplikationen, wäre er im Handumdrehen out and proud.

»Okay, du denkst schon noch darüber nach, aber du fühlst dich nicht mehr so schwitzig und ängstlich, wenn du Leuten erzählst, dass du auf Jungs stehst. Ich wünschte auch, dass es überhaupt nicht nötig wäre, sich zu verstecken, aber bis wir überall akzeptiert sind, werden wir das manchmal müssen. Um uns zu schützen. Stell es dir weniger wie einen Schrank vor, in dem du eingesperrt bist, und mehr wie den Eingang zu einer geheimen Bibliothek, zu der du den einzigen Schlüssel hast. Nur du hast die Macht dazu, Leute reinzulassen.«

So hat Dima darüber noch nie nachgedacht. Nicht out zu sein hat sich immer wie ein Gefängnis angefühlt, als würden die Erwartungen und Meinungen anderer ihn festhalten. Aber wenn er derjenige ist, der die Macht hat? Die Vorstellung ist schön, aber in Wirklichkeit ist es nicht so einfach.

»Alles in Ordnung?«, fragt Luis, und Dima antwortet erst nach einer Minute, weil er noch darüber nachdenken muss, was Luis gesagt hat.

Er ist zwar nicht dazu bereit, sich zu outen, aber die Angst davor, dass Menschen wissen, dass er schwul ist, ist geschrumpft. Die Leute werden ihn immer dazu zwingen, zwischen Wahrheit und Lüge zu entscheiden, ob er es nun will oder nicht, und manchmal wird eine Lüge der einzige

Weg sein, sich zu schützen. Aber Luis hat ihn an eine ausschlaggebende Sache erinnert. Seine Sexualität ist weder eine Last noch eine Schwachstelle. Nur er kann sie definieren und teilen, und die Ignoranz mancher Leute wird sie daran hindern, ihn jemals so zu sehen, wie er ist. Und das ist ihr Problem, nicht seins.

»Ja, alles in Ordnung«, sagt er. »Aber ich oute mich trotzdem nicht so schnell vor irgendwem.« Beim Anblick von Luis' verwirrtem Gesicht lächelt er. »Ich habe nicht vor, nervige Fragen zu beantworten oder qualvolle Gespräche über meine Sexualität zu führen. Ich weiß, wer ich bin, und ich bin niemandem eine Erklärung dazu schuldig. Aber ich würde meine Beziehung nicht verstecken wollen – wenn ich eine hätte, meine ich. Und vielleicht ist das meine eigene Art, es Leuten mitzuteilen.«

Jetzt ist Luis derjenige, der sprachlos ist. Er sieht sogar aus, als stünden ihm Tränen in den Augen. Aber bevor Luis wieder die Macht über die englische Sprache zurückerlangen kann, holt Dima etwas aus seinem Rucksack. Jetzt könnte genau der richtige Zeitpunkt sein, um seinen Plan in die Tat umzusetzen. Vorsichtig hält er Luis das braune Paket hin. Luis blinzelt mehrmals schnell, räuspert sich dann und nimmt das Päckchen entgegen.

»Du hast mir Blumen gekauft?«, fragt Luis.

»So ähnlich«, antwortet Dima. Luis schlägt das Packpapier zur Seite, und Verwirrung macht sich wieder auf seinem Gesicht breit.

»Du hast mir ... Mistelzweige mitgebracht.« Er starrt Dima mit einem halb amüsierten, halb verwirrten Gesichtsausdruck an. »Die giftig sind«, fügt er hinzu.

»Ja«, antwortet Dima lahm. Ihm wird gerade klar, dass

die Geste vielleicht gar nicht so romantisch ist, wie er dachte. »Aber ich wollte dich küssen.«

Luis begegnet seinem Blick nicht. Er untersucht die Mistelzweige, als wäre darin die Antwort auf ein Rätsel geschrieben, das er zu lösen versucht. »Das ist das Romantischste und Tödlichste, was jemand je für mich gemacht hat«, murmelt er.

Dima hat die Fähigkeit verloren, seine Muskeln zu bewegen. Er hat nicht darüber nachgedacht, was passieren würde, wenn er diese Worte gesagt hat. Sein Gehirn weigerte sich, über den Ausgang seiner Geste nachzudenken, sei er nun positiv oder katastrophal. Alles, was er tun kann, ist, Luis anzublicken und darauf zu warten, dass er den nächsten Schritt tut, irgendeinen Schritt, um Dima aus seiner Starre zu erwecken.

»Hier?«, fragt Luis und sieht sich auf dem Marktplatz um. Menschengruppen laufen an der Gasse vorbei, und Stimmengewirr erfüllt die Luft. Als er sich wieder zu Dima umdreht, glänzen seine grauen Augen wie geschmolzenes Silber, und bei dem Anblick wird jeder Knochen in Dimas Körper zu Gummi.

»Ja, hier«, bestätigt Dima. Darüber hat er lange nachgedacht. Er wird Luis küssen. Er wünscht sich nichts sehnlicher, als Luis zu küssen. Ihm ist klar geworden, dass die einzige Reaktion, die er sich erhofft, wenn andere Leute herausfinden, dass er schwul ist, gar keine Reaktion ist. Keine hochgezogenen Augenbrauen, kein überraschtes Jubeln und auch keine Tränen. Er will keine einzige Sekunde mehr damit verschwenden, sich um seine Sexualität zu sorgen, und er will nicht, dass andere sich darum scheren. Also wird er so tun, als kümmere es ihn nicht, dass die

Leute sehen, wie er Luis küsst. Solange Luis ihn überhaupt küssen will.

Luis' Blick huscht zu dem Mistelkranz, den er in den Händen hält. Mit einer quälend langsamen Bewegung versteckt er den Strauß hinter seinem Rücken. Er stellt sich auf die Zehenspitzen und hält nur Millimeter vor Dimas Gesicht inne. Ihre Nasenspitzen berühren sich fast, und ihr Atem vermischt sich in der kalten Luft. Dann lehnt er sich ganz leicht vor, und endlich, endlich berühren sich ihre Lippen. Es fühlt sich an, wie in ein weiches Federbett zu fallen. Wie seicht in einen wundervollen Traum zu gleiten. Der Kuss ist alles, was Dima will, und es wird wahr. Als sie sich voneinander lösen, hält Dima die Augen geschlossen, um das Nachgefühl von Luis' Lippen auf seinen eigenen zu genießen.

»Das habe ich vermisst«, gibt er zu.

»Ich auch«, sagt Luis leise.

Bei dem Kuss ist ihm einen Stein vom Herzen gefallen, den er mit sich herumgetragen hat, seit ihm klar wurde, dass er Gefühle für Luis entwickelt hatte. Er wollte ihnen nicht gegenübertreten. Aber wenn zwei Menschen, die dir die Welt bedeuten, auf einmal aus deinem Leben verschwinden, stellt das deine Welt auf den Kopf, und dann kannst du entweder hinfallen oder die Perspektive anpassen.

»Luis«, flüstert Dima. »Ich wäre wirklich gerne mit dir zusammen.«

Luis sieht in seiner silbernen Jacke aus wie ein menschengroßer Bonbon, der übers ganze Gesicht grinst. Ein Lachen sprudelt aus ihm hervor, und er drückt sich den

Kranz aus Mistelzweigen fest an die Brust, bevor er sich daran erinnert, dass sie nicht zum Kuscheln gemacht sind.

»Ich habe gehofft, dass du das sagen würdest. Ich habe schon seit Tagen an nichts anderes gedacht. Zweimal hätte ich fast deine Haustür eingetreten, nur um zu fragen, ob du mein Freund sein willst!«

»Ich will wirklich gerne dein Freund sein«, sagt Dima, und es fühlt sich gut an, weil es wahr ist.

»Gut, weil ich auch wirklich gerne deiner sein will«, antwortet er und streckt die Hand aus. Dima versucht, alle Gedanken an Leute, die sie vielleicht entdecken könnten, beiseitezuschieben. Schließlich haben sie sich gerade geküsst, in der Öffentlichkeit. Danach sollte Händchenhalten eigentlich keine große Sache mehr sein. Er nimmt Luis' Hand, die eiskalt ist, aber sich trotzdem wundervoll anfühlt.

»Frohe Weihnachten, Dima Sharapnova«, sagt Luis und drückt seine Hand.

»Frohe Weihnachten, Luis Winter«, antwortet Dima. Jetzt ist er endlich bereit dazu, sich auf die Weihnachtsstimmung einzulassen. Vorher hatte er zu viel im Kopf, um überhaupt an Ruhe und Freude zu denken. Aber jetzt ist es Zeit, aufzuhören, sich zu sorgen, Zeit, die letzten paar Stunden weihnachtliches Glück zu genießen, bis alles wieder bis nächstes Jahr verschwindet.

»Also, ich will zwar nicht die Fantasie zerstören ...«

»Dann tu es nicht. Du schaffst es nicht, mich davon zu überzeugen, dass Weihnachten blöd ist. Niemals. Weihnachten ist toll, und ich liebe es, und das solltest du mittlerweile wirklich wissen.«

»Davon will ich dich überhaupt nicht überzeugen. Ich mag Weihnachten.«

»Wirklich?« Luis runzelt die Stirn, und Dima denkt erneut, dass Luis keine Ahnung hat, wie viel Macht er über Dima hat. Vielleicht ist es auch besser, wenn Luis gar nichts von seiner magischen Einflusskraft erfährt.

»Tu nicht so überrascht. Wenn ich es nicht schon vor dem Crashkurs gemocht hätte, dann jetzt auf jeden Fall. Und daran bist nur du schuld.«

»Na ja. Du bist immer noch Skeptiker. Und du wolltest gerade meine Lieblingsjahreszeit kritisieren. Wenn du nicht wie ein Feigling dastehen willst, ziehst du es also lieber durch.«

»Ich bin nicht … ach, egal. Ich wollte nur anmerken, dass dieses *Weihnachtserlebnis* einen Haufen Geld kosten muss.«

»Tja, ich weiß nicht, ob es dir aufgefallen ist, aber Fountainbridge ist ganz schön reich.«

»Ist es. Kein einziges Schlagloch auf der Straße. Und die Schule hat ein besseres Budget als jede andere staatliche Schule.«

»Wenn sie vorhaben sollten, uns keine genderneutralen Toiletten und eine neue Vertrauenslehrkraft zu geben, dann können sie sich das abschminken.«

Luis sieht aus, als wäre er drauf und dran, die Schule zu stürmen und Schulleiter Charles zu einem Schwertkampf herauszufordern. Dima stellt sich vor, wie Luis in Alecs Ritterrüstung aussehen würde. Er würde viel Geld bezahlen, um das zu sehen.

»Wir werden sie unseren Zorn spüren lassen«, versichert er und nimmt Luis' Hand.

»Wir?«, fragt Luis und schaut erstaunt zu ihren verschränkten Händen.
»Natürlich. Ich bin in deinem Team.«
Es wird eine Weile dauern, bis er sich ans Händchenhalten in der Öffentlichkeit gewöhnt hat. Selbst jetzt gerade, wo sie in einer Gasse stehen, in der jeder sie sehen könnte, erfüllt es ihn mit Angst. Aber es erfüllt ihn auch mit einem Gefühl der Euphorie. Darüber, dass es Luis gibt und dass er sich aus all den Jungen in der Welt Dima ausgesucht hat, um sich in ihn zu verlieben. Er will am liebsten allen davon erzählen – und überhaupt niemandem. Es ist unmöglich, ein so schönes Geheimnis für sich zu behalten.
»Geh nie in ein anderes Team, bitte«, sagt Luis und zieht Dima an sich.
»Niemals«, flüstert er. »Aber was machen wir mit unserer Zeit, jetzt, wo Weihnachten vorbei ist?« Als er die Worte ausspricht, wird ihm klar, wie sehr ihm das wirkliche Sorgen bereitet. Das Festival hat sie immer von Tag zu Tag begleitet, und sie hatten keine Zeit, um voneinander gelangweilt zu sein. Was ist, wenn Luis jetzt, da es keine Schneemänner mehr gibt, die gebaut werden müssen, oder Nussknackerwettbewerbe, die es zu gewinnen gilt, feststellt, dass Dima gar nicht so faszinierend ist, wie er dachte? Eigentlich sitzt er nur gerne rum, liest alte Bücher und bestellt sich sein Lieblingsessen. Manchmal geht er schwimmen, wovon Luis kein besonderer Fan zu sein scheint. Er gibt bestimmt einen langweiligen Freund ab, und früher oder später wird Luis das auch klar werden.
»Der Crashkurs ist noch nicht vorbei. Eine letzte Lekti-

on gibt es noch«, erklärt Luis und verscheucht damit Dimas zunehmend düstere Gedanken.
»Du wirst mir nicht verraten, worin sie besteht, oder?«
»Das habe ich schon. Wenn du dich nicht erinnerst, ist das deine eigene Schuld.«
»Das ist Folter. Sag es mir, bitte?«
»Nicht für alles Marzipan in der Welt«, entgegnet er und lehnt sich vor, um Dima zu küssen. Als sie sich voneinander lösen, sehen sie Maya, die in der engen Gasse steht und genauso verlegen aussieht, wie Dima sich fühlt. Er wusste, dass sie früher oder später jemand so sehen würde, aber trotzdem schlägt sein Herz schneller. Es fühlt sich an, wie mit einem Fallschirm auf dem Rücken aus einem Flugzeug zu springen: gleichzeitig angsteinflößend und befreiend. Luis starrt Maya mit einem leicht verwirrten Stirnrunzeln an.
»Hey«, sagt Maya. Sie hat mehrere Mäntel übereinander an, um die Kälte abzuhalten, aber trotzdem zittert sie von den Spitzen ihres Afros bis zu ihren dicken Winterstiefeln. »Alle suchen nach euch beiden.«
»Oh. Warum?«, fragt Luis. Ihm muss klar werden, wie frostig er geklungen hat, weil er hinzufügt: »Ich meine, das ist nett. Braucht ihr uns für irgendwas?«
Maya tritt von einem Fuß auf den anderen, und Dima ist sich nicht sicher, ob es an der Verlegenheit liegt, oder an den unterirdischen Temperaturen. »Wir … Ich meine, Thom und ich, oder, na ja, eigentlich eher ich … Also, wir sind Annie und Matt begegnet, die gerade auf dem Weg waren, das Café zu öffnen, und wir dachten, dass es vielleicht nett wäre, eure Krönung im Greenhouse zu feiern? Und Alec meinte irgendetwas von einer Neujahrsfeier, die

wir planen könnten? Also sind sie los, um einen Tisch zu besetzen, und wir könnten dorthin gehen und uns aufwärmen und einfach ... chillen.«

Luis sieht sie ein paar Sekunden lang an und muss diese Information offenbar erst mal verdauen. »Jetzt?«, fragt er.

»Nur wenn ihr wollt, natürlich.« Ihre Stimme klingt ein wenig defensiv. Dima spürt, wie unangenehm die ganze Situation Maya ist, und stupst Luis an, der offensichtlich schon wieder vergessen hat, zu antworten.

»Oh! Ja! Natürlich würden wir ...« Er dreht sich mit einem fragenden Gesichtsausdruck zu Dima um, und Dima nickt. »Natürlich kommen wir. Klingt super!«

»Super!«, wiederholt sie. »Ich sage den anderen Bescheid.« Sie lächelt unter ihrem Schal und verschwindet ebenso schnell aus der Gasse, wie sie gekommen ist. Luis und Dima starren sich wortlos an.

»Das war peinlich«, stellt Luis fest.

»Ein bisschen«, stimmt ihm Dima zu.

»Aber nett«, fügt Luis hinzu.

»Sehr«, antwortet Dima, und dann: »Hey, tut mir leid, dass ich zusammengezuckt bin, als sie uns gesehen hat.«

Luis' Gesichtsausdruck wird weich. Er drückt Dimas Hand und sagt: »Du musst dich nicht entschuldigen. Angst zu haben heißt nicht, dass du nicht stolz darauf bist, wer du bist. Es heißt nur, dass die Welt manchmal eben angsteinflößend ist.«

»Weniger angsteinflößend, wenn du dabei bist«, sagt Dima leise, und auf Luis' Gesicht breitet sich ein strahlendes Lächeln aus, das die hässlichen Gefühle, die in Dimas Bauch rumoren, sofort in Luft auflöst.

»Komm, wir wärmen uns auf und *chillen*«, schlägt Luis

vor. »Ist es komisch, dass wir mit Maya und Thom rumhängen?«

»Muss es nicht sein, wenn du es nicht willst«, antwortet Dima, als sie wieder auf den Marktplatz hinaustreten. Ihre Gruppe steht dicht zusammengedrängt neben dem Weihnachtsbaum. Elise und Maya hüpfen auf und ab, um sich aufzuwärmen, Thom unterhält sich mit Alec, und Hannah hockt neben Bryan und streichelt ihm die Schlappohren. Bryan entdeckt Dima und Luis und wedelt halbherzig mit dem Schwanz. Dima findet, dass er irgendwie ziemlich mürrisch aussieht, aber auf eine süße Art. Vielleicht liegt es an seinem glitzernden Weihnachtshalsband.

»Wird auch Zeit«, sagt Hannah, ohne aufzusehen. »Bryan ist kurz davor, zur Eisskulptur zu werden.«

»Ja, gehen wir«, fügt Maya hinzu. »Sonst friere ich mir noch den Hintern ab, und eigentlich mag ich ihn so, wie er ist.«

Sie machen sich auf den Weg und folgen den sich windenden Straßen der Stadt in Richtung des seichten Hangs des Lindenbuckels. Die Luft ist frisch, und hin und wieder weht ein leichter Geruch von Preiselbeeren und geröstetem Gemüse aus einem Fenster, zusammen mit den sanften Klängen von Weihnachtsliedern. Das Schweigen, als sie in Richtung des Cafés gehen, wird nur von Bryans Tippeln auf dem Straßenpflaster unterbrochen, bis Luis das Wort ergreift.

»Eine Frage habe ich. Sagt ihnen irgendwann mal jemand, dass ›Fee‹ ein abwertender Begriff für einen schwulen Mann ist?«

Dima lacht und Thom ebenfalls.

»Schritt für Schritt«, sagt Thom. »Wir können doch die Heteros nicht so stressen.«

Epilog
26. Dezember, 23:48

Dora hat schon vor Stunden die Augen geschlossen, die mittlerweile ohnehin nutzlos sind, besonders wenn es dunkel ist. Ihre Erinnerungen an Nächte wie diese sind stärker als alles, was ihre Augen ihr zeigen könnten, wenn sie nach draußen gehen und tatsächlich das Geschehen verfolgen würde. Abgesehen davon ist es viel zu kalt. Ihre alten Knochen genießen die Wärme ihres Kirschkernkissens. Ihr Schlaf ist leicht. Geräusche winden sich ihren Weg durch ihre Träume, das ihr so vertraute Haus spielt wie ein Orchester eine Symphonie. Ein Tropfen aus dem Wasserhahn in der Küche, regelmäßig wie das Ticken einer Uhr. Im Wohnzimmer schnarcht irgendwo eine Katze. Die letzte Glut zerfällt im Kamin zu Asche. Über die Melodie erhebt sich eine zweite, hektisch, aber leise. Sie besteht aus wollbesockten Füßen und Stolpern im Dunkeln und dem unverwechselbaren Quietschen der Haustür, das Dora beinahe aus dem schläfrigen Dunkeln aufschrecken lässt. Sie grunzt widerwillig, möchte diese wertvollen Momente der Ruhe in einem Haus, das seinen Bewohnenden nur selten Stille schenkt, nicht aufgeben. Die Schritte verlassen das Haus, und als die Tür ins Schloss fällt, dreht Dora sich um und sinkt wieder in federleichten Schlaf, während ihre Ohren wachsam auf die Rückkehr ihres Enkels warten.

Als Dima Sharapnova das Fenster öffnet, sieht er Folgendes: einen Schemen, der sich plötzlich in der Dunkelheit bewegt, dann einen Schatten, der in einem entschlossenen Bogen durch die Luft fliegt. Im nächsten Moment explodiert etwas Nasses und Eiskaltes in seinem Gesicht, dringt in seine Nasenlöcher und schmerzt auf seinen empfindlichen Lippen. Während er sich keuchend das Gesicht abwischt, wird Luis von einem hysterischen Lachanfall ergriffen, der ihn die Balance verlieren und seitwärts in den Schnee stolpern lässt.

»Das hast du nicht wirklich getan«, ruft Dima, aber seine Wut verpufft, als Luis grinsend zu ihm aufschaut, wobei er aussieht wie ein sehr ungezogener Schneeengel. Luis bedeutet Dima, nach draußen zu kommen, und Dima zuckt nicht einmal mit der Wimper, bevor er antwortet: »Gib mir eine Sekunde.«

Klugerweise schnappt Dima sich seine Mütze und seinen Schal. Die Temperaturen sind wirklich nicht von dieser Welt. »Was soll das hier?«, fragt Dima Luis, als er beim Gartentor ankommt.

»Wusstest du«, fängt Luis an, »dass in dieser Stadt jedes Jahr am zweiten Weihnachtsfeiertag eine Minute nach Mitternacht eines der seltensten Wetterphänomene der Welt zu sehen ist?«

»Ja, das hat mir mal jemand gesagt.«

»Wer?«

»Süßer Junge, Grübchen, hat mich dazu gezwungen, Nussknacker zu bemalen und Weihnachtslieder vor lauter fremden Leuten zu singen.«

Luis verlagert sein Gewicht, wobei seine Nasenspitze die von Dima streift.

»Bitteschön«, flüstert er, und wippt dann auf die Hacken zurück. Hand in Hand gehen die zwei Jungen los. Zu Dimas Überraschung sind sie nicht die Einzigen, die zu dieser Uhrzeit und bei diesem eiskalten Wetter unterwegs sind. Auf dem Gehweg hüpfen Leute auf und ab, um sich warm zu halten. Kleine Grüppchen, deren Körper durch dicke Pullover und Mäntel wie unförmige Berge aussehen, versammeln sich in Vorgärten. Wenn er noch mehr Beweise gebraucht hätte, dass in Fountainbridge etwas Ungewöhnliches vor sich ging, dann wäre diese Aktivität um Mitternacht genau das, wonach er gesucht hätte. Dimas Herz schlägt schneller, aber er hält Luis' Hand fest und lässt nicht los.

»Wo gehen wir hin?«, fragt er, aber Luis hat ihn entweder nicht gehört oder ignoriert ihn vollständig. Sie gehen auf den Lindenbuckel zu, der unter einer dicken Schneedecke in tiefem Schlummer liegt und das Licht der Stadt als sanftes Leuchten reflektiert. Als sie an seinem Fuß ankommen, zeigt Luis auf eine Bank unter einer Tanne, die mit tausenden von Eiskristallen geschmückt ist. Sie setzen sich hin, eng aneinandergedrängt, nicht wegen der Kälte, sondern weil sie einfach keinen Grund sehen, es nicht zu tun. Dima genießt das Gefühl, Luis so nah zu sein. Es hilft, dass es zu dunkel ist, als dass irgendjemand sie sehen könnte, aber es ist trotzdem eine gute Übung.

»Wir bauen Iglus«, sagt Luis auf einmal. Er scheint Dimas Verwirrung zu spüren, denn er fügt hinzu: »Wenn das Festival vorbei ist. Wir bauen Iglus, und du kannst mir beibringen, wie man schwimmt. Ich meine, ich kann zwar schwimmen, aber du kannst mir beibringen, wie man *gut* schwimmt. Und zu Neujahr veranstalten wir eine kleine

Pride-Party, und im Frühling gehen wir im neuen Nationalpark wandern, und im Sommer gehen wir an den Lake Constantine und lesen in der Sonne. Alles, was ich meine, ist, dass Weihnachten für immer unser Anfang sein wird, aber unsere Geschichte endet nicht hier.«

Dima schweigt fassungslos. Er dachte, dass Luis seine Angst um ihre Zukunft nicht bemerkt hätte, aber er hat sie erkannt und ohne große Anstrengung zerstreut.

Als das Läuten einer Glocke durch die Nacht hallt, rutscht Luis noch näher an ihn heran und drückt Dimas Hand. Im Dunkeln erkennt Dima die Aufregung, die Luis' Gesicht aufleuchten lässt. In seinen Augen spiegelt sich die schimmernde Dunkelheit um sie herum, das Grau wird zu tiefen, mitternachtschwarzen Teichen. Dima hätte nichts dagegen, in ihnen zu ertrinken.

Luis fängt an, die Glockenschläge zu zählen, jedes Wort leiser als ein federleichter Atemzug. Der zwölfte Schlag schmilzt dahin und hinterlässt eine so vollkommene Stille, dass Dima sie am liebsten einfangen und behalten würde.

Von dort, wo Luis Winter sitzt, sieht er Folgendes: Eine schneebedeckte Straße führt ins Herz seiner Heimatstadt. Gesäumt ist sie von schläfrigen Häusern mit schläfrigen Bewohnenden, die sich im sanften Leuchten der Lichterketten und einzelner Sterne sonnen. Luis verliert jegliches Gefühl für sich selbst, als er das Schauspiel bewundert, das sich am Himmel über der Stadt abspielt. Er versucht sich an das erste Mal zu erinnern, als er es gesehen hat, aber die Jahre sind zu einer untrennbaren Decke aus Erinnerungen zusammengewachsen. Statt eines einzelnen Fotos sieht er nur Doppelbelichtung, dutzende von

Bildern in einem. Nach all den Jahren fehlen ihm immer noch die Worte, es zu beschreiben. Es ist wie Magie, aber echt. Über den Dächern schweben vertikale Lichtstreifen, die in den Nachthimmel ragen. Sie glitzern in Grün- und Rosatönen, so ähnlich wie die Nordlichter. Aber das hier ist anders. Die Nordlichter stehen hoch am Himmel, weit weg und unantastbar. Diese Lichter haben die gleiche geheimnisvolle Ausstrahlung und geben ihm das Gefühl, klein und zugleich unendlich zu sein. Und trotzdem sind sie so nah. Luis hat das Gefühl, sie anfassen zu können, wenn er auf das Dach seines Hauses klettern würde. Sie sehen aus wie Portale zu einer anderen Dimension, fluoreszierende Säulen, die in der Luft schweben, prächtige Lichtstrahlen, die wie Sterne schimmern. Es sind Momente wie diese, die Luis zum Staunen bringen, die ihn mit einem verzweifelten Gefühl des Hungers und der Sehnsucht erfüllen. Er will diesen Moment in sich aufnehmen, eins mit ihm werden, und ihn nie wieder loslassen. Luis legt Dima den Kopf auf die Schulter. Er sieht lange dorthin, wo die Lichter tanzen, spürt Dimas Muskeln unter seiner Wange, atmet den Duft von Tannennadeln und Eiskristallen ein und presst jedes kleine Detail in eine unvergängliche Erinnerung. Als er den Kopf hebt, spiegelt sich das Licht in Dimas Augen.

»Was denkst du?«, flüstert Luis, als hätte er Angst, ein zu lautes Wort könnte die Szene zerstören, die sich vor ihnen abspielt.

»Ich denke«, sagt Dima und zieht Luis dichter an sich, »dass im Vergleich zwischen den Lichtsäulen und dir ganz klar ist, wer brillanter ist.« Dima sieht ihn an, und in seinem Gesichtsausdruck erkennt Luis das gleiche Bewusstsein, das Gefühl, dass das, was sie heute Abend erleben, für immer bei ihnen bleiben wird.

»Dima«, wispert Luis. »Ich liebe dich.«

Er lässt die Worte zwischen ihnen in der Luft hängen, als wolle er sichergehen, dass Dima sie gehört hat, bevor er fortfährt. »Und wenn es schwierig sein muss, um wahr zu sein, dann bin ich wohl auf dem Holzweg, weil ich das nicht glaube. Es ist nämlich überhaupt nicht schwer. Ich liebe dich. Wirklich. So kompliziert, wie alle sie immer darstellen, ist Liebe manchmal gar nicht.«

Dima lässt Luis' Hand los, zieht die Handschuhe aus, und legt die Handfläche an Luis' Kiefer, sanft, als würde er Luis sonst zerbrechen. Und vielleicht könnte er das auch. Dort, wo sie sich berühren, brennt Luis' Haut, und als ihre Lippen sich treffen, schmilzt er in Dimas Umarmung dahin. Er spürt, wie die Grenzen seines Verstandes verschwimmen und seine Brust sich in Erwartung ausdehnt, bereit, das Universum und jeden einzelnen Stern darin zu erfassen. Als sie sich voneinander lösen, spürt er seinen Körper kaum, außer da, wo seine Lippen von Dimas Berührung brennen.

»Ich weiß nicht, ob das ein Abschiedskuss war, oder ein ›Ich liebe dich auch‹-Kuss.«

Dima drückt ihm einen weiteren Kuss auf, und die Welt entgleitet ihm wieder. Diesmal ist der Kuss langsamer, sanft, aber immer noch unübertrefflich.

»Also kein Abschiedskuss.«

»Nein, Luis. Unsere Geschichte endet hier noch nicht.«

Und damit küssen sie sich wieder.

Danksagung

Zuallererst: Ben. Es gibt keinen größeren Luis & Dima-Fan als dich. Ich kann nicht in Worte fassen, was mir das bedeutet. Und Gyamfia, du hast vielleicht sogar mehr Tränen über dieses Buch vergossen als ich. Es gibt so viele Menschen, die an der Entstehung von Luis & Dima beteiligt sind: die Teams von Andrew Nurnberg und ONE/Bastei Lübbe, vor allem tolle Menschen wie Annika, Svantje, Silvana und Andrea, aber auch Callen, damals bei TGLA. Lizzie, Simon und George haben wunderschöne Worte für Luis & Dima gefunden, und Sanna hat die zwei perfekt getroffen. Moralischen und emotionalen Support gabs von Stella und Laura, von Nele, Mama und Papa, von Karen, vor deren Kamin ein Brocken dieser Geschichte geschrieben wurde, und von Kathi – das ist nun die dritte erste Vorbestellung. Zuletzt: Bryan.